LA CONQUISTA DE LA NOVIA

Jane Feather

LA CONQUISTA DE LA NOVIA

Traducción de Enric Ruiz Gelices

Título original: *The Bride Hunt*
Traducción publicada por acuerdo
con The Bantam Dell Publishing Group,
una división de Random House, Inc.
© 2004, Jane Feather
© de la traducción: Enric Ruiz Gelices
© de esta edición: 2007, RBA Libros S.A.
Pérez Galdós, 36 - 08012 Barcelona
rba-libros@rba.es / www.rbalibros.com

Publicado por acuerdo con Bantam Books,
un sello editorial de The Bantam Dell Publishing
Group, una división de Random House, Inc.

Primera edición de bolsillo: julio 2007

Ref.: OBOLI08
ISBN: 978-84-7901-516-9
Depósito legal: B-33.391-2007
Composición: David Anglès
Impreso por Novoprint (Barcelona)

—Ya está usted aquí, señorita Prue. —La señora Beedle tomó la pila de sobres que se amontonaban sobre el estante superior de la cocina—. Hay bastantes hoy. Éste parece serio. —Seleccionó uno grueso de vitela del manojo y dirigió la mirada al membrete casi sin percatarse.

Prudence se tomaba su té y no hizo ningún intento por apresurar a su anfitriona. La señora Beedle iba a su ritmo y tenía un particular modo de hacer las cosas... de manera muy similar a la de su hermano, Jenkins, un hombre que compaginaba sus obligaciones como mayordomo con las de amigo, asistente y cómplice ocasional de las tres hermanas Duncan en su casa de Manchester Square.

—¿Hay noticias de la señorita Con? —le preguntó la señora Beedle colocando los sobres definitivamente sobre la limpia mesa de pino mientras cogía la tetera.

—Oh, sí, recibimos un telegrama ayer. Ahora mismo están en Egipto. —Prudence le acercó la taza para que se la llenara de nuevo—. Pero han visitado Roma y París de camino. Da toda la impresión de que se trata de un magnífico viaje.

Su frase sonó levemente nostálgica ya que, por supuesto, las seis semanas de luna de miel de su hermana mayor habían transcurrido muy lentamente para Prudence, que se había quedado en Londres. El mero esfuerzo de sacar la casa adelante, contando hasta el último penique, mientras se aseguraba de que la ignorancia voluntaria de su padre acerca de las finanzas familiares permaneciera imperturbada, suponía un esfuerzo mayor cuando sólo había dos de las hermanas para gestionarlas. En más de una ocasión durante las dos últimas semanas, Prudence y Chastity habían tenido que resistir la tentación de obligar a su padre a que aceptara la realidad; una realidad causada por más de una inversión ruinosa realizada tras el fallecimiento de su madre. Pero la memoria de su madre les había hecho mantener el silencio. Lady Duncan hubiera protegido la tranquilidad de su marido a toda costa y, así, sus hijas habían hecho lo propio.

A todo ello se añadía la carga que representaba la edición del periódico, *La dama de Mayfair*, cada dos semanas (además ahora no contaban con la destreza editorial de Constance) y el intento de no desatender su negocio paralelo, la agencia matrimonial, así que no era de extrañar que tanto ella como Chastity llegaran extenuadas a la noche, pensó Prudence.

El timbre de la puerta principal sonó al tiempo que una clienta entraba y la señora Beedle fue a atenderla tras el mostrador, alisando su inmaculado delantal a medida que se apresuraba. Prudence se terminó su té y se sirvió otra porción de pan de pasas. Se estaba caliente y tranquila en la cocina que había en la trastienda, desde allí podía oír la voz alegre de la señora Beedle hablando con la otra mujer, de tono algo estridente y agudo, quien se quejaba de la poca calidad de las chuletas del carnicero.

Prudence estiró las piernas y suspiró, agradecida por aquel breve respiro de sus preocupaciones diarias, y repasó rápidamente la cartas dirigidas a *La dama de Mayfair* que habían sido remitidas a la tienda de la señora Beedle en Kensington.

El grueso sobre de vitela tenía un tacto distintivamente oficial. El membrete impreso en el margen superior izquierdo indicaba Falstaff, Harley & Greenwood. Prudence sintió un escalofrío de aprensión. Sonaba a bufete de abogados.

Las hermanas tenían el acuerdo tácito de abrir juntas toda la correspondencia que estuviera relacionada con sus asuntos. Y si ésta traía malas nuevas —y Prudence tenía la corazonada de que así era—, definitivamente no debía ser abierta en soledad.

Metió todas las cartas en su espacioso bolso y apuró su té hasta el final. La señora Beedle se encontraba aún atendiendo a su clienta cuando Prudence atravesó la tienda poniéndose los guantes.

—Gracias por el té, señora Beedle.

—Oh, siempre es un placer verla, señorita Prue —respondió la tendera amablemente—. Y a la señorita Chas, por supuesto. Tráigala con usted la semana que viene. Haré un pastel de mantequilla de esos que tanto le gustan.

—Lamentará saber que se ha perdido su pan de pasas, pero tenía que visitar a un viejo amigo esta tarde —respondió Prudence con una sonrisa, mientras saludaba con la cabeza a la clienta que la observaba con curiosidad; una joven dama con acento de Mayfair que vestía un elegante vestido de tarde era algo novedoso en una tienda de Kensington, especialmente cuando ésta salía de la trastienda de la propietaria.

Prudence cogió una copia de *La dama de Mayfair* del revistero que había en la trastienda.

—Si está buscando algo para leer, señora, quizá le complacerá esta publicación —dijo mientras le daba el ejemplar a la mujer, que, desprevenida, lo cogió.

—Bueno, no sé —dijo—. *La dama de Mayfair...* suena un poco presuntuoso para mi gusto.

—Oh, no, no lo es de ninguna de las maneras —le aseguró Prudence cándidamente—. La señora Beedle lo lee, lo sé yo.

—Ah, sí, lo hago de vez en cuando —añadió la tendera—. Mírelo, señora Warner. Será un entretenimiento para una tarde fría cuando esté usted haciendo punto junto al fuego.

—No acostumbro a leer demasiado —comentó la clienta con aire dubitativo—. ¿Cuánto cuesta? —preguntó dándole vueltas al periódico como si no supiera muy bien qué hacer con él.

—Sólo dos peniques —contestó Prudence—. Le sorprenderá la de cosas interesantes que encontrará en él.

—Bueno, no sé, supongo que… —La voz de la clienta se desvaneció a medida que abría su bolso buscando dos peniques, que puso sobre el mostrador—. Probaré.

—Bien hecho —dijo la señora Beedle—. Además, le diré que si no le complace sólo tiene que traérmelo y le devolveré sus dos peniques.

A la señora Warner se le iluminó la mirada.

—Más no se puede pedir, señora Beedle.

Prudence arqueó una ceja. ¿Cómo iban a hacer dinero con el periódico si la gente lo leía «de prueba»? Pero no podía decirle eso a la señora Beedle, que lo hacía con la mejor intención, así que abandonó la tienda despidiéndose alegremente y salió a la calle para adentrarse en la fría tarde. Ya estaba oscureciendo a pesar de que no eran ni las cuatro y media. El otoño parecía haber llegado temprano aquel año, pensó, pero quizá sólo era por contraste con el largo y excepcionalmente caluroso verano que lo había precedido.

Corrió hacia la parada del ómnibus mientras pensaba de nuevo en Constance paseando por el caluroso desierto de Egipto. A algunos les gustaba, pensó al tiempo que el ómnibus se detenía desprendiendo vapor en la parada. Se subió, pagó su penique y tomó asiento junto a la ventana desde donde veía pasar las calles de Londres al tiempo que el ómnibus se detenía y se ponía otra vez en marcha según solicitaban los pasajeros.

Se preguntó cómo le habría ido la tarde a Chastity. A diferencia de lo que Prudence le había contado a la señora Beedle, su hermana no había estado visitando a ningún viejo amigo sino que, por el contrario, metida en su papel de tía Mabel, en realidad había estado contestando las cartas de algunas angustiadas lectoras para publicarlas en el próximo número del periódico. Prudence había dejado a Chastity mordisqueando el lápiz e intentando echar por tierra de una manera diplomática a «Desesperada en Chelsea», quien parecía creer que sus ancianos padres no estaban en su derecho de gastarse su capital en frívolos asuntos mientras su hija esperaba ansiosamente su herencia.

Se bajó del ómnibus en Oxford Street y recorrió Baker Street hasta Portman Square. Giró hacia Manchester Square, con las mejillas sonrojadas a causa de la refrescante brisa, y corrió escaleras arriba hasta llegar al número diez.

—En cuanto he oído la llave, he sospechado que sería usted, señorita Prue —dijo Jenkins.

—He estado visitando a su hermana —contestó Prue mientras entraba en el vestíbulo—. Le envía saludos.

—Espero que se encuentre bien.

—Desde luego parecía estarlo. ¿Está Chas arriba?

—No se ha movido de la salita en toda la tarde.

—Oh, pobrecilla —dijo Prudence—. ¿Ha tomado el té?

Jenkins sonrió: la avidez de Chastity por los dulces constituía todo un chiste familiar.

—La señora Hudson hizo bizcocho de chocolate y la señorita Chas se ha comido tres rebanadas. Esto la ha animado un poquito, si me permite que se lo diga. Parecía algo pachucha hasta entonces.

—Entintada, probablemente —dijo Prudence, soltando una carcajada mientras subía las escaleras.

Entonces, se detuvo a medio camino y preguntó mirando hacia atrás:

—¿Sabe usted si lord Duncan cenará en casa, Jenkins?

—No creo, señorita Prue. La señora Hudson ha preparado un rico pastel de carne para usted y la señorita Chas, para acompañar el cordero frío que sobró el domingo.

Si una debía conformarse con las sobras, el cordero resultaba mucho más apetitoso que el pescado, pensó Prudence. Abrió la puerta de la salita que su hermana y ella habían compartido desde el fallecimiento de su madre, hacía cuatro años. Chas estaba sentada ante el escritorio, con papeles hasta las rodillas, señal inequívoca de su frustrante esfuerzo literario. Se giró cuando oyó entrar a su hermana.

—Qué contenta estoy de que hayas vuelto. Por fin puedo dejar esto. —Se pasó las manos por la rizada cabellera pelirroja que había ido perdiendo sus lazos durante la agonía creativa y ahora caía libremente sobre su espalda. Flexionó los hombros—. Nunca creí que dejaría de sentir compasión por estas ánimas atormentadas, pero algunas de ellas parecen tan pueriles y consentidas... Oh, espera, tengo algo para ti. Jenkins lo trajo hará media hora.

Su tono de voz había cambiado por completo y se levantó apresuradamente para dirigirse con energía hacia el aparador.

—Mira esto. —Le mostró un periódico—. El *Pall Mall Gazette*. ¡Constance dijo que sucedería!

¿Que sucedería el qué? Prudence dirigió la mirada rápidamente hacia el periódico y encontró la respuesta: «El conde de Barclay ha sido acusado en las páginas del periódico anónimo *La dama de Mayfair* de violar a sus jóvenes sirvientas y después abandonarlas, embarazadas y empobrecidas, a su suerte».

Su voz se diluyó en su respiración a medida que iba leyendo, consciente de que Chastity, a esas alturas, ya debía saberse el artículo de memoria. Cuando llegó al final, dirigió la vista hacia su hermana, quien la observaba expectante.

—Han entrevistado a las mismas mujeres que Con utilizó para su artículo —dijo Chastity.

—Y ofrecen su propia condena a la procaz actitud del «licencioso noble» en su estilo inimitable —observó Prudence—, repleto de un fervor casi religioso, proclamándola a los cuatro vientos y excitando a sus lectores con detalles escandalosos.

—Ciertamente eso es lo que esperábamos que hicieran —dijo Chastity—: tan sólo cuatro semanas después de la publicación de la noticia en *La dama de Mayfair*. Lo único que provocó ésta fue algún parloteo a sus espaldas y la eventual mirada condenatoria de las matronas de la sociedad. Sus propios amigotes no movieron ni un pelo y él mismo parece haber ignorado este asunto por completo. Seguro que pensaba que ya había estallado todo cuanto tenía que estallar. Pero cuando esto llegue a las calles, los clubes y los salones, Barclay será puesto en la picota.

—Sí —asintió Prudence con voz inquieta. Abrió su bolso y sacó el sobre de aspecto oficial—. Por cierto, esto estaba en el correo.

—¿De qué se trata?

—Parece de un bufete de abogados.

—¡Oh! —Chastity tomó el sobre y le dio la vuelta como si intuyera el contenido—. Supongo que es mejor que lo abramos.

Prudence le acercó el cortaplumas y ésta abrió el sobre y extrajo una hoja de vitela densamente escrita. Empezó a leer mientras Prudence hacía lo mismo por encima de su hombro.

—¡Demonios! —exclamó Prudence cuando llegó al final; a pesar de la espantosa y ofuscante jerga legal, el mensaje era más claro que el agua.

—¿Por qué nos demanda Barclay por libelo? O mejor dicho, ¿por qué no demanda a la *Pall Mall Gazette*? —preguntó Chastity—. Éste tiene mucha más influencia que nosotras.

—La *Gazette* ha salido hoy —dijo Prudence con aire sombrío—. Nosotras salimos blandiendo las espadas hace un mes. Ha tenido cuatro semanas para organizarse. Y si gana este caso, entonces podrá ir tras la *Gazette*.

—¿Y qué vamos a hacer? —Chastity se mordisqueaba el labio inferior mientras leía la carta—. Dice que buscarán cargos punitivos del mayor nivel posible en nombre de su cliente. ¿Qué significa eso?

—No tengo ni idea… pero nada bueno, de eso puedes estar bien segura. —Prudence se dejó caer en el sillón al tiempo que se descalzaba—. Necesitamos asesoramiento.

—Necesitamos a Con.

Su hermana se sentó en el brazo de una silla cruzando las piernas, mientras uno de sus pies temblaba nerviosamente contra la esquina de la mesita de café.

—No sé qué va a pensar Max de todo esto.

—No le va a hacer ningún bien a su carrera si sale a la luz que fue su esposa quien escribió el original.

—Tendremos que asegurarnos de que ese dato no salga a la luz, por el bien de nuestros negocios, pero no sé cómo lo vamos hacer para que Max no se entere. —Prudence tomó la carta de la mesa, donde la había dejado Chastity—. Oh, no había visto esto…, justo aquí al pie de la carta: «Aparte de reclamar daños y perjuicios por libelo en lo referente a la relación de nuestro cliente con sus empleados, pediremos una compensación por inferencia indirecta hacia las actividades financieras del mismo».

—¿Se ha hecho también eco de nuestras insinuaciones la *Pall Mall Gazette*? —Chastity tomó el periódico—. No he visto nada acerca de eso.

—No, posiblemente hayan tenido la cordura de omitirlo. No hay pruebas de ello... o, al menos, ninguna que hayamos aportado nosotras, porque estoy segura de que alguna sí que hay, pero estábamos tan deseosas de empapelar a Barclay que lo escribimos todo. —Prudence suspiró—. Que estúpidas e ingenuas que somos.

—No —dijo Chastity—, que fuimos. Lo fuimos, pero no creo que aún lo seamos.

—¿Para qué cerrar la puerta de la cuadra cuando el caballo ya ha huido en estampida? —señaló Prudence con una adusta sonrisa. Se giró hacia la puerta al sentir un discreto golpeteo.

—¿Desean que les sirva el jerez aquí, señorita Prue, o prefieren usar el salón esta noche? —preguntó Jenkins.

—No, no creo que estemos de humor para bajar al salón esta noche. Tomaremos el jerez aquí y comeremos el pastel de carne en el comedor pequeño.

—Sí, ya imaginaba que ésa sería su decisión. —Jenkins entró en la sala y dejó la bandeja que llevaba—. ¿A qué hora debo decirle a la señora Hudson que desean ustedes cenar?

Sirvió dos copas y se las acercó en una bandeja de plata.

—¿A las ocho estaría bien? —Prudence miró a su hermana, que le respondió con un asentimiento—. Y no creo que nos vistamos para cenar, Jenkins. Nos serviremos nosotras mismas, si te parece bien. Estoy segura de que hay cosas más interesantes que preferirás hacer esta noche.

—Cuando las haya servido, señorita Prue, habré acabado mi turno de servicio —respondió Jenkins en tono de reproche. Luego inclinó la cabeza y salió de la sala.

—Sólo va al pub a tomarse una pinta de cerveza —dijo

Chastity al tiempo que tomaba un sorbo de jerez. No está muy concurrido hasta las nueve.

—Lo que tú digas, pero un servicio tan sofisticado para comer pastel de carne me parece algo innecesario —observó Prudence—. ¿Por qué no cenamos aquí alrededor del fuego con las bandejas?

—Porque Jenkins y la señora Hudson se horrorizarían —dijo Chastity riendo ligeramente. Dejó su copa en la mesa y fue a echar otra palada de carbón al fuego. *No hay por qué bajar el nivel, señorita Prue, simplemente porque los tiempos sean duros.* Era una imitación perfecta de la señora Hudson, el ama de llaves, y Prudence se rió y aplaudió.

El momento de frivolidad acabó, de forma súbita.

—¿Cómo encontraremos un abogado? —dijo Chastity.

—Creo que primero deberíamos encontrar un procurador, y luego éste asignará un abogado que actuará en nuestro nombre. Estoy segura de que es así como funcionan estos asuntos —respondió Prudence.

—Tú sabes más que yo acerca de estas cosas. —Chastity tomó su copa—. Padre quizá conozca a alguien ¿Crees que podríamos sondearlo?

—¿Quieres decir plantearle un par de preguntas superficiales? —Prudence se inclinó hacia delante, con sus claros ojos verdes llenos de fulgor.

—No sospechará nada —señaló Chastity.

—No —prosiguió Prudence—, sólo me pregunto si sabrá qué tipo de abogado necesitamos.

—Alguno que no sea muy caro. —Chastity dijo lo que era obvio.

Prudence movió la cabeza en señal de negación.

—Este tipo de abogados suelen ser caros. Lo único que podemos hacer es probar. Ya encontraremos la manera.

El sonido de unos pasos impacientes en el pasillo les llegó

justo en el momento en que la puerta se abrió de par en par tras un golpeteo casi superficial. Lord Arthur Duncan estaba de pie en el umbral de la puerta con los bigotes retorcidos, las mejillas más rojas que de costumbre y el bombín apretado contra su chaleco de rayas.

—Nunca había oído nada igual —declaró— ¡Sinvergüenzas, auténticos sinvergüenzas! Deberían colgarlos de una farola. ¡Oh, ya veo que lo habéis visto! —Señaló el *Pall Mall Gazette*—. Semejante vergüenza, una repugnante calumnia. Ya era suficiente con que este afeminado chismorreo señalara con el dedo a… No hay hombre de pelo en pecho con amor propio al que le importe un rábano lo que tengan que decir una pandilla de simplonas cobardes…, pero cuando ese mojigato y demagogo memo señala con su dedo desde la *Gazette*, no se sabe adónde se va a llegar a parar.

Se sentó pesadamente en un sillón orejero que había al lado del hogar.

—Si esto es jerez, tomaré una copa, Prudence.

—Sí que lo es, ciertamente, padre. —Le sirvió una copa y se la acercó—. ¿Está lord Barclay muy disgustado?

—¿*Disgustado*? —dijo su padre con estruendo—. Está fuera de sí. —Se terminó su pequeña copa de un trago y la miró con expresión furiosa—. Esto no bastaría ni para calmar la sed de una mariposa.

—¿Deseas que Jenkins te traiga whisky? —preguntó Chastity solícita.

—No, no hay necesidad de molestarle. —Se limpió el bigote con el pañuelo—. Simplemente, llénamelo de nuevo.

Le dio la copa.

—¿Qué piensa hacer al respecto lord Barclay? —preguntó Prudence al tiempo que se acercaba al fuego para remover los carbones con el atizador—. Seguro que exigirá alguna reparación.

—Para empezar, ha denunciado a esa desvergüenza de *La dama de Mayfair*. Esto los llevará a la quiebra, una vez que Barclay y sus abogados hayan acabado con la tarea. Seguro que no tienen ni un céntimo a su nombre. Y sus editores tendrán suerte si consiguen evitar la cárcel.

—Imagino que debe de estar empleando a los mejores abogados de la profesión —dijo Chastity acercando una copa llena a su padre.

—Oh, sí, recuerda lo que te digo: los mejores que se pueda pagar con dinero.

—¿Hay muchos abogados buenos en Londres especializados en libelos? —preguntó Prudence—. Nunca nos han presentado a ninguno.

—No me sorprende, querida mía. —Contempló a su hija mediana con una sonrisa benigna—. No quiero decir que tú o tus hermanas no podáis competir con los mejores cerebros, pero esa clase de hombres no acostumbran a frecuentar los círculos que a vosotras, chicas, os complacen. A éstos los encontraréis en los clubes, no en los salones de té.

Prudence miró con recelo.

—Me pregunto si eso será cierto. Dinos los nombres de algunos abogados que sean realmente buenos a ver si nos suenan a Chas y a mí.

—Juegos de fiestas —se mofó. Pero parecía haberse calmado algo en la tranquilizante compañía de sus hijas y, bajo la igualmente sedante influencia del jerez, sus mejillas habían adquirido un tono menos rubicundo.

—Bien, a ver, dejadme ver. Los procuradores de Barclay, Falstaff, Harley y Greenwold, han instruido en el caso a Samuel Richardson. ¿Os suena alguno de estos nombres? —Dirigió a sus hijas una mirada llena de petulancia—. Me apuesto lo que sea a que no.

—No esperarás que conozcamos a los procuradores —le

dijo Prudence—. Pero Samuel Richardson... —Hizo un gesto de negación con la cabeza—. No, tú ganas esta apuesta. Dinos otro.

Lord Duncan frunció el ceño pensando.

—Malvern —dijo finalmente—. Sir Gideon Malvern. El miembro más joven del Consejo del Reino durante una década, nombrado caballero por sus servicios en el Tribunal Superior. —Rió de repente entre dientes—. Creo que fue por servicios al rey..., una de las amistades de su majestad se encontró en un turbio embrollo, ya sabéis de qué tipo.

Golpeó insistentemente el dedo contra su nariz.

—Malvern lo defendió... El hombre salió del percal oliendo como una rosa de jardín. Pero me juego lo que sea a que tampoco habéis oído hablar de él, a pesar de todas la conexiones reales. Dicen que es la vela más radiante del candelabro del Inns of Court estos días. El hombre está demasiado ocupado para divertirse.

Dejó su copa sobre la mesa y se puso en pie con cierta premura.

—Bien, debo vestirme. Esta noche ceno con Barclay en Rules. Debo mostrar solidaridad, ya sabéis. No puedo dejar que este tipo... —Agitó una mano en dirección al periódico—. Malintencionada porquería..., eso es lo que es. No se puede permitir que esta basura le gane el día a un hombre honesto.

Le dio un beso paternal en la frente a cada una de sus hijas y las dejó.

—*Hombres honestos* —dijo Prudence con fuerte desdén mientras acercaba su copa al decantador para rellenarla—. No es que padre sea ciego o estúpido. ¿Qué tendrá Barclay que lo cautiva de esta manera?

—Oh, creo que tiene algo que ver con el hecho de que el conde estuvo allí cuando madre murió —dijo Chastity en voz baja mientras miraba el fuego—. Padre estaba consternado, y así estábamos nosotras también. Consternado y exhausto tras haberla cuidado durante aquellos últimos meses.

Prudence asintió al tiempo que cruzaba los brazos alrededor del pecho en un abrazo involuntario. Los últimos días de su madre habían sido terriblemente dolorosos, y ni todo el láudano que habían tenido a su alcance fue suficiente para calmar su sufrimiento. Lord Duncan no había sido capaz de soportar el dolor de su esposa y al final decidió recluirse en su biblioteca, donde lord Barclay estuvo haciéndole compañía, mientras las hijas se turnaban en las vigilias junto a la cama de su madre. No les quedaban energías para atender la aflicción de su padre; no hasta muchos meses después, pero para entonces Barclay ya se había convertido en el confidente más íntimo de lord Duncan.

Prudence dejó caer los brazos y alzó la cabeza.

—Bien, no hay nada ya en nuestras manos que pueda cambiar todo eso. Veamos qué podemos descubrir acerca del tal sir Gideon Malvern.

—Si ha llegado a ser miembro del Consejo del Reino se tratará de lo mejorcito que hay —dijo Chastity—. Me pregunto qué querrá decir con eso de que es el miembro más joven del Consejo del Reino desde hace una década.

—Necesitamos una copia reciente del *Who's Who* —dijo Prudence—. Al menos allí encontraremos a qué asociaciones del Inns of Court está afiliado. El volumen que tenemos en nuestra biblioteca tiene décadas; posiblemente sea anterior a cuando Malvern obtuvo su título de abogado. Iremos a Hatchard's por la mañana a ver qué encontramos.

—¿Aparecerá la dirección en el *Who's Who*?

—No, pero cuando sepamos a qué asociaciones del Inns pertenece, podremos ir allí y buscar su bufete. Estoy segura de que si es tan importante y conocido estará en algún lugar alrededor de Temple.

—Pero no podemos presentarnos en su despacho —señaló Chastity—. Pensaba que tendríamos que seguir los canales adecuados: obtener a un procurador que lo instruya.

Prudence negó con la cabeza.

—Creo que si queremos tener alguna posibilidad de que nos preste su ayuda tendremos que abordarlo..., sorprenderlo. Si le damos tiempo a pensar por un instante, nos pondrá de patitas en la calle entre risas.

—«Ser sanguinarias, audaces y decididas» —citó Chastity con un puño en alto.

—«Reírse con desprecio del poder del hombre» —continuó su hermana.

—Aunque sea tan sólo eso —dijo su hermana poniéndose en pie—. Iremos a Hatchard's a primera hora de la mañana. —Hizo unos estiramientos que indicaban cansancio—. Estoy hambrienta y son casi las ocho, ¿comemos el pastel de carne?

—Me pregunto qué estará cenando Con —dijo Prudence mientras seguía a su hermana escaleras abajo.

—Ojos de cabra —dijo Chastity de repente—. He leído que eso es lo que comen los beduinos nómadas del Sahara.

—Oh, ¿te puedes imaginar la cara que pondría Max si se encontrara un ojo de cabra en su plato?, ¿te lo imaginas, Jenkins? —Prudence se sentó en su silla en el pequeño comedor que usaban cuando estaban solas.

—Según tengo entendido, señorita Prue, los ojos de carnero son una exquisitez. Creo que asan el carnero entero y que la carne se considera de lo más suculento. —Jenkins sostenía la bandeja con el pastel de carne a la altura del hombro de Prudence.

—No estoy segura de que haya mucha diferencia entre cabras y carneros en lo que a esto se refiere —dijo Prudence al tiempo que se servía—. Huele de maravilla... Gracias, Jenkins.

Éste rodeó la mesa hasta llegar a Chastity.

—La señora Hudson ha puesto queso rallado sobre la patata. Creo que lo encontrarán rico y crujiente.

Chastity cortó por el centro del crujiente gratinado y el mayordomo trajo un plato de col en manteca antes de llenar sus copas y retirarse en silencio.

—Está realmente rico —dijo Prudence tras probarlo.

—La señora Hudson saca un gran provecho de lo poco que tiene a mano en la mayoría de casos —dijo Chastity—. ¿Le hemos podido pagar su sueldo este mes?

—Oh, sí. Tuve que empeñar esos pequeños pendientes de perlas de nuestra madre, pero los recuperaremos en cuanto recibamos las «caritativas donaciones» de lady Lucan y lady Winthrop.

—Fue una idea tan escandalosa por parte de Con… —dijo Chastity— pedirles donaciones para ayudar a solteras sin recursos como medio para cobrar nuestros honorarios por el negocio paralelo —le recordó Prudence mientras se servía más col.

—Bueno, ellas no tienen ni idea, o al menos su progenie, de que han recibido los servicios de nuestro negocio paralelo —le recordó Prudence, sirviéndose ella también un poco más de col—. Ésta va a ser la manera más eficiente de cobrar por nuestro trabajo… Si nosotras amañamos a más parejas es por su propio bien.

Chastity no pudo evitar sonreír ampliamente.

—«Por su propio bien.» Suena tan altruista, pero, al fin y al cabo, lo único que queremos es su dinero. —Tomó un pequeño sorbo e hizo una mueca de asco—. Que brebaje más desagradable.

—Lo sé —dijo Prudence con un apesadumbrado asentimiento de cabeza—. Jenkins encontró algunas botellas de borgoña al fondo de la bodega que están claramente picadas. Pensamos que sería mejor que nos bebiéramos aquellas que la señora Hudson no utilice para cocinar.

—No dejes que padre se acerque a ellas.

Prudence asintió de nuevo y tomó un sorbo de su copa.

—Con la comida no está tan malo, pero sería impensable bebérselo solo.

—Bien, ¿cuándo vamos a recibir esas caritativas donaciones de las señoras Lucan y Winthrop?

—Prometieron traer los cheques a nuestra próxima fiesta. Sugerí que cincuenta guineas por cabeza sería apropiado —dijo Prudence alegremente.

Chastity se atragantó con un tenedor lleno de patata.

—¡Cincuenta guineas cada una! Eso es escandaloso, Prue.

—Con consideró que era un poquito demasiado, pero yo creí que valía la pena intentarlo. No es que no puedan permitírselo —declaró su hermana—. La boda tendrá lugar en diciembre y será el más grande y halagado evento de sociedad del año. Hester y David están tan absorbidos el uno por el otro que hasta da náuseas. Y sus madres están felices como unas pascuas. Les hicimos un gran favor a todos. Por no mencionar lo que a ti respecta —añadió con una sonrisa—. Le dimos a David otro objetivo romántico.

—Su adoración se estaba haciendo un poco tediosa —admitió Chastity—. Por cierto, ¿había más cartas para *La dama de Mayfair* aparte de la de los abogados?

—Varias. Aún están en mi bolso. Las miraremos después de cenar.

—Me pregunto qué habrá de postre —musitó Chastity.

—Masa quebrada con compota de manzana, señorita Chas —respondió Jenkins al tiempo que entraba por la puerta—. La señora Hudson se preguntaba si desean ustedes que prepare algún pastel para su fiesta —preguntó mientras recogía los platos.

—Oh, sí, por favor —dijo Prudence—. Recogeremos dinero en la próxima fiesta, así que cuanto más dulce sea el té mucho mejor.

—Por supuesto, señorita Prue. Se lo explicaré a la señora Hudson. Imagino que hará otro bizcocho de chocolate. —Jenkins se lo tomó como si tal cosa mientras recogía los platos vacíos. Las sospechosas actividades lucrativas de las hijas de lord Duncan tan sólo contaban con su aprobación.

2

Las hermanas entraron en la librería de Picadilly al poco de que ésta abriera. Se dirigieron inmediatamente a la sección de referencia que había al fondo de la misma y encontraron lo que buscaban.

—Deberíamos ir la biblioteca a hacer nuestras pesquisas —dijo Chastity en voz baja—. Hacer uso de una librería me da la sensación de estar haciendo trampas. Estoy segura de que preferirían que compráramos la última edición del *Who's Who*.

—No me cabe la menor duda —asintió Prudence—. Pero cuesta cinco guineas que no tenemos y tan sólo necesitamos una referencia. Aquí están las emes. —Su dedo se deslizó por los registros—. Maburn..., Maddingly..., Malvern. Es éste: «Sir Gideon Malvern, CR; miembro del Inns of Court, Middle Temple; nombrado miembro de la abogacía del Tribunal Superior, 1894; designado miembro del Consejo del Reino, 1902; educación: Winchester, New College, Oxford...». —Levantó la cabeza—. Es justo lo que necesitamos.

—¿No dice nada más? ¿Ninguna información personal? —preguntó Chastity, mirando por encima del hombro de su hermana—. Mira esto. Dice que está divorciado. «Casado con Harriet Greenwood, hija de lord Charles y lady Greenwood en 1896; divorciado en 1900. Una hija, Sarah, nacida en 1897.»

Levantó la mirada frunciendo el ceño.

—Divorciado... Esto es inusual.

—Mucho —asintió Prudence—. Pero no nos afecta en nada. Sabemos dónde encontrarle o, al menos, dónde está su bufete. Vayamos a Middle Temple Lane a mirar las placas de las casas.

Cerró el tomo suavemente y volvió a colocarlo en su estante. Una vez fuera, lidiaron con los comerciantes que concurrían Picadilly hasta que dieron con un taxi libre.

—A Victoria Embankment, por favor —dijo Prudence mientras subía con Chastity pisándole los talones—. La cuestión ahora —susurró Prudence frunciendo el ceño— es cómo dirigirnos a este insigne hombre. ¿Se te ocurre algo, Chas?

—Nada en concreto —contestó su hermana mientras se ajustaba el ala de su sombrero de paja—. En primer lugar, deberíamos pedir hora. ¿No estará en los tribunales..., en el Old Bailey o en cualquier otro lugar? El Bailey ya está abierto, ¿no es así?

—Desde principios de este año, creo —respondió Prudence con vaguedad—. Aunque no esté ejerciendo allí, lo más probable es que se encuentre en algún juzgado esta mañana. No creo que hoy consigamos llegar más allá de su pasante, eso suponiendo que no nos den con la puerta en las narices antes de que podamos abrir la boca.

—Bueno, tenemos un aspecto bastante respetable —dijo Chastity.

Eso mismo creía Prudence. Su propio conjunto de chaqueta y falda de *tweed* combinado con un sombrero liso de paja negro era discreto, comedido, respetable y hasta corriente. El vestido de Chastity, de seda marrón oscuro, era, por el contrario, un poco más adornado pero, de la misma manera, no había nada frívolo en él. Habían considerado la idea de ir de punta en blanco para sorprender al abogado con su elegancia y feminidad, pero finalmente se habían decantado por adoptar una actitud más moderada. Cuando tuvieran una idea más precisa de con qué tipo de hombre trataban podrían actuar más consecuentemente. Que estuviera divorciado era, sin embargo, un dato interesante. No era algo habitual en esos círculos y conllevaba un cierto estigma. Por supuesto, bastante más para la mujer que para el hombre, pensó ácidamente como si escuchara en su cabeza la voz de la Constance sufragista, protestando encolerizada abiertamente ante los tribunales y en sus encubiertas reuniones sobre la injusticia de las leyes en lo que a las mujeres se refiere. ¿De quién habría sido la culpa en este caso?, ¿de sir Gideon o de su esposa? Descubrirlo quizá les diera alguna pista sobre cómo tratar con el abogado.

El taxi se detuvo en Victoria Embankment y las dos salieron de él y se pararon a observar brevemente el meandro que traza el Támesis hasta South Bank. El sol luchaba por irrumpir a través de un cielo encapotado y unos débiles rayos de luz iluminaban la apagada y ondulante superficie del río. Una brusca ráfaga de viento arrastró las hojas coloreadas de los robles de Temple Gardens, que quedaba a sus espaldas.

—Hace demasiado frío para que nos quedemos quietas —dijo Prudence—. Vayamos a Middle Temple Lane. Tú busca en una acera que yo buscaré en la otra.

Las puertas de ambos lados de la calle lucían placas de cobre con los nombres de los moradores de aquellos altos y estrechos edificios. A cada uno de ellos les seguía la palabra *Abogado*. Encontraron el nombre de sir Gideon Malvern a media calle.

Prudence llamó a Chastity con la mano y ésta cruzó hacia ella.

—Ésta es —dijo Prudence mientras le señalaba la placa.

Chastity giró el lustroso pomo de cobre amarillo y la puerta se abrió dando a un oscuro interior que difícilmente podría calificarse de recibidor. Una escalinata de madera se alzaba justo delante de ellas. La luz del sol se había hecho un hueco entre las nubes y, en el mejor de los momentos, emergía suficiente luz natural a través del estrecho ventanal que había en la esquina de la escalera, pero alguien había tenido la consideración de encender la lámpara de gas que había al final de ésta, de manera que una limitada iluminación indicaba el camino que debían seguir por aquella añeja y desvencijada escalinata.

Las hermanas intercambiaron una mirada. La brillante placa y el pomo de la entrada no hacían prever este desvencijado interior, pero Prudence sabía lo suficiente sobre la profesión legal para darse cuenta de que no se debía juzgar al abogado por el aire de deterioro que rodeaba sus premisas. Los despachos del antiguo Inns of Court eran muy cotizados y sólo estaban al alcance de unos pocos y selectos abogados. Era casi una cuestión de orgullo y de tradición el que las comodidades modernas no invadieran sus sagradas salas.

—Me sorprende que haya una lámpara de gas —murmuró—. Creía que no habían avanzado más allá de los candiles de aceite y las velas.

—¿Subimos? —preguntó Chastity con una voz igualmente baja.

—Para eso hemos venido. —La voz de Prudence reflejaba más seguridad de la que en realidad sentía. Empezó a subir las escaleras y Chastity la siguió. Era demasiado estrecho para que las dos cupieran de lado.

La puerta que había al final de las escaleras estaba ligeramente entreabierta. Prudence llamó y, aunque su golpe había sido demasiado tímido, éste sonó con bastante fuerza.

Una voz temblorosa las invitó a entrar. Presumiblemente ésta no era la de sir Gideon Malvern, consideró. Su padre lo había descrito como el más joven abogado en haber recibido dicho honor en décadas y recordó haber leído en el *Who's Who* que había sido nombrado miembro del Tribunal Superior hacía doce años. No podría superar los cuarenta, calculó. Entró dejando la puerta entreabierta sin notar que Chastity no la seguía.

—Quisiera ver a sir Gideon Malvern —dijo Prudence, mirando a su alrededor con interés. Las paredes eran imperceptibles tras aquellas estanterías repletas de volúmenes forrados en piel. Un teléfono colgaba de la pared detrás del secretario, una lujosa nota de modernidad que la sorprendió aún más que la lámpara de gas. No pegaba ni en pintura. De un perchero situado junto a la puerta colgaba el atuendo de trabajo del abogado, una toga de color negro y una elaborada peluca blanca.

El abogado abrió el diario que tenía sobre el escritorio, pasó las páginas lentamente y repasó los titulares con atención a través de los quevedos. Miró hacia arriba tras lo que pareció un interminable período de tiempo.

—Sir Gideon no puede recibirla en este momento, señorita.

—Eso es porque no he concertado ninguna cita aún —contestó Prudence, con un matiz de impaciencia en su voz. Se quitó los guantes, consciente de lo indicativo de su gesto. Aquel hombre le estaba tomando el pelo—. Como estoy segura de que se habrá dado cuenta. Sin embargo, quisiera concertar una.

—¿Es usted procurador, señorita? —La miró y ella se percató de que sus ojos eran bastante más agudos de lo que sus modales indicaban.

—No —dijo ella— pero, no obstante, quisiera hacerle una

consulta a sir Gideon sobre un caso de libelo. Uno que creo que encontrará tan interesante como rentable. —Esto último lo pronunció deslizándolo tan suavemente por su lengua como el agua que corre sobre la piel encerada.

El secretario se pellizcó la barbilla, mirándola otra vez durante otro rato desesperantemente largo.

—Esto es de lo menos ortodoxo, pero si tiene usted los documentos relativos al caso, los miraré para considerar si podrían ser del interés de sir Gideon —dijo finalmente alargando la mano.

—¿Toma usted las decisiones por sir Gideon? —inquirió Prudence, con la misma acritud en su voz—. Hubiera creído que un abogado de su reputación tomaría las decisiones por sí mismo.

—Todo cuanto llega a sir Gideon debe pasar primero por mis manos —afirmó el secretario.

Parecían haber llegado a punto muerto. Prudence sabía que si se daba la vuelta y se iba nunca podría regresar allí, pero que si, por lo contrario, entregaba los documentos que llevaba en su bolso, éstos seguramente acabarían en la rebosante papelera que había al lado del escritorio del secretario. Así que decidió permanecer en su lugar.

El secretario de sir Gideon continuó observándola con mirada astuta desde detrás de sus quevedos. Estaba pensando que su jefe tenía una manera un tanto excéntrica de escoger sus casos. Sir Gideon frecuentemente aceptaba casos que Thadeus consideraba una verdadera pérdida de tiempo, indignos de la atención de su jefe. Cuando expresaba sus reservas normalmente se encontraba con un encogimiento de hombros y con el comentario de que el cerebro de un hombre necesitaba de vez en cuando algo extraordinario para mantenerse en forma.

Thadeus se preguntaba qué pensaría sir Gideon de la presente visita. Una señorita de incuestionable clase y considerable fuerza de voluntad, decidió, no destacaría entre la multitud, pero, ahora bien, a sir Gideon no le atraía lo extravagante, excepto en lo referente a las exóticas bailarinas a las que parecía preferir como queridas.

Prudence observó la puerta cerrada del fondo y después el atuendo del abogado que colgaba de la percha. Si el traje estaba allí, posiblemente era porque sir Gideon no se encontraba en los tribunales.

—¿Está sir Gideon en su oficina?

—No, señorita, me temo que no.

—¿A qué hora regresa?

—Las cuestiones personales de sir Gideon no son de mi incumbencia, señorita.

—Ah. —Lo que lo había hecho salir de su despacho aquella mañana no tenía nada que ver con los tribunales, intuyó.

—Déjeme usted los documentos y le aseguro que sir Gideon los leerá —afirmó el secretario—. De otro modo, tendré que pedirle que me disculpe. Tengo trabajo que hacer.

Parecía que no habría otra solución. Prudence abrió su bolso y extrajo el artículo de *La dama de Mayfair* subrayado y la carta del procurador.

—La querella concierne a este periódico —dijo ella—. Verá que he subrayado la parte relevante.

El secretario tomó el delgado pliegue de papeles.

—¿Esto es todo? —preguntó alzando una ceja como signo de incredulidad.

—No, yo no diría eso —dijo Prudence—. No, no soy procurador, como ya le he dicho. Pero todo lo que sir Gideon necesita para comprender la situación se encuentra aquí.

—Excepto su nombre, señorita.

—La demanda se ha interpuesto contra *La dama de Mayfair*, éste es el nombre que necesita conocer sir Gideon.

Thadeus la miró y en su cara se esbozó lo que parecía una sonrisa.

—Usted no conoce a mi jefe, señorita. Le puedo asegurar que necesitará mucho más que esto.

—Bien, si decide aceptar el caso, entonces se lo daré —declaró Prudence bruscamente—. Por el momento, cualquier mensaje que remita a esta dirección llegará a mis manos. —Le entregó un papel doblado.

Thadeus desplegó el papel.

—«Mr. Henry Franklin, Piso A, Palace Court, Bayswater» —leyó en voz alta. La miró de nuevo y su vista se desplazó a los dedos de Prudence, carentes de anillos. Esta mujer no tenía pinta de ser de Bayswater. Por la simplicidad de su vestido tenía todo el aspecto de ser de Mayfair—. Así que un mensaje dirigido a esta dirección le llegará a usted, ¿correcto?

—Eso es lo que he dicho, creo. —Prudence se puso los guantes con gestos concisos—. Espero recibir noticias suyas hacia el final de la semana. No debería tardar mucho en tomar una decisión. El tema es bastante urgente.

—Un libelo no es por lo general nada urgente —replicó el secretario. Hizo una breve reverencia—. Le deseo un buen día.

—Buenos días. —Prudence se giró para dirigirse a la puerta y entonces se percató de que Chastity no estaba con ella. Salió al rellano, cerrando la puerta tras de sí, y vio a su hermana, que había permanecido escondida escuchando tras la puerta—. Chas, ¿por qué no has entrado? —le preguntó en un susurro.

—Había tan poco espacio ahí dentro —explicó Chastity—. Me pareció mejor quedarme fuera. ¿Te importa?

—No; a decir verdad, ni me había dado cuenta de que no estabas en la habitación —respondió Prudence manteniendo la voz baja mientras descendía por las escaleras—. ¿No crees que este hombre está un poco atolondrado?

—Sí, pero le has plantado cara estupendamente bien. Obviamente se ve a sí mismo como a Cerbero, custodiando la entrada de *su jefe*.

Prudence se rió entre dientes y sacudió la cabeza.

—Sólo espero que le enseñe los documentos a este *jefe* suyo. —Puso la mano sobre el mango de la puerta mientras hablaba y miraba hacia atrás por encima de su hombro. Entonces la puerta se abrió abruptamente y casi la empujó hacia un lado. Prudence se tambaleó mientras aún asía el mango con la mano.

—¡Oh! Mil disculpas, no me había dado cuenta de que había alguien al otro lado de la puerta. —Una voz masculina bien modulada e inusualmente tranquila le habló desde arriba.

Miró hacia el propietario de la voz, demasiado sobresaltada durante un instante para responder. En la penumbra de aquel estrecho vestíbulo era difícil formarse una impresión clara, pero le pareció que sus ojos eran grises.

—¿Sir Gideon Malvern? —preguntó directamente.

—A su servicio, señorita. —Había un tono inquisitivo en su cortés respuesta. Sus ojos grises se desplazaron hacia Chastity, que aún estaba en el escalón de abajo.

—*La dama de Mayfair* —dijo Prudence, estrechándole la mano—. Su secretario le pondrá al corriente.

—Desde luego. —Estrechó su mano tan firmemente que casi pareció un apretón—. Qué intrigante. —La soltó y dirigió su mirada al reloj de bolsillo que colgaba de su chaleco—. Le pediría que me lo explicara en persona pero desgraciadamente debo estar en los tribunales en menos de media hora.

—Su secretario ya sabe cómo puede contactar con nosotras —dijo Prudence sonriendo levemente—. Buenos días, sir Gideon.

—Buenos días, señoritas. —Hizo una reverencia y se puso a un lado para que ellas pudieran salir a la calle. Sonrió a Chastity con el mismo aire inquisitivo cuando ésta descendió las escaleras—. ¿Dos damas de Mayfair?

Chastity simplemente inclinó la cabeza y murmuró:

—Buenos días —y siguió a su hermana hasta la calle. La puerta se cerró detrás de ellas.

—Al menos esto hará que nuestro atolondrado secretario no se quede con los papeles —dijo Prudence mirando a la puerta cerrada y dándose golpecitos en el labio con el dedo índice—. Sir Gideon dijo que estaba intrigado, así que seguro que preguntará qué queríamos. Su secretario no le podrá negar que hemos estado aquí.

—No —asintió Chastity—. Hemos hecho un buen trabajo esta mañana. No creo que podamos hacer nada más hasta que recibamos noticias suyas.

—Considero que nos hemos ganado un buen café en Fortnum —declaró su hermana.

—Ha sido toda una inspiración que dieras la dirección de Henry y Amelia —dijo Chastity mientras se dirigían a Chancery Lane—. Nadie encontraría ninguna conexión entre los Franklin y los Duncan de Manchester Square.

—A menos que el abogado contrate a un investigador privado. Podría descubrir la relación entre Henry y Max en un abrir y cerrar de ojos. Los secretarios de los políticos no son difíciles de seguir. Amelia Westcott y Henry Franklin habían sido los primeros clientes oficiales de Los intermediarios, su negocio paralelo. Casados ahora felizmente y esperando su primer hijo, habían mantenido una estrecha relación con las hermanas Duncan. Henry trabajaba como secretario para el marido de Constance en el Parlamento.

—No creo que llegue tan lejos —dijo Chastity—. Si decide aceptar el caso, puede obtener todo lo que necesite de nosotras. Y si no es así, ¿para qué se tomaría la molestia de investigarnos?

—Tienes razón —asintió Prudence. Pero se sentía levemente preocupada. Aunque se hubiera tratado de un breve encuentro, y ciertamente agradable, algo en aquellos ojos grises la había perturbado, aunque no pudiera decir qué era.

Sir Gideon Malvern entró en su bufete y saludó a su secretario de la manera habitual.

—Café, Thadeus, tan fuerte como pueda.

—El agua ya hierve, sir Gideon. Espero que su reunión en la escuela de Sarah haya ido bien. —El secretario se había levantado para echar un vistazo al agua que hervía en el fogón.

—Sí, la directora sólo tenía cosas buenas que decir sobre Sarah —contestó Gideon.

—No me sorprende, sir Gideon, la señorita Sarah es lista como ella sola.

—Afilada como un alfiler. —La risa de Gideon sonó fuertemente entre el orgullo y el afecto mientras repetía el cliché. Se quitó los guantes y el bombín y los dejó en el banco que había junto a la puerta—. Así pues, infórmame acerca de nuestras visitantes.

Thadeus echó agua en una taza de cobre antes de hablar y se puso derecho mientras la sostenía.

—¿Visitantes, señor? Yo sólo vi a una.

—Pues eran dos. —Gideon se dirigió al despacho de adentro—. Las damas de Mayfair, se hacen llamar. En otras circunstancias, hubiera pensado que se trataba de un par de *señoritas* que ofrecían sus servicios. —Se puso detrás de la mesa de roble que hacía de escritorio pero no se sentó.

Thadeus se permitió una mueca de disconformidad mientras dejaba la taza sobre la mesa.

—La única a la que vi yo, señor, parecía muy respetable.

—Qué insulso. —Gideon se sirvió café inhalando el aroma con cara de placer—. No pude verlas con claridad en la oscuridad de abajo. Me pregunto si deberíamos instalar otra lámpara de gas en el vestíbulo.

—Ya hay suficientes lámparas de gas, señor —dijo el secretario—. Pero podríamos colgar otra lámpara de aceite del gancho que hay tras la puerta.

—No…, no, déjalo correr. —El abogado movió la mano con desdén—. Así pues, ponme al corriente.

Thadeus volvió a la habitación de afuera y regresó con los papeles que Prudence le había dejado.

—Un caso de libelo, señor. Pero la señorita desea actuar como su propia procuradora. Quisiera instruirle a usted personalmente.

—Oh, eso es novedoso. Nada aburrido; sólo demuestra cómo las apariencias a veces nos engañan. —Gideon se tomó el café y echó un vistazo a la copia de *La dama de Mayfair*—. Por lo que parece, ya tenemos una explicación sobre nuestras damas de Mayfair.

—Aún no he tenido tiempo de leerme los detalles del caso —dijo Thadeus, como si se excusara por algún incumplimiento en su deber.

—¿Cómo podría haberlo hecho usted? Acaban de marcharse. —Gideon dejó la taza en el platillo y cogió los papeles—. Los leeré en el Old Bailey cuando el jurado se ausente. Es un caso a puerta cerrada. No creo que estén fuera más de una hora, así que no me vale la pena volver al bufete mientras estén deliberando. Mejor aprovecho el tiempo. —Se dirigió rápidamente al despacho de afuera y cogió la toga negra del perchero.

—Hay una dirección de Bayswater, sir Gideon. La señorita me indicó que la utilizáramos para ponernos en contacto con ella.

—¿Bayswater? —Gideon se giró sorprendido con la peluca en la mano—. Ninguna de esas dos señoritas tenía aspecto de ser de Bayswater.

—No, yo también pensé lo mismo. Intuyo que la dirección sólo la usan a efectos de contacto, para preservar su anonimato.

—Y ¿cómo esperan preservar el anonimato? —murmuró Gideon mientras se miraba en el espejo con la peluca sobre la cabeza—. Los casos que he instruido en los últimos seis meses han sido terriblemente tediosos. Necesito un cambio y algún reto, Thadeus. Quizá esto me traiga ambas cosas.

Movió la peluca suavemente para que ésta no quedara torcida sobre su oreja izquierda y, sonriente, dijo:

—Por supuesto, lo que en realidad necesito es un crimen bien sanguinario, pero nuestras señoritas no tienen pinta de asesinas. Sin embargo, como he dicho, las apariencias a veces engañan. Debemos estar esperanzados. —Levantó la mano despidiéndose y profirió un suspiro de resignación.

—Sería tan feliz si no tuviéramos que ocuparnos de dar una fiesta esta tarde —dijo Chastity cuando las dos hermanas hubieron regresado a casa—. Es tan aburrido sin Constance.

—No te olvides de que se trata de una ocasión para recoger fondos —le recordó Prudence—. Estamos trabajando. —Puso la llave en la cerradura—. Imagínate cien guineas en nuestra cuenta bancaria.

—Esto me dará motivos para trabajar —dijo Chastity—. Hola, Jenkins —saludó alegremente al mayordomo cuando éste salía al vestíbulo desde la biblioteca.

—Señorita Chas, señorita Prue. —El mayordomo mostraba una sonrisa en su cara.

—¿De qué se trata, Jenkins? —preguntó Chastity—. Guardas un secreto. No puedes negarlo.

Su sonrisa se hizo más amplia.

—Un telegrama, señorita Chas.

—¿De Con? —preguntaron las hermanas al unísono.

—Eso creo. —Se dirigió con paso firme a la mesa donde estaba el mensaje—. Lleva sello de Calais, si no me equivoco.

—¿Calais?, eso es que ya deben de estar de regreso. —Prudence cogió el telegrama—. ¿Cuándo ha llegado?

—Hará cosa de una hora. He preparado una comida fría para ustedes en el comedor. Lord Duncan comerá en su club.

—Gracias. —Prudence abrió el telegrama.

—Así pues, ¿cuándo llegan? —Chastity intentó no saltar de impaciencia.

—No lo dice exactamente… El barco está… teníamos… partir ayer por la mañana, pero había borrasca, así que decidieron esperar… excepto que ella ya no puede esperar más. —Prudence meneó el telegrama delante de los ojos de su hermana con evidente felicidad—. Cualquiera de estos días, creo.

—Cuanto antes mejor —dijo dichosamente Chastity mientras se dirigían al comedor.

—Deberíamos darles al menos un día para que se rehabitúen —dijo Prudence al tiempo que examinaba lo que había sobre la mesa: jamón, una ensalada de remolacha, pan y queso.

—Ya sabes que Con no esperará para querer saber cómo va todo —dijo Chastity mientras cortaba una gruesa rebanada de pan y se la pasaba con el cuchillo a su hermana.

—No creo que agradezca que la apresuremos demasiado cuando sepa lo que tenemos que contarle —observó Prudence mientras untaba con mantequilla la rebanada y tomaba unas lonchas de jamón de la bandeja—. Me pregunto cuándo recibiremos noticias de sir Gideon. No creo que tarde demasiado en leer el artículo y hacerse una idea.

—Quizá tarde más en tomar una decisión. —Chastity tomó un poco de ensalada—. ¿Sirvo yo el café?

Prudence asintió con gratitud mientras mordisqueaba el pan con jamón. Su mente se quedó divagando sobre la tarde que les esperaba. No había nada que pudiera hacer para apresurar la decisión del abogado, pero las dos horas por semana en las que las honorables señoritas Duncan ofrecían su merienda semanal representaban un fructífero escenario para captar clientes para Los intermediarios. Estaban consiguiendo elaborar una lista considerable de solteros y solteras que, por supuesto, sin ser conscientes, habían sido seleccionados como posibles candidatos para personas que desconocían, si se presentaba la ocasión.

—Me pregunto si Susanna Deerfold vendrá esta tarde —dijo Chastity leyendo los pensamientos de su hermana—. Me dio la impresión la semana pasada de que se llevaba bastante bien con William Sharpe.

—Plantamos alguna semillita —asintió Prudence—. Si vienen, sugeriré que visiten juntos el friso del Partenón. Susanna no dejaba de ensalzar las virtudes de la escultura griega la otra noche, y estoy segura de haber oído a William hablar con alguien sobre el Partenón.

—Y cuando los hayamos puesto en la feliz ruta del matrimonio ¿les pedimos entonces su caritativa donación? —preguntó Chastity con una mueca.

—Oh, por supuesto, pero quizá no para ayudar a solteras sin recursos, sino para constituir algún fondo que ayude a preservar los tesoros griegos —respondió con aridez.

—¿No es eso ilegal, algo parecido a un fraude..., conseguir dinero bajo un falso pretexto? —inquirió Chastity.

—Estoy segura de que es así. Pero ¿qué va a hacer una mujer trabajadora? —Prudence dejó la servilleta sobre la mesa y empujó su silla hacia atrás—. Voy a cambiarme y a inspeccionar las flores del salón.

—Voy contigo.

A las tres y media las hermanas ya habían acabado de examinar el perfumado salón.

—Sin noticias de lady Lucan ni de lady Winthrop —murmuró Chastity mientras su hermana llevaba una bandeja con dulces.

Prudence se encogió de hombros al tiempo que Jenkins anunciaba la llegada de lady Leticia Graham y de su hija, Pamela Graham.

—Leticia, tienes un aspecto increíble. —Se acercó para saludar con un beso a la cuñada de Constance y luego se arrodilló para saludar a la niña—. Buenas tardes, Pamela. —La saludó y se ahorró el comentario de que las chicas de esa edad estarían mucho mejor en el colegio en una tarde de otoño. Un salón lleno de cotilleo adulto era un lugar tedioso para una niña de seis años.

—El ama de llaves se ha ido —dijo Leticia con un suspiro y un gesto de la mano—. Ni una nota, ¿puedes creerlo? Hizo sus maletas y se largó después del desayuno. Es la tarde libre de la niñera y la asistenta tenía dolor de muelas… Qué desconsiderada. Así que, aquí estamos, ¿no es así, Pammy? —Le dirigió una sonrisa a la niña, y ésta la recibió con un silencio estoico.

—Debe de ser agotador para ti, querida —dijo lady Bainbridge haciendo un gesto de invitación desde el sillón—. Pareces tener tantos problemas con las amas de llaves. Tal vez te iría bien emplear otra agencia. Siéntate aquí junto a mí… Estoy segura de que recordaré el nombre de aquella agencia que me envió el tesoro de persona que se ocupó de Martha y Mary…, ¿cuál era su nombre? —Dirigió la mirada hacia sus hijas, que estaban sentadas remilgadamente una al lado de la otra en el sofá de enfrente.

—La señora Grayson, mamá —contestó Martha.

—Estuvo con nosotras más de diez años, mamá —le recordó Mary.

Chastity percibió un ligero tono de sarcasmo en las respuestas de sus hijas, pero no lo suficientemente claro para que su madre se percatara. Lady Bainbridge estaba sorda a ese tipo de detalles, pero era alentador oírlos de boca de unas hijas que nunca habían osado plantarle cara a su madre.

—Lady Lucan y lady Winthrop —anunció Jenkins al tiempo que las dos viudas entraban en el salón.

Chastity dejó su plato y se dirigió a Pamela, que ahora, abandonada por su madre, estaba de pie junto a Prudence.

—¿Quieres ayudarme a repartir la nata entre las invitadas, Pamela? —Tomó a la niña de la mano y se la llevó a la mesa donde estaban los pasteles para liberar así a su hermana y que ésta pudiera saludar a los donantes de su entidad benéfica para solteras sin recursos.

—Lady Lucan…, lady Winthrop… —Prudence esbozó la mejor de sus sonrisas—. Qué placer verlas. ¿Cómo van las preparaciones de la boda?

—Muy bien —dijo la viuda lady Lucan.

—Espléndidamente —comentó la viuda lady Winthrop—. Hester parece un ángel en su vestido de novia. La cola mide casi diez metros. —Tomó un pañuelito de su manga y se frotó los ojos—. Winthrop hubiera estado tan orgulloso… de llevarla del brazo hasta el altar. Una ausencia irreparable para una chica en el día de su boda.

—Pero estoy convencida de que su hermano, lord Winthrop, la apoyará admirablemente —dijo Prudence—. Y, por supuesto, tendrá a David esperándola ante el altar. —Sonrió a lady Lucan—. Debe de alegrarle tanto el corazón, lady Lucan, ver a su único hijo tan feliz.

—No diré lo contrario —contestó la condesa—. Y Hester es una chica tan buena.

¿Cómo podía sugerir Prudence a las dos viudas que entregaran sus donaciones de cincuenta guineas?

—Permítanme que les traiga un té —dijo Prudence al tiempo que hacía una indicación a Jenkins para que deambulara entre las invitadas con una tetera de plata en la mano. Se llevó a las dos viudas a un sillón apartado que había junto a los ventanales que daban al jardín y se sentó en una sillita más baja junto a ellas. Y cuando éstas ya tuvieron el té y unos bocadillitos de pepino, les dijo—: He recibido un telegrama de mi hermana y del señor Ensor. Están pasando su luna de miel en Egipto.

—¡Egipto! —exclamó Lady Bainbridge—. Qué extraño lugar para una luna de miel…, toda esa arena y ese polvo.

—Sí, terrible para la piel —añadió Leticia—. Y Constance ha tenido siempre una piel tan delicada.

—Dudo que su piel lo haya notado, Leticia —dijo Chastity ayudando la mano temblorosa de Pamela, que llevaba la nata—. Pero lo sabremos en breve. Ya están de regreso.

—Oh, qué placer será ver a Constance de nuevo, y Pammy echa tanto de menos a su tía, ¿no es así, Pammy, querida?

—La madre le dirigió una sonrisa a la niña, que asintió firmemente con la cabeza mientras lamía los restos de nata de la cuchara de servir.

—Constance está siempre tan dedicada a las causas caritativas que apoya… —Prudence dirigió la conversación un poco oblicuamente hacia temas más provechosos—. Dice en su telegrama que ha conseguido el apoyo de círculos diplomáticos en París y Roma y, por supuesto, también en El Cairo.

—Ah, sí…, sí…, por supuesto. La organización benéfica.

—La viuda lady Winthrop abrió su diminuto bolso de seda—. Me había olvidado, querida. Prometí hacer una donación... para esta noble causa. Cincuenta guineas, ¿no es así?

—Gracias —dijo Prudence en voz baja al tiempo que cogía el cheque—. No es usted consciente de la gran diferencia que esto supondrá para las vidas de esas pobres señoras. Son pobres sin ser responsables de ello. Sin lo poco que les damos se verían forzadas a venderse en las calles.

Lady Lucan alzó la barbilla y abrió su bolsito.

—Bueno, había pensado dar mis cincuenta guineas pero, vistas las circunstancias, creo que setenta será más apropiado.

Lady Winthrop miró hacia arriba mientras su acompañante entregaba con cara de triunfo el cheque a Prudence.

—Son ustedes tan amables y generosas —dijo Prudence, levantándose con elegancia y con los dos talones bien guardados en la palma de su mano—. No sé cómo agradecérselo mejor... Esas pobres mujeres les estarán agradecidas eternamente. —Sonriendo, se retiró hacia el aparador, abrió el cajón de la mantelería y, subrepticiamente, escondió los dos cheques entre las servilletas de té.

—Atroz —le susurró Chastity a la oreja.

—El diablo obliga, querida hermana.

3

Gideon echó a un lado la copia de *La dama de Mayfair* frunciendo el ceño. Releyó la carta del procurador y hojeó de nuevo la publicación antes de coger una pitillera plateada. Tomó un cigarrillo, lo encendió, y retiró su silla hacia atrás para aproximarse a la estrecha ventana que daba a la calle. Fumaba pensativamente mientras observaba a los pocos peatones que aún deambulaban por las calles a esas horas del atardecer. Se trataba en su mayoría de secretarios de los tribunales que se dirigían a sus hogares en buhardillas solitarias o a encontrarse con sus esposas e hijos en las modestas casas adosadas de las afueras de Londres. No era una profesión que se pagara en demasía.

Como empujado por su reflexión, se retiró de la ventana y salió a la oficina de afuera, donde Thadeus examinaba cuidadosamente un montón de papeles situados sobre una pequeña mesa.

Thadeus abandonó una pila de papeles para desenterrar de otra el dietario.

—¿Le interesa a usted el caso, sir Gideon?

—No me provoca tanto interés como irritación. —Respondió el abogado, arrojando su cigarrillo al fuego. Luego tiró el periódico sobre la mesa—. Había visto esta publicación por ahí pero, por supuesto, nunca me había tomado la molestia de hojearla. Pensaba que estaría repleta de habladurías femeninas y cotilleos sobre moda.

—Y ¿no es así, sir Gideon?

—Algo de eso hay —dijo Gideon—, pero también tiene toda la pinta de tratarse de algún tipo de panfleto sufragista.

El labio superior del secretario se curvó en una mueca como muestra involuntaria de su desdén.

—¿Qué harían las mujeres si tuvieran el voto, sir Gideon?

El abogado se encogió ligeramente de hombros.

—Por lo que a mí respecta, Thadeus, los tribunales aún no se han pronunciado a ese respecto. Pero este artículo... —Golpeó el papel con el dedo índice—. Parece que Barclay está en todo su derecho de demandar. Esto es un pedazo de auténtica malicia.

—Pero ¿y si es cierto, sir Gideon? —El secretario giró la cabeza hacia un lado como un investigador inquisitivo.

El abogado hizo un gesto desdeñoso con la mano.

—Posiblemente no habría humo si no hubiera fuego, pero este tipo de porquería sensacionalista es peor que los pecados que pretende exponer. Le voy a decir a quienquiera que haya escrito esta calumnia que eso es lo que opino de la tal *La dama de Mayfair*. La simple idea de que se hayan dirigido a *mí* para que defienda este indignantemente malévolo torrente de difamatoria basura es insultante. ¿Quién demonios se habrán creído que soy?, ¿cualquier aprendiz de abogado que busca a sus clientes por las cloacas?

Sir Gideon echaba humo por las narices, Thadeus reflexionó mientras consultaba el dietario. Empezaba a lamentarse por la pobre mujer que se toparía inconscientemente contra esa cortina de fuego.

—El próximo jueves por la tarde, sir Gideon, tiene usted un hueco a las cuatro en punto.

—Entonces, envíe un mensaje a esa dirección de Bayswater solicitando la presencia de la dama de Mayfair en mi despacho a esa hora.

—Como usted diga, sir Gideon. Lo enviaré por mensajero inmediatamente.

Gideon tomó el abrigo y la bufanda que colgaban de la percha.

—Oh, asegúrese de que tengan bien presente que mis honorarios por una consulta inicial sin garantías de continuidad es de cincuenta guineas. Me marcho a casa, Thadeus. Sarah ha invitado a algunas compañeras de la escuela a cenar y tengo estrictas instrucciones de estar en casa a tiempo para ser presentado. Entiendo que sus padres deben saber que, aunque Sarah no tenga madre, su padre es absolutamente respetable. No se quede usted demasiado rato tampoco. —Alzó la mano despidiéndose y se apresuró hacia el exterior, adentrándose en el crepúsculo.

El radiante automóvil verde rodeó Manchester Square y se detuvo ante el número 10. Max Ensor se dirigió a su esposa con una sonrisa ligeramente burlona:

—No te olvides de que ya no vives aquí, Constance.

Ésta rió y negó con la cabeza:

—Pero como si lo hiciera.

—Yo no estaría tan seguro —dijo él sonriendo aún—. No has visto a tus hermanas desde hace seis semanas pero me apuesto lo que quieras a que desde el momento en que estés con ellas olvidarás todo cuanto ha ocurrido desde la última vez que os visteis.

Constance volvió a negar con la cabeza y dejó caer una mano enguantada sobre la suya, que se apoyaba sobre el volante.

—Eso no podría suceder nunca, Max. —Sus oscuros ojos verdes se tornaron serios en ese instante aunque mantenían el brillo en su interior—. Cada momento de las últimas seis semanas ha dejado una imprenta indeleble en mi memoria... y no sólo en mi memoria —añadió con una rápida, amplia y ligeramente traviesa sonrisa—, mi cuerpo lleva también sus huellas.

Max rió y salió del automóvil para dar la vuelta y abrirle la puerta del acompañante.

—No sólo tú, mi amor. Hay en ti algo de leopardo hembra en ocasiones.

—¿De leopardo hembra? —dijo levantando las cejas—. Me pregunto por qué será.

—Una vez leí una vívida descripción acerca de los hábitos de apareamiento del leopardo —le comentó su marido al tiempo que ella descendía a la acera—. Al parecer se trata de una relación coital algo violenta, en la que la hembra se pasa la mayor parte del tiempo gruñendo y arañando a su pareja para echarlo de su espalda, finalmente, de un zarpazo.

—¿He hecho yo eso? —preguntó Constance con un tono burlón—. No lo recuerdo. No se parece a mí en nada. Yo tengo un temperamento tan apacible...

—Esto, mi querida esposa, revela un asombroso nivel de autoengaño —dijo mofándose. Le levantó el mentón con su dedo índice y la miró sin alejarse, pues tenía casi su misma estatura—: Vendré a recogerte dentro de dos horas.

—No seas ridículo, Max. Ya tomaré un taxi a casa.

—No, te vendré a recoger. No me fío de ti en compañía de tus hermanas. Además —añadió silenciando su incipiente queja situando un dedo sobre sus labios—, yo también las he echado en falta y, desde luego, debería presentar mis respetos a tu padre.

Constance reflexionó por un instante y, acto seguido, asintió resignadamente con la cabeza:

—Muy bien, pero no es necesario que te apresures con tus asuntos en Downing Street.

—No lo haré. Sólo pretendo que el primer ministro me vea, en caso de que me haya ido de su cabeza durante el receso veraniego.

—Dudo que eso haya podido suceder —declaró Constance—. Cuando se te conoce, Max, es imposible que te vayas de la cabeza de nadie.

—Me adulas —respondió con una seca sonrisa. La besó en la boca, manteniendo los labios juntos por unos instantes a pesar de que se encontraban en medio de la calle. Luego levantó la cabeza de mala gana—. Regresaré dentro de dos horas.

Constance se giró hacia las escaleras que llevaban a la casa.

—No tengas prisa —dijo enviándole un beso por encima del hombro al tiempo que se apresuraba hacia la puerta.

Él la observó mientras ella empleaba su propia llave para entrar en la casa. Cuando ya hubo cerrado la puerta tras de sí, regresó al coche para dirigirse a Westminster y a la residencia del primer ministro, en el número 10 de Downing Street.

Constance aún no había cerrado la puerta cuando Jenkins apareció de entre las sombras que cubrían la escalera.

—¿Por qué, señorita Con...? —tosió—. Señora Ensor, debería decir.

—No, no, Jenkins, no podría acostumbrarme a nada que no fuera Con —dijo ella acercándose a él rápidamente y dándole un beso en la mejilla—. ¿Qué tal está usted? Tengo la sensación de haber estado fuera una eternidad. ¿Está bien la señora Hudson?

—Todos estamos bien, señorita Con —respondió el mayordomo, amagando el tono formal con su sonrisa—. Las señoritas Chas y Prue están en la salita de arriba.

—No, estamos aquí —gritó Chastity con voz alegre y dulce—. Con, no te esperábamos tan pronto —dijo mientras descendía rápidamente por las escaleras con Prudence pisándole los talones.

Constance desapareció en el abrazo y Jenkins asintió mostrando su satisfacción mientras contemplaba aquellas tres cabelleras de tonos rojizos que tan bien conocía.

—Les llevaré café al salón —anunció.

—Oh, y traiga también alguna de esas tartitas de almendras que la señora Hudson hizo ayer —le dijo Chastity saliendo del interior del círculo al tiempo que éste se dirigía a la cocina.

Constance la abrazó.

—No esperaba que hubieras perdido tu gusto por el dulce en seis semanas, Chas.

Su hermana menor hizo un suspiro exagerado.

—No, soy un caso perdido. Y parezco estar más redondita cada día. —Puso una cara cómica al tiempo que sugería con sus manos la curvatura de sus senos, que caían por debajo de su blusa de muselina, y describía de la misma forma las caderas, que dibujaban una voluptuosa curva por debajo del ancho cinturón de su falda a rayas.

—A veces, mi querida hermana, pienso que sufres el defecto capital de la vanidad —afirmó Prudence mientras seguía riendo—. Sabes que te queda maravillosamente bien.

—De momento —suspiró Chastity—. Pero pronto se convertirá en grasa y, entonces, ¿qué voy a hacer?

—Dejar los pasteles —dijo Constance, enlazando sus brazos con los de sus hermanas. Miró con atención a Prudence y vislumbró un atisbo de pesadumbre en sus ojos. Luego miró de nuevo a Chastity y se dio cuenta de que aquellas bromas ligeras habían amagado meramente una expresión igualmente intranquila.

—Vamos arriba —dijo ella—. Quiero saber todo lo que ha sucedido en mi ausencia.

—Primero queremos que nos lo cuentes todo acerca de tu luna de miel —dijo Prudence mientras subían—. Tus telegramas eran muy breves. ¿De veras te llevó Max a las pirámides?

—Sí, pero las visitamos a caballo y no en camello. ¿Puedes imaginarte a Max montando en camello? Y descendimos el Nilo hasta Alejandría en un barco lujosísimo. —Constance abrió la puerta y dejó ir una involuntaria sonrisa ante la agradable familiaridad de la habitación—. ¡Cuánto he añorado el hogar!

—Te hemos echado de menos —dijo Prudence abrazándola—. Pero debo decirte, Con, que no hay nada de egipcio en este vestido. —Miró el vestido de su hermana con una mirada de complicidad.

—Bueno, fuimos a El Cairo pasando por París y Roma —le recordó Constance.

—Esto explicaría el toque inconfundible de una modista parisina. —Prudence cerró la puerta tras sus espaldas—. He visto en una de esas revistas de moda que estas faldas largas están causando furor en el continente. ¿Llevas enaguas?

—En realidad no. —Constance se quitó los guantes y los dejó caer sobre la consola—. Pero he traído alguna para vosotras dos. Las enaguas vienen en taxi. No había espacio en el automóvil. —Examinó a sus hermanas—. No creo que necesiten muchos arreglos, aunque Chas parece haberse engordado un poquito desde la última vez que la vi.

—¡Calumnias! —exclamó Chastity riendo—. Pero no puedo esperar a verlos. ¡Y este sombrero, Con! ¿Es esto un sombrero?

Constance se quitó los alfileres que sostenían el pequeño sombrerillo de visón que portaba sobre la cabeza.

—Lo llaman sombrero en la Rue de Rivoli, pero me recuerda más a la colita de un conejo. A Max, sin embargo, le gustó.

—¿Qué tal está Max? —preguntó Prudence, intentando no poner demasiado énfasis en la pregunta mientras intentaba prepararla para las revelaciones que tenían que venir.

Constance sonrió y dejó caer el sombrero de visón sobre la mesa junto a los guantes. Se sentó sobre el amplio brazo del sofá, alisando las arrugas de su falda de seda leonada que caía ceñidamente sobre sus caderas, y se desabrochó la chaqueta negra de cintura de avispa mostrando una blusa de seda color marfil adornada con encajes.

—Creo que está bien.

Chastity le lanzó un cojín. Ella se agachó, lo cogió y se lo lanzó de vuelta.

—Lo hemos pasado estupendamente.

—¿Podemos deducir entonces que se encuentra relajado? —preguntó Prudence.

Constance dirigió la mirada fijamente hacia su hermana.

—¿De qué se trata? Sé que está ocurriendo algo desde el momento en que he entrado.

Dejaron de hablar en el instante en que un golpe en la puerta anunció la llegada de Jenkins, quien llevaba una bandeja con el café.

—¿Cómo está la señora Beedle, Jenkins? —preguntó al tiempo que se levantaba y hacía un hueco para colocar la bandeja entre los papeles que se amontonaban por encima de la mesa.

—Muy bien, muchas gracias, señorita Con. —Jenkins sirvió café en las tres tazas añadiendo juiciosamente azúcar en la que le entregó a Chastity—. Espero que haya recibido muchas cartas para *La dama de Mayfair*.

—Prue recogió el último envío hace sólo un par de días. —Chastity tomó un pastelito de almendras al tiempo que la puerta se cerraba tras el mayordomo. No podían esperar a poner a Constance al corriente.

—Sí —dijo Prudence—, una correspondencia bastante interesante.

La expresión de Constance era grave.

—¿De qué se trata? —preguntó de nuevo.

Prudence se acercó al secreter, donde un montón de papeles amenazaban con precipitarse sobre la moqueta.

—¿Recuerdas el artículo que escribiste sobre el conde de Barclay? —Retiró un papel de la pila.

Constance se levantó también.

—Sí, ¿cómo podría olvidarme? —Su tono era titubeante—. Sabía que causaría revuelo... Todas lo sabíamos.

—Nos ha demandado, mejor dicho, ha demandado a *La dama de Mayfair*, por libelo.

—Pero no puede. Todo era cierto y estaba bien documentado —dijo Constance.

—Aquí tienes una copia de la carta del procurador. —Prudence le dio el documento que había copiado minuciosamente antes de entregar el original al secretario de sir Gideon.

—No tiene nada en qué sostenerse —dijo Constance—. Tengo los nombres de tres mujeres a las que sedujo y luego abandonó.

—Y la *Pall Mall Gazette* ha reflejado el asunto como esperábamos —dijo Prudence—. Pero su artículo tan sólo acaba de salir. Voy a poner a Barclay en la picota. —Se apoyó sobre el hombro de su hermana y señaló con el dedo índice el párrafo al final del documento—. Creo que es aquí donde radica el problema real.

Constance lo leyó.

—Oh, Dios —murmuró—. La cuestión financiera. Debí

haberla omitido. No tenía ninguna prueba evidente y, sin embargo, sé que todo es verdad. —Se tapó la boca con los dedos y miró a sus hermanas—. Lo siento.

—No es culpa tuya —dijo Prudence mientras se quitaba las gafas y limpiaba una mancha con su pañuelo—. Chas y yo te apoyamos en lo que escribiste. Sabemos que no ha pagado sus deudas de juego y que algunas de sus operaciones financieras son sospechosas. —Se volvió a poner las gafas.

—Pero no teníamos pruebas —dijo Constance—. Me dejé llevar por la excitación de exponer sus mujeríos y pensé que eso podía dar testimonio de su falta de honestidad, y que nadie lo cuestionaría porque el resto era irrefutable.

—Bien, pues él lo ha cuestionado —comentó Prudence con rotundidad. Levantó sus gafas con el dedo índice—. Obviamente, cree que si nos puede demandar por libelo por este asunto, también será resarcido por los otros. Y así podrá ir tras la *Pall Mall Gazette*. Con una victoria en los tribunales, nadie se atreverá a rumorear nunca más sobre sus pecadillos.

Constance volvió a meter los documentos en el secreter con un gesto de indignación.

—¿Alguna idea?

—Bueno, debemos ponernos manos a la obra —dijo Prudence, y le habló acerca de sir Gideon Malvern—. Amelia Franklin vino esta mañana con un mensaje en el que decía que nos recibiría el próximo jueves a las cuatro en punto —concluyó—. Obviamente no quise darle esta dirección, al menos de momento, así que le di la de Amelia y Henry como dirección de contacto.

Constance asintió con la cabeza.

—Estoy segura de que no les importará.

—No, todo lo contrario. Amelia siempre se ha ofrecido a colaborar con *La dama de Mayfair*.

Constance asintió de nuevo.

—Entonces, no hay mucho que podamos hacer hasta que le veamos. Me pregunto si Max lo conoce; debe de ser caro si se trata de un miembro del Consejo de Reino.

—Hemos llegado a esa misma conclusión —dijo Prudence con aire sombrío—. Ya nos ha indicado que sus honorarios iniciales son cincuenta guineas. Pero, aparte de eso, ¿cómo podemos mantener nuestros nombres al margen de este asunto? Barclay puede demandar a *La dama de Mayfair*, pero alguien querrá saber qué mano redactó dicho libelo.

Sus hermanas no respondieron inmediatamente a la cuestión.

Un fuerte portazo en la puerta principal del piso de abajo rompió su silencio.

—Es padre —dijo Chastity—. Estará tan feliz de verte, Con. —Su tono era algo deslucido.

—Me imagino que se habrá puesto del lado de Barclay en esto —afirmó Constance sin expresar duda o sorpresa, y se dirigió a la puerta—. Bajaré a verle. —Llegó a las escaleras justo en el momento en que lord Duncan empezaba a subirlas.

—Constance, querida mía —dijo él, apresurándose hacia ella con una generosa sonrisa en su cara—. Tus hermanas no sabían cuándo llegarías. Tu telegrama decía algo acerca del retraso de tu barco a causa del mal tiempo.

—Oh, se despejó y zarpamos ayer con la marea de la mañana. Llegamos a Londres ayer bien entrada la noche, pero no podía esperar a veros ni un minuto más —dijo abriendo los brazos. Lo abrazó y lo besó profundamente—. ¿Te encuentras bien?

—Oh, sí..., sí, ciertamente. —Se echó hacia atrás tomándola por los hombros y la examinó—. Te sienta muy bien el matrimonio, mi amor. Estás resplandeciente.

Ella se rió.

—Ya lo creo. Max vendrá a presentarte sus respetos dentro de una hora más o menos.

—Tengo ganas de verlo. Agradeceré su opinión sobre un turbio asunto. —Hizo un movimiento negativo con la cabeza—. Un asunto muy feo.

—Prue y Chas estaban diciendo algo acerca de... —empezó a decir Con, pero lord Duncan la interrumpió.

—Ese indignante periodicucho..., *La dama de Mayfair*..., ha calumniado a Barclay, ¿puedes creerlo? —La cara rubicunda de lord Duncan adquirió una expresión más profunda—. Es absolutamente indignante. Y ahora esa miserable *Pall Mall Gazette* lo ha sacado todo a la luz.

—Sí, ya se lo hemos contado a Con, padre —dijo Chastity en tono tranquilizador desde detrás de sus hermanas.

—Es una vergüenza. Que un hombre honesto pueda ser puesto en la picota por cualquier periódico clandestino forjador de escándalos... Escritores anónimos, ni siquiera tienen el coraje de dar la cara para defender sus mentiras. No sé adónde va a llegar este mundo civilizado. —Hizo otro gesto de negación con la cabeza mientras se esforzaba visiblemente por recomponerse—. Pero no tenemos por qué arruinar tu vuelta a casa, mi amor. Estoy seguro de que tienes mucho que contarle a tus hermanas, pero cuando estés lista para venir al salón, abriremos una botella de la cosecha reserva Veuve Clicquot. Aún quedan algunas botellas, creo. Le diré a Jenkins que la ponga a enfriar. —Acarició la mejilla de su hija mayor, saludó bondadosamente a sus otras hijas con la cabeza y volvió al vestíbulo.

—¿Nos queda alguna botella de reserva de la «viuda»? —preguntó Constance.

—No, pero nos quedan algunas de Taittinger que Jenkins guardó. Sacará ésas por el contrario —dijo Prudence. Su padre se negaba a creer, o mejor, no aceptaba que la merma de sus bodegas fuera una fuente de inquietud, sino una nimiedad entre sus muchas otras preocupaciones financieras. Así que a ella le tocaba bailar un constante *ballet* entre botellas, con la hábil asistencia de Jenkins, que conocía cuanto había en la bodega hasta la última etiqueta y qué sustitutos aceptaría lord Duncan.

Constance tomó de nuevo su taza.

—Hablemos de algo más alegre. Ponedme al día de la revista, ¿tenemos alguna suscriptora más para pagar a Los intermediarios?

—Hablando de pagar —dijo Chastity—, deberías haber visto cómo Prue le sacó cincuenta guineas a lady Winthrop, y cómo después lady Lucan, para no ser menos, añadió setenta. Prue estuvo magistral.

Constance se rió.

—No hubiera esperado menos. ¿Han fijado ya fecha para su fiesta Hester y Lucan?

—En Nochebuena —respondió Prudence—. ¿Y os habéis decidido vosotros por dar una merienda en la vuestra?

Constance negó con la cabeza haciendo una mueca.

—Aún no hay necesidad de eso. Todo el mundo va a venir a hacer visitas de novios. En el momento en que sepan que estoy de vuelta en la ciudad, las damas de sociedad llamarán con su curiosidad y cotilleos a mi puerta. Ya sabes cómo es, examinarán los muebles y el decoro general de la casa y me harán preguntillas intencionadas mientras deciden si soy feliz con mi suerte. —Su tono de voz destilaba sarcasmo.

—O en el proceso de darle a tu marido un heredero —comentó Prudence mirando a su hermana con una ceja levantada.

—Las únicas criaturas que tengo previsto dar a luz son en

tinta —declaró Constance—, al menos hasta que *La dama de Mayfair* y nuestro negocio paralelo sean verdaderamente solventes.

—Lo que no sucederá si no ganamos este pleito —comentó Prudence con una expresión de nuevo grave—. Sólo ruego que este Malvern no se predisponga en contra de tres mujeres que editan «un periodicucho clandestino forjador de escándalos». —Su tono de voz era una buena imitación de la de su padre.

Se quedaron en silencio durante unos instantes; entonces Constance dijo:

—Le preguntaremos a Max si lo conoce. Quizá le pueda hablar bien de nosotras. Pareces dubitativa. ¿Por qué?

—Oh, sólo me preguntaba si querrías que Max leyera el artículo en cuestión —dijo Prudence con un pequeño y dubitativo encogimiento de hombros—. Tú lo conoces mejor, por descontado, pero…

Constance hizo una mueca.

—Tienes tu parte de razón, pero no veo el modo de mantenerlo al margen.

—Que su esposa sea parte defensora ante una acusación por libelo no le va a hacer ningún bien a su carrera —comentó Prudence.

—Lo cual es una razón capital por la que yo *no* debería salir a la luz. —Se hizo el silencio de nuevo y entonces Constance añadió con esfuerzo—: No pensemos más en ello, al menos de momento. Aún no me has dicho si tenemos más clientes para Los intermediarios.

—Hay dos posibles. —Chastity siguió los pasos de su hermana y se acercó al secreter. Regresó con dos cartas—. Ésta es de una joven, o al menos parece más de una joven que de una mujer mayor, que dice que está desesperada por encontrar un marido para poder huir de una madrastra tiránica de-

57

terminada a casarla con un anciano que podría ser su padre. Quiere fugarse. Sospecho que ha estado leyendo demasiadas novelas de amor.

Constance tomó la carta y leyó aquellas páginas repletas de incoherencia pasional y plagadas de borrones que asumió que debían de ser lágrimas.

—La pobre niña parece considerarse a sí misma salida de alguna novela melodramática, ¿no te parece? —observó Prudence mientras miraba la ligera expresión burlona de su hermana—. Dudo que sea mayor de edad. En mi opinión deberíamos escribirle una sensata respuesta diciéndole que sólo aceptamos clientes mayores de veintiún años.

—Pero eso no es estrictamente cierto; bien que le encontramos un marido a Hester Winthrop —señaló Constance.

—Sí, pero fue para darle a Lucan una distracción romántica que no fuera Chas, y además sabíamos que hacían buena pareja. No lo hubiéramos promovido si hubiéramos tenido la menor duda. No me gusta interferir en los asuntos de alguien tan joven sobre el que no sabemos nada. Esta supuesta «madrastra» podría muy bien tratarse de la mujer más abnegada y considerada del mundo, cuyas intenciones podrían haber sido malinterpretadas por una niña mimada.

—Sí, tienes razón. —Constance dobló la carta y se la colocó cuidadosamente sobre la palma de la mano.

—Aparte de todo —prosiguió Prudence—, no tenemos los recursos suficientes para ofrecer un servicio de apoyo psicológico juvenil. Perderíamos toda una tarde, y eso sin contar el precio de los billetes de tren a Wimbledon, si accediéramos a encontrarnos con ella. —La mirada que dirigió a Chastity le indicó a Constance que ya habían discutido ese asunto repetidas veces. No era de sorprender; el corazón bondadoso de Chastity y su naturaleza empática chocaban frecuentemente con la naturaleza pragmática y las opiniones carentes de sentimentalismo de su hermana. A Constance, la mayor, le tocaba a menudo emitir el voto decisorio.

—Estoy con Prue —dijo—. Lo siento, Chas, pero tenemos que ser prácticas.

Chastity simplemente asintió. A pesar de sus nobles intenciones, sabía cuándo debía plantar batalla y cuándo rendirse. En este caso, la damisela de Wimbledon debería encontrar su propia salvación.

—Esto ya está saldado. —Constance dejó la carta sobre la mesa y Prudence pareció aliviada; le incomodaba estar a malas con sus hermanas. Le ofreció a Chastity una sonrisa apesadumbrada a la que su hermana pequeña respondió con un modesto encogimiento de hombros de resignación.

—¿Qué hay de la segunda carta? —preguntó Constance.

—Es bastante más prometedora, creo. —Chastity le entregó la segunda carta—. Prue y yo sospechamos de quién procede, aunque emplea un seudónimo. —Señaló la firma que había al pie de la pulcramente redactada carta—. No puede llamarse Ifigenia de verdad.

—Es bastante improbable —estuvo de acuerdo Constance—. ¿No fue Ifigenia sacrificada por Agamenón a cambio de un viento favorable que lo llevara a Troya? —Leyó la carta—. Ah, ya veo, sospechas que ha sido escrita por lady Northrop, ¿verdad? —dijo cuando hubo concluido—. Siempre está adornando sus conversaciones con alusiones clásicas completamente fuera de contexto.

—¿No suena como si fuera ella? Enviudada, o sacrificada, desde hace cuatro años, en la flor de la vida... no preparada aún para asentarse en un futuro sin amor...

—Y mira cómo se describe a sí misma —dijo Prudence interrumpiendo a Chastity—: rica, morena, ojos marrones, figura bien dotada, impecable sentido del vestir, atractiva a los hombres.

—Desde luego no es alguien que tenga por qué esconder sus encantos —asintió Constance—, y también es cierto que está bien dotada.

—Además tiene fama de coqueta.

—¿Por qué pensará que necesita ayuda para encontrar un novio adecuado? Si es una trampa de hombres andante.

Constance se levantó para servirse otra taza de café que había en la bandeja sobre el aparador.

—Los hombres a los que atrae no son de los que se casan —señaló Prudence.

—Pero ¿a quién conocemos nosotras, que ella no conozca, al que pudiéramos poner en su camino?

—Tendremos que pensar en ello. Si se nos ocurren unos cuantos candidatos posibles, quizá podamos reunirlos en una merienda, como hicimos con Millicent y Anónimo.

—Siempre podríamos sugerirle que moderara su vestir y que fuera más comedida con el perfume y los diamantes —sugirió Chastity—. Podríamos sugerirlo como si fuera algún tipo de consejo general que damos a todas nuestras clientas.

—Lo dejamos en tus manos, Chas. Tú posees el don del tacto. Hay algo que sí sabemos: Dotty puede permitirse pagar el servicio. —Prudence se dio la vuelta al oír que llamaban a la puerta—. Adelante.

Jenkins abrió la puerta.

—El señor Enson está con lord Duncan, señoritas. Les complacería que se reunieran con ellos en el salón para tomar champán.

—Muchas gracias. Bajaremos enseguida. —Constance se miró en el espejo que había sobre la cómoda y se arregló un mechón que se había desprendido de su recogido y colgaba ahora libremente por su frondosa cabellera color castaño rojizo.

—No es costumbre tuya mirarte tanto en el espejo, Con

—dijo Prudence con una traviesa mueca—. Desde luego, el matrimonio te ha provocado algunos cambios.

—Hace mucho viento —declaró Constance en un tono de falsa dignidad—. Soplaba fortísimamente cuando salí del coche.

Riendo, descendieron escaleras abajo. Pudieron oír la fuerte voz de lord Duncan a medida que cruzaban el vestíbulo que daba al salón. Se miraron con complicidad. Su señoría estaba mostrando a Max su indignación por la calumnia cometida hacia su amigo. A juzgar por la velocidad del monólogo, su yerno no hacía ningún intento por responder.

—Oh, Dios —dijo Constance—. Seguro que le ha mostrado el artículo a Max y aún no he tenido ni la oportunidad de prepararlo para ello. —Tragó un poco de saliva, enderezó los hombros y abrió la puerta del salón—. Llegas temprano, Max. Dijiste que tardarías unas dos horas. ¿Has visto al primer ministro? —Sus ojos se dirigieron rápidamente a la mesa que había entre los dos hombres. Tanto la *Pall Mall Gazette* como *La dama de Mayfair* estaban allí, abiertos de par en par por las páginas donde estaban los artículos incriminatorios.

Max siguió su mirada con la vista y acto seguido le dirigió una mirada nada cariñosa.

—Sí, le he visto —dijo brevemente. Luego saludó a sus cuñadas con una amabilidad más evidente, pero con un cierto aire de reserva que no era habitual en su trato con ellas.

—Estaba informando al señor Ensor sobre esta vergüenza —vociferó lord Duncan señalando los papeles que había sobre la mesa—. Si descubro quién ha escrito esta basura, le daré unos buenos latigazos, hasta que lo deje con el último aliento de vida.

—No puedo decir que lo culpe por ello, señor —dijo Max secamente, dirigiendo otra mirada a su esposa. Constance se percató.

—Bueno, ya está bien por ahora. Ah, Jenkins, ya ha traído usted el champán. ¿Por qué Taittinger? Pedí específicamente el reserva Veuve Clicquot. —Lord Duncan frunció el ceño mientras miraba la etiqueta como si ésta le ofendiera.

—Ya no queda Clicquot, señor —dijo Jenkins tranquilamente— Harper's no podrá servirnos más de este reserva.

Lord Duncan gruñó:

—Parece que siempre se estén quedando sin existencias estos días. Me quejaré a Harper en persona.

—Sí, señor. —Jenkins descorchó la botella y sirvió el dorado líquido en finas copas de cristal. Las distribuyó a su alrededor como si no fuera consciente de la tensión que rodeaba a las hermanas. Hizo una reverencia y luego abandonó el salón.

La siguiente media hora fue terrible para las hermanas, un entretenimiento para su padre y un período de enfado contenido para Max. Al fin, cuando hasta los mínimos detalles del viaje por el Nilo hubieron sido discutidos con lord Duncan, Max dejó su copa sobre la mesa.

—Constance, no deberíamos olvidar que también tenemos que visitar a mi hermana —dijo—. Se sentirá agraviada si no la visitamos en nuestro primer día en casa.

—Por supuesto —dijo Constance rápidamente—. Padre, espero que vengas a cenar con nosotros pronto.

Lord Duncan recibió su beso con una sonrisa.

—Sí, será un placer, querida mía. Tengo muchas ganas de ver tu nuevo hogar. Tal vez puedas invitar a Barclay también.

La sonrisa de Constance era llana como el Mar Muerto.

—Sí, por supuesto. Y quizá a algunos de tus compañeros de *bridge*. Podríamos organizar una timba para después de la cena.

—Perfecto, querida mía. —Le dio unas palmaditas en la espalda y se volvió hacia su yerno—. Es magnífico que estés ya de vuelta en la ciudad, Ensor. Me encantará discutir la nueva composición del Parlamento contigo.

—Será un placer, lord Duncan —dijo Max suavemente mientras seguía a su esposa y sus cuñadas hasta el vestíbulo.

Una vez allí dijo perentoriamente dirigiendo la mirada hacia las escaleras:

—En vuestra salita, creo.

—Éste es un buen momento —asintió Constance dirigiéndose hacia arriba—. Necesitamos información, Max.

—Dudo que sólo sea eso lo que necesitéis —masculló, retirándose a un lado para que Prudence y Chastity lo precedieran.

4

Constance percibió la mano de su marido a la altura de las lumbares mientras seguía a sus hermanas escaleras arriba. Podría haberse tratado de un gesto marital, pero era lo bastante perspicaz como para interpretar correctamente la presión de su tacto. Max no estaba satisfecho.

Max cerró la puerta tras ellas. Miró alrededor y se dirigió al secreter, donde había una copia del periódico. Un silencio tenso flotaba por la habitación mientras éste ojeaba el artículo.

—Tenía la estúpida esperanza de que se trataría del perturbado fruto de mi imaginación —masculló mientras leía.

Enrolló el periódico con fuerza golpeándose con él el muslo al tiempo que miraba a Constance.

—Por supuesto, esto lo has escrito tú.

Ella asintió.

—Hace semanas, antes de que estuviéramos casados.

Su exasperación se llevó lo mejor de su compostura.

—Por el amor de Dios, mujer, ¿has perdido la cordura?

Constance abandonó su actitud de disculpa.

—No emplees ese tono conmigo, Max. No permitiré que me llames *mujer* en ese tono condescendiente.

Prudence y Chastity intercambiaron una mirada y se sentaron en el sofá, la una junto a la otra, mientras observaban a la enfurecida pareja con descarado interés.

—¿Qué esperas que diga? —inquirió Max—, ¿es que no podías haberme advertido de que ibas a por Barclay? Es el ataque más corrosivo que pueda hacerse sobre un respetado...

—Espera un momento —lo interrumpió Constance al tiempo que sus dos hermanas se ponían en pie.

—No hay nada de respetado o de respetable en torno a Barclay —afirmó Prudence perdiendo su calma natural y con sus claros ojos verdes repletos de convicción—. Constance entrevistó a las tres mujeres que se mencionan en el artículo.

—Y vi a sus hijos y las condiciones miserables en las que viven —declaró Constance—. No mentían, Max.

—¿Puedes figurarte cómo debe de ser haber sido violada por tu patrono, y que te echen después a la calle, embarazada, sin referencias..., sin dinero, sin hogar? —dijo Chastity inclinándose en favor de su hermana con su intachable valía, y Max retrocedió casi físicamente de las dos hermanas, que se le encaraban como domadoras de leones.

—No estoy excusándolo —dijo él—. Pero esto es demasiado. —Volvió a enrollar el periódico de nuevo—. Es un ataque tan personal. El asesinato moral de un personaje, absolutamente.

—Es a ese personaje al que atacamos —afirmó Constance secamente—. Este hombre es un mujeriego, un violador, un tramposo, un desfalcador...

—¿Qué evidencia tenéis de ello? —preguntó Max, alzando su dedo índice.

Prudence hizo una mueca:

—Todo lo que tenemos son rumores.

Max se giró para mirarla:

—¿Y con esto os queréis defender? ¿Con rumores? Te creía más cabal, Prudence.

Constance miró a la alfombra mientras oía la inferencia de su énfasis. Era cierto que a menudo no era tan circunspecta como su hermana pequeña.

Prudence, por su parte, enrojeció pero permaneció imperturbable

—Estamos de acuerdo en que deberemos encontrar algo mejor, en cuando tengamos un abogado que defienda a *La dama de Mayfair*.

—Creemos que hemos encontrado uno —dijo Chastity.

—Sí, sir Gideon Malvern —añadió Prudence—. Nos recibirá el próximo jueves. Nos preguntábamos si lo conocerías, Max.

En vez de responderle, Max preguntó:

—¿Cómo pensáis mantener ocultas vuestras identidades ante un tribunal?

—Aún no lo sabemos —dijo Constance—. Esperábamos que sir Gideon Malvern tuviera alguna idea.

—Sí. ¿Lo conoces, Max? —presionó Prudence—. Es miembro de Middle Temple y...

—Sí, ya lo sé —espetó su cuñado.

Prudence miró a su hermana mayor, quien encogió los hombros en un gesto de resignación. No conseguirían nada si hacían enfadar a Max en ese momento. Necesitaban toda la información que éste pudiera ofrecerles.

—¿Te apetece un whisky, Max? —le ofreció Chastity con una sonrisa conciliadora.

Él la miró con los ojos entreabiertos y dirigió después la mirada a sus otras hermanas, que claramente luchaban por aplacar su ira al tiempo que contenían su indignación ante el despótico enfoque de éste hacia su problema. Sonrió de repente. Raramente daban las hermanas Duncan lo mejor de sí.

—¿Qué te resulta tan gracioso? —inquirió Constance, llena de suspicacia—. Me recuerdas al día aquel en que estábamos en el garaje con el Cadillac de papá.

—Ésa fue la única vez que tuve la sensación de llevaros ventaja a las tres —dijo él a medida que su sonrisa devenía más amplia.

—Bien —dijo Constance—. Ya te has divertido bastante a costa nuestra. Ahora dinos qué es lo que sabes de este abogado.

—¿Tenéis idea de lo que os va a costar un abogado como Malvern? —preguntó con cierta curiosidad.

—No, pero no es que no tengamos fondos —dijo Prudence firmemente con la mirada miope, aunque feroz, que escondía tras las gafas—. Tenemos fondos para emergencias, Max. Además, esto no es asunto tuyo —añadió, e inmediatamente se arrepintió de su añadido—. Lo siento. —Pellizcó el puente de sus gafas—. No pretendía ser descortés. Simplemente me siento un poco abrumada.

—No estás sola en esto, Prue —dijo Constance rápidamente—. Soy consciente de que cargas con mayor parte de responsabilidad en las finanzas del negocio, pero en esto estamos todas juntas.

Prudence esbozó una leve sonrisa.

—Lo sé. Simplemente, no puedo imaginarme qué sucederá si perdemos.

—Bueno, Gideon Malvern puede mover viento y marea para que eso no suceda —dijo Ensor ofreciendo un soplo de tranquilidad, que sabía que las hermanas apreciarían más que la compasión—. Tiene la reputación de ser el más innovador y capaz de todos los consejeros reales del Inns of Court. Raramente pierde un caso.

Todo eso estaba muy bien, pensó Prudence. Era exactamente lo que ellas querían. Pero ¿cómo iban a pagar por lo que querían? A pesar de su fanfarronería, no tenía ni idea de cómo iban a afrontar los honorarios de un abogado. Bastante complicado había sido ya conseguir las cincuenta guineas iniciales. Si no fuera por la organización benéfica para solteras sin recursos, hubiera tenido que pensar en empeñar algo.

Sus hermanas lo sabían, al menos intelectualmente, pero a veces tenía la sensación de que no comprendían la realidad tan claramente como ella. La gestión de las finanzas familiares era su responsabilidad. Algo lógico, pues ella era la contable, la matemática y la práctica de las hermanas. No le pesaba esa responsabilidad, pero a veces tenía la sensación de cargar con ella a solas.

—Puede que él te convenga; le gustan los desafíos —prosiguió Max—. Escoge sus casos, se lo puede permitir —añadió, mirándolas, sin dejarse llevar por los comentarios defensivos de Prudence acerca de sus recursos ocultos—. Se sabe que ha aceptado algún caso sin cobrar porque éste le resultó realmente atractivo. —Vio tres pares de ojos verdes agudizados por el interés—. Y que ha llegado a algún acuerdo de contingencia por el que acepta tomar parte de la indemnización por daños y perjuicios de su cliente, cuando gana el caso.

—Parece justo —dijo Prudence frunciendo el ceño—. Le pagan por ganar.

—Tendrás que persuadirle de que el caso es lo suficientemente interesante y de que constituye un desafío lo bastante grande para que considere que merece su tiempo.

—Bueno, no creo que eso vaya a ser muy difícil —dijo Prudence con una breve risa—. Debe de ser un reto más que ordinario el tomar como clientas a tres mujeres subversivas que insisten en permanecer en el anonimato.

—Eso lo dejo en vuestras capaces manos, señoritas —respondió haciendo una reverencia.

—¿Fue sir Gideon nombrado caballero por sus servicios

a la judicatura o simplemente heredó el título? —preguntó Prudence rápidamente mientras Max llegaba a la puerta.

—Fue nombrado tras defender un caso que implicaba a un más que dudoso amigo del rey —contestó Max mientras giraba el pomo—. ¿Vienes, Constance? Deberíamos ir a visitar a Leticia.

—Sí —respondió ésta con reticencia—. Me figuro que debemos hacerlo. Quedemos todas esta tarde en Fortnum para tomar el té, Prue. Podremos hablar de nuestra estrategia entonces.

Prudence asintió.

—Max, ¿sir Gideon siempre actúa como defensor o también lo hace como acusador?

—Está especializado en la defensa.

—Bien, eso ya es algo —declaró Prudence—. Sólo tenemos que convencerle de que sería una auténtica farsa condenar a *La dama de Mayfair* por libelo.

—Una de vosotras —dijo Max—. Sólo una de vosotras debería presentarse a la cita.

—¿Por qué? —Constance había cogido sus guantes y se encontraba en ese momento ante el espejo que había sobre la repisa sujetando con alfileres el sombrero de visón en su rojiza cabellera.

Max dudó, mientras buscaba una respuesta diplomática.

—Se trata de un hombre temible. No querrás que se sienta como si le estuvieran tendiendo una emboscada —comentó finalmente—. No conozco sus ideas sobre las mujeres en general, pero me juego lo que queráis a que nunca se ha encontrado ante tres como vosotras.

—Y ¿le desagradaríamos? —preguntó Constance con una dulce sonrisa al tiempo que se daba la vuelta desde el espejo—. ¿Somos un trío de viragos, quizá?

—No vamos a mantener esta conversación, Constance

—dijo Max, firmemente, abriéndole la puerta—. Simplemente, he dado mi opinión. Tómala o déjala, como tú prefieras.

—Probablemente la tomaremos —dijo Prudence—. ¡Ah!, y déjame que te lo advierta, Con. Leticia está firmemente convencida de que has estado acampando en el desierto y de que tienes la piel marcada por la arena y el cabello apelmazado por el polvo.

—Bien, debo decir que tendré que corregirla en cuanto a sus sospechas.

—¡Oh!, y ¿comisteis ojos de oveja? —preguntó Chastity mientras los acompañaba a las escaleras—. Nos lo preguntábamos.

—¡Santo cielo! ¿Qué os habrá hecho pensar tal cosa? —exclamó Max, con repugnancia.

—Pensábamos que era una exquisitez entre los nómadas del Sahara —le informó Chastity.

—No creo que comiéramos ninguno —dijo Constance, haciendo ver que se tomaba la pregunta con la apropiada seriedad—. De hecho, Max se negó a comer cualquier cosa que no pudiera identificar.

—Qué poco atrevimiento, Max —dijo Prudence de forma reprobatoria—. Me hubiera imaginado que cuando uno va a un lugar tan excitante como Egipto querría vivir la cultura local con total plenitud. Mamá, desde luego, lo hubiera fomentado.

Max sabía por experiencia que la única forma de acabar con lo que a todas luces anunciaba con devenir en una intricada discusión, era abandonarla.

—Vamos, Constance—. La tomó de la mano y se apresuró escaleras abajo al tiempo que Constance lanzaba un beso a sus hermanas.

—Con, nos vemos en Fortnum a las cuatro —gritó Chastity con una ligera risa en su voz. Ésta acabó pronto, no obstante, al ver la expresión de la cara de Prudence. Puso una mano sobre su hombro—. Saldremos de ésta, Prue. No nos queda más remedio.

Prudence suspiró.

—Lo sé. Pero si Max, que ya es lo bastante temible a su manera, considera a Malvern intimidante, ¿cómo en este mundo vamos a tratar con él?

—También nosotras somos temibles —dijo Chastity—. Hasta Max lo ha dicho. Tú estarás a su altura.

—¿Yo? —Prudence se quitó las gafas y miró fijamente a su hermana—. ¿En qué momento he sacado yo la pajita más corta?

—Simplemente, me parece obvio —dijo Chastity—. No me lo había ni planteado. —Frunció el ceño preguntándose por qué había sido así—. Ya veremos esta tarde qué piensa Con. Quizá espera hacerlo ella.

—Ella fue quien escribió el artículo —dijo Prudence mientras se dirigía al salón. Pero, sin embargo, sabía desde las entrañas que la tarea de convencer a sir Gideon Malvern llevaba su nombre inscrito. Una vez más se lo imaginó tal como lo había visto en la tenue luz del vestíbulo. Había tenido la sensación de que se trataba de una presencia más que de detalles específicos sobre su altura, forma o color. Pero sus ojos eran grises..., grises con una penetrante característica... una luz que había quedado fijada en ella como el brillo de una antorcha. Y su voz... le había gustado su voz.

Se sentía bastante más animada aquella tarde mientras caminaba por Picadilly para reunirse con sus hermanas. Chastity le había respondido a la melodramática señorita de Wimbledon y había salido con anterioridad para detenerse, de camino, en la oficina de correos a enviar la carta. Así pues,

Prudence estaba disfrutando de un paseo en solitario. Era en una tarde fresca de otoño, de aquellas en las que Londres se mostraba en su máximo esplendor; los árboles se estaban tornando de rojo intenso y naranja tostada, y había en el aire un leve olor a castañas asadas. Pasó por delante de un vendedor que estaba ante su brasero y dudó, tentada por aquel olor, pero se encontraba a unas pocas yardas de Fortnum y, simplemente, no podía entrar en el salón de té llevando un cono de periódico repleto de castañas.

¿Cuán difícil podía ser convencer a un abogado sobre la legitimidad de un caso que parecía ofender a toda legitimidad? Quizá no tuvieran muchas..., no, quizá ninguna... evidencia para las acusaciones de fraude, pero tal vez aquél era un buen lugar donde empezar a buscarlas. La idea la sobresaltó de tal manera que se quedó inmóvil sobre la acera. Un hombre que caminaba tras ella había tenido que esquivarla para evitar el choque y pasó por su lado mirándola fijamente.

Prudence le ofreció una sonrisa a modo de disculpa y reemprendió la marcha de nuevo. ¿Cómo no había pensado en ello hasta entonces? Ahora parecía obvio. Pero quizá habían quedado cegadas por la lealtad y dependencia de su padre hacia su amigo. Se encontró tarareando y gozó de una sensación de bienestar que hasta hacía bien poco la había abandonado. Sonrió al portero, que mantenía la puerta de cristal abierta para ella, y entró en la amplia extensión de mármol del salón de té. El habitual cuarteto de cuerda tocaba en la tarima y camareros en levita y camareras con cofias de volantes blancos se desplazaban entre las mesas atestadas de gente con carritos repletos de ricos pasteles y platos de servir bañados en plata.

—La señora Ensor y la honorable señorita Chastity Duncan están sentadas en la salita de atrás, señorita Duncan

—anunció el *maître d'hôtel* con una reverencia—. Si desea seguirme.

—Gracias, Walter. —Prudence lo siguió, consciente de todos los ojos que la observaban. Toda recién llegada era inmediatamente examinada de aquel modo. Bebedoras de té cotilleando, ávidas de detalles íntimos sobre cualquier escándalo. Constance debía de haber sido víctima de todo aquel chismorreo al tratarse aquélla de su primera aparición pública desde su matrimonio. Su vestido y su apariencia en general habrían sido discutidos hasta el último detalle.

Las hermanas estaban sentadas alrededor de una mesa redonda en una salita relativamente recluida tras un pilar. La saludaron con la mano a medida que se acercaba.

—Aquí estás, Prue. Hemos creído conveniente no sentarnos a la vista de todo el mundo hoy, para ahorrarle a Con algunas miradas y felicitaciones —le explicó Chastity.

—¡Oh! Creo que ya soy tema de conversación en casi todas las mesas —dijo Constance al tiempo que Prudence tomaba la silla que le acercaba Walter.

—Debe de ser tu vestido —declaró Prudence con aprobación—. Es precioso. Me encantan esas rayas negras y blancas, y esas mangas..., la manera como se ensanchan por arriba y luego se ciernen y quedan abotonadas en la muñeca. ¿Son botones de madreperla?

—Sí, ¿verdad que son bonitos?, ¿y qué te parece el sombrero? —Constance levantó con suavidad el velo negro que cubría sus ojos.

—Soberbio —replicó Prudence—. Tan distinto a aquella cosilla de visón que llevabas esta mañana. Me encantan esos penachos naranja en el terciopelo negro.

—Debo decir que me encanta mi nuevo vestuario —confesó Constance casi sintiéndose culpable mientras se quitaba los guantes—. Max es la fuerza motriz. Tiene un gusto de lo más vanguardista. Algo peculiar para alguien que parece tan convencional.

—Se casó contigo, ¿no es así? —observó Prudence—. Eso no es signo de un hombre convencional.

—Quizá no. —Constance no era consciente de la pequeña sonrisa que se perfilaba en la comisura de sus labios y del brillo de sus mejillas y el resplandor luminoso en sus ojos.

—¿Has tenido una buena tarde? —preguntó con delicadeza Chastity al tiempo que le servía una taza de té.

Constance le dirigió una aguda mirada y luego rió casi inconscientemente.

—¿Resulta obvio?

—Resulta obvio que no has pasado toda la tarde con Leticia.

Constance cambió de tema. Miró a la camarera que estaba limpiando la mesa:

—Tostada con anchoas —dijo—. Quisiera dos, por favor. ¿Qué es lo que pasa? —Miró a sus hermanas, que la observaban sonriendo.

—¿Es que vosotras no merendáis normalmente? —preguntó Chastity.

—Me parece que tengo apetito esta tarde —contestó Constance—. Y tú ya puedes ir hablando. Mira el mejunje decadente que hay en tu plato.

—¡Oh! Está delicioso, deberías probar uno. —Chastity metió el dedo en la crema de frambuesa y lo chupó lentamente—. Celestial. Frambuesa y chocolate. Me cuesta decidir si la naranja con chocolate combinan aún mejor. Siempre depende de lo que me esté comiendo en cada momento.

—Quisiera un *marron glacé* —dijo Prudence echando un vistazo al carrito con mirada ausente. Gracias. —Sonrió a la camarera que le servía el té.

—¿Qué te pasa, Prue? —preguntó Constance tras unos

segundos—. Has mirado este *marron glacé* como si no hubieras visto nada igual en tu vida.

—He tenido una revelación mientras venía —replicó Prudence.

—¿Sobre el caso? —Chastity se inclinó hacia delante ansiosamente.

Prudence asintió.

—Un simple pensamiento sobre este asunto del fraude.

—Adelante pues —dijo Chastity mientras olía con avidez el flagrante plato de tostadas con anchoas que habían puesto ante ella.

—Bien. —Prudence se quitó las gafas y se frotó con el dedo el puente de la nariz—. Cuando padre apostó su fortuna en ese lunático proyecto de construir un ferrocarril a través del Sahara...

—Y perdió hasta el último penique —afirmó Chastity.

—Precisamente. Bien, no nos consultó a nosotras, ¿cierto? Y, si le hubiera preguntado a madre, ésta le hubiera puesto fin a este asunto con decirle una sola palabra, pero por supuesto, ella no estaba allí.

—Cierto —dijo Constance mirando a su hermana fijamente.

—Y ¿quién estaba allí? —Prudence volvió a ponerse las gafas—. La única persona a cuya voz padre escuchaba, a la influencia de quien se doblegaba.

—Barclay —pronunciaron sus hermanas al unísono.

—Sí, Barclay. El hombre que nunca dejó de acompañarlo, que lo reconfortó y que le prestó ayuda a su amigo durante su pesar. Pero y si... —Prudence bajo la voz y se inclinó hacia delante. Sus hermanas acercaron la cabeza junto a la suya—. ¿Y si Barclay hubiera estado abusando de un hombre desequilibrado por el dolor? ¿Y si hubiera metido a padre en ese negocio para su propio provecho?

—Padre dijo únicamente que se trataba de una agencia de inversiones que estaba tras el negocio —dijo Chastity frunciendo el ceño.

—Sí —asintió Prudence—. Y dijo que esperaba que el precio de las acciones se cuadruplicara en el primer año.

—Pero la compañía cayó en la bancarrota —dijo Constance lentamente.

—Si es que *hubo* compañía alguna. —Prudence se sentó de nuevo hacia atrás y observó fijamente a sus hermanas—. Falsificar documentos no es algo tan difícil de hacer. Barclay podría haberse sacado de la manga lo de la compañía y haber convencido a padre de sus referencias. Me apuesto lo que queráis a que tiene que haber documentos en algún lugar entre los papeles de papá. Si podemos conectar a Barclay con el negocio, estaremos a salvo. Ni la más tibia interpretación podría denominar al hecho de vender acciones como menos que fraudulenta.

—Qué lista eres, Prue —dijo Constance lentamente—. Hay algo más tras esa bonita cara.

La sonrisa de Prudence estaba llena de engreimiento.

—No entiendo cómo no lo habíamos pensado antes.

—Hemos estado demasiado ocupadas lidiando con las consecuencias —indicó Prudence—. Las finanzas familiares estaban en la ruina.

—El único problema es que padre va a quedar como un auténtico idiota —dijo Chastity—. Si tenemos que exponer su…, ¿cómo podríamos llamarlo?, ¿cabal estupidez?, ¿locura?…, ante los tribunales, se convertirá en el hazmerreír de todos. Todas sabemos que fue una absoluta aberración porque estaba fuera de sí a causa de la pena, pero ¿quién más va a tener esto en cuenta?

—Quizá podamos mantenerlo al margen de todo esto —sugirió Prudence—. Si logramos reunir evidencias para exponer el negocio, no tenemos por qué decir quién fue la víctima del mismo.

—A no ser que el abogado insista —dijo Chastity.

—Tendrás que decírselo cuando te encuentres con él —dijo Constance—. Chas y yo comentábamos, antes de que llegaras, que tendrás que ser tú. Tú conoces las finanzas mejor que nosotras, y no hay manera de que este sir Gideon no te tome en serio. Todo el mundo te toma en serio, incluso cuando no lo eres.

—Sí —asintió Chastity—. Todo lo que a ti se refiere rezuma gravedad y racionalidad, Prue.

—Eso suena muy aburrido —gruñó Prudence—. Como algún tipo de señorita Rottenmeyer. Estoy segura de que es por las gafas. —Empujó éstas un poco más hacia arriba en un gesto de leve indignación.

—No es sólo eso —dijo Constance—. Es tu carácter. Madre siempre decía que tú eras capaz de darte cuenta de una situación y ver todas sus consecuencias mucho antes que ninguna de nosotras. Es imposible que este sir Gideon te eche como si fueras una cuentista de sociedad, una ignorante con poco más en la cabeza que moda y chismorreos.

—También dudo que te echara a ti por eso —afirmó Prudence.

—Pero bien podría echarme a mí por esos motivos —observó Chastity con acritud—. Podría pensar que soy una voluble coqueta con poco cerebro.

—¡Chas! —exclamaron sus hermanas—. No seas absurda.

—Es cierto —dijo Chastity—. Ésa es normalmente la primera impresión que se tiene de mí. También os garantizo que ésta no dura mucho. Pero las primeras impresiones son lo único con lo que contamos en este sentido. Estoy de acuerdo con Con. Vas a tener que ser tú, Prue.

—Así que yo —dijo Prudence, y finalmente se comió el

marron glacé. Una camarera apareció inmediatamente empujando un carrito y Prudence examinó lo que llevaba—. Uno de éstos, creo. —E indicó la tarta de fresas.

—Yo tomaré un trozo de bizcocho de chocolate —dijo Chastity—. ¿Y tú, Con?

Ésta negó con la cabeza.

—Creo que ya estoy bien con mis tostadas. Pero —añadió impulsivamente— quizá me coma un bollito con nata y mermelada de fresas.

—Ahí está Dottie Northrop —dijo Chastity de repente—. En la pista de baile, con el viejo sir Gerald.

—Ese viejo crápula. No va a encontrar un buen partido en él. —Constance giró su silla para mirar la pista de baile. Dottie Northrop estaba cerca de los cuarenta, pero se vestía como si fuera veinte años más joven con un vestido de tarde de muselina color crema generosamente adornado con volantes de encaje. El escote era atrevido para aquellas horas de la tarde y su cara, bajo un sombrero de paja rosa, parecía una máscara cubierta de polvos y colorete—. Como sonría, se le va a romper la cara. —Fue una exposición de los hechos realizada sin maldad.

—Si tenemos que encontrarle un marido respetable, vamos a tener que transformarla —dijo Prudence—. Pero ¿cómo hacerlo con tacto?

—El tacto es la especialidad de Chas —comentó Constance—. Además de dar consejo a las apesadumbradas por el amor.

—Ya sabes, el marido ideal sería alguien como lord Alfred Roberts —dijo Prudence con aire pensativo—. Ya sé que está bastante entrado en años, pero parece lo bastante viril, y está tan triste y solo casi siempre. Dottie animaría mucho su vida.

—Es una idea —asintió Constance—. Me pregunto...

—Pensé que aún estaríais aquí —interrumpió Max con su dulce voz desde detrás del pilar, y las tres mujeres lo miraron con sorpresa.

—Max, ¿qué haces tú aquí? —preguntó Constance.

—Pues, pensaba merendar. —Dio las gracias al camarero que discretamente le había traído una silla—. ¿Son tostadas con anchoas lo que estás comiendo? —preguntó mientras señalaba el plato de su esposa.

—Sí, están deliciosas —respondió al tiempo que ponía crema sobre el bollito.

—Entonces me lo acabaré por ti, en vistas de que pareces haberlo abandonado. —Sonrió a la camarera, que estaba cerca de la mesa y les había traído una tetera llena y otra taza. Tomó una tostada del plato de su esposa mientras Prudence le servía el té—. He estado haciendo algunas preguntas sobre Malvern en mi club. Cómo es su estilo en los tribunales, y cosas de ese tipo.

—¿Y? —preguntó Prudence cautelosamente.

—Es conocido por sus controvertidas técnicas —respondió Max—. Por lo que he podido saber, siempre va directo a la yugular.

—No me gusta nada como suena esto —reconoció Prudence.

—Creo que vas a tener que pillarlo desprevenido —dijo Max—. Sorprenderlo de alguna manera para que no tenga tiempo de reaccionar en tu contra.

—¡Oh, Dios! —masculló Prudence—. ¿De veras crees que tendrá prejuicios iniciales hacia mí?

Max mordió su tostada con evidente disfrute.

—Creo que es posible —dijo cuando había acabado de masticar. Miró fijamente a Prudence, que parecía poco tranquilizada por su brutal franqueza—. ¿Te ha tocado a ti ir de avanzadilla?

—Creemos que es la mejor de nosotras —le explicó Chastity—. Yo no parezco lo bastante seria.

—Y yo prefiero no ir presentándome como tu esposa —indicó Constance.

—Agradezco tu preocupación —dijo Max secamente—. Pero Malvern sabrá en breve cuál es mi conexión.

—No hará ningún mal postergar esta revelación —dijo Constance—. Prudence es la elección natural porque ella se encarga de las finanzas hasta cierto punto. Parecerá muy entendida y seria.

—Y me pondré las gafas más gruesas que tenga —dijo Prudence tratando de sonar animada—. Y con mi actitud más formal.

—¡Santo cielo, qué imagen! Casi podría sentir lástima por Malvern —declaró Max.

—¡Oh, sí! Prue en su estado más grave y solemne es una fuerza a tener en cuenta —dijo Chastity.

La sonrisa con la que Prudence respondió carecía de convicción, pero pasó algo desapercibida entre las risas de sus hermanas.

5

—Bien, ¿qué os parece? —Prudence estaba de pie ante sus hermanas la tarde del jueves en que tenía la cita y esperaba su opinión.

—Pareces una mezcla de monja y maestra de escuela —observó Constance.

—No, más entre bibliotecaria y monja —dijo Chastity—. Tienes un aire muy formal y erudito.

—Ése es el aspecto que pretendía conseguir —dijo Prudence al tiempo que examinaba su aspecto minuciosamente ante el espejo—. Me gusta especialmente el sombrero de fieltro. —Levantó el velo azul marino que le cubría la cara hasta la nariz. El sombrero era gris oscuro con un ala vuelta y bastante recatada.

—Hace conjunto con el vestido. Sarga gris oscura..., casi parece que estés de luto —dijo Constance.

—¿Tienes las cincuenta guineas? —preguntó Chastity mientras quitaba una pelusa del hombro de su hermana.

—Seguro que enviará la factura —dijo Prudence, mirando a Constance en busca de confirmación—. Este hombre no vende coles en el mercado.

—Estoy segura de que lo hará así. Pero, de todas formas, deberías llevarlas contigo. Si es terriblemente insultante y despectivo, al menos podrás darle su merecido cuando te vayas.

Prudence hizo una mueca.

—Sé que Max lo hizo con la mejor intención, pero casi desearía que no hubiera mencionado lo que sabe acerca de Malvern. Sólo pensar en sus formas controvertidas me pone tan nerviosa que seguro que me quedo muda.

—No, no te quedarás muda —dijo Chastity firmemente—. No te dejaste intimidar por su secretario el otro día, y tampoco permitirás que lo haga él.

—Eso espero. Si se trata del mejor que hay, no nos lo podemos permitir —dijo Prudence con una sonrisa bastante espléndida—. Tenemos que atraparlo.

Constance asintió.

—Por cierto, quizá sería bueno aparentar que no tenemos problemas económicos. Cuando lo hayamos apresado, ya negociaremos con él.

—Me parece poco honrado, pero estoy de acuerdo. —Prudence se puso unos guantes de color azul marino y cogió un amplio bolso—. Llevo copia de todos los documentos que le entregué el otro día a su secretario, en caso de que los hayan extraviado en su despacho —añadió con un irónico encogimiento de hombros—. Ojalá tuviera algún dato más concreto sobre las acusaciones de desfalco y trampa.

—Pero puedes decirle que sabemos la manera de encontrar esas pruebas —le recordó Constance.

—*Creemos* que la sabemos —enfatizó Chastity.

—No pretendo permitirle ni la más mínima duda —declaró Prudence mientras dejaba caer el velo—. Mejor que me ponga en marcha. Son casi las tres y media.

Sus hermanas la acompañaron en un coche de alquiler hasta Temple Gardens.

—Te esperaremos aquí —dijo Constance besándola.

—No, esperadme en Fortnum —dijo Prudence al tiempo que abría la puerta del carruaje—. Parece que va a llover y no quiero preocuparme de que os estéis mojando. No sé cuánto tiempo va a durar esto.

—Cuanto más dure, más esperanzador será el resultado —dijo Chastity—. Iremos a Fortnum a tomar el té, pero no creo que pueda comer nada hasta que llegues.

Prudence se rió ante el comentario.

—Desde luego, debe de ser una ocasión trascendental la que te aleje de los pasteles, Chas. —Salió del coche, se despidió con la mano de sus hermanas, que la miraban con la cabeza fuera de la ventanilla, y caminó con resolución calle arriba por Middle Temple Lane.

Se detuvo ante las oficinas de sir Gideon Malvern para prepararse. Y, con decisión, giró el pomo y se dirigió por la estrecha escalera hacia la puerta que había al fondo. Llamó una vez a la puerta sin esperar la invitación. El mismo secretario estaba sentado tras su mesa.

—Tengo una cita con sir Gideon —dijo firmemente, manteniendo el velo sobre su cara.

El secretario consultó su diario como si lo confirmara y poco después miró hacia arriba y la observó.

—¿La dama de Mayfair? —preguntó.

—Como usted puede ver —dijo Prudence, preguntándose por qué este hombre siempre bromeaba—. Creo que he llegado a la hora en punto. —Miró fijamente el reloj de pared.

—Le comunicaré a sir Gideon que ya está usted aquí. —El secretario salió sigilosamente de detrás de su mesa y abrió levemente la puerta que había en la pared del fondo insinuando su presencia con el roce de su frac.

Prudence esperó. La puerta de la sala interior se abrió de par en par y el hombre con el que había chocado en su última visita apareció en la puerta.

—Así que nos encontramos de nuevo, señorita dama de Mayfair —dijo con la voz que ella recordaba, y, de manera desconcertante, los pelillos de su nuca se erizaron—. ¿No desea entrar?

Mantuvo la puerta abierta y Prudence, agradeciéndoselo con un murmullo, entró. El secretario la miró de nuevo y, deslizándose de aquel modo que parecía su forma preferida de moverse, se retiró.

Sir Gideon acercó una silla a su visita.

—Por favor, siéntese... ¿señorita, señora…? Discúlpeme, estoy un poco perdido.

Prudence se levantó el velo.

—Supongo que cuanto se diga en esta habitación es absolutamente confidencial, sir Gideon, aunque usted decidiera no aceptar el caso.

—Todo lo que hablan un cliente y su abogado, potencial o no, es información privilegiada, señora.

Prudence asintió. Ella ya sabía todo eso, pero necesitaba que se lo confirmara.

—Soy la honorable Prudence Duncan —dijo ella—. Una de las editoras de *La dama de Mayfair*. —Señaló la copia que había abierta sobre la mesa de roble que cumplía la función de escritorio.

Sir Gideon se desplazó hacia el escritorio mientras ella se sentaba y se quedó de pie un momento. Su mano jugaba con el periódico mientras la examinaba de cerca e impasiblemente.

—Creo recordar que ustedes eran dos.

—De hecho, somos tres.

Sir Gideon raramente era cogido por sorpresa; la carrera en los palacios de justicia forjaba a un hombre contra eso, pero ahora estaba desconcertado.

La señorita que había en su despacho guardaba poca similitud con la imagen que retenía desde su breve encuentro en el vestíbulo. Por supuesto, había sido difícil verla claramente en la penumbra. La mujer que ahora se sentaba ante él le parecía bastante llana, una criatura insulsa. No podía verle bien los ojos, al encontrarse éstos escondidos tras unas horrorosas gafas de pasta. Su vestido era uniformemente gris, poco favorecido por los toques azul marino, y pensó que parecía remilgada y poco interesante. Todo ello no encajaba con la imagen de una mujer que pudiera escribir algunos de los atrevidos e innegablemente agudos artículos del periódico.

Prudence lo examinó con el mismo interés. Se alegró de comprobar la sorpresa inicial de éste, pero había algo en sus ojos, un cierto parpadeo, que le puso la piel de gallina. Estaba sopesándola y, si no se equivocaba, echándola mentalmente.

Debía de tener la edad de Max, calculó. Sobre los cuarenta. Pero, a diferencia de Max, no tenía canas. Su cabello era abundante, una cabellera castaña y bien peinada que amagaba una amplia frente. Tenía unas líneas pronunciadas sobre sus pobladas cejas, pero no podía determinar si éstas eran fruto de su naturaleza antipática o simplemente reflejaban largas horas de pensamientos profundos. Tenía una boca agradable bajo una nariz larga y delgada que dominaba su semblante. Sus ojos grises eran agudos y estaban llenos de inteligencia, pero claramente no escondían amabilidad alguna en su interior. ¿Era a ella o a su causa lo que él repudiaba? ¿O simplemente era ésta su expresión habitual?

—¿Y quiénes son las otras dos editoras? —preguntó él tras un silencio que parecía haberse prolongado. Permaneció de pie, lo que ella encontró aún más desconcertante.

—Mis hermanas —respondió.

—Ah. —Alisó el periódico y ella notó que sus manos eran

85

muy largas y blancas, con uñas bien cuidadas de tono avellana. Parecían más las manos de un pianista que las de un
abogado. Llevaba un anillo con sello color esmeralda y los
diamantes de sus gemelos brillaban, así como el alfiler de su
solapa. Nada ostentoso; simple y elegante, discreta indicación de riqueza y posición. Todo en su presencia confirmaba
sus impresiones. Éste era un hombre lleno de confianza en
sí mismo y conocedor de su posición en este mundo. También era intimidatorio. Pero Prudence no tenía intención alguna de hacérselo notar. Cruzó las manos sobre su regazo.

—Le dejé todos los detalles referentes a la situación a su
secretario, y veo que tiene usted una copia del artículo en
cuestión, así que asumo que estará al corriente de los hechos,
sir Gideon.

—Tal y como son —dijo él—. ¿Estoy en lo cierto al pensar que la honorable Constance Duncan ha contraído matrimonio recientemente con el señor Ensor, el político?

—Sí lo está. Pero esto no concierne en mucho al asunto,
y no debería influenciarle en modo alguno.

Un destello en su mirada, definitivamente burlón, apareció por un breve instante en sus ojos.

—Le aseguro, estimada señora, que nada me influencia,
salvo mi propio juicio de la situación y mi propia inclinación
al respecto.

Prudence controló el creciente enojo que le provocaba su
tono condescendiente, y repuso en tono neutro:

—Celebro escucharlo, sir Gideon. Nadie quisiera ser re-
presentado ante un tribunal por alguien que se deje alejar de
la verdad por caprichos personales.

Sus ojos se quedaron fijos por un momento y su semblante, exento de expresión. Ella no sabía si lo había ofendido o
no. ¿Era ésta la cara que empleaba en los juzgados? Inexpre-
siva. Si era así, resultaba un arma muy efectiva. Se encontró

ante el deseo de romper aquel silencio con cualquier parloteo absurdo. Se puso en pie.

—Discúlpeme, pero si usted prefiere no sentarse, yo también preferiría estar de pie durante el transcurso de esta consulta.

Su expresión permaneció igual, con los ojos escondidos aún bajo unos párpados entrecerrados. Sin embargo, le hizo un nuevo gesto hacia la silla y dijo:

—Por favor. —Y se sentó él tras el escritorio, tamborileando con los dedos sobre el periódico abierto que tenía ante sí durante unos instantes.

—¿Ha escrito usted esto, señorita Duncan, o ha sido una de sus hermanas?

—Mi hermana mayor, en concreto. Pero su autoría tampoco concierne al asunto. Estamos juntas en esto.

Él sonrió.

—Todas para una y una para todas. Las Tres Mosqueteras, vivas y tan campantes por las calles de Londres.

Prudence apretó los dedos, agradecida de que no hubiera nada a su alcance para poder tirarle. No dijo nada, manteniendo la inexpresión en su cara, consciente de que gracias a sus gafas él no podría percibir el enfado y el disgusto que ella sabía que revelarían sus ojos.

—¿Qué es lo que usted y sus hermanas desean que haga yo por ustedes, señorita Duncan? —Su voz estaba tranquila, pero era seca y ahora ya no había duda de la acritud en su modulado tono.

—Quisiéramos que defendiera a *La dama de Mayfair* de la acusación por libelo de lord Barclay. —Prudence, a pesar de su desconcierto e irritación, estaba satisfecha de que de una vez por todas empezaran a entrar en materia. Quizá él tuviera algún problema con hacer negocios con mujeres, pero cuando pudieran ir al grano y ella pudiera dirigirlo hacia la evidencia, que él ya debía de haber leído, perdería sus prejuicios.

No dijo nada durante casi un minuto y siguió mirando el periódico que tenía ante sí. Entonces, dirigió su mirada hacia arriba.

—Verá, señorita Duncan, creo que eso me resultaría muy difícil. Se trata de un atroz y malévolo chismorreo, y sus autoras merecen que caiga sobre ellas todo el peso de la ley. Si yo fuera la acusación, exigiría la mayor pena que hubiera y no descansaría hasta que... —hizo un gesto despectivo con la mano sobre el periódico— este periodicucho estuviera fuera de circulación. —Se puso en pie de nuevo—. Disculpe mi franqueza, señorita Duncan, pero existen verdades que usted y sus hermanas no parecen haber comprendido. Las mujeres no están preparadas para luchar en este tipo de batallas. Éste es un ataque irreflexivo sobre un par del reino, diseñado para causarle la mayor vergüenza y que, por lo que veo, ya se la ha causado. Tiene derecho a que se le compense por daños y perjuicios por estos chismorreos. Le sugiero que en lo sucesivo tanto usted como sus hermanas limiten los cotilleos a sus círculos sociales y se mantengan lo más lejos posible del tintero. —Se movió de detrás del escritorio mientras Prudence permanecía sentada y, en aquel momento, completamente estupefacta—. Si me excusa, señorita Duncan, tengo escritos que preparar. —Se dirigió a la puerta y la abrió—. Thadeus, acompañe a la señorita Duncan a la salida.

Atónita aún, Prudence se reincorporó y se dejó acompañar hasta fuera de la habitación, recibiendo un apretón superficial de manos, y en menos de dos minutos se encontró bajo la llovizna, tras la puerta cerrada del despacho de sir Gideon.

Miró su reloj de bolsillo. No eran ni las cuatro y veinte. En menos de media hora había sido escuchada y despachada como si de una escolar caprichosa se tratara. Max le había advertido que tomara la iniciativa y ella la había dejado escapar. Sentía la voz del abogado, tan pausada pero con claridad, dándole aquel condescendiente discurso. Nadie había osado hablarle así hasta entonces.

Se dio la vuelta hacia la puerta y la abrió de par en par. Ni sir Gideon Malvern, consejero del reino, iba a escaparse de ésta tan fácilmente.

En el concurrido salón de té de Fortnum, Chastity y Constance tomaban el té mientras observaban por los ventanales a los transeúntes que deambulaban por Picadilly bajo aquella llovizna que poco a poco devenía en lluvia.

—Me pregunto cómo le estará yendo —murmuró Chastity por sexta vez—. No puedo ni acabarme este *dakar,* con lo mucho que me gustan.

—Tu contención no ayudará a Prudence ni alterará el resultado de la entrevista —señaló Constance, tomando un bocadillo de pepino del plato que tenía sobre la mesa—. Pensemos en encontrarle un marido a Dottie Northrop. ¿Has pensado en cómo aconsejarla con tacto sobre su apariencia?

Chastity agradeció la distracción. Rebuscó en su bolso y sacó un papel.

—He pensado que quizá sea mejor dejar caer alguna sugerencia en la carta. —Le entregó la carta a su hermana—. Le he propuesto que vaya a la merienda que se dará en el 10 de Manchester Square el próximo miércoles por la tarde, donde pedirá que le presenten a lord Alfred Roberts, en quien tal vez encuentre un partido adecuado.

—¿Cómo lo vamos a hacer para que también vaya lord Alfred? —preguntó Constance—. Es un hombre de club, como nuestro padre. No me lo puedo imaginar sosteniendo una taza de té y charlando con personas como lady Winthrop o Mary y Martha Bainbridge.

—Padre lo llevará —declaró Chastity con satisfacción—. Ya se lo he pedido. Le dije que necesitábamos más compañía interesante los miércoles por la tarde y que, puesto que lord Alfred era un buen amigo de mamá y creemos que está bastante solo, nos gustaría incluirlo.

Constance se rió.

—¿Qué dijo padre?

—Masculló un poquito pero al poco rato dijo que, pensándolo bien, sí que era cierto que Alfred parecía poco animado estos días y que quizá sí le convendría salir un poco. Así que prometió traerlo. Pero siempre y cuando tengamos algo más que ofrecerles que simple té —añadió, mientras se ponía azúcar en la taza.

—Eso es fácil. Así que ahora sólo nos falta hacer una discreta insinuación sobre el escote de Dottie y la cantidad de polvo que usa en su cara.

—¡Oh! Ya me he encargado de eso. En el último párrafo —murmuló Chastity de manera poco elegante mientras masticaba su *dakar*. Señaló con el dedo al papel que sostenía su hermana.

Constance leyó el pasaje en cuestión y soltó una carcajada.

—¡Qué buena que eres en esto, Chas! Es graciosísimo. «El hombre en cuestión es bastante anticuado, de disposición algo tímida y un poco inquieto en presencia de señoritas. Por ello, *La dama de Mayfair* le recomendaría un vestido de lo más decoroso para el primer encuentro. El equipo editorial de *La dama de Mayfair* está convencido de que lord Alfred Roberts perderá, con comprensión y debido aliento, sus reticencias y se convertirá en un maravilloso compañero que disfrute de todo lo que la vida y la sociedad ofrecen.»

—Creí que estaba bastante bien —dijo Chastity complacida—. Y cuanto más lo pienso, más convencida estoy de que harían una buena pareja. Pueden llenar sus respectivos vacíos, si entiendes a lo que me refiero. ¡Oh! Deja ya de reír, Con. —Se echó a reír ella también, atragantándose con un trozo de pastel.

Gideon casi se sobresaltó ante el repentino retorno de su visitante. Pero ésta no era la misma mujer que había sido acompañada a la puerta de sus oficinas hacía tan sólo tres o cuatro minutos. Su aspecto era esencialmente el mismo, pero su aura era distinta. Esta mujer crepitaba como un fuego recién encendido. Seguía sin poder percibir sus ojos tras las gruesas gafas, pero casi podía sentir su fulgor.

—No entiendo qué le hace pensar que puede dirigirse a mí, o de hecho a cualquier cliente, con tal menosprecio y condescendencia —declaró Prudence, dejando su espacioso bolso sobre la mesa del abogado—. Puesto que usted ya había prejuzgado el asunto, no llego a comprender por qué aceptó reunirse conmigo. A no ser que, por supuesto, quisiera usted divertirse. ¿Son las mujeres quizá un entretenimiento para usted?

Se quitó los guantes, dedo a dedo, y acentuó sus palabras en cada movimiento.

—No me ha concedido la cortesía, aunque fuera pretendida, de escucharme. ¿Se había imaginado usted que quizá vendría por un asunto de negocios sin prepararme para discutir las pruebas que le dejé a su secretario? —Dio unos golpecitos sobre los papeles que había sobre la mesa—. Tenemos evidencia más que suficiente para probar nuestras acusaciones contra lord Barclay. Y si comprendo bien las leyes, si existen pruebas, no puede haber libelo. ¿Me equivoco? —preguntó levantando las cejas irónicamente.

Gideon encontró un momento para tomar aire. Se aclaró la garganta mientras su visitante se quitaba las gafas para limpiarlas con un pañuelo. Sus ojos eran toda una revelación. Claros, de límpido y despejado verde, repletos de ira e inteligencia. Y estaban fijos en él incluso mientras limpiaba las manchas de las lentes con la misma decisión con la que el célebre abogado del Consejo Real había despachado a otros, pero de la que nunca, hasta entonces, había sido objeto.

—¿Me equivoco, sir Gideon? —repitió, poniéndose de nuevo las gafas y recolocándolas vigorosamente sobre su nariz con el dedo índice.

—En principio no, señorita Duncan. —Se quedó de pie mientras buscaba las palabras—. Pero la naturaleza anónima de la acusación las hace parecer menos que creíbles y dudo que un jurado viera con comprensión lo que parece... —aclaró su garganta de nuevo—... lo que parece una cobarde puñalada por la espalda. —Señaló la silla—. ¿No desea sentarse?

—Me parece que no —dijo Prudence—. Gracias. Puedo entender que el anonimato quizá plantee problemas, pero no tenemos elección en este asunto. No podríamos publicar nuestro periódico si se conocieran nuestras identidades, como podría usted haber deducido si lo hubiera pensado inteligentemente. Deberá usted encontrar un argumento que tenga esto en consideración. —Sir Gideon abrió la boca pero ella se le adelantó—. Asumo que se habrá tomado la molestia de leer las notas que mi hermana recogió durante sus entrevistas con las mujeres en cuestión. Tal vez desee echarles una ojeada para refrescar su memoria. —Se quitó de nuevo las gafas y le dirigió una mirada desafiante. Era una mirada que haría flaquear al hombre más bizarro—. Por supuesto, si insiste en prejuzgar este asunto, le pagaré los honorarios por la consulta, cincuenta guineas, si no me equivoco, aunque dudaría en definir esta entrevista de consulta, y lo dejaría a usted tranquilo con sus prejuicios. —Sacó un fajo de billetes del interior de su bolso y los dejó caer sobre la mesa con un gesto descuidado de su mano. Su interlocutor poco sabía lo que le estaba costando aquel gesto.

Gideon ignoró los billetes.

—Siéntese, por favor, señorita Duncan, esto nos entretendrá unos minutos. ¿Desea usted un té? —Puso la mano sobre la campanilla que tenía sobre la mesa.

—No, gracias. —Prudence, sin embargo, se sentó. La cólera la había llevado a aquel extremo, pero el resultado la había dejado más trémula de lo que era capaz de admitir.

—Pero insisto —dijo él haciendo sonar la campanilla. Thadeus apareció de inmediato asomándose por la puerta—. Tráiganos té, Thadeus, y unas tostadas, si es usted tan amable.

El hombre desapareció sigilosamente y Prudence declaró:

—No tengo ningún apetito, sir Gideon. Esto no es un evento social.

—No, pero es la hora del té —indicó con suavidad—. Y yo estoy listo para tomar el mío. —Seleccionó una carpeta del montón que tenía delante, la abrió y empezó a leer.

Prudence no dijo nada y lo observó meramente con atención. Reconoció las copias de las notas que había tomado su hermana y sintió de nuevo el enojo al comprobar que realmente no se había tomado la molestia de leerlas con anterioridad. Thadeus llegó con una bandeja y la tentadora fragancia de las tostadas untadas con mantequilla hizo que Prudence se arrepintiera de su arrogante negativa.

—¿Lo sirvo, señor? —preguntó Thadeus.

—A menos que la señorita Duncan desee hacer los honores. —Sir Gideon alzó la vista y le dirigió una sonrisa que la hizo sentirse como si estuviera en presencia de un hombre distinto. La sonrisa le arrugó la piel alrededor de los ojos de un modo atractivo, confiriendo a su mirada gris claro un destello interesante.

Prudence hizo un breve gesto de negación con la cabeza y el secretario sirvió té en dos delicadas tazas de porcelana que Prudence habría jurado que era de Sèvres. Tomó la que le pasó porque rechazarla hubiera sido simplemente grosero, pero volvió a decir que no con la cabeza cuando le ofreció una tostada. Tratar con toda aquella mantequilla derretida, sentada en aquella silla con el abrigo puesto, hubiera mermado el aire digno de altivez que pretendía mantener. Sir Gideon no parecía tener tantas reticencias e ingirió ambas tostadas con sumo apetito mientras continuaba leyendo, parando de vez en cuando para tomar notas en el bloc que sostenía sobre su brazo.

Al final, miró hacia arriba, tras rebañar el último trozo de tostada en la mantequilla que quedaba en su plato y metérselo en la boca sin dejar caer ni una sola gota de grasa.

—Muy bien, admito que no consideré importante leer el resto de material cuando hube leído el artículo. Tal vez actué con premura pero, como he dicho, no veo aquí nada que sostenga las acusaciones de desfalco. —Su voz sonaba ahora más fría que antes, la sonrisa se había esfumado de su expresión, sus ojos eran agudos e inquisitivos.

—Falta algo, estamos todas de acuerdo —dijo Prudence con calma—. Sin embargo, coincidimos en la veracidad de los cargos.

—Que estén ustedes de acuerdo es diferente a que el jurado lo esté —señaló él, de nuevo con un tono de acidez en sus palabras.

—Tenemos una idea bastante clara sobre dónde buscar la evidencia que pruebe la acusación —le explicó Prudence al tiempo que dejaba la taza sobre la mesa.

Sir Gideon la miró con aire interrogativo.

—¿Haría usted el favor de explicarse, señorita Duncan?

—No en este momento —respondió ella, pensando que quizá sería mejor guardarse una as en la manga hasta que él se comprometiera con su causa. Si le informaba acerca de los asuntos de su padre con Barclay y, aun así, él se negara a captar el caso, habría expuesto a su padre innecesariamente. No importaba que fuera confidencial, simplemente no le gustaba la idea de que ese bastardo arrogante mirara a su padre por encima del hombro... a no ser que su revelación sirviera a un propósito—. Pero le puedo garantizar que sabemos muy bien dónde hallarla.

Él simplemente alzó la vista y dijo:

—Usted ha dicho que fue su hermana quien escribió el artículo en cuestión, si recuerdo correctamente.

—Sí, fue Constance.

Asintió.

—¿Es responsable por la mayor parte del mismo?

—En lo referente a las cuestiones políticas; las referentes al sufragio femenino, sí.

Asintió de nuevo brevemente.

—¿Cuál es su papel entonces en la producción de esta... —señaló hacia el periódico en la mesa— publicación?

Prudence detectó nuevamente un rastro de burla en su tono y la rabia creció de nuevo. Se puso en pie mientras hablaba:

—Me ocupo del negocio en sí, sir Gideon. Las finanzas y otras cuestiones de esta misma naturaleza. Ahora, si me excusa, está claro que no hay nada más que discutir, así que no le robaré más de su valioso tiempo. Gracias por el té. —Revisó las hojas que contenían las notas de Constance y las metió en su bolso con un rápido gesto, dejando, adrede, los billetes sobre la mesa.

Gideon se reincorporó rápidamente.

—No estoy tan seguro de que no quede nada por discutir.

Prudence se detuvo en el momento en que estaba poniéndose los guantes.

—No ha hecho ningún esfuerzo por ocultar su menosprecio hacia *La dama de Mayfair*. Estoy segura de que le parece el trabajo de un grupo de aficionadas. Lo que quizá usted no sepa es que...

—No ponga palabras en mi boca, señorita Duncan —la interrumpió—, ni ideas en mi mente.

—¿Lo niega? —le preguntó ella.

—No niego que dude del mérito de esta causa —replicó él—, pero estoy dispuesto a mantener mi mente abierta si es usted capaz de demostrarme que vale la pena. —Él sonrió de nuevo y Prudence mantuvo el temple ante su encanto. Éste era, estaba convencida, completamente artificial, empleado según y cuando le convenía al abogado.

—Cene usted conmigo esta noche —dijo él a medida que su sonrisa devenía más amplia—. Y hágame el daño que quiera —dijo extendiendo su brazo—. Le juro que vendré desprotegido, sin prejuicios, abierto a cualquier argumento. ¿Qué podría ser más justo?

Prudence había sido tomada por sorpresa y se quedó enmudecida por un breve instante. Había convertido una reunión de negocios en un encuentro social y, aún más, había algo innegablemente seductor en sus maneras. Él era consciente del poder de su sonrisa y la resonancia profunda de su voz. Pero ¿por qué la había empleado con ella? ¿Tal vez querría algo de ella?

Sólo había una manera de descubrirlo.

—No despreciaré la oportunidad de persuadirle, sir Gideon —dijo, esperando sonar fría y serena, más que asombrada o perturbada.

—Entonces ¿acepta usted mi invitación? —parecía un poco mosqueado, pensó ella, por su tibia respuesta, lo que le dio aún más confianza.

—Desde luego. Aunque me pregunto qué tipo de conversación en la mesa podría llevarnos a donde no hemos llegado en su despacho.

—Entonces, espere y verá —le respondió, tomándola de nuevo por sorpresa—. Quizá la sorprenda. Si es tan amable de darme su dirección, enviaré un coche a recogerla a las ocho en punto.

Habría sido más cortés por su parte ofrecerse para ir a buscarla él mismo, pensó Prudence. Estaba enfadada, y mucho, pero el sentido común le decía que se tragara el enfado en pos de conseguir otra oportunidad para ganarse su apoyo. Además, él la intrigaba, aunque fuera reacia a admitirlo. Por un lado era descortés hasta el punto del insulto, arrogante, soberbio y despectivo, pero por el otro, era encantador, dispuesto a la sonrisa, a juzgar por las patas de gallo que tenía alrededor de los ojos, e innegablemente atractivo cuando quería. También debía de tener una mente prodigiosa, una extraña cualidad que encontraba atractiva en los hombres. Pero ¿por qué se molestaba en intentar seducir a una mujer que se había desviado de su gusto habitual para parecer una sosa solterona?

—10 de Manchester Square. —Caminó hacia la puerta, sin hacer ningún esfuerzo por suavizar la brusquedad de su respuesta con una sonrisa de despedida, pero él se desplazó desde detrás del escritorio y llegó a la puerta antes que ella. Tomó su mano y se inclinó ante ella.

—Espero con ansia esta noche, señorita Duncan. La acompañaré a la puerta. —Tomó un amplio paraguas que había en el paragüero junto a la puerta y la acompañó hasta la calle—. Espere aquí, voy a buscarle un taxi. —Antes de que ella pudiera protestar, él había abandonado el refugio de la entrada y esquivaba charcos bajo la protección del paraguas.

Prudence estaba aún más desconcertada. Por lo que había visto de sus modales hasta el momento, hubiera imaginado que enviaría a su secretario, y eso si no la hubiera dejado ir a ella sola en plena lluvia. Era un hombre de curiosas paradojas, y le había advertido que no se afanara en sus juicios. Conociéndolo tan poco, era bueno prestar atención a aquella advertencia.

Un taxi apareció de repente doblando la esquina y se detuvo ante la puerta. Gideon se apeó manteniendo el paraguas sobre Prudence hasta que ésta estuvo dentro.

—¿Adónde le digo que la lleve?

—A Fortnum —respondió ella—. Voy a tomar un segundo té.

Él rió con un tono dulce que ella aún no había oído.

—Ahora entiendo que rechazara mis tostadas. Hasta esta noche, señorita. —Se despidió con la mano y Prudence hizo lo mismo involuntariamente, consciente de que estaba sonriéndole.

Gideon, con el gesto fruncido que estaba apareciendo en su frente, regresó hacia su oficina. Se detuvo al cruzar la puerta, golpeándose los labios con el dedo. ¿Qué demonios se creía que estaba haciendo? Ganar este caso era imposible, lo sabía desde que leyó la primera línea. No sentía compasión por las editoras de *La dama de Mayfair*. El artículo en cuestión sólo era un montón de chismorreos maliciosos en una publicación dedicada a un marasmo de opiniones políticas mal digeridas y declaraciones santurronas sobre el trato injusto hacia las mujeres. No habría manera de que aquel ratoncillo de biblioteca, de ojos vivamente verdes y temperamento de raposa, pudiera persuadirlo de que viera aquel caso con otros ojos. Entonces ¿por qué, en nombre del cielo, la había invitado a cenar... condenándose a sí mismo a una velada de absoluto tedio que acabaría inevitablemente de forma desagradable cuando le explicara, tal y como pretendía hacer, que no tenía ni había tenido nunca intención alguna de aceptar aquel caso?

Se preguntó por un momento si habría algún modo de rescindir la invitación. Podía enviar una nota a Manchester Square diciendo que le había surgido un imprevisto, expresar sus excusas y no volver a verla nunca más. Su mirada cayó sobre el fajo de billetes que había sobre la mesa. Sintió la voz de ella de nuevo en su cabeza, repleta de enojo y desprecio. Recordó el gesto de desdén con el que había tirado los billetes ante él. Si no estaba muy equivocado, la honorable señorita Duncan no era enteramente lo que parecía. Quizá la velada no sería tal pérdida de tiempo después de todo. Apretando los labios pensativamente, guardó los billetes en el cajón del escritorio.

El taxi dejó a Prudence en la puerta de Fortnum y entró en la sala que estaba casi desierta. Chastity la llamó con la mano desde la ventana y Prudence se apresuró a reunirse con ellas.

—¿Y bien? —dijeron ambas casi al unísono.

—Ahora os lo explico —contestó Prudence—. No, gracias —dijo rechazando el carrito de pasteles—. Pero sí tomaré una taza de té. —Dejó el bolso y los guantes en el suelo—. Pues me dio aproximadamente quince minutos de tiempo en los que me sometió al más insultante, arrogante y condescendiente discurso que he escuchado en mi vida. En ningún momento hizo indicación de que hubiera leído nuestra evidencia y, antes de darme cuenta, ya estaba en la calle mirando hacia la puerta cerrada.

Constance emitió un ligero silbido.

—Y entraste de nuevo. —Era una afirmación, no una pregunta.

Prudence asintió.

—No recuerdo haber estado tan furiosa en mi vida.

Chastity le sirvió té a su hermana y le pasó la taza cruzando la mesa mientras pensaba que Prue raramente perdía la calma, pero que cuando eso sucedía, aquello se convertía en una tempestad de considerable magnitud.

—¿Te escuchó entonces?

—Oh, sí —dijo Prudence al tiempo que tomaba un sorbo de té—. Incluso se tomó la molestia de leerse el material que le había dejado a su secretario hace dos días.

En cuanto su hermana hubo permanecido en silencio unos instantes, Constance preguntó rápidamente:

—¿Y va a aceptar el caso?

—No lo sé. —Prudence colocó la taza cuidadosamente sobre el platillo—. Me ha invitado a cenar esta noche. —Miró a sus hermanas, que la observaban con los ojos abiertos como platos—. Me ha invitado amablemente a que intente persuadirlo mientras cenamos.

—¿*Qué*? —Constance se quedó boquiabierta—. ¿Qué tipo de práctica comercial es ésa?

—No lo sé, pero no podía declinar la oportunidad, ¿no es así?

—¿Recuerdas que está divorciado? —preguntó Chastity—. Tal vez no sea tan puntilloso en su vida personal.

Fue Prudence la que las observó entonces:

—Para ser sincera, me había olvidado de ello.

—¿Divorciado? —inquirió Constance. Era la primera noticia que tenía acerca de aquel interesante chismorreo.

—Sí, lo leímos en el *Who's Who* —respondió Chastity—. Hace seis años que lo está. También tiene una hija.

—Bueno, no creo que la vea muy a menudo —dijo Constance con aire despreciativo—. Legalmente le pertenece y posiblemente tome todas las decisiones por ella, pero es probable que deje su cuidado en manos de su madre. Como de costumbre.

—Probablemente —admitió también Prudence. Tomó un bocadillo de pepino y lo miró a continuación como si se preguntara cómo había llegado a sus manos.

—¿Qué sucede? —preguntó Chastity.

Prudence soltó el bocadillo.

—¿Sabéis?, hubo algunos momentos en los que parecía que estuviera flirteando conmigo. A veces parecía perder su arrogancia como si cambiara completamente de personalidad. Era muy extraño.

—No es nada raro que un divorciado flirtee —observó Constance—. Al contrario. Aunque me parece poco profesional por parte de un abogado coquetear con una potencial clienta.

—A no ser que no tenga intención de tomarnos como clientas. Si es un licencioso libertino quizá lo esté intentando con Prue. —Chastity había abandonado su *dakar*. Abrió sus ojos marrones ampliamente y bajó la voz hasta que ésta fue un susurro—. Para pasárselo bien con ella.

—¡Oh, Chas! —se rieron sus hermanas, tal y como ella pretendía, aunque la diversión no duró mucho.

—¿Por qué tendría un licencioso libertino algún interés hacia mí con mi actual aspecto? —preguntó Prudence—. Parezco una remilgada, sosa y solterona institutriz.

—Imagínate que esa imagen se hubiera esfumado cuando te has enfadado —dijo Constance con una seca sonrisa—. ¿Te has quitado las gafas?

—No lo sé... Pero, Dios, Con, ¿y qué pasa si lo hice?

Sus hermanas se quedaron en silencio mirándola inquisitivamente con las cejas en alto.

—Oh, Dios, dame fuerzas. —Prudence tomó el bocadillo de nuevo y lo devoró en dos enérgicos bocados.

—Así que has aceptado la invitación —dijo Chastity.

—Sí, ya te lo he dicho —dijo Prudence—. No podía desaprovechar la oportunidad de intentar que aceptara nuestro caso.

—¿Es atractivo?

Prudence consideró la pregunta.

—No para mí —dijo definitivamente—. Pero podría entender por qué algunas mujeres sí podrían encontrarlo atractivo. Simplemente, no me gusta el tipo macho superior.

Sus hermanas asintieron.

—Por supuesto, tiene una voz bastante bonita —dijo Prudence con escrupulosa imparcialidad—. Y cuando su sonrisa es genuina, algunas mujeres podrían encontrarlo atractivo.

—Pero no te dejaste llevar por sus encantos —dijo Constance al tiempo que tomaba su taza de té.

—No —afirmó su hermana—. Ni por un instante.

—Bien, será interesante ver qué nos depara la velada —dijo Chastity de forma neutra.

Prudence tomó otro bocadillo de pepino.

6

—¿Sales, querida? —Lord Duncan se detuvo en el vestíbulo mientras su hija mediana descendía por la escalera aquella tarde con el abrigo colgando del brazo.

—Sí, tengo una cena —dijo Prudence cuando alcanzó el último escalón. Fue consciente de la expresión de sorpresa de su padre a medida que éste la observaba. Su hija raramente iba a una cena vestida como si de un funeral se tratara. Había algo distintivamente anticuado en su vestido con ribetes marrón atigrado. De hecho, no recordaba haberlo visto antes.

Prudence no tenía ningunas ganas de escuchar comentario alguno acerca de su vestido y dijo rápidamente:

—Buenas tardes, lord Barclay. —Una capa de frialdad cubría su saludo, pero ni el conde ni su invitado la habían oído.

—Buenas tardes, Prudence —dijo el conde, con una jocosa sonrisa—. Un novio potencial, ¿no es así? —Se acercó para acariciarle la mejilla, pero ella se retiró hacia atrás justo a tiempo.

El conde rió entre dientes diciendo:

—No hace falta que sea evasiva conmigo, señorita Prudence. —Se dio unos golpecitos en la nariz—. Es una frase sabia, señorita. Está bien para una debutante mostrarse tímida, pero no queda demasiado bien en una mujer de cierta edad.

Prudence miró a su padre y se percató de que éste observaba a su amigo con evidente disgusto. Esto la sorprendió, puesto que lord Duncan le era por lo general ciegamente leal, pero también le dio ánimos. Quizá no estaba tan convencido de la inocencia del conde aunque denunciara abiertamente a quienes acusaban a su amigo. De cualquiera de las maneras, había algo evidentemente desagradable en las referencias del conde a la edad de Prudence y a su condición de soltera, y lord Duncan era tan molesto con sus manías como buen padre.

Prudence le respondió con una fría sonrisa y preguntó:

—¿Cómo va su denuncia por libelo, lord Barclay?

La pregunta tuvo el efecto esperado. La cara del conde adquirió un matiz morado nada atractivo.

—Los muy cobardes aún no han respondido… ni una palabra, me han dicho mis abogados. Viscosos como anguilas. Pero si se creen que pueden ir de santos y salirse con la suya, están muy equivocados.

—No podrán esconderse para siempre —señaló lord Duncan.

—Oh, no, los pillaré, y cuando los haya pillado los estrangularé a todos y cada uno —dijo de manera salvaje—. Los desplumaré vivos y les sacaré hasta el último penique.

—Dudo que todo el peso de la ley pudiera acabar con todos —observó Prudence tranquilamente—. ¿Cuántos ofensores cree usted que hay, señor? Parece estar usted convencido de que son más de uno.

—Por supuesto que son más de uno…, una pandilla de mariquitas. Hombres que se ocultan bajo identidades de mujeres y que van por ahí dando puñaladas por la espalda, dispuestos a cualquier perversión; recuerde mis palabras. —Observó fijamente a Prudence y meneó un dedo muy cerca de su nariz—. Recuerde mis palabras, señorita, confiscaremos todas las copias de esa revistucha y las quemaremos en la calle. Los arruinaré y haré que se pudran en la cárcel, cada uno de ellos.

—¿No cree usted que los escritores pueden ser en realidad mujeres, lord Barclay?

La miró como si a ésta le hubieran crecido dos cabezas.

—Tonterías... tonterías. Mujeres, efectivamente. —Se rió a carcajada limpia mientras le propinaba unas palmadas a lord Duncan en la espalda—. *Mujeres*. Mujeres escribiendo esta clase de basura, hurgando en esas mentiras, yendo a ese tipo de lugares... ¿Qué te parece la idea, eh, Duncan?

Lord Duncan frunció el ceño. Estaba pensando en su difunta esposa.

—Improbable —asintió—, pero no imposible.

—Tu cerebro debe de estar atolondrado, amigo mío —declaró el conde—. Ninguna mujer respetable tendría nada que ver con esto.

—Sin embargo, hay mujeres respetables que lo leen —señaló Prudence—. Mi propia madre, según recuerdo, solía encontrar los artículos del periódico bastante estimulantes.

El comentario de dicho hecho silenció a lord Barclay, pues no podía mofarse de la difunta esposa de su amigo.

Prudence le dio tiempo para que encontrara una respuesta adecuada, y cuando todo indicaba que estaba tardando demasiado en encontrarla, preguntó:

—¿Cenaréis en casa, padre?

Lord Duncan se sintió visiblemente aliviado por el cambio de tema.

—Sí, he pensado que nos quedaremos en casa. Jenkins y la señora Hudson nos prepararán algo rápido.

Prudence pensó que el mayordomo y el ama de llaves

apreciarían que les avisaran, ya que los ingresos familiares no permitían mantener una nutrida despensa de delicias para cuando su patrono decidiera cenar en casa e invitara a sus amigos. Ya hacía tiempo que ella y sus hermanas habían perdido la esperanza de que su padre reconociera la magra situación de las finanzas familiares.

Miró el reloj de pared del abuelo. Eran casi las ocho. Chastity estaba cenando con Constance y Max aquella noche, así que no quedaba nadie en casa excepto ella que pudiera sacar a la señora Hudson del aprieto inicial cuando ésta supiera que tendría que preparar una cena decente en la próxima hora.

—Voy a hablar con la señora Hudson —dijo ella—. El fuego de la biblioteca está encendido. Mandaré a Jenkins con el whisky. —Colgó su abrigo en el perchero y se dirigió hacia la cocina, con la falda del vestido moviéndose rápidamente a medida que ésta se apresuraba.

—¿Se trata del señor, señorita Prue? —La señora Hudson había estado sentada en su mecedora, ausente de preocupaciones y dispuesta para una tranquila velada sin cenas que preparar, pero se reincorporó inmediatamente en cuanto Prudence entró por la puerta.

—Sí, lo siento, señora Hudson. El señor y lord Barclay desean cenar. ¿Tenemos algo en la despensa? —Prudence abrió la puerta de la despensa al tiempo que formulaba la pregunta.

—¡Santo cielo! —murmuró la cocinera—. Y le di la tarde libre a Ellen. El señor Jenkins tendrá que ayudarme.

—La ayudaré yo misma, pero viene un taxi a recogerme a las ocho. —La campanilla de la puerta principal de entre la fila de campanillas que había en la cocina sonó—. Debe de ser éste. Hay algunas chuletas de venado aquí, ¿podría usted asarlas?

—No estoy segura de si estarán buenas —respondió la señora Hudson, pasando al lado de Prudence y entrando en la despensa—. Tenía mis dudas acerca de si han estado colgadas lo suficiente. —Tomó las chuletas y las olió profundamente—. Pues va a tener que ser esto. Con unas cuantas patatas y algunas coles de Bruselas que hay por aquí, en algún lugar... —Su voz se desvaneció a medida que se adentraba en la despensa, rebuscando en las estanterías—. Una pizca de gelatina de grosella y una copita de madeira en la salsa, tal vez...

—Y Budín de la Reina para postres —sugirió Prudence.

—Oh, sí, eso sí que puedo prepararlo. Y aún queda algo de aquel Stilton que tanto le gusta al señor. —La señora Hudson salió sosteniendo en sus manos dos gruesas chuletas de venado—. Las echaré en la cazuela. Sin embargo, no sé qué hacer de primero.

—Su taxi ya está aquí, señorita Prue —anunció Jenkins desde la puerta—. Entiendo que el señor y lord Barclay cenarán esta noche en casa.

—Sí, y la señora Hudson ya está cumpliendo, como de costumbre. Ah, mi padre quisiera que le llevara usted whisky a la biblioteca. Lamento no poder quedarme a ayudarles, pero...

—Corra usted y diviértase, señorita Prue —dijo la señora Hudson—. Jenkins y yo ya nos las apañaremos. Pueden comer sardinas con tostadas de primero. Un pellizquito de perejil y unos trocitos de huevo duro las adornarán de maravilla.

Prudence sonrió.

—Hace usted milagros. No me espere despierto, Jenkins. Llevo mi llave.

—El taxista dice que ha sido enviado por sir Gideon Malvern —mencionó Jenkins de pasada cuando la acompañaba en dirección a la puerta. Tomó el abrigo de ella de la percha y lo sostuvo—. Un señor mayor, ¿no es así, señorita Prue? —La mirada que éste le dio al soso vestido que llevaba fue discreta pero, sin embargo, su significado le quedó bastante claro a Prudence. Jenkins no estaba acostumbrado a ver salir a ninguna de las señoritas sin otra cosa que no fuera el más elegante de los vestidos. Y la señorita Prudence era excepcionalmente meticulosa en todo lo que tuviera que ver con el vestir.

—Yo no diría eso —respondió al tiempo que se abotonaba el abrigo.

—He oído que hay un abogado con ese nombre, señorita Prue. Uno bastante famoso.

—Sí, Jenkins —asintió ella mientras éste le abría la puerta—. Y lo necesitamos bastante desesperadamente, así que deséeme suerte. Debo estar muy persuasiva esta noche. Espero parecer lo bastante seria y formal, dispuesta para una discusión grave, nada de vano placer. —Ésta levantó las cejas, invitándole a que diera su opinión.

—Ésta es la impresión que tengo yo, señorita Prue —dijo éste con tacto, acompañándola escalones abajo, donde un chófer con librea esperaba con la puerta abierta de un Rover negro—. Estoy seguro de que sus asuntos van a ir bien.

—Tiene usted más fe en mis habilidades que yo misma, Jenkins. —El chófer empezó a cerrar la puerta—. ¿Adónde vamos? —preguntó ella.

—A Long Acre, señora. —Éste cerró la puerta y se dirigió al lado del conductor.

Prudence se reclinó. El coche estaba cubierto por arriba pero descubierto por los lados y ella se alegró de que hubiera dejado de llover y que fuera un atardecer suave y sin viento. Sin embargo, se anudó el chal bajo la barbilla para proteger su cabello y levantó la solapa de su abrigo. Covent

Garden era una elección extraña para un encuentro dadas las circunstancias, pensó con cierta inquietud. Los restaurantes que había alrededor de la ópera y los teatros de Drury Lane serían algo públicos, y habría gente conocida. Si era vista con sir Gideon, inevitablemente se hablaría de ello, y quizá más adelante, cuando empezara el juicio, alguien recordaría haberlos visto juntos y sospecharía algo. Era un poco arriesgado. Parecía estúpido ahora que no le hubiera preguntado adónde irían, y no obstante aquella pregunta no se le había ocurrido en el momento indicado. Cuando un hombre te invitaba a cenar, simplemente se aceptaba o se denegaba la invitación. No basabas la respuesta en el tipo de entretenimiento que éste ofreciera.

El chófer conducía lentamente y con cuidado por aquellas calles llenas de charcos. Había un fuerte hedor de estiércol de caballo en el aire, agudizado por la lluvia que había caído aquella tarde, pero ésta también había asentado el polvo. Cuando se adentraron en las calles estrechas alrededor de Covent Garden, Prudence se retiró hacia el interior del vehículo deseando haber tenido un velo consigo con el que cubrirse.

El coche se detuvo ante una casa de aspecto discreto con las ventanas cerradas y la puerta que daba a la calle, abierta. El chófer ayudó a Prudence a salir y la acompañó a la puerta. Ella miró el edificio. No había ningún signo que indicara que se trataba de un restaurante. De hecho, pensó, tenía toda la pinta de ser una residencia particular.

La puerta se abrió un minuto después de que el chófer hubiera llamado al timbre. Un señor con un austero traje de noche la saludó con una inclinación.

—Señorita, sir Gideon la espera en el salón rojo.

—¿El salón rojo? —Prudence miró al chófer buscando una respuesta a su pregunta, pero éste ya había salido de nuevo a la calle. Se encontró a sí misma en un elegante vestíbulo con el suelo de mármol banco y negro y un techo con molduras elaboradas. Había una escalinata con una baranda dorada delante de ella.

—Por aquí, señorita. —El mismo hombre la acompañó precediéndola escaleras arriba y por un largo pasillo. Se oían voces de hombres y mujeres y sonaba ruido de porcelana y cristal detrás de las puertas cerradas. Prudence estaba tan intrigada como desconcertada.

Su acompañante se detuvo ante una puerta de vidrio de dos alas situada en el centro del pasillo, llamó una vez y acto seguido abrió las puertas de par en par y anunció con una floritura casi teatral:

—Su invitada, sir Gideon.

Prudence entró en una sala larga y cuadrada que parecía adornada como si fuera una sala de estar, a excepción de la mesa preparada para cenar y con velas encendidas que había al lado de un ventanal en arco de medio punto que daba a un jardín. Fue inmediatamente evidente por qué era conocido como el salón rojo. Las cortinas eran de terciopelo rojo y los muebles estaban tapizados en rojo damasco.

Gideon Malvern estaba de pie junto al hogar, donde chispeaba un pequeño fuego. Dejó el vaso de whisky que sostenía y se dirigió hacia ella:

—Buenas noches, señorita Duncan. Si me hace el favor de darme su abrigo.

Su traje de noche era impecable, con pequeños brillantes en los botones de su chaleco blanco. A medida que se quitaba el chal, Prudence sintió un cierto arrepentimiento debido al vestido que ella también había elegido tan cuidadosamente. Con la intención de dejarle claro al abogado que aquel encuentro no se trataba de una reunión social, había decidido mantener la imagen de solterona sosa que había creado aquella tarde en su despacho. De hecho, sin exagerar, estaba horrorosa en aquel horrible vestido marrón que había desenterrado de un armario de cedro que no había sido abierto desde hacía más de diez años. No tenía ni idea de dónde había salido. Desde luego no era nada que su madre se hubiera puesto en su vida. Se desabrochó el abrigo de mala gana y dejó que él lo tomara. Éste se lo entregó al hombre que la había acompañado hasta arriba. El hombre hizo una reverencia y se retiró cerrando la puerta con cuidado tras de sí. Gideon examinó a su invitada levantando una ceja levemente. Se preguntaba cómo cualquier mujer, y en particular una tan joven como aquélla, podría escoger deliberadamente un vestido con un sentido del gusto tan abominable. Tenía que asumir que había escogido este vestido del mismo modo que había elegido el que se había puesto aquella tarde. Tal vez, pensó, era daltónica además de miope, o tuviera algún otro problema de vista que la obligara a llevar aquellas gafas de concha. Desde luego, no tenía ningún sentido de la moda. Su nariz se contrajo. ¿Podría tratarse de naftalina ese olor que emanaba de aquel horrible vestido de tarde?

—¿Jerez? —preguntó—. ¿Puedo ofrecerle una copa antes de cenar?

—Gracias —respondió Prudence, consciente de la reacción de éste ante su aspecto. Eso era precisamente lo que había pretendido, pero aun así se quedó con una sensación de desazón. Estaba más acostumbrada a recibir miradas de admiración que de esa mezcla entre lástima y desdén que le profería el abogado.

—Por favor, siéntese. —Éste señaló uno de los sofás y se dirigió al aparador, donde había decantadores con jerez y whisky. Sirvió una copa de jerez y se la acercó.

—Gracias —dijo ella de nuevo con una discreta sonrisa que pensó que favorecería su apariencia.

—Una cena de club privada —dijo él sentándose en el sofá que había frente a ella—. He creído que un restaurante sería demasiado público. —Se bebió su whisky.

—No creo que fuera bueno que nos vieran juntos —asintió ella al tiempo que se alisaba la falda con un golpecillo ágil con su mano.

Gideon no podía estar más de acuerdo. No estaba seguro de que su reputación sobreviviera si alguien lo veía en público junto a aquella insulsa compañía. La miró disimuladamente durante un momento. Llevaba el cabello recogido fuertemente contra la nuca en un moño anticuado sostenido con horquillas de madera. Pero el retrógrado estilo no podía disimular la lustrosa riqueza de su color; entre canela y castaño rojizo, pensó. No, había algo que no encajaba. No sabía muy bien el qué, pero había algo que no encajaba en la honorable señorita Prudence Duncan. Recordó aquel momento en su bufete, cuando se quitó las gafas mientras lanzaba su ataque. La imagen de esa mujer no cuadraba con la que tenía ante él. Y, tras lo que había leído aquella tarde, se guardaría mucho de sacar conclusiones sobre cualquiera de las hermanas Duncan.

—Si recuerdo bien, señorita Duncan, me comentó usted que se ocupaba de la parte financiera de la publicación. Deduzco que debe de ser usted toda una matemática.

—Yo no diría eso —afirmó Prudence—. Me describiría más como una contable.

Él se rió.

—Oh, no, señorita Duncan, estoy tan seguro de que es usted contable como de que la escritora de Penny Dreadfuls es su hermana.

Prudence pareció sorprendida.

—¿Ha estado usted leyendo *La dama de Mayfair* esta tarde?

—Descubrí una fuente inesperada de números atrasados —dijo él secamente—. Curiosamente, bajo mi propio techo. Mi hija y su institutriz parecen ser lectoras asiduas.

—Ah —dijo ella—. Su hija. Sí.

—Esto no parece sorprenderla mucho —observó él.

—*Who's Who* —dijo ella—. Estuvimos leyendo algo sobre usted.

Él levantó una ceja.

—Así que usted sabe más sobre mí que yo acerca de usted, señorita Duncan.

Prudence sintió que se sonrojaba como si él la hubiera acusado de espiarle.

—El *Who's Who* es de dominio publico —afirmó ella—. Además, si no lo hubiéramos buscado, no le habríamos encontrado.

—Ah —dijo él—. Una indagación práctica, por supuesto.

—¿Vive su hija con usted? —Prudence no podía ocultar su sorpresa.

—Así es —respondió él con brevedad—. Asiste al North London Collegiate para su educación formal. Su institutriz se ocupa de los aspectos más amplios de su educación. Parece ser que las cuestiones relativas al sufragio femenino interesan mucho a la señorita Winston, de ahí su familiaridad con su publicación. —Se levantó para rellenar su copa al lado del aparador tras dar un vistazo a la copa de jerez, que Prudence casi no había tocado.

Éste era un hombre sorprendente, reflexionó Prudence, incapaz de negar que le había picado la curiosidad. North London Collegiate, colegio de señoritas fundado en 1850 por la reputada Frances Buss, uno de los iconos femeninos de la madre de Prudence. Era la primera escuela dedicada a ofrecer una educación rigurosa a jóvenes señoritas. La señorita Buss, al igual que la difunta lady Duncan, había sido una ferviente defensora de los derechos de las mujeres, y también de su educación.

Prudence tomó un sorbo generoso de su jerez.

—¿Cree usted en la educación de las mujeres, entonces?

—Por supuesto. —Se volvió a sentar mirándola con aire de duda burlona—. Me figuro que eso la sorprende.

—Tras su diatriba de esta tarde acerca de cómo las mujeres no están preparadas... no tienen derecho... para adentrarse en el campo de batalla de los pleitos, y todo lo demás, lo encuentro increíble. Creo que nos sugirió a mí y a mis hermanas que nos confináramos al cotilleo de nuestros círculos sociales y que nos mantuviéramos alejadas del tintero. —Ella sonrió—. ¿Tengo yo ese derecho, sir Gideon? —Se inclinó hacia delante para dejar su copa en la mesita que tenían delante del sofá.

—Sí, lo tiene. —Él parecía completamente despreocupado por la aparente contradicción—. El hecho de que yo apoye la educación de las mujeres no afecta a mi certeza de que la mayoría de mujeres no están capacitadas para adentrarse en mi mundo. ¿Más jerez?

Tomó su copa cuando ella asintió y volvió al aparador.

—Si no fuera éste el caso, no habría necesidad de que prestara mi apoyo a esta causa. —Volvió a llenar su copa con el decantador y se la acercó. Se quedó mirándola con el mismo aire burlón. Prudence parecía evidentemente tensa. Sentía como si pudiera ver a través de ella; a través de la fachada que presentaba, y veía a la Prudence real que había bajo ésta.

—Su hija... —empezó ella intentando distraer su atención.

—Mi hija no es de interés en este momento —respondió él—. Baste con decir que, bajo la orientación de la señorita Winston, es una apasionada partidaria del sufragio femenino.

—¿Y usted?, ¿también lo es usted? —La pregunta fue rápida y directa. Sin pensar, se quitó las gafas como hacía a menudo en momentos intensos, limpiándolas con su manga al tiempo que le dirigía la mirada.

Gideon inspiró lentamente. Preciosos ojos. No pertenecían a esa sosa solterona. ¿A qué juego estaba jugando la señorita Duncan? Tenía toda la intención de descubrirlo antes de que acabara la velada.

—Aún no he tomado una decisión a ese respecto —respondió finalmente—. Quizá pueda usted intentar convencerme de sus beneficios mientras intenta persuadirme de que las defienda. —Una sonrisa se perfiló en la comisura de sus labios y sus ojos grises se tornaron de repente luminosos cuando encontraron los de ella.

Prudence se puso rápidamente las gafas. Había un tono en su voz que le erizó el vello de la nuca. Todo su instinto gritaba una advertencia; pero ¿sobre qué? Racionalmente, él no podía sentirse atraído por ella y, sin embargo, sus ojos, su voz y su sonrisa indicaban que sí lo estaba. ¿Estaría jugando al gato y al ratón con ella?; intentando pillarla en un despiste. Se obligó a sí misma a concentrarse. Tenía un trabajo que hacer. Tenía que persuadirle de que su caso era interesante y…

Su mente se quedó en blanco. ¿Era esto parte de lo que hacía que lo encontrara así?; ¿un elaborado y cruel juego de falsa seducción? ¿Había algún tipo de quid pro quo del que ella no era consciente?

Prudence pensó en *La dama de Mayfair*; pensó en la deuda que ya empezaban a amontonar. Pensó en su padre, que hasta el momento había sido protegido de la verdad, como su madre se hubiera esforzado por hacer. Con lo que había en juego no le quedaba más remedio que jugar con Gideon Malvern con sus mismas normas y disfrutar del juego.

Volvió a alisar su falda con otro energético golpe de mano y dijo con el tono de severidad de una maestra de escuela:

—Por lo que respecta a nuestra defensa, tal y como lo vemos nosotras, sir Gideon, nuestra debilidad radica en que no tenemos hasta la fecha evidencia concreta sobre las actividades financieras poco éticas de lord Barclay. No obstante, sabemos dónde encontrarlas. Por el momento, contamos con numerosas pruebas para reforzar nuestra acusación por fraude moral.

—Sentémonos a cenar —dijo él—. Preferiría no hablar de esto con el estómago vacío.

Prudence se reincorporó.

—Me impresiona su diligencia, sir Gideon. Estoy segura de que habrá tenido un largo día en su despacho y en los tribunales, y ahora tiene tiempo de discutir mientras cena.

—No, señorita Duncan, el trabajo va a tener que hacerlo usted —observó él mientras se desplazaba hacia la mesa—. Voy a disfrutar de mi cena mientras usted intenta convencerme de las virtudes de su caso. —Aguantó la silla para que se sentara ella.

Prudence se mordió la lengua. Éste era el hombre al que había conocido aquella misma tarde. Arrogante, engreído y con el control en sus manos. Y mucho más fácil de tratar que con las miradas que le había proferido su otro yo. Se sentó y sacudió su servilleta.

Su anfitrión hizo sonar una campanilla que tenía tras de sí antes de sentarse.

—El club tiene una muy buena reputación por su cocina —dijo él—. He escogido el menú muy cuidadosamente. Espero que sea de su agrado.

—Puesto que ya me ha dicho usted que no voy a tener oportunidad de disfrutarlo, su petición resulta algo hipócrita —comentó Prudence—. Me conformaría con un huevo hervido.

Él ignoró su comentario y ella se vio obligada a admitir

que estaba en su derecho. Tomó un bollo de la cesta que le ofreció él mientras dos camareros se movían discretamente a su alrededor llenando las copas de vino y sirviendo una sopa de color verde claro en unos platos blancos.

—Lechuga y apio —dijo Gideon al tiempo que olía aquel aroma—. Creo que lo encontrará exquisito. —Partió un bollo y lo untó generosamente con mantequilla—. Hábleme de sus hermanas. Empecemos por la señora Ensor.

—Constance.

—Constance —repitió él—. ¿Y su hermana pequeña se llama...?

—Chastity.

Saboreó el vino mientras parecía degustar aquella información. Había un brillo distinto en sus ojos grises.

—Constance, Prudence y Chastity. Alguien debía de tener un buen sentido del humor. ¿Hago bien en suponer que fue su madre?

Prudence hizo todo lo posible por no reírse.

—Debo decirle, sir Gideon, que somos los vivos ejemplos de nuestros nombres —declaró ella.

—¿Es cierto? —Le volvió a llenar la copa de vino y le profirió otra mirada burlona—. ¿Prudence de nombre y prudente por naturaleza? —dijo moviendo la cabeza. —Si los otros dos nombres conjugan con su naturaleza al igual que el suyo, señorita Prudence Duncan, no puedo esperar a conocer a sus hermanas.

Prudence se terminó su sopa. No iba a dejarse arrastrar a aquellas arenas movedizas. Si tenía la intención de incidir en su fingimiento, ella le ayudaría a salir del mismo.

—Esta sopa está realmente exquisita —dijo ella con una de sus decorosas sonrisas.

Él asintió; estaba preso de la curiosidad a pesar de que ella intentaba ceñirse al asunto que los ocupaba.

—Tengo la impresión de que es usted todo un *gourmet*, sir Gideon.

Éste dejó la cuchara sobre el plato.

—Tenemos que comer y beber, y no creo que debamos hacer ninguna de las dos cosas de una manera mediocre.

—No —respondió Prudence—. Mi padre le daría la razón.

—Y usted también, sospecho. —Retorció la copa entre sus dedos tomándola por la base. Su apreciación por el vino de borgoña no le pasó desapercibida.

Prudence se percató de que su fachada estaba cayendo y dijo con un despreocupado encogimiento de hombros:

—No, por lo general soy bastante diferente a él en esas cosas. Mis hermanas y yo vivimos con mucha sencillez.

—¿De veras? —dijo él en un tono sin matices.

—De veras —dijo ella con firmeza al tiempo que movía su mano para coger la copa, pero, en vez de eso, se la colocó rápidamente sobre la falda.

Los camareros regresaron, recogieron los platos de sopa, pusieron sobre la mesa el servicio de pescado y se retiraron de nuevo.

—Solla —dijo el abogado al tiempo que tomaba el cuchillo y el tenedor—. Un pescado realmente poco apreciado. A la parrilla, simplemente, con un toque de mantequilla de perejil, es mucho más delicado que el más fresco lenguado de Dover.

—En su opinión —murmuró Prudence mientras cortaba el pescado algo tostado. El comentario le pasó desapercibido a su acompañante, que saboreaba su primer bocado. Tomó el suyo y tuvo que admitir que tenía parte de razón.

—No hay manera de enfrentarse a la demanda por libelo de Barclay sin que su identidad y la de sus hermanas sean reveladas.

Fue un cambio de sujeto tan brusco que Prudence se quedó confundida por un breve instante. Más que una continuación a la conversación que mantenían, aquello era un ataque. Parpadeó y rápidamente redirigió sus pensamientos para entrar en la contienda.

—No podemos.

—No puedo poner a un periódico en el estrado. —Su voz había perdido todo trazo de intimidad coloquial. Puso a un lado su plato—. He pasado casi dos horas leyendo números atrasados de su periódico, señorita Duncan, y no creo que ni a usted ni a sus hermanas les falte la inteligencia para imaginar ni por un minuto que podrán evitar subir al estrado.

Prudence se preguntó si aquello sería una emboscada. Parte del juego del ratón y el gato.

—No podemos subir al estrado de los acusados, sir Gideon. Nuestro anonimato es fundamental para *La dama de Mayfair*.

—¿Por qué? —Tomó su copa de vino y la miró.

—Creo que a usted tampoco le falta inteligencia para contestar esta pregunta, sir Gideon. Mis hermanas y yo no podemos divulgar nuestras identidades porque proponemos teorías e ideas que no serían tomadas en serio si se supiera que quienes las escriben son mujeres. El éxito de este periódico radica en el misterio de su autoría, y ésta es información reservada.

—Ya veo, información reservada —dijo él—. Puedo comprender que nadie les hablaría libremente si supieran que es para el irónico, si no malicioso, *La dama de Mayfair*.

—Le discutiría lo de *malicioso* —comentó Prudence con las mejillas un poco sonrojadas—. Irónicas sí, y no nos gusta aguantar tonterías, pero no considero que seamos rencorosas.

—Hay una diferencia entre malicia y rencor.

—Es demasiado sutil para mí —respondió ella con frialdad. Él se encogió de hombros y levantó la ceja, pero no hizo ningún intento por cambiar su afirmación.

Prudence se tomó un minuto para recuperar la compostura. Sabía que tanto ella como Chastity tenían tendencia a darse el gusto de emplear su agudo y sardónico ingenio, pero ése era un placer privado. Hasta Chastity, la hermana de carácter gentil, podía dejarse llevar por la ironía ante la pretenciosidad y la estupidez cabal de aquellos que se sentían ofendidos por su peculiar ingenio. En el periódico se tomaban a broma esos defectos, pero nunca mencionaban nombres.

Él habló de nuevo mientras ella ponía en orden sus ideas.

—Señorita Duncan, si no pueden ganar esta querella, su periódico dejará de existir. Y si, como entiendo que usted dice, sus identidades salen a la luz, éste dejará de existir también. —Dejó su copa sobre la mesa—. Entonces, dígame qué tipo de ayuda legal le puedo ofrecer yo.

Eso era. En su juicio, no tenían ninguna posibilidad de ganar. Nunca la habían tenido. Por eso se trataba del juego del gato y el ratón. Pero ¿por qué? ¿Por qué aquella elaborada cena simplemente para verla retorcerse como una mariposa presa por un alfiler? Cualesquiera que fueran sus motivos, no aceptaría su valoración dócilmente y seguiría como si no pasara nada.

De nuevo se quitó las gafas y las limpió con la servilleta.

—Quizá, sir Gideon, estemos pidiendo lo imposible, pero me han dado a entender que usted es, precisamente, un especialista en imposibles. No estamos dispuestas a perder *La dama de Mayfair*. Éste nos provee de un sustento necesario, tanto el periódico como nuestro negocio paralelo. Sería imposible encontrar clientes de nuestro propio círculo social si supieran con quién tratan, como le resultará evidente.

—El negocio paralelo... ¿se trata de algún tipo de servicio matrimonial que anuncian ustedes? No era consciente de que lo llevaran ustedes mismas. —Sonaba tan entretenido como ligeramente incrédulo.

Prudence dijo tan fríamente como antes:

—Créaselo o no, sir Gideon, pero lo hacemos bastante bien. Se sorprendería de alguna de las parejas que hemos formado. —Se quedó en silencio cuando los camareros retornaron, hicieron lo que debían y los dejaron con sendos platos de escalopines de venado y un exquisito vino de Burdeos en sus copas.

Gideon probó el venado y el vino antes de decir, moviendo levemente la cabeza:

—Usted y sus hermanas son realmente un trío muy emprendedor.

Prudence, sosteniendo aún las gafas sobre su regazo, le dirigió una mirada miope. Inmediatamente se percató de que aquello era un error. Cada vez que se quitaba las gafas, su expresión cambiaba de manera inquietante. Se las puso de nuevo y lo miró fijamente frunciendo el ceño y con una dura mirada tras las lentes. Todo en su expresión indicaba convicción y la absoluta determinación de tratar con lo imposible.

—Emprendedoras o no, tenemos que ganar este caso. Es así de simple.

—Así de simple —dijo Gideon asintiendo lentamente—. Voy a poner la página de un periódico sobre el estrado de los acusados. Suponiendo que prescindimos de este problema, aún nos queda otro. ¿Podría explicarme con detalle cómo esperan probar sus acusaciones sobre fraude y malversación?

—Ya le he dicho, sir Gideon, que tenemos buena idea de cómo vamos a conseguir las pruebas.

Éste se llevó un dedo a los labios.

—Excúseme, señorita Duncan, pero no estoy seguro de que baste con esta afirmación.

—Tendrá que conformarse con ella. No puedo ser más concreta en este momento. —Tomó un sorbo de su copa, puso las dos manos sobre la mesa y se inclinó hacia él—. Necesitamos a un letrado de su estatura, sir Gideon. Le ofrecemos un caso que debería encontrar estimulante. Mis hermanas y yo no somos infortunadas defensoras. Somos más que capaces de defendernos enérgicamente.

—¿Y son ustedes capaces de pagar mis honorarios, señorita Duncan? —La miró con cara de evidente distracción, con las cejas levemente levantadas.

Prudence no esperaba aquella pregunta pero no dudó:

—No —dijo. Lo miró con el ceño fruncido—. ¿Cómo lo sabe usted?

Él se encogió de hombros.

—Es un defecto profesional, señorita Duncan. Asumo que su cuñado, Max Ensor, no les ha ofrecido su ayuda.

Prudence notó cómo le ardían otra vez las mejillas.

—Constance… Nosotras… nunca le pediríamos que hiciera eso. Y él tampoco lo esperaría. Éste es un asunto nuestro. Constance es independiente financieramente de su esposo.

Su ceja se levantó un poco más.

—Inusual.

—No somos mujeres corrientes, sir Gideon. Por eso precisamente le ofrecemos el caso a usted —declaró Prudence con una indiferencia sublime hacia la realidad—. Si ganamos, y ganaremos porque nuestra causa es justa, dividiremos felizmente con usted nuestra compensación en la proporción que usted dicte. Pero no podemos salir de nuestro anonimato.

—¿Cree usted que ganarán porque su causa es justa? —Se rió con aquella risa burlona que ella tanto detestaba—. ¿Qué le hace creer que lo justo que hay en su causa le garantiza la justicia en los tribunales? No sea ingenua, señorita Duncan.

Prudence le sonrió sin candor.

—Esto, sir Gideon, consejero real, es precisamente por lo que usted aceptará nuestro caso. A usted le gusta batallar y las mejores batallas son aquellas que cuesta ganar. Nuestras espaldas están contra la pared y, si perdemos, perderemos nuestro sustento. Nuestro padre perderá la ilusión y le habremos fallado a nuestra madre. —Abrió los brazos en un gesto de ofrecimiento—. ¿Puede usted resistirse a luchar esta batalla?

Él la miró.

—¿La eligieron portavoz por su lengua persuasiva, Prudence, o hay alguna otra razón?

—Nos repartimos las tareas según las circunstancias —respondió ásperamente, percatándose con retraso de que era la primera vez que la había llamado por su nombre de pila—. Cualquiera de mis hermanas lo hubieran abordado a usted con gusto, pero tenían otros menesteres.

—¿Abordarme? —Se rió, y esta vez fue con disfrute sincero—. Debo decirle, Prudence, que habría hecho usted un trabajo de abordaje mucho mejor sin... —movió la mano expresivamente— sin todo este teatro…, la remilgada sonrisa y ese horrendo vestido. —Sacudió la cabeza—. Debo decirle, querida mía, que no es convincente. O mejora usted sus técnicas teatrales o abandone el fingimiento. Sé perfectamente que es usted una mujer sofisticada. También sé que goza usted de educación y que no soporta a los imbéciles con simpatía. Así que le pediré que no me trate como tal.

Prudence suspiró.

—No era ésta mi intención. Quería estar segura de que me tomaría en serio. No quería parecer cualquier voluble cabeza loca de sociedad.

—Oh, créame, señorita Duncan, eso sería imposible. —Aquella desconcertante sonrisa estaba de nuevo en sus ojos, y eso que ella no se había quitado las gafas.

Prudence dio el paso. Tenía que hacerlo en algún momento y al menos eso haría que se le borrara aquella sonrisa.

—Muy bien —dijo ella—. ¿Aceptará usted el caso?

7

Hubo un momento de silencio, roto por el retorno de los camareros. Prudence se mantuvo sentada y callada hasta que éstos se hubieron marchado. Tenía una sensación de desánimo, además de un temblor en las manos, que ahora mantenía sobre su regazo. Se lo había jugado todo a aquella única carta. Si él decía que no, todo habría acabado. No le quedaban más argumentos, ni poder de persuasión.

Los camareros dejaron una tabla con quesos, una fuente con uvas y un cesto con frutos secos e higos frescos. Dejaron también un decantador con vino de Oporto al lado derecho de Gideon y se esfumaron.

Gideon le ofreció oporto y cuando ella rehusó con un breve gesto de su mano, llenó su propia copa. Señaló lo que había sobre la mesa y de nuevo ella lo rechazó, mirando al mismo tiempo cómo Gideon se servía un trozo de Stilton y cortaba un racimo de uvas con las pequeñas tijeras.

—Así pues —dijo ella de repente, cuando ya no podía soportar más aquel silencio—, ¿nos defenderá?

—Qué batalladora es usted —observó Gideon mientras tomaba un sorbo de oporto.

—¿Lo hará?

Gideon abrió la boca para darle la respuesta que siempre

había pretendido darle, pero su lengua parecía tener vida propia. Para su propia sorpresa, se oyó decir:

—Sí.

Prudence se sintió algo debilitada por el alivio.

—Pensaba que iba a decir que no —dijo ella.

—Eso pensaba yo también —asintió él secamente—. No tenía ninguna intención de decir que sí.

—Pero ahora ya no puede cambiar de opinión —dijo ella rápidamente—. Usted ha dicho que sí. Ahora ya no puede incumplir su palabra.

—No, no creo que pueda. —Volvió a su Stilton con uvas con un pequeño encogimiento de hombros de resignación. No era un hombre impulsivo. Los abogados, por lo general, no se dejaban llevar por una fuerza tan poco fiable. Así pues, si su asentimiento no había sido impulsivo, ¿qué había sido entonces? Ésta era una pregunta interesante para explorar en otro momento.

Prudence se terminó lo que quedaba de su burdeos. No sonaba entusiasmado sobre las perspectivas que presentaba el caso. ¿Quería decir aquello que no se lo tomaría en serio? ¿El hecho de que no pudieran pagarle, limitaría el tiempo que le dedicaría? Tomó aliento.

—Si cree que no va a poder dedicarle a este caso toda su atención, creo que sería mejor que renunciara a llevarlo.

Él la miró con sus ojos fijos en ella y dijo:

—¿Qué está usted insinuando?

Prudence comenzó a arrepentirse de haber sacado aquel tema. Pero, puesto que lo había hecho, no le quedaba más remedio que continuar.

—Parece usted indeciso —dijo ella—. Y puesto que no podemos pagarle, he pensado…

Él la interrumpió, levantando una mano para enfatizar.

—Usted se cree que yo aceptaría un caso y no le prestaría la máxima atención profesional. ¿Es lo que usted había pensado, señorita Duncan? —Su tono era grave y su voz, aunque aún era dulce y bien modulada, sonaba a incredulidad—. ¿Qué tipo de abogado se cree usted que soy?

—Uno caro —respondió ella evitando amilanarse—. Me preguntaba si tendría usted una tarifa de precios acorde al tiempo que le dedique. No creo que eso fuera poco ético. En la mayoría de casos se paga por el servicio que se recibe.

—Nunca en mi vida he tomado un caso al que no dedicara hasta la última onza de mis conocimientos legales, intelecto y energía —declaró él tranquilamente, enfatizando cada palabra—. Le voy a dar una justa advertencia, señorita Duncan. Nunca vuelva a poner en duda mi integridad profesional. —Lanzó la servilleta sobre la mesa e hizo sonar la campanilla con considerable vigor.

Prudence no podía pensar en qué decir. Había sido sorprendida por la fuerza de su reacción pero suponía que le había tocado en su orgullo involuntariamente. Algo que debería tener en cuenta en lo sucesivo. Hizo un apunte mental.

—Vayamos al lado del fuego para tomar el café —sugirió él al tiempo que los camareros llegaban con una bandeja. Su voz volvía a ser agradablemente neutral. Se levantó y retiró hacia atrás la silla de su invitada.

Ella se levantó y tomó su bolso.

—¿Me disculpa usted un minuto? —Miró con aire expectante hacia la puerta.

—Por aquí, señorita. —Uno de los camareros se dirigió inmediatamente hacia la puerta para que ella lo siguiera. La acompañó hasta un pequeño lavabo que había en el pasillo, equipado con lavamanos y espejo, jabón y toallas. De nuevo, era más parecido a una residencia particular que a un restaurante. Se tomó unos minutos para serenarse, mojándose las muñecas. Debería sentirse exultante por su victoria. Pero, por el contrario, se sentía inquieta, incluso un poco abatida. Esta colaboración no sería fácil de gestionar. Gideon Malvern no sería fácil de gestionar. Y, de alguna manera, tendrían que encontrar alguna forma de pagarle por sus servicios. El orgullo de los Duncan tenía también su lado feroz. Se le pasó una idea por la mente. Se encontró riendo. Era una solución perfecta. Pero ¿lo encontraría así el abogado?

Regresó al salón y volvió a sentarse en el sofá al tiempo que aceptaba la taza de café que le ofrecía su anfitrión.

—Quisiera hablar sobre sus honorarios, sir Gideon.

—Por supuesto —dijo él inmediatamente—. Si Barclay no gana su caso, tendrá que abonar los costos legales, los suyos y los de usted. Y además pediré al tribunal que se compense a *La dama de Mayfair* por daños y perjuicios, la reputación de la cual habrá quedado dañada por su frívola denuncia. Por consiguiente, señorita Duncan, si ganamos, y tenga en cuenta que se trata de un gran «si», entonces mis honorarios, que serán pagados por la parte ganadora, serán el ochenta por ciento de la compensación.

Prudence escuchó todo cuanto éste le dijo manteniendo su expresión inmutable. Entonces, fríamente, añadió:

—Entiendo que está usted divorciado, sir Gideon.

Éste movió la cabeza hacia atrás como un gato sobresaltado.

—¿Qué tiene esto que ver con lo que estamos hablando?

—Debe de ser complicado criar a una criatura, en especial a una niña, sin una esposa. —Removió su café.

—No lo veo así —dijo él mirándola y frunciendo el ceño—. Y no veo que esto guarde relación alguna con mis condiciones. Las toma o las deja.

Ella se bebió su café y dejó la pequeña taza sobre el platillo.

—Bien, tengo una propuesta más equitativa.

—¿Oh? —Levantó las cejas. Estaba intrigado aun sin quererlo. Había esperado algún tipo de sorpresa, si no indignación, ante la repartición que proponía, pero no esta reacción fría pensada con detenimiento—. ¿Cuál es entonces?

—Un trato a la antigua, sir Gideon: un intercambio de servicios. —Se inclinó hacia delante para dejar la taza sobre la mesa—. En compensación por sus servicios legales, la agencia matrimonial encontrará una esposa para usted y una madrastra para su hija.

—¿*Qué*? —La observó directamente, incapaz de pensar coherentemente por un momento.

—Es bastante simple. Por supuesto, si fracasamos en encontrarle una pareja adecuada, entonces tendrá usted su ochenta por ciento. —Sonrió complacidamente—. E incluso, si perdemos el caso, nos mantendremos firmes en nuestra promesa y le encontraremos una esposa. —Abrió las manos de nuevo—. ¿Qué tiene usted que perder?

—¿Qué? —murmuró con un leve silbido ante esta mezcla de desfachatez e ingenuidad—. Pero a decir verdad, señorita Duncan, no me hallo en busca de una esposa.

—Quizá no la esté buscando activamente, pero si le cayera la oportunidad adecuada en las manos, seguro que no la rechazaría. Una compañía para toda la vida, una madre para su hija. Es muy difícil para una niña crecer sin la influencia de una madre.

—Créaselo o no, un divorcio ya es demasiado —dijo él con los labios medio cerrados. Movió su mano en un gesto de desdén—. Demasiado para mí, y estoy convencido de que demasiado para cualquier niño. Pero usted no sabe acerca de eso, señorita Duncan, ¿o sí? Aún no debe de haber aparecido ningún marido en su camino.

Prudence permaneció inmutable ante esa afirmación. Gideon Malvern no tenía por qué saber que su propia condición de soltera le traía sin cuidado. Ignoró el desaire y meditó. Le quería preguntar quién había sido el responsable del divorcio, pero no le salían las palabras. Bajo aquellas circunstancias, aquella pregunta le pareció demasiado intrusista.

—Sí —dijo ella—, puedo entenderlo. No quiere volver a pasar por lo mismo. Pero un segundo matrimonio no tiene por qué ser como el primero. —Puso una mano sobre la otra—. No tiene que comprometerse a nada excepto a dejarnos que le sugiramos algunas posibilidades. A medida que trabajemos juntos, me haré una mejor idea del tipo de mujer que quizá le convendría.

Gideon no estaba acostumbrado a dar un golpe de gracia y que éste fuera ignorado. La miró con atención renovada y dijo bruscamente:

—Es una idea ridícula. No tengo tiempo para fantasías románticas.

—Pero lo que yo le sugiero es la antítesis de una fantasía romántica —insistió Prudence—. Sólo le sugiero que le mostremos a unas cuantas candidatas para que usted las tenga en consideración. Si alguna le interesara, organizaríamos una cita. Sin compromisos. Como ya le he dicho antes, no tiene usted nada que perder.

Gideon tenía la sensación de que la señorita Duncan no se rendiría tan fácilmente. Su interés aumentó, aunque no tenía nada que ver con su propuesta. Más bien tenía que ver con su inteligencia y esa aura de firme y competente determinación, tan poco acorde con su sosa y remilgada imagen exterior.

Pensó que no podría hacerle ningún mal acceder a ese absurdo trato. Podría hasta ser divertido jugar a él durante algún tiempo y descubrir cómo actuaban las hermanas Duncan. Se encogió de hombros y dijo:

—No impediré que lo intente, pero debo advertirle que

soy un hombre muy difícil de satisfacer. Creo que confío más en el ochenta por ciento.

—Suponiendo que ganemos.

—No acostumbro a perder —dijo él.

—Y nosotras no acostumbramos a fallar —le respondió ella en un tono tranquilo con cierto aire de superioridad—. Así que tenemos un trato —dijo estrechándole la mano.

—Si usted insiste —contestó, estrechándosela también.

—Quizá crea que se está riendo de mí, sir Gideon, pero quedará sorprendido —dijo Prudence con más confianza de la que realmente sentía.

Él inclinó la cabeza asintiendo con una sonrisa.

—Tendrá que disculparme pero soy un escéptico. Aunque, como usted dice, no tengo nada que perder.

—Entonces, creo que hemos llevado esta cena a una conclusión satisfactoria —afirmó Prudence.

—¿Debemos concluirla ya? —preguntó él—. Odio terminar una velada con un asunto de negocios. —Sus ojos grises se tornaron oscuros como el carbón y Prudence se encontró observando su boca. Una boca muy sensual, pensó, con un labio superior alargado y una profunda comisura en la barbilla.

—Se trataba de una velada de negocios —declaró ella al tiempo que se ponía en pie.

—¿Siempre lleva usted gafas?

—Sí si deseo ver —dijo ella con aspereza—. Estoy más interesada en tener una buena visión que en mi apariencia.

—Eso lo dudo —dijo él—. Espero verla con sus colores reales la próxima vez que nos encontremos.

—La apariencia que escojo depende de la impresión que quiero dar —respondió con rigidez—. ¿Podría usted pedir mi abrigo?

Gideon se acercó a la mesa e hizo sonar la campanilla.

Luego se aproximó de nuevo a ella y, con una leve sonrisa en su boca, preguntó:

—¿Hay algún hombre en su vida, Prudence?

Aquella pregunta directa la dejó perpleja y, para su propio enojo, se encontró respondiendo:

—No, no en este momento.

La sonrisa de él se hizo más amplia.

—¿Ha habido alguna vez alguien?

Los ojos de ella resplandecieron.

—No alcanzo a comprender qué incumbencia tiene eso para usted. Soy su clienta y mi vida personal no concierne a nuestros asuntos de negocios.

—Simplemente, siento curiosidad por saber si usted emplea los servicios que ofrece —dijo él—. Serviría de recomendación, ¿no cree?

No había respuesta posible. Pero, afortunadamente, la aparición del camarero como respuesta a la llamada hizo su silencio imperceptible. Gideon le pidió que trajera el abrigo y que fuera a buscar su coche al aparcamiento. Luego se giró hacia Prudence. Su sonrisa se había desvanecido.

—Así pues —dijo él—, para evitar mayores confusiones debo decirle una cosa claramente: sus asuntos personales están a punto de convertirse en los míos; los suyos y los de sus hermanas.

Prudence lo miró fijamente. Era una afirmación indignante, aún más teniendo en cuenta la manera como la había expresado, tan relajadamente, tan fríamente, y con aquella exasperante confianza.

—¿A qué se refiere usted?

—Es muy simple. Acabo de convertirme en su abogado. Y en mi capacidad como tal siento comunicarle que voy a tener que hacerle unas cuantas preguntas, a usted y a sus hermanas, muy personales. Tengo que saberlo todo acerca de ustedes. No puedo permitirme ninguna sorpresa en los tribunales.

—¿Cómo puede ser que haya sorpresas si nadie sabe quién somos?

—Gano mis casos gracias a no dejar nada en manos del destino —respondió él—. Y si usted y sus hermanas no pueden garantizarme su absoluta cooperación, entonces lamentaré decir que nuestro trato está anulado.

Prudence frunció el ceño. Podía entender lo que le planteaba, pero le molestaba el tono que estaba empleando.

—Presiento que quizá encuentre usted nuestro trato de lo más amargo —dijo ella—. Para poder encontrarle una pareja adecuada, nosotras también deberemos plantearle algunas preguntas de lo más personales.

—Eso no modifica nada. Quizá decida no responder a las suyas puesto que yo estoy menos interesado en encontrar pareja que ustedes en conservar su sustento. Lo que usted se juega es mucho más importante que lo que me juego yo, Prudence, como habrá usted podido comprobar.

Prudence reconoció que ésas eran las normas del juego.

—No creo que tengamos nada más que discutir esta noche.

—Quizá no —asintió él amablemente. Tomó el abrigo del camarero, que ya había regresado, y la ayudó a ponérselo. Se puso su grueso chaquetón y los guantes de conducir mientras ella se cubría la cabeza con el chal.

—Hace una noche bastante fresca —comentó él complacientemente como si aquel agrio intercambio no hubiera acontecido nunca—. Hay una pequeña manta en el automóvil. —La acompañó escaleras abajo hasta el vestíbulo tomándola con suavidad por el brazo.

El coche los estaba esperando, con el motor en marcha, en la esquina. Le colocó la manta sobre el regazo cuando ella ya estuvo sentada y se sentó él mismo ante el volante.

—Las veré a usted y a sus hermanas en mi despacho mañana a las ocho y media —afirmó mientras conducía hábilmente entre las concurridas calles. Salía mucha gente de la ópera y los taxis y los coches particulares luchaban por hacerse espacio.

—¡A las ocho y media! —exclamó Prudence—. Eso es de madrugada.

—Tengo que estar en los tribunales a las diez —dijo él. La miró—. Se lo crea usted o no, Prudence, tengo otros clientes cuyos casos en estos momentos no están perdidos, pero tampoco ganados..., eso sin mencionar los *tratos* que debo concretar —añadió con un toque de acritud.

Era un bastardo arrogante. Se refería a su oferta como si no fuera más que una broma. Prudence miró adelante deseando poder decirle que se tirara al Támesis con su engreída petulancia. Pero en ese caso, también se llevaría sus conocimientos legales, así que, por supuesto, no lo hizo.

—Cuando vengan ustedes mañana, necesitaré que me expliquen cómo piensan demostrar las acusaciones de desfalco por parte de Barclay. No puedo preparar un caso si no tengo todas las pruebas en mi poder.

—Mañana aún no dispondremos de las pruebas —comentó Prudence—. Pero sí tenemos un móvil que le podré explicar.

—Entonces habría que dar gracias de que las cosas no vayan aún peor —dijo él al tiempo que detenía suavemente el coche ante el 10 de Manchester Square. Se puso de lado mientras aún estaban sentados y, antes de que ella pudiera decir nada, tomándola por la cara, acercó su boca a la de ella. Prudence intentó retirarse pero la tenía cogida tan firmemente y la besaba con tal convicción que no pudo resistirse.

Puso una mano tras su cabeza, retirando con los dedos el chal que la cubría mientras la aguantaba con la palma de la mano. Ella le intentó poner las manos sobre los hombros para retirarlo hacia atrás, pero él la tenía cogida tan cerca que ella no disponía de espacio para moverse. Intentó empujar su cabeza hacia atrás, para poder retirar su boca de la de él, pero sólo llegaron a la comisura de sus labios, que él tocaba suavemente con su lengua. Ella estaba sin respiración cuando él finalmente la soltó y le sonrió. Su cara ardía, llena de ira, y por un instante no pudo emitir ni una palabra. No era éste el caso de Gideon.

—Bien, esto satisface mi curiosidad —dijo él—. He estado deseando hacer esto desde el momento en que regresó usted repentinamente a mi despacho esta tarde.

—¿Cómo se atreve? —preguntó ella con evidente indignación en su voz mientras intentaba arreglarse el cabello poniéndose los alfileres que ahora estaban sueltos—. Sin ni tan siquiera preguntar. ¿Qué le ha hecho pensar que yo querría? —Lo miró fijamente y, a pesar de lo grueso de sus gafas, éste pudo percibir la rabia en sus ojos—. ¿Qué se ha creído usted que estaba haciendo? —continuó con la misma furia—. ¿Cobrarse sus servicios?

—Estabas tan hiriente que casi podías cortar —dijo él con una leve sonrisa abrazándola de nuevo.

La volvió a besar con la boca cerrada pegada a la suya y luego la soltó bruscamente. Ella tomó aliento y se quedó en silencio durante un momento.

—De hecho —dijo él seriamente, aunque sus ojos traicionaban su tono—, creo que le ayudaría saber qué tipo de mujer *quizá* me convenga cuando empiece con su búsqueda. Y sería bueno para candidatas potenciales tener alguna idea del tipo de amante que yo pueda ser. Así podrá hacerse una mejor idea respecto a las dos cosas. —Salió del coche y fue al otro lado para abrirle la puerta, ofreciéndole su mano para ayudarla.

Ella se quedó sentada en el coche y dijo con deliberada frialdad:

—Es usted un canalla, Gideon. No aceptamos como clientes a hombres que pisotean mujeres. El tipo de hombres que piensan que pueden atraer a una mujer a sus pies con cualquier intento de dominación no son de mi interés... quiero decir, del nuestro —enmendó rápidamente. Ignorando su mano, salió del coche.

—Hay un momento y un lugar para cada aproximación —dijo él sin pestañear—. Y a veces la sorpresa es la clave de una exitosa campaña. Buenas noches, Prudence. —Le cogió la mano y la acercó a sus labios en un gesto cortés que la dejó aún más perpleja que su beso—. No se olvide. Mañana a las ocho y media en punto en mi despacho.

Ella soltó la mano de una sacudida y, sin una palabra de despedida, se dio media vuelta en dirección a las escaleras, conscientemente exasperada por la leve risa que oía a sus espaldas.

Él permaneció en el escalón inferior hasta que ella ya hubo entrado en la casa y, acto seguido, regresó al coche. Mientras conducía hacia casa, empezó a preguntarse qué puñetas estaba haciendo. Él no era un hombre de impulsos. Nunca lo había sido. Había aceptado trabajar con aquella mujer contra todo juicio. Y después, guiado por un impulso, se había encontrado a sí mismo besándola. ¿Qué puñetas estaba haciendo? Estaba empezando a tener la sensación de que estaba perdiendo el norte, dejándose llevar por un viento tormentoso lleno de impulsos ciegos.

Prudence no había ni cerrado la puerta cuando sus hermanas bajaron corriendo las escaleras para recibirla.

—Con, ¿qué haces tú aquí? —le preguntó sorprendida.

—Max recibió una llamada para realizar un voto en el Parlamento justo cuando acabábamos de cenar y tuvo que irse corriendo. Quizá tenga que pasar allí toda la noche, así que decidí regresar para que Chas me explicara qué es lo que ha sucedido. —Constance miró a su hermana con atención—. Pareces un poco despeinada, cariño.

—Dadas las circunstancias, no es nada sorprendente —respondió Prudence en un tono bastante seco al tiempo que se quitaba el abrigo—. Vamos al salón y os lo explicaré todo. —Se percató de las miradas de incredulidad que le proferían sus hermanas.

—¿Por qué?, ¿qué pasa?

—Este vestido es horroroso —dijo Constance—. ¿De dónde lo has sacado?

—Del viejo armario de cedro. Pretendía mantener al abogado enfocado en los negocios —añadió algo amargamente.

—¿Y no ha sido así? —preguntó Chastity—. Esto es muy intrigante, Prue. —Siguió a su hermana hacia las escaleras—. Pero ¿puedes al menos sacarnos de dudas y decirnos si ha aceptado el caso?

—Sí, lo ha aceptado, finalmente —respondió Prudence al tiempo que abría la puerta del salón donde chispeaba el fuego del hogar—. Pero estoy empezando a pensar que es un mal asunto mezclarse con este Gideon Malvern, CR.

—¿No puedes dominarlo?

—No —dijo Prudence con franqueza—. Pensaba que podría, pero no puedo… al menos yo sola.

Constance cerró la puerta apoyándose en ésta mientras con mirada curiosa observaba a su hermana.

—¿Te encuentras bien, Prue?

—Sí, más o menos. —Se tocó los labios, que aún parecían estar temblorosos—. Todo lo bien que se pueda estar tras un asalto.

—¿*Qué*? —Sus hermanas la miraron fijamente.

—¿Qué quieres decir, Prue? —Chastity le puso la mano sobre el brazo—. ¿Quién te ha asaltado?

—¡Oh, bien! Esto es un poco melodramático —dijo Prudence con un suspiro—. No fue un asalto, sólo fue un beso. Pero fue completamente inesperado y además no me pidió permiso, y no me gusta que me agarren como si yo no tuviera nada que decir.

Sus hermanas comprendieron lo que había sucedido y pudieron hacerse una idea clara.

—¿Es un hombre imponente, entonces? —dijo Chastity en tono de burla.

—Eso es lo que le gusta creer —respondió su hermana alejándose de la puerta para coger la copa de coñac que había dejado cuando había oído entrar a Prudence.

—¿A Max no le importa que estés aquí?, es un poco pronto, tras la boda, para abandonar el lecho marital, ¿no? —Prudence lanzó su chal y su abrigo sobre el sofá consciente de que su nota burlona había pasado desapercibida. Su voz sonaba seca.

Constance bebió el coñac con la mirada aún fija en su hermana. Normalmente era mejor dejar a Prue contar la historia a su propio ritmo, así que respondió con soltura:

—A decir verdad, no le he preguntado si le importaba. Sólo le he dejado una nota. Pero imagino que no regresará hasta la madrugada, así que no creo que le importe.

—Bien, es bueno saber que estarás aquí a primera hora de la mañana —dijo Prudence mientras examinaba su desaliñado aspecto en el espejo que había sobre la repisa de la chimenea—, ya que tenemos que estar en el despacho del abogado a las ocho y media.

Sus hermanas intercambiaron una mirada rápida. La hostilidad en la voz de Prue era inconfundible.

—Así que dices que ha accedido a aceptar el caso —dijo Chastity rápidamente mientras se preguntaba cómo podía hacérselo para obtener más información acerca del indeseado beso. Era evidente que su hermana estaba perturbada y podían abandonar el tema sin más.

—Sí. —Prudence se sentó y se quitó los zapatos. Se presionó con los dedos la planta de sus pies—. He tomado demasiado vino.

—¿Dónde habéis cenado?

—En algún club de Covent Garden. En pro de la privacidad —añadió—. Ah, y por cierto, Con, estabas equivocada, por lo que parece su hija vive con él y no con su madre.

—Oh —dijo Constance—. Entonces posiblemente él tenga la custodia. Quizá él impida que ella la vea.

Prudence movió la cabeza en gesto de negación.

—No, por mucho que quisiera estar de acuerdo contigo, no creo que puedas dedicarle uno de tus comentarios críticos en este caso. No sé qué causó el divorcio, pero parece un padre muy devoto. La lleva al North London Collegiate y le permite leer *La dama de Mayfair* con su institutriz; además no le impide a ésta que instruya a la niña acerca del sufragio femenino.

Constance levantó las cejas.

—Bien, eso es nuevo. Pero, volvamos al caso, ha aceptado cogerlo, así que ¿cómo le pagamos?

—Sugiere que dividamos cualquier compensación que pueda obtener para *La dama de Mayfair* en una proporción de ochenta-veinte, si Barclay pierde el caso. Sir Gideon solicitará compensación por cualquier perjuicio que se le pueda haber causado a la reputación del periódico, incluyendo, además, nuestros costos legales, que incluyen sus honorarios. Por supuesto, tenemos que ganar para que todo eso suceda.

—Parece un trato muy razonable —dijo Chastity.

—Ochenta para sir Gideon, Chas. Nosotras nos quedamos con el veinte.

Constance hizo una mueca y se encogió de hombros.

—No nos queda más remedio que aceptar sus condiciones.

—Le sugerí un trato diferente —dijo Prudence, y entonces lo explicó.

—¡Es una idea genial, Prue! —exclamó Chastity—. ¿Qué persona le convendría?

Su hermana profirió una breve risa.

—Mejor, ¿qué mujer lo soportaría? A ti no te gustaría, no te digo más. Es arrogante, soberbio, mandón y maleducado. —Se encogió de hombros—. Lo que te imagines, lo es.

—Y tiene la mala costumbre de tomar a las mujeres y besarlas sin pedir permiso —añadió Constance.

—¿No te ha hecho daño, verdad, Prue? —preguntó Chastity ansiosamente.

Su hermana contestó que no con la cabeza y le sonrió para tranquilizarla.

—Sólo en mi orgullo. No me gusta que me acarreen como a un objeto. Ojalá le hubiera propinado una buena bofetada, pero me pilló tan por sorpresa que me quedé boquiabierta.

—¿Tan malo es realmente? —insistió Chastity—. Al menos será atractivo, ¿no?, o interesante.

Prudence frunció el ceño.

—No te lo tomes a mal, Con, pero me recuerda a cómo se comportaba Max al principio. Pensabas que era el bastardo más arrogante y engreído que hubiera pisado el suelo de Londres.

—Aún lo pienso a veces —respondió su hermana—. Pero las buenas cualidades superan las malas. Además —añadió con franqueza— yo tampoco soy un ángel. Puedo ser pícara según las circunstancias. Creo que hace juego con nosotras.

—Rió brevemente—. Seguro que este sir Gideon tendrá alguna cualidad positiva.

—Hasta ahora no he visto ninguna —declaró Prudence—. Lo encuentro detestable. Pero creo que es un abogado brillante, y eso es lo que nos importa. Me parece que tendré que ocultar mi antipatía.

Chastity le lanzó a su hermana una mirada especulativa. ¿Se estaba quejando Prue demasiado? Entonces preguntó:

—¿Cree que tenemos alguna posibilidad en los tribunales?

—Al principio dijo que, absolutamente, no. Porque no queremos sentarnos en el banquillo.

Se hizo el silencio mientras consideraban las consecuencias de esto.

—Es difícil, lo entiendo —dijo Constance tras un minuto—. ¿Hay alguna manera de evitarlo?

—Debe de tener alguna idea, si no no se tomaría la molestia de defendernos —señaló Chastity.

Constance miró a Prudence levantando las cejas.

—Has dicho *al principio*. ¿Hay algo que le haya hecho cambiar de opinión? ¿Sabes de qué se trata?

—Realmente, no —dijo su hermana—. Quizá por mi persistencia, o quizá porque lo agoté con tanta pregunta. —Se encogió de hombros—. Sea lo que sea, accedió. Tenemos lo que queríamos. —Se preguntó por qué no se había sentido molesto cuando ella había rechazado su beso con enfado. Más bien al contrario, se había reído ante su indignado rechazo. Criatura odiosa.

Reclinó la cabeza contra el respaldo del sofá y bostezó.

—Estoy agotada y tenemos que estar lúcidas mañana por la mañana. —Se puso de pie con un gemido—. Y os lo advierto, tendremos que utilizar toda nuestra agudeza. A nuestro abogado no se le escapa ni una y ya me ha advertido que nos hará algunas preguntas bastante personales.

—Supongo que le habrás contado que tenemos la tendencia de morder a quienes cruzan nuestra verja —dijo Constance mientras se levantaba al mismo tiempo que su hermana.

—Pensé que mejor dejaríamos que lo descubriera por sí mismo —respondió Prudence esbozando una sonrisa—. El desayuno a las siete, le dejaré una nota a Jenkins. —Se dirigió al secreter y escribió las palabras sobre un papel que dejó bajo la copa de coñac vacía de su hermana, donde el mayordomo seguro que la encontraría por la mañana.

—A las trincheras de nuevo. —Constance caminó abrazada a sus hermanas y no se separaron hasta que llegaron ante sus respectivas habitaciones.

8

Constance se despertó pocas horas después, en plena madrugada gris. No estaba segura de qué era lo que la había despertado hasta que oyó cómo se cerraba la puerta. Miró con ojos de sueño en la penumbra y sonrió, retirando el cabello de sus ojos mientras se reincorporaba.

—Buenos días, Max. Supongo que ya es de día. ¿Cómo es que no estás durmiendo en tu cama?

—Ésta es la pregunta que te iba a hacer yo —respondió su marido secamente mientras dejaba una bandeja con té en la cómoda—. Llego a casa y me encuentro una fría cama vacía y una nota de mi esposa diciéndome que ha regresado al seno de su familia.

—Sólo por esta noche… quiero decir, ayer por la noche —protestó Constance—. Pensaba que no te importaría, puesto que has estado trabajando casi todas las noches.

—Bien, pues así es, sí que me importa —declaró él al tiempo que servía el té. Acercó dos tazas a la cama y se sentó al borde, pasándole una.

—Venga, vamos —comentó ella—. Sabes que no es cierto. —Se tomó agradecida el humeante líquido—. ¿Lo has preparado tú o ya está la señora Hudson en marcha?

—Lo ha hecho Jenkins. Dijo que le habíais dejado una

nota pidiéndole que os despertara al alba, así que he pensado que te despertaría yo mismo.

—Es muy considerado por tu parte —dijo Constance—. Pero me hubiera gustado un beso de buenos días antes del té.

Max tomó su taza y la dejó junto a la otra en la mesita de noche, se reclinó hacia ella y la besó murmurando en su boca al tiempo que lo hacía:

—No porque te lo merezcas, desertando de esta manera.

—Buenos días, Con… Oh, Max, tú también estás aquí —dijo Chastity al tiempo que entraba por la puerta, seguida por Prudence, con una bandeja de té.

—Puesto que la montaña no iba a Mahoma, no le ha quedado más remedio a Mahoma que ir a la montaña —observó Max, reincorporándose un poco y dándose la vuelta para ver a sus cuñadas.

—Ya le dije a Con que esto no te gustaría —dijo Prudence—. Hemos traído té, pero ya veo que estáis servidos.

Se sirvió a sí misma y a Chas y ambas se sentaron en pijama junto a Max, que parecía tan despreocupado por su atuendo como ellas mismas.

—De hecho, es muy conveniente que Con esté aquí —dijo Prudence—. Porque tenemos una cita con Gideon Malvern en su despacho a las ocho y media.

—¿Ha accedido a aceptar el caso? —Max tomó su taza de nuevo.

—Prue lo persuadió —dijo Chastity—. Creo que a él le gusta, pero Prue no cuenta nada.

—Chas —protestó Prudence.

—Sólo es Max, y él es de la familia —dijo su hermana—. Y yo no he dicho que a ti te gustara el abogado.

—Te he dicho claramente lo que pienso de él —afirmó su hermana.

—¿Y qué es? —preguntó Max.

—Sumamente desagradable —comentó Prudence con sequedad.

—Justo la sensación que tuvo Con… —Chastity paró, tosiendo con fuerza, con la taza entre sus manos.

—Eres tan indiscreta, Chas —dijo Prudence.

Max levantó las cejas. Estaba muy acostumbrado a que las hermanas dijeran o hicieran lo primero que se les pasara por la cabeza. Miró a su esposa en busca de alguna revelación.

—No pienses en ello, Max —le dijo Constance—. Simplemente estábamos haciendo el tonto.

—Que yo recuerde, no os he visto nunca hacer el tonto —comentó él—. Así que me lo tomo como si me estuvierais diciendo que me meta en mis asuntos. —Se puso de pie—. Os dejo que os vistáis o llegareis tarde. —Dejó su taza en la cómoda—. Vendrás a comer, Constance. —Era una afirmación más que una pregunta.

—Sí, por supuesto. —Le dedicó una sonrisa apaciguadora—. Seguramente tomaremos el café en Fortnum para fortalecernos tras nuestro calvario en el bufete, pero iré a casa inmediatamente después.

Él asintió, la besó de nuevo, besó a las otras hermanas en la mejilla y abandonó la habitación.

—Perdón, Con —dijo Chastity—. Es demasiado temprano para mí para pensar con claridad.

—Oh, no te preocupes —le dijo su hermana—. Max sabe perfectamente lo que pensaba acerca de él cuando nos conocimos. A veces, aún se lo echo en cara cuando discutimos.

—Me acuerdo cuando le tiraste aquel jarrón con margaritas —dijo Chastity entre risas.

Constance movió la cabeza.

—Aún lo lamento —dijo con arrepentimiento.

—Bueno, eso ya es agua pasada —dijo Prudence al tiempo que se incorporaba. En otra ocasión le hubiera gustado recordar con sus hermanas, pero estaba llena de una inquieta impaciencia aquella mañana—. Tenemos que concentrarnos en Gideon Malvern. ¿Has traído un vestido de día, Con, o quieres que te preste algo?

—No, traje una falda y una chaqueta. —Constance echó la manta a un lado—. No es muy elegante; no tanto como si hubiera sabido que no iría a casa directamente esta mañana, pero será suficiente. Aunque no tengo sombrero. ¿Me dejas uno? ¿Se fija mucho en los detalles?

Prudence rió con fuerza.

—No en lo que se refiere a tomarse libertades.

Constance frunció los labios.

—Seguro que no hará lo mismo cuando estemos las tres juntas.

—No va hacerlo nunca más —declaró Prudence mientras iba hacia la puerta—. Me guardaré una aguja en la manga. Vamos, Chas. Nos vemos en la sala del desayuno dentro de media hora, Con.

Ya en su habitación, Prudence revisó su guardarropa. Había llegado el momento de abandonar el aspecto de solterona. Pero debía también evitar cualquier muestra de frivolidad. Quería algo que indicara… que indicara ¿qué? Se mordió el labio, repasando rápidamente los vestidos de seda, tweed, algodón y terciopelo. El algodón y la muselina eran demasiado finos para una fresca mañana de otoño. ¿Qué imagen quería proyectar sobre Gideon aquella mañana? Definitivamente, una formal. Nada demasiado arreglado que le hiciera pensar que había hecho un esfuerzo especial… pero algo demasiado comedido, tampoco. Algo adecuado para una reunión de trabajo, pero con un poquito de estilo también. Aunque le costara admitirlo, su orgullo se había visto afectado por su *disfraz* anterior.

Prudence, como admitirían sus hermanas, tenía un sentido del gusto infalible. Siempre sabía lo que era adecuado para cada ocasión y sus hermanas admiraban su buen juicio. Sacó un bonito vestido de algodón negro que había pertenecido a su madre y que había sufrido varios arreglos hasta adquirir su presente forma. Lady Duncan, como su hija bien recordaba, lo solía llevar cuando estaba en ánimo de polemizar. Y Prudence se encontraba en un estado bastante controvertido.

Lo estiró sobre la cama y lo casó con una camisa de seda blanca, con botones hasta el cuello, retirándose hacia atrás para ver qué tal quedaba. No, decidió al instante. Demasiado fúnebre. Volvió al guardarropa y encontró lo que buscaba.

La blusa de seda roja con la corbatita de raso era justo lo que necesitaba. Daba color y alegría al traje negro, pero era además muy elegante y hacía conjunto a la perfección con su cabello. Así que, sin sombrero. Definitivamente, sin sombrero.

Llegó a la sala del desayuno justo cuando en el reloj del abuelo sonaron las siete, y sus hermanas ya se encontraban allí.

—Bravo, Prue —dijo Chastity aplaudiendo.

—Sí, perfecto —asintió Constance mientras untaba una tostada con mantequilla—. Pero ¿sin sombrero?

Prudence rió meneando la cabeza.

—Bastará con el *pompadour*, creo. —Se tocó el cabello, peinado con un tocado recogido con horquillas, formando un bonito peinado.

—Perfecto —dijo Constance tomando la cafetera para llenarle una taza a su hermana—. Chas y yo nos hemos vestido para pasar desapercibidas y que así tú puedas tomar protagonismo.

Prudence simplemente hizo una mueca. Constance llevaba una falda de rayas grises y blancas, ceñida con un cinturón en la parte estrecha de su cintura, y una chaqueta gris oscuro bastante ajustada y botines con botones. Chastity vestía un traje de falda verde oscuro con una torera, y mangas largas que quedaban firmemente ceñidas a sus muñecas. No era posible que ninguna de las dos pasara desapercibida en lo referente al vestir, aunque ambos vestidos, al igual que el de Prudence, habían experimentado más de un arreglo.

—Pensaba que ya habrías abandonado tu vestuario pre-Max —observó Prudence mientras rompía la cáscara de un huevo duro.

—De algún modo, no me parece bien tirar ropa que está en perfectas condiciones —dijo Constance seriamente.

—Podrías darlos a la beneficencia —sugirió Chastity mojando un trozo de tostada en su huevo.

—Aún no he tenido oportunidad de repasármelos —señaló Constance—. De todas formas, éste era uno de los favoritos de mamá. Bien, Prue, prepáranos un poquito para lo que nos espera esta mañana. Tenemos que ir con un ataque concertado... o defensa. No sé muy bien de cuál de los dos estamos hablando.

—Posiblemente de los dos —dijo su hermana.

Gideon había llegado a su bufete poco después de las seis de aquella mañana. El bedel había encendido el fuego en ambas habitaciones pero los carbones aún tenían poca brasa. Su secretario aún no había llegado, así que encendió el fogón de alcohol y puso agua a hervir para hacerse un café, que compensaría aquella noche de poco sueño, y tomó algunos volúmenes de las estanterías. Una vez se hubo sentado en su escritorio, llevando aún la bufanda y los guantes puestos, ya que el frío de la noche no se desvanecía con facilidad entre esas paredes de piedra a pesar de los fuegos, buscó precedentes legales de algún caso de libelo en el que los acusados fueran anónimos. Cuando Thadeus hubo llegado una hora después, el abogado aún no había encontrado ninguno.

Thadeus sacó su tenedor de tostar por la puerta y le ofreció tostadas con mermelada.

—Sí, gracias —dijo su patrón sin alzar la vista mientras hojeaba un nuevo volumen.

—¿Problemas, sir Gideon? —preguntó Thadeus desde la puerta.

—Clientes anónimos, Thadeus. —Gideon miró hacia arriba con las manos en la frente.

—Hubo un caso de libelo, señor, en 1762, creo, en el que los acusados respondieron a las preguntas tras una cortina. —Thadeus volvió a desaparecer entrando en la habitación colindante y regresando al poco tiempo con un plato de tostadas—. ¿Más café, sir Gideon?

—Sí…, y el precedente. —Gideon mordió la tostada.

—Enseguida, sir Gideon. —Y enseguida volvió. En menos de un minuto, Thadeus puso el volumen indicado sobre la mesa abriéndolo por la página correcta.

—Es usted un tesoro, Thadeus —dijo Gideon sin mirar hacia arriba.

—Gracias, señor. —Thadeus estaba satisfecho—. Recibiré a las señoritas cuando lleguen.

Gideon alzó la vista. Examinó su despacho y vio qué faltaba.

—Oh, sí, y mire a ver si puede encontrar dos sillas más. No puedo tener a dos de las hermanas de pie.

—Ya lo he hecho, sir Gideon. El secretario de sir Thomas Wellbeck nos las ha prestado.

—De nuevo, Thadeus, es usted un tesoro. —Esta vez Gideon sonrió y su secretario le respondió con otra sonrisa.

—A su servicio, señor. Siempre a su servicio. —Y volvió a retirarse.

Gideon se terminó la última tostada mientras leía, se limpió las manos con la servilleta que su eficiente secretario le había traído y se acabó el café. Ya tenía el principio de la estrategia a seguir. Oyó la puerta de la oficina colindante a las ocho y media en punto y se levantó de su silla justo en el momento en que Thadeus invitaba a las tres hermanas a entrar.

Su sonrisa al saludar fue seca pero cortés, sin indicación de su rápida evaluación de las hermanas. Tenía mucha curiosidad por conocer a las otras dos y no le decepcionaron. Y Prudence, vestida ahora en su modo habitual, tenía una presencia aún más imponente de lo que esperaba. Su elaborado peinado a la moda mostraba el rico y lustroso color de su cabello, complementado a la perfección por la camisa roja. También habían desaparecido las gafas de concha. En su lugar llevaba unas gafas de montura de oro delgada suspendidas sobre el puente de su nariz que no ofrecían impedimento alguno a la visión de los ojos verdes vívidos y claros que había bajo las lentes.

Su rápida valoración le permitió concluir que había algo formidable en el frente que presentaban. A pesar de su evidente singularidad en lo referente a aspecto y actitud, parecían compartir un aura de inteligencia combativa. El mismo tipo de agudo intelecto que se reflejaba en el contenido de *La dama de Mayfair*. El abogado apreció esto con satisfacción. Serían excelentes testigos. A pesar de que, por supuesto, insistían en que no podían presentarse en el estrado.

Pero él solucionaría esto de inmediato. Se percató de que estaba siendo objeto de un silencioso examen por parte de Constance y de Chastity y no podía dejar de preguntarse qué les habría contado Prudence la noche anterior. La propia Prudence no dejaba escapar ni un indicio. Su expresión era formal y carente de sonrisa.

—Buenos días, sir Gideon —dijo formalmente—. ¿Le presento a mis hermanas?

—Déjeme adivinarlo. —Se desplazó desde detrás del escritorio alargándole la mano a Constance— Señora Ensor, es un placer conocerla.

Constance estrechó su mano con la misma firmeza.

—No le preguntaré cómo lo ha adivinado.

Él simplemente respondió con una sonrisa y se dirigió a Chastity:

—Señorita Chastity Duncan.

—Ésa soy yo —respondió Chastity estrechando la mano con la misma firmeza que sus hermanas—. ¿Se nota que tengo dos años menos que Constance?

—No sé por qué, pero me parece que prefiero no adentrarme en esas aguas —dijo él al tiempo que señalaba las sillas—. Por favor…, siéntense.

Se sentaron en un semicírculo mirándolo, las tres con actitud formal y las manos sobre el regazo. Las tres tenían los ojos verdes, notó. Los de Prudence eran más claros que los de sus hermanas y Chastity tenía tonos color avellana en su interior. Lo mismo sucedía con sus cabellos; tres tonalidades rojas distintas.

¡Santo cielo! Qué impresión darían en el banquillo de los acusados.

Se aclaró la voz.

—Señora Ensor, entiendo que usted fue la redactora del insultante artículo.

—El artículo en cuestión —afirmó ella—, no lo consideré, ni lo considero, ofensivo.

—A pesar de todo, ciertamente sí ofendió a lord Barclay.

—A mucha gente le ofende la verdad.

—Sí, bastante inexplicablemente —observó él mientras tomaba el número correspondiente de *La dama de Mayfair*—.

Es difícil imaginar cómo alguien podría ofenderse siendo acusado públicamente de ser un violador, de despojar a chicas jóvenes, de tramposo, ladrón y defraudador. —Dejó a un lado el periódico y observó a las tres hermanas, que recibieron su mirada irónica con una sangre fría imperturbable.

—Creía que ya habíamos cubierto ese tema ayer —dijo Prudence—. Y también determinamos que *ninguna* de nosotras es responsable de la calumnia. Las tres estamos involucradas con igual responsabilidad. A quien usted defiende es a *La dama de Mayfair*, y esta publicación pertenece a las hermanas Duncan.

—No me pone las cosas fáciles.

—No pretendemos hacerlo más difícil de lo que sea necesario —dijo Prudence secamente—. Nuestras opiniones sobre lord Barclay están claramente expuestas en el artículo. Si no hubiéramos creído en la veracidad de las acusaciones, no las hubiéramos hecho. —Miró a sus hermanas y se dio cuenta de que éstas estaban dispuestas a dejarle llevar la iniciativa. También se percató de que, a pesar de su tranquila actitud, eran conscientes de que el lado maleducado y altanero de sir Gideon Malvern se estaba haciendo evidente.

Gideon miró el periódico de nuevo.

—Sí, está visto que son ustedes campeonas de las mujeres oprimidas. Asumo que también serán ustedes sufragistas.

—¿Qué tienen que ver nuestras opciones políticas en todo esto? —preguntó Prudence.

Él la miró.

—El tribunal quizá no las encuentre de su agrado.

—Y necesitamos un tribunal comprensivo —añadió Constance.

—Francamente, creo que eso va a ser muy difícil de hallar.

Chastity se reclinó hacia delante.

—Sir Gideon, ¿está usted tan desesperado como para aceptar el ochenta por ciento de la compensación potencial de un caso en el que claramente no cree?

En algunas ocasiones, cuando la colmaba el enfado, Chastity podía superar a sus dos hermanas. Prudence y Constance intercambiaron una mirada sin decir nada.

Las narices de Gideon se hincharon por un breve instante; luego dijo:

—Pensaba que su agencia matrimonial iba a encontrarme una esposa apropiada como pago por mis servicios. —No había amago en su tono desdeñoso.

—Tal vez tendrá que cuidar usted sus modales —afirmó Prudence—. No podemos hacer milagros.

—Tampoco puedo yo, señorita Duncan. —De manera poco formal, tomó la pitillera que había sobre la mesa que tenía al lado. Abrió la tapa. Dudó. Algunas mujeres fumaban en lo tiempos que corrían, pero sólo en privado. Por norma general no se le ocurriría ofrecerle un cigarrillo a una mujer..., pero estas tres... Lo pensó y ofreció la pitillera por encima del escritorio a Prudence primero.

—No, gracias, es una de esas maneras de ofender al mundo que aún no hemos adoptado —dijo con una voz tan fría que le hubiera puesto la piel de gallina a un oso polar.

—Entonces, espero que no les molestará si fumo yo —respondió él ignorando su frialdad—. Creo que me ayuda a pensar. —Encendió un cigarrillo y fumó silenciosamente durante un par de minutos concentrado en un punto en la pared por encima de las cabezas de sus visitantes.

—Tengo la extraña sensación de que estamos haciéndole perder el tiempo —dijo Prudence finalmente.

Le pidió que permaneciera en silencio con un gesto de su mano, que enfureció a las tres, y continuó fumando. Sólo cuando hubo tirado la colilla al fuego, empezó a hablar:

—Este periódico de ustedes es incendiario incluso cuando no ataca a ningún miembro de sociedad. Simplemente, estoy indicando que un jurado compuesto por hombres, doce dignos hombres de bien, difícilmente se pondrá en contra de uno de los de su clase a favor de un grupo de mujeres subversivas.

—No necesariamente —dijo Prudence—. No sería de extrañar que no todos los miembros del jurado sean de la clase social del conde. Tal vez sientan más simpatía por las mujeres cuya vida Barclay ha arruinado.

—Sí —añadió Chastity—. Quizá haya uno o dos que, por alguna razón (envidia, descontento personal) deseen ver a alguien como Barclay recibir su merecido.

—Motivos innobles, pero que deben ser considerados —dijo Gideon. Golpeó con la punta de los dedos el periódico y las notas que Prudence le había dejado—. Ahora, Prudence, ha llegado el momento de que me muestre con qué pretenden demostrar sus acusaciones de fraude, robo y malversación.

Prudence respiró hondamente.

—En este momento, no tengo nada, pero sospechamos que Barclay ha sido responsable de inducir a nuestro padre a invertir en un negocio fraudulento que ha acabado con su fortuna.

—Y Prue está segura de que encontrará las pruebas entre los documentos de nuestro padre —añadió Constance.

Gideon frunció el ceño.

—Esto parece una venganza personal. No creo que le guste al jurado.

—Puesto que nadie sabrá quiénes somos, nadie podrá establecer ninguna conexión —señaló Prudence.

Gideon movió la cabeza y se inclinó hacia delante.

—Ahora, escúchenme —dijo apuntando hacia arriba imperativamente con su dedo—. ¿Realmente creen que el equipo legal de Barclay permitirá que permanezcan ustedes en el anonimato? Removerán tierra y cielo hasta que las descubran. Y cuando lo hagan, las crucificarán.

—No hay necesidad de ser condescendiente —respondió Prudence—. No estamos en la inopia.

—Discúlpenme —dijo en el mismo tono que antes—. Pero creo que sí lo están.

Se sentó contra el respaldo de la silla un momento y, de repente, miró a Prudence, con sus ojos grises duros y fríos como una tumba.

—Señorita, ¿tiene usted algún motivo personal de venganza hacia lord Barclay? ¿Ha hecho quizá alguna aproximación indeseada hacia usted?

—No —respondió Prudence sorprendida—. No, de ninguna manera.

—¿Le están ustedes pidiendo al jurado que crea que esta cruzada contra un respetable miembro de la sociedad sólo está motivada por el bien general? —Levantó las cejas con incredulidad sardónica.

—No..., quiero decir, sí —respondió Prudence consciente ahora de que estaba teniendo un tropiezo y de que sus mejillas se habían enrojecido súbitamente—. No hay nada personal en ello. Lord Barclay arruinado...

La invitó a callar poniendo una mano en alto.

—No tenemos por qué escuchar sus calumniosas acusaciones de nuevo, señorita. El jurado debe creer que son las acusaciones de unas cuantas sirvientas, chicas jóvenes, fácilmente manipulables, posiblemente deseosas de obtener el favor de su patrón a cambio de los suyos. Es una situación bastante común.

Prudence se levantó de repente al tiempo que también lo hacían sus hermanas.

—¡Cómo se atreve! —Le señaló con el dedo por encima

155

de la mesa—. ¿Qué tipo de intimidatorio monstruo se cree que es usted? No tenemos por qué oír nada más. —Se dirigió rápidamente hacia la puerta, pero Gideon, con igual diligencia, salió de detrás de su escritorio y la agarró por la muñeca.

—Siéntese de nuevo, Prudence. Quiero que me responda. —Su tono era imperioso y ella hacía esfuerzos por soltarse de su mano a pesar de que éste la tenía fuertemente cogida—. Siéntese. Todas ustedes, siéntense.

—Estabas equivocada, Prudence —declaró Chastity—. Es mucho peor de lo que Max haya sido jamás.

Gideon se quedó sorprendido ante esa observación, que parecía estar completamente fuera de contexto. Las miró a cada una de ellas y soltó la muñeca de Prudence. Ella se la acarició deliberadamente.

—Lo siento —dijo con evidente disgusto—. ¿Le he hecho daño?

Prudence le hizo esperar y, poco después, dijo fríamente:

—Creo que ya le dejé bastante claro ayer por la noche que no tolero que me toquen sin mi permiso. Si no puede usted controlar sus manos, sir Gideon, nuestro acuerdo ya está concluido.

Gideon parecía tan conmocionado, tan tomado por sorpresa, que Prudence hasta podía haber reído. Finalmente, tenía la satisfacción de haber conseguido superarlo, de hacerle sentir incómodo.

Tras un minuto, dijo en un tono más moderado:

—Discúlpeme. Sólo pretendía aclarar algo. Siéntense, por favor. Todas ustedes.

Se volvieron a sentar y Prudence, cuyo enfado había desaparecido tras unos minutos de tranquila reflexión, dijo:

—Me figuro que simplemente nos estaba mostrando cómo puede ser una acusación hostil en los tribunales.

—Eso es lo que pretendía.

—Pero ya le hemos dicho que no podemos aparecer como imputadas —dijo ella de nuevo con repetida impaciencia—. Aún estamos dándole vueltas a este asunto, Gideon.

—No, realmente. Creo haber encontrado el modo de romper el círculo. Una de ustedes tendrá que sentarse en el banquillo de los acusados. —Las miró a las tres—. Estoy seguro de que soportarán ustedes ocultarse tras un velo, uno que oculte completamente sus rasgos.

—Supongo que sí —dijo Prudence mirando a sus hermanas—. ¿Cree usted que eso funcionaría?

—Tendría que camuflar la voz —señaló Constance—, pero supongo que podríamos practicar.

—Y si Con y yo también llevamos velo, podríamos sentarnos en el juzgado también —observó Chastity con mirada pensativa—. Al menos estaremos allí para apoyarte moralmente.

—¿Por qué yo? —preguntó Prudence.

Nadie respondió, así que asintió encogiéndose de hombros. Había sido la protagonista desde el principio y, por ello, era lógico que ella continuara siéndolo.

—Es arriesgado —dijo.

—Todo lo que envuelve a este caso es arriesgado, Prudence —declaró Gideon.

—Está siendo usted condescendiente de nuevo —exclamó Prudence—. No tiene por qué repetir lo que ya sabemos.

Gideon Malvern era uno de los mejores abogados del país y no estaba dispuesto a que nadie le indicara cómo tenía que llevar un caso, menos aún una clienta insolvente. De todas formas, resistió el impulso de ponerla en su sitio. Tenía la convicción de que cualquier intento de recriminar a una de las hermanas provocaría la ira de las otras dos y no estaba seguro de cómo se las tendría con las tres. Una a una… tal vez, pero las tres a la vez, definitivamente, no.

Tomó una actitud de compostura e ignoró su comentario diciendo, por el contrario:

—¿Cómo respondería usted a esta cuestión en los tribunales, Prudence?

Ella frunció el ceño.

—Según recuerdo, no se trataba tanto de una pregunta como de una repelente inferencia destinada a satisfacer a un jurado masculino.

—También estaba pensada para ponerla nerviosa a usted.

—Como ha sido el caso.

—Así ha sido; ahora deme su respuesta. —Se sentó hacia atrás cruzándose de brazos.

—Posiblemente diría que...

—No —interrumpió él—. Quiero una respuesta espontánea.

—Hemos obtenido suficientes pruebas por boca de las mujeres que han sido violadas y abandonadas por lord Barclay, y por aquellas que las asistieron, para probar sus acusaciones más allá de cualquier duda. La prensa se hizo eco...

—La prensa basura, señorita. La *Pall Mall Gazette*, que hurga en el sensacionalismo. ¿Apareció en el *Times*, el *Telegraph* o el *Morning Post*? No, no apareció. —Gideon se inclinó hacia delante señalándola con el dedo—. Ninguna persona respetable daría credibilidad a la prensa amarilla. Si ésas son sus únicas pruebas, señorita dama de Mayfair, no veo ninguna razón por la que el jurado debiera mostrarle su simpatía.

—Oh, esto me ha gustado —dijo Constance—. Señorita dama de Mayfair.

—Sí, un mote espléndido —añadió Chastity.

—Un momento, Gideon, ¿está usted sugiriendo que a pesar de todas nuestras pruebas seguimos estando en la cuerda floja? —preguntó Prudence.

—Tenga por seguro que sus abogados intentarán desacreditarlas a toda costa. —Gideon tomó la carta que ella le había traído la tarde anterior—. Sólo pretendía poner de relieve cuán difícil es la situación pese a la evidente veracidad de unas pruebas… que parecen no tener. —Se encogió de hombros mientras ojeaba el documento.

—Ya le he dicho que las conseguiremos —declaró Prudence.

—Sí, eso es lo que ha dicho. Pero me reservaré emitir un juicio hasta que las haya visto. —No levantó la vista de su lectura.

Prudence cerró la boca firmemente y miró al techo. Entonces él la observó de soslayo y el rabillo de sus ojos se arrugó. Parecía haber ganado ese punto. Estaba curiosamente satisfecho, casi como un niño, pensó. Y dijo mostrando el documento:

—Falstaff, Harley y Greenwood son buenos abogados en lo referente a libelos. Y han instruido a Sam Richardson, CR, como fiscal. Siempre trabajan juntos.

—Y es muy bueno.

—Sí, Prudence, de lo mejor.

—Pensaba que usted lo era.

—En algunas áreas yo también lo soy, pero tengo menos experiencia que Richardson en libelos —respondió.

—Este caso, al menos, podrá añadirse a su experiencia —dijo Prudence—. Un motivo de peso para tomarlo.

—Es uno de ellos —dijo él sin pestañear. Volvió a dejar la carta de los abogados sobre la mesa—. Así pues, señoritas, debemos pasar al ataque. Esbozaré una carta y se la haré llegar a los abogados esta misma tarde. Entonces nos sentaremos a esperar a que llegue la fecha del juicio. O, por lo menos —añadió—, seguiré con mis otros casos mientras ustedes intentan reunirme las pruebas para preparar la defensa. —Se levantó de su silla—. Ahora, si me disculpan, tengo que estar en el Old Bailey a las diez.

Era una despedida firme pero cortés y Prudence tomó sus guantes y el bolso mientras sus hermanas hacían lo mismo. En la sala colindante, Gideon cogió su toga y la peluca.

—Comeré con sir Donald durante el descanso. Volveré esta tarde, Thadeus.

—Trabajaré en la instrucción del caso Carter esta mañana —dijo el secretario al tiempo que le entregaba un grueso sobre—. Aquí están las declaraciones de los testigos.

Gideon ojeó rápidamente el contenido y asintió.

—Si necesito algo más, enviaré un mensajero. —Se giró hacia sus visitantes—. Permítanme que las acompañe a la puerta.

Las siguió mientras descendían por las escaleras con la toga colgando por encima de los pantalones a rayas de su traje de día. En la calle, Prudence le preguntó:

—¿Nos mantendrá usted informadas?

—Oh, por supuesto, todos los días —respondió al tiempo que se llevaba la mano a la peluca que amenazaba con salir volando a causa de una súbita ráfaga de aire—. Tenemos mucho trabajo que hacer para prepararla a usted para que pueda sentarse en el estrado. Esté segura de que recibirá noticias mías muy pronto. —Saludó con la cabeza y se giró para ir en dirección al Old Bailey.

—Este último ha sido para ti, Prue —observó Constance cuando ya hubo desaparecido de su vista—. A pesar de su arrogancia, nuestro amigo abogado no es tan hostil como quiere parecer. Yo diría que está realmente interesado en ti.

—Pues tiene una extraña manera de mostrarlo —respondió Prudence adustamente.

—Oh, pero creo que Con tiene razón —dijo Chastity—. Incluso cuando le diste tu lección —añadió haciendo una

mueca de sorpresa—. Estoy sorprendida de que se recupera-
ra tan rápidamente.

—Este hombre tiene la piel de un rinoceronte —afirmó
su hermana—. Pero si osa ponerme la mano encima otra vez,
le clavaré una de mis horquillas del pelo.

—Yo tendría cuidado de que no me devolvieran el pin-
chazo —dijo Constance con una fuerte risa—. No presionaría demasiado a nuestro amigo abogado.

Chastity tosió llamando la atención.

—Mejor que no —asintió—. Hay algo peligroso en él.
—Miró de soslayo a Prudence añadiendo astutamente—: Por
supuesto, a algunas mujeres eso les gusta. A algunas mujeres les gusta jugar con fuego.

Prudence sintió un cierto resquemor ante la frivolidad de
su hermana. Por alguna razón no encontraba ninguna diversión en aquella situación. Por lo general, no le importaba ser
el objeto del pitorreo de sus hermanas, pero no le gustaba que
se burlaran de ella en referencia a Gideon Malvern. Aun así,
no dijo nada. Si sus hermanas notaban la falta de respuesta,
tendrían que aguantarse.

—En realidad, Con, es peor que Max.

—Oh, estos exitosos profesionales son todos iguales —dijo Constance secamente—. Están tan seguros de sí mismos,
tan dispuestos a arrollar lo que encuentren en su camino; pero, a decir verdad, prefiero esta especie arrogante que el tipo aristocrático cuya clase se basa sólo en su riqueza y que
no necesita su cerebro para ganársela. ¿No estás de acuerdo
conmigo? —Miró a su hermana en busca de asentimiento y
dijo rápidamente—: ¿Te pasa algo, Prue?

—No, nada. —Prudence meneó la cabeza rápidamente
para ponerse en situación—. Y tienes toda la razón del mundo —asintió—. Puedo escuchar a mamá diciendo exactamente lo mismo.

Chastity le dirigió una mirada inquisitiva al percatarse del tono de resignación en la voz su hermana. Prudence sonrió y dijo:

—Son casi las diez. Fortnum abrirá dentro de media hora. Vamos a tomarnos un café y un buen trozo de pastel mientras planteamos nuestras investigaciones.

Chastity no estaba convencida de que ésa fuera la Prudence habitual, pero no le pareció que aquél fuera un momento adecuado para entrometerse en sus pensamientos.

—Me muero de ganas por comerme un trozo de pastel de Battenburg.

—Y esta tarde podemos sentarnos a hacer una lista de posibles candidatas para sir Gideon —dijo Constance—. O, al menos, a decidir qué tipo de mujer le conviene. Ahora que ya le conocemos, deberíamos tener alguna idea. —Paró a un taxi que pasaba y dijo mientras subían—: Mejor que vengáis a mi casa. Tendría que quedarme por si viene alguna visita.

9

—¿Ha venido alguna visita, Con? —preguntó Chastity mientras entraba en el salón de su hermana aquella tarde.

—Oh, qué salón tan bonito —dijo Prudence mientras seguía a su hermana—. Me encanta ese papel de pared chino.

—A la señora Bainbridge no parece haberle gustado mucho —dijo Constance—. Estuvo aquí hará cosa de media hora. Se puso muy altanera en contra de las nuevas modas. —Cogió un cojín de seda con pavos reales bordados en él—. Y me examinó con mucha atención buscando claramente una cintura ensanchada.

—Aún sería pronto para eso aunque estuvieras pensando en ello —señaló Prudence mientras miraba la delgada figura de su hermana—. ¿Quién más ha venido?

—Leticia y..., ah, la tía Agnes. Se deshizo en piropos con los motivos orientales.

—No lo hubiera dudado ni un momento. Agnes nunca habla mal de nadie —dijo Chastity cariñosamente sobre la hermana de su padre y su tía favorita.

—Dejadme ir a buscar el té —dijo Constance— y después podemos hablar de las listas. —Tiró del cordón que colgaba al lado de la chimenea—. Estoy mareada de tanto pensar en posibles candidatas para nuestro abogado. —Calló en cuanto la sirvienta entró en respuesta a su llamada—. ¿Puede traernos té, Brenda? Gracias.

—¿Qué tipo de mujer le convendría? —preguntó Chastity mientras se sentaba en una esquina del sofá.

—No tengo ni la menor idea —dijo Prudence al tiempo que ella también se sentaba cómodamente en un sofá.

—Eso no es de mucha ayuda —la reprendió Constance—. Recuerda que fue idea tuya.

—Lo recuerdo —dijo suspirando Prudence—. Y en aquel momento me pareció buena. Antes de percatarme de que no se lo desearía ni a mi peor enemiga.

—No exageres —comentó Constance mientras despejaba la mesa haciendo hueco para la bandeja que traía la sirvienta.

Prudence sonrió ampliamente y se levantó para coger un bocadillo de pepino. La criada sirvió el té y se retiró.

—¿Quién empieza poniendo la bola en juego? —Constance se sentó en el sillón frente a Chastity.

Chastity frunció el ceño y en vez de responder a la pregunta formuló otra:

—¿Se os ha ocurrido que quizá sea difícil encontrar a una mujer que quiera desposarse con un hombre divorciado?

—Es lo suficientemente rico —señaló Prudence—. Tiene buenas amistades. Y no hay nada particularmente desfavorable en su apariencia.

—Vaya una manera de describirlo —dijo Constance emitiendo una carcajada—. Creo que es muy distinguido.

—Tiene los ojos bonitos —reconoció Prudence—. Y buen cabello también.

Chastity sonrió y mientras untaba su tostada con miel y mantequilla, dijo:

—Y una bonita voz.

Constance declaró en un tono algo amargo:

—El divorcio no es tanto un estigma para un hombre como para una mujer.

—No —asintió Chastity.

—Pero no sabemos cuál fue la parte injuriada —indicó Prudence.

—Aun cuando hubiera sido su esposa, estoy segura de que él hizo lo que tocaba —dijo Chastity—. No podría pensar lo contrario.

—¿Permitirle que se divorciara de él? —Prudence frunció el ceño—. Con la mayoría de los hombres estaría de acuerdo contigo, pero según mi experiencia, Gideon no juega limpio siempre.

—Sólo te besó, Prue —dijo Chastity.

—¡Sin mi consentimiento! —respondió su hermana—. ¿Qué pensarías si te hubiera sucedido a ti, Chas?

Chastity se encogió de hombros.

—Me ocurre a menudo, pero simplemente les doy unas bofetadas en la mejilla y les digo que no estoy interesada.

Prudence la miró fijamente con evidente exasperación.

—Pero yo no soy tú, Chas. Yo no flirteo y no me encojo de hombros como si no pasara nada. Espero que los hombres me dejen en paz si no les indico lo contrario.

—Esto no nos lleva a ninguna parte —dijo Constance—. Contemplemos qué virtudes buscaría Gideon en una segunda esposa.

—Fidelidad —dijo Prudence con una risa.

—Eso no es necesario ni mencionarlo.

—El tipo sumiso, posiblemente —añadió Prudence—. Una a la que no le importe que la cojan sin más.

—Prudence, no nos estás ayudando —le reprochó Constance.

Prudence asintió.

—Está bien —dijo ella—. Dado que cree en la educación

femenina, estoy segura de que preferiría una mujer instruida. —Se tomó su té.

—Y, por supuesto, una que estuviera a la altura de las reuniones sociales que él frecuenta. —Chastity revolvió en su bolso buscando lápiz y un bloc de notas—. Vamos a hacer una lista de las características que creamos necesarias y luego se la enseñas, Prue. A ver si tiene alguna más que añadir.

—También debemos tener en cuenta a su hija —dijo Constance—. No sé si le importaría conocer qué piensa ella acerca de la candidata potencial.

—Creo que tendría que ser alguien a quien le gusten los niños y que se lleve bien con ellos —dijo Prudence finalmente—. En cualquier caso, no podríamos promover un matrimonio con alguna esposa potencial que sepamos que aborrece a los niños.

—Prue tiene razón —dijo Chastity, y Constance asintió.

—Creo que el nivel educativo de la candidata también es importante —añadió Constance—. Si lleva a su hija al North London Collegiate, debe tener en mente que ésta vaya a Girton, ¿no creéis? Considero que le gustaría tener a otra mujer en casa que se ocupara de la educación de la niña.

Prudence reflexionó. Girton, la escuela superior para mujeres de la Universidad de Cambridge, ahora permitía que las mujeres también hicieran exámenes para cargos públicos. Aún no les permitían obtener licenciaturas pero, de todas formas, la distinción era enorme.

—Entonces debe de querer que curse alguna carrera —dijo—. Enseñanza, supongo.

—¿A quién conocemos que esté cualificada para la docencia? Que no sea una institutriz, por supuesto, a nivel universitario o, al menos, para dar clases en una de las buenas escuelas de chicas. Esto también cubriría la necesidad de encontrar a alguien a quien le gusten los niños.

—Astrid Bellamy —sugirió Chastity—. Es una apasionada de la educación femenina. Fue a lady Margaret Hall en Oxford.

—Es demasiado mayor —dijo Prudence inmediatamente—. Debe de estar cerca de los cuarenta.

—Pero no sabemos si le importaría la edad —señaló Constance—. A menos que quiera tener más hijos, por supuesto.

—Ya hubiera buscado más activamente por su cuenta si fuera ése el caso —añadió Prudence—. Él ya debe de rondar los cuarenta también.

Constance frunció el ceño.

—Quizá sí. Pero en cuando lo interesemos en este asunto, quizá eso se convierta en un factor relevante.

—Supongo que sí —dijo Prudence con tono de duda.

—Bien, se lo podríamos preguntar. —Constance miró a su hermana con la misma expresión.

—Podríamos —asintió Prudence.

—No pareces entusiasmada con todo esto, Prue —observó Constance.

Prudence negó con la cabeza.

—No, no lo estoy. De ninguna manera. Por supuesto que no lo estoy.

—Ah —dijo Constance—, lo siento.

Chastity levantó la vista para mirar a sus hermanas brevemente y continuó tomando notas.

—¿Qué pensáis de la apariencia? —preguntó—. ¿Creéis que eso le importará? ¿Tiene que ser una mujer muy guapa?

Prudence reflexionó sobre ello.

—Yo diría que la belleza no es tan importante como la inteligencia y la personalidad, pero… —Se encogió de hombros—. ¿Qué sé yo?

—Más que nosotras —dijo Chastity mientras mordisqueaba el lápiz—. Tú pasaste una velada con él.

—No puedo ver más allá de su personalidad dominante y despótica —afirmó Prudence—. No hay mujer con carácter e ideas propias que quisiera darle ni la hora.

—Creo recordar alguna comparación con Max —murmuró Constance desde el fondo del sofá—. Pero quizá no sea yo una mujer con carácter e ideas propias.

Prudence le lanzó uno de los cojines estampados con pavos reales.

—Max tiene características que compensan.

—Tal vez encontremos alguna en Gideon Malvern si buscamos con ahínco —dijo Chastity—. ¿Qué pensáis de Agnes Hargate? Es bastante joven, atractiva e instruida, aunque no haya ido a la universidad.

—Es una viuda con una criatura de cinco años —comentó Constance.

—No sabemos si quiere una familia ya hecha —objetó Prudence.

—De nuevo, podríamos preguntárselo —dijo Chastity—. Estoy segura que a Agnes le interesaría. Sé que está muy sola.

—¿Te ha dicho alguna cosa, Prue, después de que le hicieras la oferta? —preguntó Constance inclinándose un poco hacia ella.

—Sí —dijo Chastity—. ¿Te ha dado alguna pista sobre el tipo de mujer que pudiera interesarle?

Prudence dudó. ¿Qué había dicho él después de que le diera aquel beso? Algo así como que, al haberla besado, ya podía hacerse una idea del tipo de mujer que le convendría. El tipo de amante que sería era algo que no quería compartir con sus hermanas.

—No —dijo finalmente—. Sólo comentó que no estaba buscando esposa y que era muy difícil de complacer.

—Bien, eso es alentador —observó Constance secamente—. ¿Más té?

Prudence le pasó su taza. Constance tenía razón, por supuesto. No se estaba tomando aquel asunto con demasiado entusiasmo, pero ¿por qué? Había sido idea suya buscarle una esposa al abogado. Era una solución brillante teniendo en cuenta sus problemas financieros. Pero cualquiera de las mujeres que se le venían a la mente le resultaba simplemente inadecuada. Estaba deprimida, decidió. Deprimida y oprimida. Cuanto más pensaba en el caso de libelo, más difícil veía ganarlo.

Constance la miró y luego cruzó una mirada con Chastity, que le respondió con complicidad. Algo no acababa de funcionar bien con su generalmente imperturbable hermana. Prudence siempre estaba al pie del cañón, con las riendas del negocio asidas firmemente en sus manos. Sus hermanas dejaban volar su imaginación locamente a veces pero Prudence, nunca. Era demasiado sensible y cuando afrontaba una cuestión importante su dedicación era inquebrantable. Sin embargo, por alguna razón, éste no era el caso esa tarde.

—Disculpe, señora. —La sirvienta apareció por la puerta—. Fred acaba de traer esto para la señorita Prue. Le llegó a Manchester Square, pero Jenkins pensó que debía de ser importante, así que lo envió inmediatamente.

—Gracias, Brenda. —Constance tomó la carta y miró con atención el sobre—. Del bufete de sir Gideon Malvern, CR. —Se la entregó a Prudence—. No ha perdido el tiempo, ¿no es así?

Prudence abrió el sobre y desplegó el papel.

—Dice que ha recibido acuse de recibo por parte de los abogados de Barclay y que lo han registrado como letrado de referencia en el caso Barclay contra *La dama de Mayfair*. —Miró hacia arriba—. Gideon dijo que les enviaría una carta por la tarde. Me pregunto si será malo que hayan respondido tan rápido. —Su cara adquirió un matiz de preocupación.

—Será un alivio acabar con todo esto —dijo Constance.

—¿Dice algo más? —preguntó Chastity.

—Dice que desearían celebrar el juicio lo antes posible y que no piensa negociar a ese respecto. Quiere verme esta tarde para empezar a preparar el caso. —Le entregó la carta a Chastity—. Hubiera creído que intentaría posponerlo todo lo posible, ¿no es así? Aún no tenemos las pruebas para las acusaciones de fraude.

—Aún no hemos tenido tiempo de rebuscar entre los papeles de papá —dijo Chastity al tiempo que ponía una mano como gesto tranquilizador sobre la de su hermana, quien contraía sus manos nerviosamente contra el brazo del sillón—. Lo haremos en cuanto tengamos la primera oportunidad.

Prudence asintió.

—Lo sé. Sólo que todo está sucediendo demasiado rápido.

—Bueno, tendremos un mes como mínimo para reunirlo todo —dijo Constance con vigor—. Los casos no se llevan a los tribunales de la noche a la mañana.

—No, eso es cierto. —Prudence sonrió levemente—. Así que supongo que debería enviarle una nota diciendo que iré..., pero ¿adónde? —Cogió la carta otra vez—. Oh, Pall Mall, número siete. —Miró hacia arriba encogiendo los hombros—. Esperaba que fuera en su despacho.

—Quizá tenga otra oficina —sugirió Chastity.

Prudence se encogió de hombros.

—Lo sabré a las siete en punto.

—No dice nada sobre cenar —observó Constance.

—Lo que me hace pensar que se tratará de una reunión de trabajo —declaró Prudence secamente—. Tampoco dice que enviará un coche a por mí.

—Así, con suerte, no tendrás que rechazar avances indeseados —murmuró Chastity.

Su hermana ignoró el comentario y dijo fríamente:

—Si papá no lo utiliza esta noche, le diré a Cobham que me lleve en el carruaje. Y le diré que vuelva a recogerme a las ocho en punto. Así estaré de regreso para cenar. No creo que el abogado necesite más de una hora. Y será suficiente para mí, os lo aseguro —añadió.

—¿Vas a llevarte esta lista? —preguntó Chastity señalando su bloc de notas—. O, al menos, pregúntale si tiene algunas preferencias —dijo su hermana poniéndose en pie—. Deberíamos regresar a casa, Chas. Son casi las cinco. ¿Cenarás con nosotras, Con?

—No, hoy en el número diez —respondió su hermana con un suspiro exagerado refiriéndose a la residencia oficial del primer ministro.

—Oh, eso es un honor —comentó Prudence guiñando un ojo—. ¿Hay algo en el aire?

Constance sonrió.

—No lo sé... Max no suelta prenda. Pero tengo un presentimiento... sólo un presentimiento.

—¿Un puesto en el gabinete? —preguntó Prudence rápidamente.

—Como he dicho, Max es una tumba.

—Bueno, se lo merece —dijo Chastity abrazando a su hermana.

—Esperemos que sea uno que no choque mucho con su sufragista esposa —dijo Prudence con su habitual pragmatismo.

Constance hizo una pequeña mueca.

—Ya salvaremos ese obstáculo cuando nos lo encontremos en el camino.

—Sí, por supuesto que sí. —Prudence la besó—. Hablaremos mañana... y nos explicaremos nuestras respectivas veladas.

Constance rió y las acompañó hasta la puerta. Max apareció por la esquina justo cuando se estaban despidiendo en el escalón superior. Corrió escaleras arriba.

—¿Ya os vais?

—Sólo hemos venido a tomar el té —respondió Prudence.

—Bien, esperaos y le diré a Frank que os lleve a casa antes de que guarde el coche. —Besó a su esposa y entró rápidamente en la casa llamando a su mayordomo.

Prudence se montó en el carruaje poco antes de las siete saludando al anciano cochero con una sonrisa.

—¿Qué tal están los caballos, Cobham?

—Oh, bastante bien, señorita Prue —dijo él—. A punto de jubilarse. Como yo. —Hizo sonar el látigo y los dos brillantes corceles marrones levantaron los cascos y se pusieron a trotar elegantemente alrededor de la plaza.

—No parecen estar a punto para jubilarse aún —dijo Prudence—. Al igual que usted. Lo veo muy saludable, Cobham.

—Bueno, es muy amable por su parte, señorita Prue. Pero cumpliré setenta en mi próximo aniversario. Una buena edad para una cabañita en la campiña.

Prudence se percató de que le estaba enviando un mensaje serio. Si Cobham ya estaba pensando en la jubilación, entonces tenía todo el derecho del mundo a hacerlo. Y también tenía todo el derecho a recibir una pensión que le permitiera vivir dignamente en su soñada cabaña. Pero no tenían provisión en su presupuesto para pensiones. Su mente operó rápidamente, sumando y restando gastos. Sumando y restando necesidades. Le costaba conseguir la paga semanal de Cobham, aunque en aquellos días del ómnibus motorizado y del taxi se pudiera prescindir del carruaje y de su cochero, sin mencionar a los caballos, cuyo mantenimiento en Londres costaba una fortuna. Pero no era concebible privar al anciano de su merecida tranquilidad.

Sin embargo, si enviaban a los caballos a pastar a la casa de campo de Romsey, su manutención sería definitivamente más barata. Además, podrían alquilar los establos de Manchester Square. Establos como los suyos estaban siendo transformados en garajes para los nuevos vehículos a motor, tan de moda en todo Londres; eso representaría unos ingresos que contribuirían a la pensión de Cobham. Y si le dejaban quedarse en una de las casitas que tenían en Romsey, por supuesto sin coste alguno, éste podría vivir allí con una pensión equivalente a la mitad de su sueldo de Londres que, en definitiva, provendría del alquiler de los establos. Cobham podría vivir su jubilación muy confortablemente y las finanzas familiares saldrían beneficiadas.

—Y ¿ha pensado usted dónde le gustaría jubilarse, Cobham? —preguntó ella.

—Mi esposa desearía regresar al pueblo —respondió él al tiempo que frenaba un poco a los caballos a causa de unos adoquines resbaladizos—. Dice que ya lleva demasiado tiempo en Londres. Echa de menos a su hermana.

Prudence asintió. La esposa de Cobham provenía de Romsey. Así fue como Cobham, un londinense de pura cepa, había llegado al servicio de los Duncan en su casa solariega.

—Hay una casita libre en la carretera a Lyndhurst, por si le interesara a usted. Y, por supuesto, no tendría usted que pagar ningún alquiler. Sería parte de su pensión, si le pareciera a usted bien el trato.

Reinó un momento de silencio mientras el cochero reflexionaba, tras el cual éste dijo:

—Creo que sí, señorita Prue. Hablaré con mi señora.

—Bien. Dígame lo que han decidido y concretaremos los detalles. —Prudence se acomodó hacia atrás con la sensación de haber realizado un buen trabajo.

El carruaje giró en la amplia Pall Mall para detenerse en un tranquilo callejón sin salida de casas estrechas y altas.

—El número siete, señorita Prue. —Cobham ató las riendas de los caballos y se dio la vuelta mirando a su pasajera.

—Así parece —dijo Prudence examinando la casa de estilo georgiano con su característico montante en abanico sobre la brillante puerta negra, la baranda negra sobre escalones blancos y la doble fachada con sus ventanas en arco. Esto no era un club privado. De hecho, si no estaba equivocada, se trataba de la residencia de sir Gideon Malvern, CR. La sorpresa fue tal que se quedó, de nuevo, desconcertada.

Cobham descendió del carruaje y le abrió la puerta.

—Gracias, Cobham ¿puede venir a recogerme a las ocho?

—Por supuesto, señorita Prue. —Cerró la puerta del carruaje nuevo y volvió a montarse en él—. Puesto que sólo se trata de una hora, creo que me tomaré una cerveza en el Black Dog, al lado de la calle Jermyn, si a usted no le importa.

—Por supuesto —dijo ella mientras se dirigía a la puerta—. Dentro de una hora. —Tomó la brillante aldaba que lucía una cabeza de león y llamó con decisión.

El abogado la abrió inmediatamente, aún con su traje de día, como si acabara de regresar de su despacho. Prudence se alegró de ir vestida también con la misma ropa que aquella mañana.

—Un carruaje —dijo él con una sonrisa mientras miraba a Cobham marcharse—. Es caro mantener caballos en Londres. —Se retiró hacia atrás invitándola a entrar.

—Sí —asintió ella pasando ante él—. Pero no en comparación con un coche. Créame, lo he mirado. Mi padre tenía muchas ganas de tener uno hasta que se dio cuenta de lo poco fiables que son. —Se quitó los guantes al tiempo que inspeccionaba el entorno. Sobria elegancia, pensó.

—Bastante impredecibles —comentó con una sonrisa afable—. ¿Me permite su abrigo?

—Gracias. —Metió los guantes en el bolsillo del abrigo y se lo entregó—. ¿Suele usted trabajar en casa normalmente, sir Gideon?

—Sólo cuando es fuera de horas —respondió al tiempo que señalaba a una habitación al final del corredor cuya puerta estaba abierta—. Cuando no dispongo de mucho tiempo, señorita Duncan, tengo que sacrificar parte del que me queda libre y entonces prefiero hacerlo aquí.

Prudence siguió su gesto y se encontró en una agradable biblioteca de aire evidentemente masculino. Había un cierto olor a puro en el aire, mobiliario de roble y piel, una alfombra de Aubusson sobre el suelo encerado, también de roble, y cortinas de terciopelo que cubrían las grandes ventanas, descorridas aún a las sombras de la noche. No quedaba ni un hueco a la vista en tres de las cuatro paredes, cubiertas como estaban de estanterías repletas de libros.

—¿Puedo ofrecerle algo para beber? —sugirió Gideon mientras cerraba la puerta tras de sí.

—No, gracias —dijo ella—. He venido para hablar del caso.

—A menudo discuto los casos mientras tomo algo —dijo él de manera informal mientras se servía un whisky—. Por favor…, siéntese. —Señaló un cómodo sillón que había ante una mesa de cerezo sobre la cual descansaban unos pocos papeles.

Prudence se sentó.

—¿Por qué han respondido los abogados de Barclay tan rápido a su carta? ¿Es esto una buena señal?

Gideon reflexionó.

175

—Ni mala, ni buena —dijo mientras degustaba su bebida—. Quizá crean que su caso ya está ganado y simplemente quieran acelerar las cosas, o tal vez tengan dudas y pretendan ver cuál es nuestra estrategia.

—En cuanto tengamos oportunidad de revisar los documentos de mi padre, tendremos todas las pruebas que necesitamos —afirmó Prudence.

Gideon apoyó sus antebrazos sobre la mesa. Sus ojos estaban ahora bien abiertos y su voz sonaba entrecortada:

—Bien, como ya le he dicho esta mañana, esperaré a revisarlos antes de emitir un juicio. Veamos ahora lo que ya tenemos.

Su actitud era de trabajo, pensó Prudence. Ni un ápice de aproximación personal en su comportamiento. Ella lo encontraría reconfortante a pesar de que eso la hacía echarse atrás. Movió la cabeza inconscientemente como para desterrar sus propias reacciones personales.

—Muy bien —dijo enérgicamente al tiempo que cruzaba las manos sobre su regazo—. Tiene preguntas para mí.

Éste tomó una hoja de papel y un lápiz.

—Necesito algunos datos relevantes. ¿Cuándo se publicó el periódico por vez primera?

Prudence reflexionó un momento.

—No estoy segura. Lo fundó mi madre. Nosotras empezamos a ayudarla cuando Con tenía quince años, creo. Así que yo debía de tener catorce.

—No creo que queramos implicar a su madre en todo esto —dijo él frunciendo el ceño—. Lo complicaría todo demasiado. ¿Cuándo se hicieron cargo de la publicación usted y sus hermanas?

—Hace cuatro años, cuando falleció nuestra madre.

—Ya veo. Y ¿han sido ustedes demandadas con anterioridad?

—No, por supuesto que no.

—No hay nada dado *por supuesto* en esto. ¿Cuántas reacciones adversas han recibido ustedes? Quejas de lectores, por ejemplo.

—No muchas.

—¿Cuántas? ¿Más de diez, menos de cinco?

—Posiblemente más de diez.

—Así pues, ¿reconoce usted que se trata de una publicación controvertida? —Tomaba notas mientras hablaba, sin mirarla al hacer las preguntas.

—Sí.

—¿Pretenden ustedes ser ofensivas?

—*No*. ¿Qué clase de preguntas son éstas?

—El tipo de preguntas que le formularán en los tribunales. Y si da usted muestras de indignación o petulancia, perderá usted el favor del jurado y le dará munición al fiscal. Si pierde la compostura, estará perdida. —Tomó su vaso y se dirigió a la mesita donde estaba el decantador—. ¿Está usted segura de que no le apetece un jerez?

—No, gracias. Necesito mantener la lucidez si he de sobrevivir a este calvario.

—No pretendo convertirlo en uno. —Llenó su vaso de nuevo.

—Sí, lo pretende —le contradijo ella.

—Sólo por su propio bien. —Se sentó de nuevo.

—¿Me duele a mí más que a usted? —se burló.

Él movió la cabeza con un gesto de exasperación.

—No. —Cogió la pitillera que había sobre la mesa.

—«El cigarrillo es el perfecto ejemplo de placer perfecto. Es exquisito y deja insatisfecho» —citó Prudence.

—Eso suena a Oscar Wilde —dijo él.

—Sí, *El retrato de Dorian Gray*.

Él sonrió brevemente.

—Solamente fumo cuando trabajo. Ahora ¿podemos seguir?

Prudence asintió con un suspiro.

—Por supuesto, continúe. Tengo que irme a las ocho.

Él pareció momentáneamente sorprendido, pero su expresión se tornó neutra con la misma velocidad.

—¿Se relacionan usted y sus hermanas habitualmente con...? —Fue interrumpido cuando alguien llamó a la puerta—. ¿Sí? —Su voz no sonó muy cordial.

La puerta se abrió y apareció la cabeza de una niña.

—No quería molestarte, papá, pero Mary no está esta noche y tengo que identificar todas estas citas, y no las sé todas. —Ojos grises, los ojos de su padre, miraban alrededor de la habitación como dardos y se fijaron en Prudence, que ahora se reclinaba en su sillón, preparada para descubrir todo cuanto pudiera sobre el abogado y su hija.

—¿Por qué no dejas entrar el resto de ti aquí adentro? —dijo Gideon—. No me gusta conversar con cabezas incorpóreas.

—Como la risa del gato de Alicia —dijo la niña con una radiante sonrisa al tiempo que entraba en la habitación, aunque permaneció ante la puerta—. Son sólo dos citas las que no puedo identificar, papá. ¿Puedes ayudarme? —Su tono era suplicante y Prudence le sonrió. Esta niña sabía cómo manipular a un dócil padre.

—Estoy con una clienta, Sarah —dijo su padre—. Y, a juzgar por las facturas mensuales de Hatchard y de Blackwell, tienes una buena cantidad de libros de referencia. Tengo que preguntarle a Mary por qué el *Diccionario de citas* no está entre tus libros del colegio.

Sarah miró un poco cohibida.

—Estoy segura de que lo tenemos, pero no podía encontrarlo, y tengo muchos deberes para mañana de latín y de francés, así que he pensado que quizá… —Le miró como indagando en su estado de ánimo y, antes de que pudiera responder, soltó—: «La verdad es belleza…»

—«… y la belleza, verdad. Nada más se sabe en esta tierra y no hace falta más» —dijo Prudence—. Keats, 'Oda a una urna griega', mil ochocientos veinte.

—Oh, gracias —dijo Sarah Malvern—. Y hay otra: «El amor que nace…».

—«… en la belleza, como belleza pronto muere» —respondió Prudence de nuevo—. John Donne, 'Las elegías' —dijo mientras parecía esforzarse en pensar—. Mil quinientos noventa y cinco, creo.

Sarah sonrió radiantemente.

—Muchísimas gracias, señorita…

—Duncan —respondió Prudence al tiempo que se ponía de pie y le estrechaba la mano.

La niña le dio la suya con considerable cordialidad.

—No pretendía perturbar su reunión.

—No, por supuesto que no —dijo su padre desde el fondo de la mesa—. ¿Si ya has satisfecho tu curiosidad, Sarah…?

—No era curiosidad —desmintió la niña—. Eran deberes de verdad.

Gideon asintió.

—Oh, sí, por supuesto. Deberes. —Apareció una sonrisa en la comisura de sus labios.

—Gracias por su ayuda, señorita Duncan —dijo Sarah educadamente. Luego se dirigió a la puerta y antes de salir preguntó—: ¿Cenas hoy fuera, papá?

Sus ojos se apartaron de Prudence, que ya estaba de nuevo sentada y miraba con atención a la absoluta oscuridad que había tras las ventanas.

—Por lo que parece, no —dijo él—. Iré a tu cuarto para darte un beso de buenas noches dentro de una hora.

Sarah hizo una pequeña reverencia.

—Buenas noches, señorita Duncan. Gracias de nuevo por su ayuda.

Prudence sonrió.

—Me he divertido mucho con el ejercicio. Buenas noches, Sarah.

Cuando la puerta se hubo cerrado detrás de Sarah, Gideon comentó:

—Así que es usted toda una experta en literatura inglesa.

—Todas lo somos —dijo Prudence—. Era uno de los pasatiempos favoritos de nuestra madre. Lo mamamos desde la cuna.

Él asintió mientras se ponía en pie para encerrar la noche tras las gruesas cortinas de terciopelo.

—Sarah siente una atracción particular por las matemáticas. También toca la flauta.

—La música y las matemáticas tienden a ser talentos complementarios —observó Prudence—. Parece ser una ávida estudiante. Lo que me recuerda ciertas preguntas que quisiera formularle. —Abrió el bolso y tomó su propio bloc de notas—. Hemos estado elaborando una lista de posibles candidatas esta tarde y hay uno o dos asuntos que quisiera aclarar.

Gideon volvió a su asiento. Se reclinó y se cruzó de brazos levantando las cejas en una expresión nada alentadora.

—Debo decirle que tengo muy poco tiempo en este momento para perderlo en este asunto, señorita Duncan. Si usted desea perder el suyo eso es, por supuesto, cosa suya.

—Me parece que tenemos que trabajar en tándem —dijo Prudence—. Usted tiene que hacer su trabajo y yo el mío, pero los dos están íntimamente conectados. Ahora, asumimos que usted sólo estaría dispuesto a aceptar esposas potenciales que fueran comprensivas con Sarah. Alguien en quien ella confiara y con quien se sintiera cómoda.

—Si lo que me está preguntando es si yo consideraría casarme sólo para darle una madre a Sarah, la respuesta es no —dijo moviendo la cabeza vigorosamente—. Me parece una de las peores razones para ligarse con alguien, y no puedo imaginar que ninguna mujer que se valore a sí misma aceptase un trato así por este único motivo. No, si me vuelvo a casar será porque he encontrado a una mujer que me complazca a *mí*. Quisiera pensar que Sarah encontraría a esa mujer tanto simpática como comprensible. —Descruzó los brazos poniendo los codos sobre la mesa—. Bien, si eso responde a su pregunta, me gustaría volver a la mía.

—Bien, pero es obvio que usted no consideraría a nadie a quien no le gustaran los niños —insistió Prudence—. Hay una posibilidad que quizá le pueda interesar. Una viuda llamada Agnes Hargate. Una mujer encantadora y muy atractiva. Tiene un hijo de cinco años. ¿Sería eso un problema? —Separó la vista del bloc de notas para ajustarse las gafas con un dedo al tiempo que examinaba su expresión.

—La perspectiva me deja privado de alegría —afirmó—. Ahora, ¿se relacionan usted y sus hermanas habitualmente con mujeres caídas?

—No —dijo ella—. Bueno, es que no sé qué quiere decir usted con mujeres «caídas». Estoy segura de que hay mucha gente entre mis conocidos, por no mencionar a lord Barclay, que se han consentido alguna actividad extracurricular. Ésta también es una pregunta para usted. ¿Está usted interesado únicamente en mujeres que tengan una reputación intachable?

Él suspiró.

—Estoy intentando darle a entender, Prudence, que no estoy interesado en ninguna esposa potencial en estos momentos. —Miró impacientemente su reloj y su voz reflejó irritación cuando dijo—: No hemos cubierto tantas preguntas como pretendía esta noche. Esperaba que pudiéramos tener una cena de trabajo, algo simple, pero puesto que tiene usted que irse...

—Su mensaje, o cita, debería decir, no hablaba de ninguna cena —dijo ella—. Pero hubiera tenido que rehusarla, igualmente —añadió despreocupadamente.

—No era una cita —dijo él—. Era una petición.

—Pues parecía una cita.

—Entonces, debe usted disculparme. —Pero su voz no escondía tono de disculpa. Se puso en pie rápidamente y apuntándole súbitamente con el dedo dijo—: ¿Se relacionan usted y sus hermanas habitualmente con mujeres de la calle, señorita dama de Mayfair?

Prudence abrió la boca para responder con una rotunda negativa pero se dio cuenta de lo que él había dicho.

—Ellos no sabrán que somos más de una —protestó—. Lo hemos acordado. Soy una representante. La dama de Mayfair. No pueden preguntar eso porque no sabrán nada de nosotras.

Él contestó a su afirmación moviendo la cabeza en señal de negación.

—No esté tan segura. Van a remover cielo y tierra hasta dar con ustedes. No me sorprendería que contrataran a unos detectives. Van a estar igual de contentos que yo si tienen que poner a un periódico en el estrado. —Salió de detrás de su escritorio en el momento en que el reloj de pared de la biblioteca dio las ocho.

—¿Detectives? —dijo Prudence con tono de sorpresa—. Seguro que no. —Metió las manos por las mangas de su abrigo, que él sostenía.

—Simplemente, manténgase en guardia —dijo él mientras se dirigía a la puerta para abrírsela.

Prudence pasó por su lado.

—¿De cuánto tiempo disponemos, según usted, antes del juicio?

Se encogió de hombros.

—Unas cuatro semanas. Sam Richardson tiene cierta influencia en la magistratura y sus secretarios son extremadamente eficientes. Descubrirán qué juez preside el caso y estoy seguro de que Sam mantendrá en algún momento u otro una charla en su club, más que satisfactoria, con quien corresponda para fijar la fecha a su antojo.

Prudence frunció el ceño.

—Pero ¿no tiene usted esa clase de influencia también?

—Por supuesto que sí, pero no pretendo ejercerla.

—Pero aún no hemos concluido con las preparaciones para el juicio.

—Tráigame las pruebas, señorita Duncan, y por lo que me parece que usted ha sugerido, ya habremos acabado con ellas. —Abrió la puerta principal. Las luces de la calle estaban encendidas y Cobham se encontraba fumando su pipa en el asiento del cochero. Los caballos pisaban con los cascos impacientemente mientras el nocturno aire otoñal se hacía más frío.

Gideon la acompañó hasta el carruaje y la ayudó a entrar.

—Pero ¿realmente cree usted en ello? —preguntó Prue con una nota de sarcasmo en su voz.

Él rió, pero no de un modo complaciente, como notó ella.

—No me queda más remedio que hacerlo, querida mía. La confianza es la mitad de la batalla. No puedo ir al juzgado creyendo que voy a perder.

—Pero ¿lo espera usted? —Se quitó las gafas y lo miró ansiosamente, mientras sus ojos adquirían una tonalidad dorada a causa de las luces de la calle, y sus cabellos rojizos se teñían con toques de oro.

Durante un instante, apareció un destello en los ojos grises de Gideon; casi abrió la boca como si fuera a decir algo, pero movió la cabeza con otra risa breve, se retiró hacia atrás y se despidió con la mano.

10

—Otra carta para usted, señorita Prue, de sir Gideon. —Jenkins dejó el sobre junto al plato de su desayuno a la mañana siguiente—. Si me permite decirlo, el abogado parece un escritor regular.

—Espero que eso signifique que es igual de regular en sus esfuerzos —dijo Prudence ásperamente. Abrió el sobre con el cuchillo de la mantequilla y revisó el contenido.

—No tienes razón para pensar lo contrario, Prue —protestó suavemente Chastity alzando la vista por encima del *Times*.

—No, supongo que no —asintió Prudence con un leve suspiro—. Simplemente que ayer noche me hizo sentir como si el caso estuviera perdido y no tuviéramos ninguna opción de ganarlo, como si le molestara que le hiciéramos perder el tiempo. —Rompió la carta y la tiró al fuego.

—Quizá no tuviera ganas de hablar de novias —sugirió Chastity—. Después de todo, acababas de conocer a su hija. Eso debió de ser molesto para él.

—No, no creo —dijo su hermana—. No se vio en ningún aprieto. La niña estaba siendo curiosa y a él no pareció molestarle. De hecho le divirtió. Yo creo que no se ha tomado en serio... lo del trato. Seguro que insistirá en lo del ochenta-veinte. —Se encogió de hombros y volvió a llenarse la taza de café.

—Bueno, pero podemos perseverar —dijo Chastity con su habitual optimismo—. Me preguntaba si Lavender Riley, o quizá Priscilla Heyworth... —Miró a su hermana levantando las cejas y esperando instintivamente sus usuales objeciones.

Por el contrario, su hermana se encogió de hombros y replicó:

—Supongo que son posibilidades.

—¿Qué decía la carta? —preguntó Chastity señalando con su tostada un trozo de papel que aún no había prendido.

—Es una invitación, sorprendentemente amable, para que me reserve todo el día de mañana para una sesión de preparación intensiva.

—¿En su despacho?

—No, dice que me recogerá mañana aquí en casa, a las ocho y media de la mañana.

—Le gusta levantarse temprano, hasta en domingo —comentó Chastity. Dobló cuidadosamente el periódico por el pliegue central. Lord Duncan aún no se había levantado y aborrecía encontrarse el periódico con signos evidentes de haber sido leído con anterioridad.

—Bien, ya dejó claro ayer que tenía que dedicarse a este caso en su tiempo libre. No puedo insistirle en que no empleemos el mío, aunque mañana sea domingo. —Volvió a tomar su taza de café.

—Buenos días, queridas mías. —Lord Duncan entró en la salita del desayuno con la tez aún rojiza debido a sus abluciones matutinas y con su cabello blanco perfectamente peinado—. Jenkins me ha prometido arenques ahumados —dijo, frotándose las manos—. Una mañana que empieza con arenques sólo puede traer buenos augurios.

—Se te ve muy feliz esta mañana, padre —observó Chastity dejando el periódico junto a su plato—. Especialmente teniendo en cuenta que está lloviendo a cántaros. —Señaló hacia los ventanales, donde la lluvia golpeaba los cristales con bastante fuerza.

—Oh. ¿Qué más dará una lloviznilla? —dijo—. He quedado con Barclay para que nos reunamos con sus abogados; quieren que preste declaración como testigo de la acusación.

Prudence tomó un gran sorbo de café, atragantándose y teniendo que ocultar las lágrimas con su servilleta.

—¿De veras? —dijo Chastity algo débilmente— Qué amable por tu parte.

—Por Dios, es un exceso hablar de amabilidad cuando se trata de un amigo. Oh, delicioso, Jenkins, agradézcaselo a la señora Hudson de mi parte. —Lord Duncan olió con avidez el aroma de los humeantes arenques que salía del plato que tenía delante—. Y pan de centeno con mantequilla, por supuesto. —Se acarició suavemente el vientre, de donde colgaba su reloj de bolsillo.

Prudence le sirvió café y le pasó la taza.

—¿Será una reunión larga?

—No tengo ni idea —respondió su padre—. A juzgar por los honorarios de esta gente, debería durar un día entero. —Se ensañó con el arenque, retirando primero las largas raspas y llevándose después una gran porción a la boca con su tenedor y saboreándolo con cara de placer—. Maná —murmuró—, puro maná. No puedo entender cómo no os gustan.

—Tienen demasiadas raspas —dijo Chastity—. Para cuando he acabado de retirarlas, el arenque ya está frío como la piedra y se me ha ido el apetito.

—Oh, sólo tienes que masticarlas —dijo lord Duncan poniendo su consejo en práctica—. Las pequeñas no te harán ningún daño. —Abrió el periódico con un gesto rápido y leyó por encima los titulares.

—¿Estarás aquí para la comida? —preguntó Prudence mientras untaba su tostada con mermelada.

—No creo, querida. Si acabamos a tiempo con los abogados, Barclay y yo comeremos en el club. ¿Qué día es hoy? —Miró la fecha en el periódico—. Oh, sábado. Es extraño que trabajen en fin de semana. —Se encogió de hombros—. Nada que deba preocuparme. Hoy hay bistec y pastel de ostras. Seguro que comeremos en el club.

—¿No te habrás olvidado de que cenamos con Constance y Max esta noche?

—Por supuesto que no. Qué lástima que Barclay no pueda venir. Creo que han venido a visitarle unos parientes, o algo por el estilo.

—Pero creo que Con ha invitado a los Wesley —dijo Prudence—. Ya sabes lo mucho que te gusta jugar a *bridge* con ellos. Con será tu compañera de partida.

—Oh, sí, será una noche excelente, estoy convencido. Excelente —contestó regresando a su periódico.

Prudence miró a Chastity y dobló su servilleta.

—Si no te importa, padre, te dejamos con tu desayuno. Chas y yo tenemos que resolver algunos asuntillos esta mañana. —Retiró su silla hacia atrás, besó a su padre en la mejilla y se dirigió a la puerta mientras Chas la seguía. Ya en el vestíbulo, se detuvo, dándose golpecitos con el dedo en la barbilla—. Tenemos que hacerlo esta mañana, Chas.

—¿Revisar sus papeles?

—Sí. No sabemos cuándo padre volverá a estar fuera de casa durante tanto tiempo.

Chastity asintió.

—¿Crees que deberíamos enviarle un mensaje a Con?

—Sí, dile a Fred que vaya a Westminster. Si hemos de encontrar algo, seguro que lo haremos más rápido entre las tres.

Chastity se dirigió a la cocina con presteza. Fred, el recadero y ayudante general, estaba limpiando zapatos mientras charlaba con la señora Hudson.

—Lord Duncan está encantado con los arenques, señora Hudson —dijo Chastity.

—Oh, esperaba que los encontrara gustosos —comentó el ama de llaves—. No es natural que el pescatero los traiga en su carro cuando viene los jueves, pero esta semana sí que tenía. Y no eran demasiado caros, dos peniques y medio cada uno.

—Pues a padre le han dado placer por cinco —le comentó Chastity—. Fred, cuando haya acabado con los zapatos ¿podría acercarse a casa de los Ensor y preguntarle a Constance si puede venir esta mañana, lo antes posible?

Fred escupió sobre uno de los zapatos de noche de lord Duncan.

—Habré acabado en diez minutos, señorita Chastity. —Pulía los zapatos frotando la saliva sobre la piel con vigor.

—¿Contaremos con la señorita Con para la comida entonces, señorita Chas? —preguntó la señora Hudson.

—Sí, pero bastará con pan y queso.

—Oh, quizá pueda hacer algo de masa —dijo el ama de llaves—. Puesto que esta noche no tengo que preparar cena. Hay un buen trozo de jamón en la despensa y quizá pueda también hacer un poco de ternera al vapor. ¿Qué le parece un pastel de jamón y ternera?

—Exquisito —respondió Chastity.

—Y una tarta de mermelada de postre.

—Nos mima usted demasiado, señora Hudson…, a pesar de su presupuesto.

—Oh, eso no es difícil, señorita Chas, si se aprovechan bien las ofertas —dijo la mujer con una sonrisa de orgullo.

Chastity abandonó la cocina regalándole una sonrisa mientras pensaba que había que dar gracias a Dios por Jenkins y la señora Hudson. Algo que, por supuesto, siempre tenían presente en sus pensamientos.

Había dejado de sonreír cuando llegó a la salita del piso de arriba.

—Tenemos que impedir a papá que suba al estrado —dijo en cuanto entró—. ¿Y si reconoce tu voz, Prue? Aunque intentes ocultarla, eres su hija.

—Lo sé —dijo su hermana. Se encontraba ante la ventana contemplando el golpeteo de la lluvia contra los cristales y los árboles empapados que había en el jardín de la plaza—. Y Gideon lo fusilará a preguntas. Será terrible, Chas. —Cruzó los brazos alrededor de su torso.

—Todo lo que le contemos a Gideon sobre nuestro padre se convertirá en munición para la defensa. —Chastity movió la cabeza—. No sé cómo lo vamos a hacer, Prue.

—Tenemos que hacerlo —dijo su hermana simplemente—. Debemos encontrar la manera. No podemos perder, Chas, ya lo sabes. Si lo hacemos, padre estará acabado.

—Lo único que tenemos a nuestro favor es que a padre nunca se le ocurriría que nosotras tengamos nada que ver con este asunto —dijo Prudence dándose la vuelta desde la ventana—. Aunque sospechara que hay algo familiar en una testigo con la cara cubierta, nunca lo asociaría con ninguna de nosotras.

—Sólo espero que estés en lo cierto. —Chastity se acercó a la ventana y se situó al lado de su hermana, mirando hacia el exterior hasta que vio a Constance bajarse de un taxi y llevando un gran paraguas.

—Constance no se detuvo en la acera para mirar a la ventana del salón como hubiera hecho en otras ocasiones sino que se apresuró a subir los escalones que daban a la casa.

La puerta se abrió en cuanto llegó a arriba y casi chocó

con su padre, que iba equipado con un paraguas negro igual de grande.

—Buenos días, querida —dijo rápidamente mientras movía su paraguas llamando al taxi que acababa de dejar a su hija—. No puedo detenerme. Tomaré tu taxi.

—Te veré esta noche, padre —dijo Constance echándose hacia atrás para dejarle pasar. Se puso ante la puerta moviendo el paraguas para sacudir las gotas de lluvia.

—Ya me encargaré yo de eso, señorita Con. —Jenkins lo cogió apresuradamente—. Lo secaré de inmediato. Este tiempo no es bueno ni para los patos.

—Desde luego que no —asintió Constance al tiempo que se quitaba el sombrero en el vestíbulo.

—¿Están mis hermanas arriba?

—Están esperándola, señorita Con.

Constance asintió con la cabeza y corrió escaleras arriba.

—Y pues, ¿qué sucede? —preguntó al abrir la puerta—. Era un mensaje bastante urgente para alguien que da una fiesta esta noche. —Reía mientras hablaba, pero su risa se desvaneció al ver la expresión en la cara de sus hermanas—. ¿Problemas?

—Alguno que otro. Y además necesitamos tu ayuda esta mañana. —Prudence la puso al corriente de la situación.

—¡Por todos los diablos! —exclamó Constance—. Pero padre no lo haría, ¿no es así?

—Sí, lo haría —dijo Prudence encogiéndose de hombros en un gesto de resignación—. Por lealtad a su amigo.

—Y vamos a acabar con esa lealtad hasta el último pedazo —afirmó Chastity.

Se quedaron en silencio durante un instante y poco después Prudence dijo:

—Bien, para poder hacer eso, primero tenemos que encontrar las pruebas. Le he pedido a Jenkins que encienda el fuego de la biblioteca. —Se dirigió al secreter y abrió uno de los pequeños cajones—. Tengo la llave de la caja fuerte.

—¿Cuándo la conseguiste? —preguntaron al unísono.

—Hace meses. Jenkins me hizo una copia. No puedo hacerme cargo de las finanzas si no sé lo que padre se está gastando. Todas las facturas están en la caja fuerte y normalmente las reviso antes de que se hagan efectivas. Así me aseguro de que haya suficientes fondos en su cuenta bancaria para cubrirlas... o al menos, para que no se quede en números rojos.

Constance puso la mano sobre el hombro de su hermana.

—Prue, ¿por qué no nos lo has contado?

—Ésa es mi tarea; no encontré razón alguna para molestaros con los aspectos más turbios de la misma. No me gusta la idea de inmiscuirme en los asuntos personales de nuestro padre, pero puesto que no me daría ninguna información libremente, tuve que encontrar la manera de obtenerla sin que él se enterara. —Se pasaba la llave de mano en mano nerviosamente con una expresión en su cara difícil de definir.

—Prue, cariño, ésta es una responsabilidad con la que estás cargando tú sola —dijo Chastity—. Te hubiéramos ayudado gustosamente si nos lo hubieras dicho. No tienes por qué sentirte culpable.

—Tal vez no, pero lo hago. Bien, pongámonos manos a la obra con nuestro dudoso asunto. —Se dirigió a la puerta.

—¿Qué tal fue tu velada, Prue? —preguntó Constance mientras entraban en la biblioteca—. ¿Crees que nuestro abogado tiene el asunto bien atado?

Prudence cerró la puerta tras de sí y, tras un breve instante de duda, la cerró con llave.

—Es muy agresivo en sus preguntas, pero estoy convencida de que eso nos ayudará ante el fiscal. —Se apoyó en la puerta un momento—. También dice que no debería sorprendernos que la acusación contratara detectives para descubrir nuestra identidad.

Sus hermanas se giraron mirándola fijamente.

—¿Detectives? —repitió Chastity.

Prudence asintió.

—Supongo que, si lo pensamos bien, eso es casi inevitable.

—¿Por dónde comenzarían a buscar? —se preguntó Constance—. Por *La dama de Mayfair*, por supuesto.

—Sí —dijo Prudence—, eso creo yo también. Podrían empezar por preguntar en todos los lugares donde se vende. Nadie nos conoce, por supuesto. Cuando vamos a buscar el dinero siempre lo hacemos con discreción pero… —movió la cabeza— hemos de tener más cautela. Quizá deberíamos ir el lunes a algunas de las tiendas donde lo dejamos…, la tienda de Hellen Miller, o Robert's en Picadilly…, para ver si ha habido alguna visita, o alguna pregunta poco habitual.

—Haremos la ronda —dijo Constance.

—Quizá eso nos deje más tranquilas. Ayudadme con el Stubb. —Prudence se dirigió a la pared del fondo de la habitación y corrió a un lado un gran cuadro de George Stubb que representaba una carrera de caballos. Constance lo sostenía por un lado mientras su hermana abría la caja fuerte y sacaba su contenido pasándoselo a Chastity.

—Hay tantos papeles aquí…; estoy segura de que gran parte de ellos están ya anticuados. —Rebuscó en el fondo de la caja fuerte para sacar los últimos documentos y, acto seguido, volvió a cerrar la puerta. Constance volvió a poner el cuadro en su lugar.

Chastity colocó el montón de papeles sobre el escritorio de cerezo que había bajo la ventana que daba al jardín.

—¿Quieres revisar tú éstos, Prue, mientras Con y yo miramos en los cajones del escritorio?

—Sí. Recordad que estamos buscando algo parecido a un

contrato mercantil. Cualquier documento que lleve el membrete de un bufete de abogados... o algo por el estilo.

—Jaggers, Tulkinghorn y Chaffanbass —dijo Constance mientras abría el cajón superior, sentada ante el escritorio.

—Te confundes de autores —observó Prudence mientras cogía el montón de papeles que había sacado de la caja fuerte y se dirigía al sofá que había delante de la chimenea—, Chaffanbass es un personaje de Trollope y no de Dickens.

—Lo sé —comentó Constance—. Simplemente suena bien. —Sacó una carpeta del cajón—. Así pues, ¿cuándo vas a ver de nuevo a nuestro abogado?

—Mañana. —Prudence hojeaba los documentos de su montón—. A una hora intempestiva. Me gustaría tener algo que mostrarle.

—Me pregunto por qué no te recibe en su despacho —dijo Chastity, que estaba arrodillada ante el armario que había al lado del escritorio—. Si te está preparando para cuando tengas que subir al estrado de los acusados, ¿por qué viene a buscarte en su coche?

—No tengo ni idea —respondió su hermana—. Este hombre es un misterio.

—Por supuesto, es domingo —indicó Constance. Miró hacia arriba percatándose de que Prudence no la estaba escuchando—. ¿De qué se trata?, ¿has encontrado algo?

—No estoy segura —dijo Prudence lentamente—. Hay una nota aquí, firmada por Barclay. Sin fechar. —Le dio la vuelta—. Se refiere a «nuestro acuerdo». —Frunció el ceño—. «Según nuestro acuerdo de la semana pasada, el calendario de pagos debería avanzarse para que nos beneficiáramos de la favorable situación del mercado actual. He sido informado por los accionistas de referencia que la tasa de interés subirá en el próximo mes para perjuicio nuestro.»

—Pero ¿no dicen a qué se refiere el acuerdo?

—No, Chas. Nada en concreto. Pero todo parece indicar que le está pidiendo dinero. Ojalá estuviera fechado.

—Déjame ver. —Constance se acercó al sofá y Prudence le entregó la nota—. Bueno, no es muy reciente —dijo Constance—. El papel tiene una mancha antigua..., aquí, en la parte inferior. —Señaló una mancha marrón—. Mira cómo se ha desvanecido la letra.

—Y el papel está amarillento —observó Chastity mirando por encima del hombro de su hermana—. Y la tinta ha perdido color.

—Seríamos buenas detectives —dijo Prudence—. Podemos suponer que tiene unos tres años más o menos, justo en la época en la que padre invirtió en el ferrocarril transahariano... Estamos hablando de tipos de interés, de calendarios de pagos...

—Pero no dice de qué se trata —comentó Constance.

—Quizá tuvieran un acuerdo verbal —sugirió Chastity—. Si Barclay estaba metido en algo fraudulento, seguramente no quería dejar nada por escrito.

—Estoy segura de que padre no hubiera aceptado involucrarse en algo de esta magnitud sin tener ningún documento que lo certificara —dijo Constance.

—¿Estás segura? —respondió Prudence con tono sombrío—. Un hombre que cree en una quimera como ésta en el desierto del Sahara...

Ninguna de ellas encontró argumento alguno para rebatírselo.

—Vamos a revisarlo todo con atención para asegurarnos de que no nos dejamos nada —dijo Prudence doblando la nota cuidadosamente—. Le entregaré esto a Gideon mañana. Quizá él le encuentre alguna utilidad.

Cuando hubo pasado otra hora, Prudence miró los montones de papeles con aire de desesperación.

—Ya basta —dijo ella—. Lo hemos repasado todo al dedillo. Debe de haber algo que aún podamos hacer. —Chastity tiró otra palada de carbón al fuego.

—¡El banco! —exclamó Prudence de repente—. Tenemos que lograr acceder a su estado bancario.

Desde el brazo del sofá donde estaba sentada, Constance dijo:

—El director del banco debe de conocerte a ti, Prudence, porque tú llevas las finanzas de la casa. Quizá te permita consultar los movimientos de las cuentas de nuestro padre.

Prudence movió la cabeza con gesto de negación.

—No, el señor Fitchley no. Se trata de alguien muy fiel a las normas y estoy convencida de que consideraría poco ético un examen sin autorización de una cuenta particular. —Se dirigió nerviosamente hacia la ventana y se quedó mirando hacia el jardín empapado por la lluvia mientras golpeaba el marco con sus dedos—. Pero quizá encontremos el modo de que padre me firme una autorización —dijo lentamente.

—¿Cómo? —preguntó Chastity.

Prudence se dio la vuelta y se quedó de pie apoyando la palma de las manos en el marco de la ventana que le quedaba detrás.

—Normalmente firma cuanto pongo ante sus ojos —dijo con un tono dubitativo; como si le estuvieran arrancando las palabras—; facturas, pedidos del servicio, esa clase de cosas. Normalmente ni se toma la molestia de comprobarlas. —Miró a sus hermanas en busca de complicidad.

—Eso sería de una falsedad tremenda —dijo Chastity con un leve suspiro—. Odio la idea.

—Todas la odiamos, corazón —dijo Prudence—. Pero no se me ocurre otra manera. Redactaré una autorización y la meteré entre los otros papeles, e intentaré pillarle esta noche antes de ir a casa de Con. Seguro que habrá comido bien con Barclay y para entonces se habrá tomado algún whisky, mientras se viste para la cena. No se lo mirará siquiera.

—¡Es horrible! —dijo Constance—. Pero no tenemos otra elección. Una vez consigas la autorización deberías ir al banco, el lunes a primera hora de la mañana.

—La redactaré ahora mismo. —Prudence se dirigió al secreter y tomó una hoja de papel con el membrete de su padre. Cogió su pluma y escribió: «A quien corresponda».

Sus hermanas se mantuvieron en silencio hasta que hubo acabado de escribir y de secar la tinta.

—Decidme si parece lo bastante oficial. —Les pasó el documento.

—Sería aún más convincente si pudiéramos conseguir el sello de papá para lacrar el sobre —dijo Constance dirigiéndose al escritorio—. Creo que lo guarda en este cajón. —Abrió el cajón superior—. Sí, aquí está. ¿Nunca lo cierra con llave?

Prudence negó con la cabeza.

—No, que yo sepa. ¿Por qué debería hacerlo? No espera que nadie lo vaya a abrir. —Había un deje de ironía en su apática voz. Volvió a mover la cabeza como si quisiera expulsar sus oscuros pensamientos—. Después de todo, lo estamos haciendo por su propio bien.

—Ésa es la pura verdad —afirmó Chastity—. Se trata de un caso en el que el fin, ciertamente, justifica los medios.

Prudence volvió a tomar el papel.

—Lo pondré entre otros papeles y acabaremos con esto esta misma noche.

—Debería irme a casa —comentó Constance poniéndose en pie—. Se trata de mi primera cena oficial como la señora Ensor.

—Oh, por cierto, ¿qué tal fue ayer por la noche en Downing Street —preguntó Prudence acordándose de repente.

Había estado tan ocupada con sus preocupaciones que se le había olvidado preguntar si había ocurrido algo durante la cena de los Ensor con el primer ministro.

Constance sonrió.

—Todo este asunto ha hecho que me olvidara de explicároslo. Cuando la señoras nos hubimos retirado, dejando a los hombres con su oporto y sus puros, el primer ministro le ofreció a Max el Ministerio de Transportes.

—¡Eso es maravilloso! —exclamaron sus hermanas al unísono—. Debe de estar encantado consigo mismo.

—Creo que hubiera preferido el Ministerio de Asuntos Exteriores o de Interior —dijo Constance con una mueca—. Incluso el de Economía, pero siempre hay que empezar por algo.

—Me parece increíble conseguir un puesto en el Gabinete habiendo sido parlamentario tan sólo un año —dijo Prudence.

—Sí, y a mí también. Y parece muy orgulloso de sí mismo, aún sonreía cuando se despertó esta mañana.

—Bien, podemos celebrarlo esta noche —dijo Chastity mientras acompañaba a su hermana a la puerta—. A las ocho en punto.

—Más o menos —dijo Constance besando a sus hermanas antes de correr escaleras abajo.

Prudence se vistió para la cena temprano y esperó en el salón hasta que escuchó los pasos de su padre en la escalera. Sacó la cabeza por la puerta.

—¿Vas a cambiarte, padre?

Lord Duncan se detuvo en dirección a su vestidor.

—Sí. No tardaré mucho. ¿A qué hora nos esperan?

—A las ocho. Cobham traerá el carruaje a menos cuarto

—dijo ella—. Cuando estés listo, me gustaría que firmaras unos cuantos pedidos y algunas facturas. Hay algunos documentos que tienen que ver con la granja en Romsey; los tejados de las casas de un par de inquilinos que requieren que les sean reemplazados. Me gustaría llevarlos a correos el lunes mismo.

Lord Duncan asintió complacido.

—Estaré en la biblioteca dentro de media hora.

Prudence regresó al salón y tomó el montón de papeles que había reunido. Lo hojeó por undécima vez y, como le había sucedido antes, el que quería que permaneciera oculto parecía resaltar entre los otros como un dedo hinchado. Pero eso era sólo porque ella sabía que estaba ahí, se dijo a sí misma.

Chastity entró en el salón, también vestida para la velada.

—Lo haremos juntas —dijo ella al percatarse de la expresión de preocupación de su hermana—. Vayamos a la biblioteca y esperémosle allí. Jenkins nos traerá jerez; tienes pinta de necesitar del coraje holandés.

Prudence asintió.

—Necesito algo, Chas. —Se dirigieron escaleras abajo cogidas del brazo. Jenkins estaba arreglando algunos crisantemos de un jarrón de cobre que había sobre la mesa del vestíbulo. Se giró para saludar a las hermanas.

—¿Dónde desean tomar el jerez, señorita Prue?

—En la biblioteca —respondió Chastity—. Lord Duncan se reunirá allí con nosotras en unos minutos.

—Entonces traeré el whisy también —comentó retirándose de la mesa para examinar su arreglo floral con ojo crítico—. No sé por qué será, pero no parezco tener su toque, señorita Chas.

—No es una cuestión de toque, Jenkins —comentó Chastity con una sonrisa mientras se acercaba a la mesa—. Con

los crisantemos lo único que hay que hacer es cogerlos así...
—sacó las flores del jarrón— y volverlos a soltar dejando
que sean ellos los que se recoloquen por sí solos. Ves. —Puso en práctica su comentario y las grandes flores cayeron formando una composición natural.

Jenkins movió la cabeza.

—Voy a buscar el jerez.

Chastity se rió y siguió a su hermana a la biblioteca. Prudence dejó los papeles sobre la mesa y se retiró hacia atrás mirándolos. Después se acercó a ellos de nuevo y los puso en orden, alisando la hoja que había encima.

—No quedan muy naturales —dijo—. Quizá debiera dárselos o ponérselos delante cuando se siente. ¿Qué crees?

—Creo que si no te relajas, Prue, vas a hacer que sospeche algo en cuanto entre. —Chastity se apoyó en el secreter y movió un poco los papeles como si los acabaran de dejar allí—. ¿Dónde está su pluma? Oh, aquí está. La pondré al lado de los papeles. Ahora nos sentamos y cuando entre se los puedes señalar de manera informal y pedirle que los firme.

—¿Cómo puedes estar tan tranquila? —preguntó su hermana, sentada en el sofá.

—Porque tú no lo estás —replicó Chastity—. Basta con que una de las dos se ponga nerviosa.

Esto hizo sonreír a su hermana justo en el momento en el que Jenkins entraba con la bandeja. Lord Duncan lo seguía.

—Ah, bien, Jenkins, whisky. Parece leer usted mi mente.

—Padre, siempre tomas whisky a esta hora de la tarde —dijo Prudence suavemente—. No hace falta que Jenkins sea un telépata para saber eso. —Se levantó del sofá de una manera normal—. Los papeles que necesito que firmes están sobre tu escritorio. Creo que hay una pluma también. Oh, gracias, Jenkins. —Tomó una copa de jerez de la bandeja y se alegró de percatarse de que sus manos no temblaban. Volvió a sentarse en el sofá.

Lord Duncan tomó un buen sorbo de su whisky y se colocó tras el escritorio. No se tomó la molestia de sentarse, simplemente cogió la pluma y empezó a firmar los papeles.

—¿Sabías que le han ofrecido a Max el Ministerio de Transporte? —preguntó Prudence rápidamente en cuanto éste hubo firmado un pedido y hojeaba el papel que había debajo.

—¿Es la factura del herrero? —preguntó llevándose la hoja a los ojos—. No reconozco el nombre.

—No, es nuevo. Ha sustituido a Beddin —dijo Prudence—. ¿Has oído lo que te he dicho acerca de Max?

Lord Duncan plasmó su firma sobre el papel y lo puso a un lado. La carta de autorización de su hija estaba ahora a su vista. A Prudence le pareció que ésta llamaba la atención de su padre a gritos.

—Max —dijo ella—. Ayer cenaron en Downing Street y el primer ministro le ofreció un puesto en el Gabinete.

Su padre alzó la vista.

—Bien, eso es espléndido —declaró—. Siempre supe que este chico llegaría lejos. Constance acertó en su elección. ¿De Transporte, has dicho? —Firmó la carta de Prudence mientras discurría.

—Sí —dijo Chastity acercándose a la mesa. Se apoyó en ella y empujó los papeles ya firmados hacia un lado metiendo la carta de autorización bajo el montón—. Constance bromeó con que hubiera preferido el Ministerio de Economía o el de Interior pero, por supuesto, está muy complacido. —Puso en orden el resto de papeles que tenía delante. Sólo quedaban un par más.

—Oh, sí —dijo al verlos, y prosiguió con su tarea—. Deberíamos llevar algo para celebrarlo esta noche. ¿Qué os parece una botella de Coburn?, el reserva de veinte años, Prudence. Pídele a Jenkins que me traiga una.

—Sí, padre. —Prudence se dirigió a la puerta consciente de que sus piernas parecían de gelatina y que las palmas de sus manos estaban mojadas de sudor—. Me parece que sólo queda una botella.

Su padre suspiró profundamente.

—Esto parece ser el pan de cada día. Cada vez que pido algo especial, sólo queda una botella... y eso si tenemos suerte de que quede alguna. No importa. Tráela igualmente. No pasa cada día que al yerno de un hombre le concedan un puesto en el Gabinete.

Prudence salió de la biblioteca y permaneció por un breve instante en el vestíbulo apoyándose contra la puerta mientras esperaba a que su corazón se calmara. Se había quedado petrificada en el momento en que el papel en cuestión había aparecido ante los ojos de su padre. Pero ya estaba hecho. Daba gracias a Dios por la astucia de Chastity. Lo único que quedaba por hacer era visitar al señor Fitchley en el banco Hoare en Picadilly. Algo tenía que haber allí.

—Aquí. —Prudence, lacró el sobre que contenía la autorización del banco con el sello de su padre. Miró por la ventana de la biblioteca. Aún no había amanecido y sólo Chastity y ella estaban despiertas en la silenciosa casa. Lord Duncan roncaba sonoramente tras una larga noche de *bridge* y cantidades sustanciosas de reserva Coburg del 1820.

—Volvamos a la cama —sugirió Chastity, poniéndose la bata de noche.

—Ve tú, yo estoy demasiado despierta —dijo su hermana al tiempo que volvía a guardar el sello en el cajón—. Me haré un té y leeré un poco. De todas formas tengo que estar lista para salir a las ocho y media.

—No son ni las seis —señaló su hermana bostezando—. Te veré en el desayuno.

—A las ocho en punto —dijo Prudence cerrando el cajón con suavidad. Miró a su alrededor para asegurarse de que todo estaba en orden. Y acto seguido apagó la lámpara de gas y siguió a Chastity fuera de la habitación.

En la casa de Pall Mall también Gideon estaba ya en pie al alba. Raramente dormía más de unas pocas horas durante la noche y se sentía más despierto de lo normal. No podía quitarse a Prudence Duncan de la cabeza. Se sentía retado por ella; como si se tratara de un caso que tuviera que ganar. No la había visto el día anterior, pero no había dejado de pensar en ella… o mejor, se corrigió a sí mismo... en el caso y el papel que ella desempeñaba. Parte de su trabajo como abogado era el de entrenar a los testigos. Y puesto que Prudence Duncan iba a ser la única testigo con la que contaría, no podía permitirse ningún error.

Abrió el grifo del agua caliente del lavabo y empezó a afeitarse. Mientras enjabonaba su cara con lentos movimientos circulares, reflexionó sobre las cuestiones del día. Había decidido que su próximo encuentro debía tener lugar en un entorno diferente, algún lugar alejado del contexto oficial y los libros de derecho. Incluso la biblioteca de su propia casa parecía una oficina. Quería ver cómo era ella cuando estaba relajada, en un contexto más social. Guardó su navaja de afeitar frunciendo el ceño ante su reflejo en el espejo. Quería atraparla por sorpresa. Sería una mejor testigo si no se ponía a la defensiva, en actitud de combate o de reto. Había provocado esta respuesta en ella y tenía que admitir que no siempre era de manera intencionada. Cuando estaban juntos reaccionaban de un modo extraño, como el aceite con el agua, y él no podía entender por qué, pero tampoco lo podía controlar. De todas formas, había intentado conscientemente ver cómo respondería bajo presión. Sabía por su propia experiencia que ni el juez ni el jurado empatizarían con ella en ese estado.

Se lavó la espuma de la cara sumergiéndola en una toalla humeante y emitió un ligero suspiro de placer. Se miró atentamente al espejo para asegurarse de que no se había dejado ningún espacio sin afeitar antes de meterse en la bañera. Se sumergió en el agua preguntándose si el día que había planificado para ellos dos llegaría a buen término.

Él pretendía... no, necesitaba... suavizar sus reacciones, persuadirla de que tendría que responder a las preguntas de los hombres del tribunal y buscar la empatía masculina. Convencerla de esa necesidad no sería una tarea fácil. No se hacía ilusiones al respecto. Ella lo percibiría inicialmente como una debilidad, como la evidencia de que su caso no era justo si tenía que actuar para ganarlo. Pero si podía llevarla al estado mental adecuado, uno en el que ella perdiera su actitud combativa de manera natural, entonces quizá tendría más oportunidades, eso siempre que no la retara involuntariamente. Desde luego, aquella mujer era evidentemente suspicaz.

No obstante, se sentía bastante optimista cuando bajó al salón del desayuno. Sarah, en vestido de montar, estaba comiendo huevos revueltos. Lo saludó con una espléndida sonrisa.

—Milton ha dicho que iba a buscar el coche. ¿Vas a algún lugar, papá?

—A dar una vuelta por el campo —dijo él flexionándose para besarle la frente.

—Hay riñones para ti. —La niña señaló la bandeja cubierta que había en el aparador.

—¿Vas de excursión tú sólo?

Gideon se sirvió riñones en el plato.

—No —dijo él—. Con una cliente. —Se sentó y cogió el periódico.

—¿Con la señorita Duncan?

Cómo podía haberlo adivinado. Miró a su hija con cara de enojo por encima del *Times*.

—Así es.

—Pero normalmente no ves a tus clientes en domingo, y no vas de excursión con ellos. —Bebió de su taza de leche y cogió una tostada de la cesta.

—Siempre hay una primera vez para cada cosa.

Sarah untó su tostada con mantequilla y mermelada.

—¿Te gusta la señorita Duncan? —Había algo evidentemente informal en su tono. Su padre se encogió de hombros y volvió a la lectura girando la página del periódico con un gesto decisivo.

—Ésa no es la cuestión. Ella es mi cliente.

—¿Crees que es guapa? —La pregunta se perdió entre la tostada con mermelada que tenía en la boca.

—No hables con la boca llena.

Ella tragó y se limpió la boca con la servilleta.

—Pero ¿crees que es guapa?

Gideon dobló el periódico por la mitad.

—No —dijo definitivamente sin levantar la vista del periódico—. Ésa no es una palabra que yo emplearía para describir a la señorita Duncan.

Sarah pareció decepcionada.

—Yo creo que sí lo es.

—Bien, tienes derecho a tener una opinión. —Dejó el periódico sobre la mesa y la miró preguntando con tono suave—: ¿Tú qué planes tienes para hoy?

—Oh, esta mañana voy a montar a caballo con Isabelle. Y después ella vendrá a casa conmigo. La señora Keith nos hará pollo asado para comer y budín *blancmange* de postre. Ayer fuimos a la exposición de Madame Tussaud. —Sus ojos resplandecían—. Hay una cámara de los horrores real, con una guillotina francesa de verdad. Bueno, de cera, por supuesto, pero dicen que no se distingue la diferencia.

Gideon hizo una leve mueca.

—Supongo que sí la distinguirías si tu cabeza estuviera bajo ella.

Sarah se rió.

—Eres tan tonto, papá. Por supuesto que podrías distinguirla. La de cera se doblaría.

Él se rió con ella.

—¿Te llevó Mary?

—No, la institutriz de Isabelle. Mary ha ido a visitar a su hermana este fin de semana. ¿Te has olvidado?

—Pues me figuro que sí. ¿No deberías ir preparándote?

Sarah empujó su silla hacia atrás y se dirigió a él, que le puso el brazo alrededor de la cintura y la abrazó con fuerza.

—Vigila con no caerte del caballo.

Ella se rió ante lo absurdo de la idea y lo besó en la mejilla.

—¿A qué hora volverás?

—No lo sé exactamente. Es una excursión bastante larga, así que posiblemente ya estarás en la cama. —Ella asintió despreocupadamente y salió de la habitación. Gideon, aún sonriendo, volvió a sus riñones y al periódico en paz.

El Rover negro se detuvo ante la casa puntualmente a las ocho y media de aquella mañana.

—Ya está aquí —dijo Chastity desde la ventana del salón, desde donde había estado observando la plaza—. Lo conduce él mismo, sin chófer. Se le ve muy elegante esta mañana. Coge tus cosas y yo correré abajo a decirle que vienes enseguida. —Salió apresuradamente del salón.

Prudence se dirigió a su habitación, donde estudió su reflejo durante un momento en el espejo del tocador. Se alisó la chaqueta de su vestido de lana color morado por la parte de las caderas y sacudió los pliegues de su larga falda, que llevaba un borde de color rojo oscuro. Era consciente de su nerviosismo; su corazón latía algo más rápido de lo habitual y su tez, habitualmente blanca, estaba tintada de rosa. No podía imaginar por qué se sentía tan inquieta. Gideon Malvern no la inquietaba.

¿O sí?, era una idea ridícula. Lo había controlado perfectamente bien desde su primer encuentro y aunque su sesión preparatoria de hoy podría ser un poco desagradable, sabía que sólo estaba planteada para que ella se preparara para aquello, aún más desagradable, que se encontraría en los tribunales. Pero no podía evitar desear que sus hermanas fueran con ella de excursión. La unión hace la fuerza. Pero ¿para qué necesitaba fuerza?, se preguntó a sí misma. Él era un hombre justo, un hombre absolutamente normal. Había estado a solas con hombres en varias ocasiones y, sin embargo, nunca se había sentido tan nerviosa como hasta ahora.

Movió la cabeza para deshacerse de los pensamientos que la embargaban y se puso el abrigo de seda y alpaca beige que protegería su vestido del polvo de la carretera. Se anudó un pañuelo grueso de seda sobre el sombrero de fieltro. Siempre podría dejar caer el pañuelo sobre su cara si había demasiado polvo. Pero ¿adónde iban a ir? ¿Por qué la había venido a buscar en coche? Quizá tan sólo fueran a su casa de nuevo y él estaba siendo excesivamente cortés en venir a recogerla en plena luz del día. No, decidió. Ésa no era la manera de actuar de Gideon.

Se puso los guantes de piel, cogió su bolso, el pañuelo, el bloc de notas, un lápiz y la nota de lord Barclay, lo metió todo en los bolsillos de su abrigo y se dirigió escaleras abajo.

Gideon y Chastity estaban hablando en el vestíbulo con la puerta principal entreabierta detrás de ellos. Él llevaba un abrigo de piel de lobo y un gorro de conductor con gafas y orejeras. Definitivamente, iba vestido para algo más que un paseo por las calles de Londres.

Él se giró y le sonrió al tiempo que ella descendía por las escaleras. La sonrisa desapareció de repente.

—No —dijo con decisión—. Esto no servirá.

—¿El qué? —preguntó ella, sorprendida.

—Lo que llevas puesto. Te vas a helar. Está soleado pero hace frío.

—Pero no pasaremos mucho rato en el coche —protestó ella.

Él ignoró la pregunta y simplemente repitió:

—Te vas a helar. Debes ponerte algo que caliente más.

—¿El abrigo de pieles? —sugirió Chastity con un leve encogimiento de hombros.

—Parece tan innecesario. Estamos en octubre y luce un sol magnífico.

—Si tienes un abrigo de pieles, realmente te sugiero que te lo pongas —dijo él haciendo un esfuerzo por sonar conciliatorio—. Confía en mí, lo necesitarás.

Prudence dudó. Por un momento casi se rió porque el esfuerzo que él estaba haciendo para controlar su habitual tono imperativo era evidente. Estuvo a punto de indicárselo, pero finalmente decidió honrar su intento. Volvió a girarse en dirección hacia las escaleras.

Las hermanas habían heredado de su madre un abrigo de piel de zorro gris con sombrero y manguito, además de tres hebras de perlas. Ellas compartían tanto las joyas como las pieles en función de quién las necesitara más en un momento determinado. Prudence las sacó del armario de cedro que había en el cuarto de la ropa, donde habían estado guardadas durante el verano y cogió el abrigo. Olía levemente a cedro pero, a diferencia del vestido que había llevado la otra noche, no olía a naftalina.

Dejó el abrigo que llevaba puesto a un lado y se puso el de pieles. Se sintió inmediatamente sumida en un aura de lujo y elegancia. Era una pieza de ropa maravillosamente extravagante con un cuello alto que acariciaba su cuello. El sombrero encajaba perfectamente en su cabeza ocultando las orejas pero permitiendo la visión de los cabellos castaños, cuidadosamente peinados, que caían sobre su frente. Metió las manos en el manguito y decidió con una mueca que, aunque se asara de calor, valía la pena llevarlo aunque sólo fuera por el efecto que causaba. No necesitaba un espejo que le mostrara que estaba realmente imponente. Se tomó un momento para transferir el contenido de los bolsillos de su abrigo al manguito y a continuación se dirigió escaleras abajo.

Chastity aún estaba en el vestíbulo pero no había señales de Gideon.

—Tienes un aspecto soberbio, Prue.

—Lo sé —dijo Prudence—. Este abrigo siempre produce ese efecto independientemente de quién lo lleve. ¿Dónde está él?

—Había dejado el coche en marcha y no le hacía gracia dejarlo desatendido.

—¿Ha dicho adónde íbamos?

Chastity movió la cabeza con gesto de negación.

—Intenté preguntárselo pero sólo dijo que posiblemente llegarías tarde esta noche y que no nos preocupáramos, que estabas en buenas manos.

—¡Por Dios!, este hombre es imposible —exclamó Prudence—. Es que se cree que a las mujeres nos gusta que nos lleven de aquí para allá de ese modo sin decir nada.

—Creo que no puede evitarlo —dijo Chastity riendo entre dientes.

El ruido de un claxon afuera las hizo saltar a las dos. Jenkins cruzó el vestíbulo para abrir la puerta.

—Me temo que sir Gideon está esperándola, señorita Prue.

—Me pregunto cómo lo habrá adivinado usted —dijo ella. Luego le dio un beso rápido a Chastity—. Te veré más tarde.

—Buena suerte.

Prudence dudó.

—¿Para qué necesitaría yo buena suerte, Chas? —preguntó Prudence.

Chastity se encogió de hombros.

—No lo sé, simplemente parece que quizá la puedas necesitar.

Sonó otra vez el claxon, y Prudence alzó la vista mirando al cielo y emitiendo un suspiro, y se apresuró a salir.

Gideon estaba con un pie dentro del coche y una mano sobre el claxon que había en el salpicadero. Sus ojos parecieron abrirse más cuando vio a Prudence bajar los escalones.

—Debería tener un trineo tirado por caballos y un lago ruso helado para ti —observó.

—Los caballos ya habrían huido en estampida con el alboroto que estás armando —dijo Prudence con aspereza—. No había necesidad de eso.

—Lo sé. Lo lamento —dijo él—. Intento moderarme pero soy un poco impaciente, me parece. —Le abrió la puerta echando tierra sobre su tono de disculpa cuando añadió—: Pero ya te acostumbrarás a mí.

—No creo que eso sea posible —murmuró Prudence mientras subía al coche.

—Perdona, ¿puedes repetirlo? —Él permaneció de pie sujetando la puerta.

—Nada —dijo ella con una dulce sonrisa—. Tengo la costumbre de hablar conmigo misma. Ya te acostumbrarás a mí. —Colocó sus piernas cuidadosamente bajo el salpicadero.

Él levantó las cejas, cerró su puerta y fue a su asiento.

—Sería bueno que te pusieras esto. —Rebuscó por el asiento trasero—. Aquí. —Le pasó unas gafas de lentes ahumadas que tenían la montura de metal y piel—. Éstas deberían encajar bien sobre tus gafas.

Él mismo se puso unas mientras Prudence examinaba las que él le había dado.

—¿Para qué las necesito?

—Para proteger tus ojos, por supuesto. El aire puede ser molesto cuando conduces. —Puso la marcha del coche y éste se puso en movimiento suavemente.

—Debes necesitar dormir muy poco si siempre empiezas el día tan temprano —dijo Prudence, jugueteando aún con las gafas entre las manos—. Después de todo, estamos en fin de semana.

—Discúlpame si he perturbado tu sueño —dijo él, alegremente—. Pero incluso a veinte millas por hora, tardaremos casi tres horas en llegar a donde vamos.

—¡Tres horas! —Prudence se giró y lo miró fijamente—. ¿Adónde diablos vamos?

—Es una sorpresa —dijo él—. Como ya te dije, creo, la sorpresa es frecuentemente la esencia de una campaña exitosa.

—En los tribunales —dijo ella.

—Oh, allí desde luego —asintió con risa—. Pero, como bien has dicho, hoy es domingo, así que no hablaremos del tema.

—Pero pensaba que íbamos a practicar para el juicio.

—Bien, y de algún modo eso es cierto, pero no de la forma en que lo hemos estado haciendo hasta ahora. No queremos desperdiciar un bonito día tensando demasiado la cuerda. Además, por norma general, no me gusta trabajar en exceso durante el fin de semana. Así me aseguro de mantener la mente lúcida.

Prudence no pudo pensar en ninguna respuesta inmediata. Estaba sentada en este coche yendo a donde sólo Dios sabía, por razones desconocidas, con un hombre que le desagradaba cada vez más.

—Así que has mentido —dijo finalmente—. Sólo para persuadirme de que pasara el día contigo.

—Eso es un poco duro —protestó él sonriendo levemente—. Ya te dije en una ocasión que conocerte era una parte muy importante de mi preparación.

Ella podía poner pocas objeciones puesto que se trataba de un objetivo perfectamente lógico.

—Hubiera pensado que al menos pasarías los domingos con tu hija —dijo ella.

—Oh, Sarah tiene mejores cosas que hacer este domingo —respondió él—. Su día está lleno hasta el último minuto, no tiene tiempo para su padre.

—Ya veo. —Estaban tomando velocidad y se percató de que el viento le estaba haciendo llorar los ojos. Resignada, se puso las gafas y miró a su acompañante.

Por alguna razón él estaba sonriendo y, aunque no pudiera ver sus ojos a través de las gafas, sabía que habría pequeños destellos brillando en su fondo gris. Su boca no se había tornado menos sensual desde la última vez que lo viera y la curva de su barbilla parecía aún más pronunciada. Dejó de observarlo y miró hacia el frente metiendo sus manos en el manguito—. Así pues, ¿adónde vamos, Gideon?

—A Oxford —dijo él—. Deberíamos llegar justo a tiempo para comer en el Randolph. Después, si no hace demasiado frío, he pensado que tal vez podríamos ir a pasear en barca por el río. Pero vas tan bien ataviada que, desde luego, no importaría que nevara.

—¿Vamos a recorrer cincuenta millas de ida y cincuenta de vuelta en un solo día?

—Me encanta conducir —dijo él con una sonrisa complaciente—. Y me encanta este coche. Podría recorrer veinte millas en él sin ningún problema. Hace un día precioso, aunque un poco fresco. ¿Tienes alguna objeción?

—No se te ha pasado por la cabeza que quizá tuviera planes para esta tarde —dijo ella con seriedad.

—Sí, pero asumí que me hubieras enviado un mensaje si mi invitación no hubiera sido conveniente. —La miró y su sonrisa se volvió más profunda—. Intenté en todo lo posible hacerlo sonar como una invitación y no como una orden. Espero haber tenido éxito.

A Prudence no le quedó más remedio que asentir.

—Ha sido una solicitud más amable de lo normal, viniendo de ti —dijo ella.

—Oh, eso es tan poco generoso por tu parte —exclamó él—. Estoy intentando cambiar mi comportamiento y no me das el menor crédito.

—No me interesan tus modales en lo personal —afirmó ella—. Sólo me importa cómo te comportas en los tribunales. Y, a ese respecto, tengo cierta información que quizá te interese.

La señorita Duncan era dura como una nuez, tal y como él había esperado, reflexionó tranquilamente. Las mujeres normalmente le respondían con suavidad cuando empleaba su encanto. Quitó una mano del volante y la elevó en el aire.

—Déjame disfrutar un poco de mi domingo, Prudence. Deja que despeje un poco mi mente. Ya habrá tiempo suficiente para trabajar más tarde.

No había nada que ella pudiera decir a ese respecto. El hombre tenía derecho a descansar y relajarse un poco de vez en cuando. Sus dedos tocaron el bloc de notas que llevaba en el manguito. Había aún un tema por explorar.

—Bien, quizá podemos tratar otro asunto —dijo ella sacando el bloc—. Puesto que vamos a estar sentados juntos durante las próximas tres horas, quizá podríamos aprovechar el tiempo haciendo algo productivo. —Abrió el bloc y mordisqueó el lápiz pensativamente.

Gideon pareció un poco alarmado.

—¿De qué estás hablando?

—Te has olvidado de que tenemos el encargo de encontrarte una candidata adecuada para convertirse en tu esposa —preguntó Prudence.

Él suspiró.

—No, otra vez no. No estoy de humor, Prudence.

—Lo siento —dijo ella—. Pero accediste a considerar nuestras sugerencias. Si te encontramos una esposa eso puede marcar la diferencia entre el veinte por ciento y el cien por cien de nuestros honorarios. Y para nosotras ése es un asunto capital.

Él movió la cabeza.

—Eres como un terrier. De acuerdo, si quieres jugar a este juego, juguemos entonces.

—No es un juego —dijo Prudence—. E insisto en que lo abordes con seriedad. Hemos redactado una lista de cualidades que consideramos que tal vez sean importantes para ti. Si pudieras asignar un número en una escala del uno al cinco a cada una de ellas, sería de gran ayuda.

—Dispara —invitó él, intentando poner una cara lo suficientemente seria.

Prudence lo miró con cara de sospecha. No podía ver sus ojos tras las gafas, pero la comisura de sus labios insinuaba una sonrisilla.

—Primero, edad —comentó ella—. ¿Tienes alguna preferencia?

Él apretó los labios.

—No creo.

—¡Debes de tener alguna idea! —exclamó Prudence—. ¿Qué te parece la idea de alguien en la primavera de sus días?, ¿o preferirías conocer a una mujer más madura?

Pareció reflexionar mientras adelantaba velozmente a un carro de caballos. El conductor maldijo amenazándoles con el látigo ante el espanto del caballo, pero el coche salió disparado entre una nube de polvo.

—Cualquier día de éstos, la gente dejará de girarse cuando vea un coche —observó Gideon—. Ésta será la única manera de desplazarse.

—En ese caso deberán hacer algo con las carreteras —comentó Prudence, cuando el coche pasó violentamente sobre un bache—. No están diseñadas para algo que va a esta velocidad.

—El Royal Automobile Club está negociando en el Parlamento que se construyan mejores carreteras. ¿Te sientes traqueteada?

—No, estoy muy cómoda —dijo ella—. Pero te ruego que no dejes que mi falta de comodidad en las próximas tres horas altere tus planes en lo más mínimo.

—No está tan mal —dijo él—. Y pararemos a tomar café en Henley. Tengo que llenar el depósito y así podrás estirar las piernas.

—Oh, está bien tener algo bueno que esperar. —Regresó a su bloc de notas—. Aún no has respondido a mi pregunta. ¿Qué edad querrías que tuviera tu esposa? Con un margen de cinco años.

—La juventud extrema es tediosa para un hombre de mi edad. Y también lo es la falta de experiencia. No tengo ningún interés en instruir a una virgen en el arte de la cama.

Esto, reflexionó Prudence, era bastante más información de la que su pregunta implicaba. No obstante, cuanta más información obtuvieran, más fácil sería encontrarle una pareja adecuada. Simplemente asintió como si diera su comentario por sentado.

—¿Así que te gustaría una mujer madura?

—Madura… a ver, no estoy seguro de eso —respondió—. Ésa es una palabra que me trae a la mente imágenes de solteronas desesperadas y viudas que languidecen. No creo que ninguna de esas dos categorías me satisficiera. Por supuesto —añadió—, habréis tenido en cuenta la dificultad de encontrar una candidata para un cuarentón con una hija de diez años...

—Pensamos que esas dificultades serían más relevantes para una mujer que para un hombre —dijo Prudence—. Tienes mucho en tu haber.

—Oh, qué amable. Me siento halagado.

—Pues no lo hagas. Simplemente me refiero a que tu profesión y tu situación financiera quizá compensen esa desventaja entre las más firmes adherentes al código social.

—Oh, ya veo. Soy un buen partido.

Prudence sintió la necesidad de reír. La reprimió con seriedad y dijo:

—Así pues, ¿estamos buscando a alguien a principios de los treinta?, que no tenga más de treinta y cinco. Ya sé que no te gustó la idea de Agnes Hargate y su hijo, pero ¿te desagradan las viudas en general?

—No, siempre y cuando no estén decrépitas para su edad. Y tampoco me importaría una soltera, siempre y cuando no esté desesperada por solucionar su soltería. —La miró—. Pero creo que treinta y cinco es demasiado mayor para lo que tenía en mente. Quizá pudierais encontrarme a alguien al final de la veintena. —Asintió—. Sí, cuanto más lo pienso, más me convence la idea de que el final de la veintena sería una edad ideal.

—Correcto —dijo Prudence tomando nota—. Esto nos da algo con que empezar. —Sabía perfectamente lo que él pretendía, pero no iba a permitírselo. Quería desconcertarla. Respiró profundamente y preguntó en tono informal—: ¿Tiene que ser guapa?

—La belleza está en el ojo de quien mira.

—No seas simple. ¿Te importa la apariencia de una mujer?

—Dejemos de lado esta pregunta. No conozco la respuesta —dijo él en tono serio por primera vez desde que habían empezado a hablar.

Prudence se encogió de hombros.

—¿Formación? ¿Cuán importante es para ti eso en una escala del uno al cinco?

—Bien, hace una semana hubiera respondido dos y medio, pero ahora, definitivamente, un cinco.

Prudence lo anotó. Él la volvió a mirar.

—¿No vas a preguntarme qué es lo que me ha hecho cambiar de opinión?

—No —dijo firmemente—. No es relevante. ¿Qué tipo de personalidad te gusta?

—Dócil y apacible —dijo finalmente—. Una mujer que sepa cuál es su sitio, cuándo morderse la lengua y quién manda en casa.

Eso ya era el colmo. Prudence cerró el bloc y lo metió en el manguito.

—Vale, si no te lo tomas en serio...

—Pero he respondido a tu pregunta —protestó—. ¿Es que asumirías que alguien arrogante, engreído y petulante como yo aceptaría a una compañera que tuviera otras cualidades...?

—¡Cualidades! —interrumpió Prudence—. Eso no son cualidades, son vicios.

—Ah. Me doy por corregido. —Giró por una estrecha carretera en la que había una señal que indicaba: «Henley, 2 millas».

Prudence se quedó en silencio observando el paisaje otoñal que pasaba ante sus ojos a través de los vidrios ahumados de sus gafas, con el ruido del viento ensordeciendo sus oídos. Los campos eran una manta de rastrojos marrones y las cercas estaban repletas de jugosas moras y frutos del acebo color carmesí.

—¿Y crees que son vicios que yo tengo? —La pregunta de Gideon, formulada con una voz dulce, la distrajo de su momento de ensoñación.

—Te lo he dicho antes. No me interesa nada acerca de ti que no tenga que ver con tu habilidad para resolver este caso —afirmó ella.

—Entonces, hablemos de ti —dijo él—. ¿Has estado alguna vez tentada por el matrimonio, Prudence?

—¿Qué tiene que ver esta pregunta con nuestro caso?

Parecía como si estuviera reflexionando antes de decir:

—Preferiría que no te presentaras ante el tribunal con la actitud de una resentida soltera con mal genio que odia a los hombres. —Prudence inspiró profundamente pero él prosiguió sin inmutarse—: Como te he comentado antes, puedes dar por sentado que los abogados de Barclay harán todo lo posible para ponerte en una situación desfavorable. Quisiera presentar ante ellos a una dama con el corazón fuerte, decidida y combativa, que lucha por defender a las menos favorecidas de su propio sexo del dolor y la explotación. Una mujer dulce en el habla pero con resolución. Una mujer que está dispuesta a mostrar su mejor cariño hacia la especie masculina, menos para aquellos que no la merezcan.

Prudence se giró un poco en su asiento sintiéndose, por un momento, insegura de sí misma.

—¿Crees acaso que no proyecto una buena imagen de mí misma?

De nuevo, reflexionó antes de responder.

—A veces. Cuando te enfurecen. Me gustaría que pudieras controlar esa reacción.

—Porque intentarán provocarla en el juzgado.

—Creo que deberías estar preparada para eso.

Prudence se quedó en silencio. Tenía todo el derecho a decirle aquello y no podía evitar admitir que había gran parte de verdad en sus palabras. Pero se trataba, no obstante, de una observación amargamente incómoda.

12

Conducían por la calle principal de Henley-on-Thames. Las aceras estaban extraordinariamente concurridas por los peatones que paseaban aquel domingo por la mañana, y las márgenes del río, cubiertas de hierba, estaban repletas de personas disfrutando del sol. Había algunas barcas en el río y Prudence sintió que el aire se había tornado más cálido. Pero eso, por supuesto, quizá tuviera que ver con el hecho de que habían reducido la velocidad en gran medida y empezaba a sentirse como una osa hibernando dentro de aquel chaquetón de pieles.

Gideon giró el volante y cruzó bajo el arco del patio adoquinado de un hostal isabelino. Detuvo el coche y se apeó. Prudence estaba tan desesperada por bajarse que no esperó a que él fuera a abrirle la puerta. Se masajeó la espalda de manera poco elegante, pues ésta se le había quedado medio dormida a causa del largo viaje.

—Entra y pide café —comentó él—. Iré dentro de unos cinco minutos, cuando haya llenado el depósito. —Sacó una lata del maletero del coche donde decía «Pratss, aceite para vehículos».

Prudence flexionó la espalda y se quitó el gorro y el abrigo de pieles.

—Hace demasiado calor para esto. —Lo dejó en el asiento del copiloto—. Te veré dentro.

El Dog and Partridge tenía una bonita antesala. Una sonriente camarera le dijo a Prudence que traería café y bollos con mermelada inmediatamente y la acompañó al lavabo de señoras. Cuando salió, refrescada y con el cabello peinado, encontró a Gideon sentado junto a la ventana sirviendo el café.

—Sugiero que demos un paseo por el río, pero quiero estar en Oxford para la comida —dijo cuando ella se hubo sentado.

—¿Por qué tenemos que ir tan lejos? ¿Por qué no nos quedamos aquí? —Prudence tomó un bollito de la bandeja.

Gideon frunció el ceño como si estuviera sorprendido por la pregunta.

—Tenía la intención de llegar hasta Oxford —dijo él.

—Pero podrías cambiar de idea —dijo Prudence, mirándolo con aire interrogativo. Sospechó que quizá eso no pudiera ser.

Como confirmando su sospecha, dijo él:

—Cuando hago un plan, me gusta cumplirlo.

—¿Te gusta o lo necesitas?

Puso azúcar en su café mientras reflexionaba cuidadosamente. No era una pregunta que se hubiera formulado nunca, pero su respuesta fue tajante.

—Lo necesito —dijo. La miró con una sobria sonrisa—. ¿Me hace eso ser rígido y pedante?

Ella asintió y bebió su café.

—Eso diría yo. Tendré que tener esto en cuenta cuando busque candidatas. Algunas mujeres pueden encontrar reconfortante… saber que su pareja no va a cambiar de opinión.

—Algo me dice que tú no eres una de ellas —observó él antes de morder su bollo.

—Has dado en el clavo —respondió con una fría sonrisa al tiempo que partía su bollo en dos.

—Parece que nos estamos concentrando en cantar mis defectos esta mañana —observó Gideon—. Esperaba que pasáramos un agradable día conociéndonos.

—¿No es eso lo que estamos haciendo, incluyendo los defectos? —preguntó ella—. Y, en referencia a eso, si el abogado de Barclay va a atacarme, ¿no sería mejor que me dijeras con qué tipo de preguntas crees que me puede hostigar?, sus dardos envenenados, por así decirlo. Tal vez entonces pueda responderle con la debida compostura.

—Ésta es una de las tácticas que estaba intentado emplear hoy —asintió él—. Pero cada vez que empiezo a preguntarte algo, me atacas con la ferocidad de un ejército de termitas.

—Ah, pero eso es porque no me había dado cuenta de que se trataba de una táctica. Ahora que ya sé que es un entrenamiento y que no estás expresando tus opiniones, intentaré moderar mis respuestas. —Se quitó las gafas y las limpió con la servilleta, sin ser consciente de que se trataba de un acto reflejo que hacía cuando sentía que tenía la sartén por el mango—. ¿Estoy en lo cierto al asumir que no estás expresando tus opiniones?

—No importaría si lo estuviera haciendo o no. Lo que yo piense no tiene importancia. —Puso la taza de café sobre la mesa y se acomodó en el sillón de piel. La luz era tenue bajo aquel salón de techo bajo y las ventanas acristaladas no permitían que entrara mucha luz solar. En la penumbra se percató del brillo de tono cobrizo de sus cabellos y cómo el verde de sus ojos resplandecía en el óvalo rosado de su tez.

—Por responderte a una pregunta anterior —dijo él—, he decidido que la apariencia personal de una mujer es muy importante para mí.

Prudence dejó la taza sobre la mesa.

—Entonces, debe ser bella.

Gideon movió la cabeza con gesto de negación.

—No, de ninguna manera. Interesante..., poco convencional. Ésos son los adjetivos que emplearía yo.

—Ya veo.

—¿Es que no vas a anotar eso?

—Mi bloc se ha quedado en el coche. —Quería lanzarle una mirada de furia. Quería sonreírle. Pero el instinto le decía que no debía hacer ninguna de las dos cosas, no, a menos que estuviera preparada para bajar la guardia. La estaba intentando llevar hacia un juego de atracción. No se trataba de seducción desnuda y tampoco era un coqueteo banal, simplemente era una invitación al baile. Una débil voz en su cabeza, que ella intentaba ignorar, le preguntaba: «Por qué no unirse al baile».

La respuesta, era tan clara como el día: ella..., sus hermanas..., todos necesitaban la atención profesional más absoluta de este hombre. Ella necesitaba toda su profesionalidad en este asunto o si no perdería la suya propia. No había lugar para otra cosa que no fuera una relación estrictamente profesional con el abogado. Y aparte de eso, como se recordó a sí misma, él le desagradaba profundamente.

Cuando hubo quedado claro que no obtendría una reacción más interesante, Gideon dijo con tono neutro:

—¿Estás lista para seguir? —Se puso en pie lanzando sobre la mesa unas monedas que extrajo de su bolsillo.

—Puesto que Oxford tiene que ser nuestro destino... —dijo ella, poniéndose de pie.

—Te divertirás —prometió él, adelantándose para abrirle la puerta, que daba al soleado exterior—. Y yo mismo tengo curiosidad por ver si aún recuerdo cómo remar; hace casi veinte años que no lo hago. —Lanzó un suspiro exagerado. Prudence apretó los labios con un leve mohín de extrañeza.

No le iba a dar el cumplido que él esperaba. No iba a bailar su danza.

—Creo que no voy a necesitar el chaquetón —comentó ella cuando hubieron regresado al coche. Lo dobló cuidadosamente y lo dejó en el asiento trasero.

—Necesitarás el gorro y las gafas —dijo Gideon al tiempo que se ponía las suyas—. Y creo que dentro de unos minutos te darás cuenta de que también vas a necesitar el abrigo. Cuando vayamos por la carretera. —Se puso el suyo y se concentró en la manivela del coche. Éste se puso en marcha cuando le hubo dado unas cuantas vueltas. La guardó y se sentó al volante, diciendo, feliz—: Siempre arriba; siempre adelante.

—¿A qué distancia está Oxford de aquí?

—A unas veinte millas. Deberíamos cubrirlas en una hora, más o menos. La carretera es bastante buena.

Prudence se abrochó el gorro bajo la barbilla mientras pensaba que su evidente entusiasmo ante la perspectiva de ir saltando por los charcos a toda velocidad no era algo que ella compartiera. Se cubrió las espaldas con el chaquetón cuando notó la fresca brisa y pensó, con aire sombrío, en las tres horas de regreso que le esperaban. Para cuando dejaran Oxford el sol ya se habría ocultado y el aire sería aún más frío. Su acompañante, que tarareaba felizmente para sí, obviamente no tenía esas disquisiciones.

—¿Estás libre alguna vez por las tardes? —preguntó ella.

Gideon dejó de tararear.

—Si no estoy en los tribunales ni tengo ninguna reunión de trabajo, sí, puedo estarlo —dijo él—. ¿Por qué?

—Normalmente, presentamos a las posibles parejas durante nuestras meriendas. Estaba pensando que quizá pudieras conocer a alguna de las posibles candidatas este miércoles.

—Un terrier con un hueso en la boca, eso es lo que eres;

no podría encontrar otra descripción. —Suspiró y aceptó lo que parecía inevitable—. Y ¿tienes a alguien en mente? Aparte de la tal Agnes o como se llame.

—Agnes Hargate —dijo ella—. Y creo que te haces un magro favor al no querer ni tan siquiera conocerla. De veras que te agradaría mucho. Aún no has oído ni su descripción.

—Tuve una reacción instintiva —afirmó él—. En cuanto la mencionaste supe que no nos llevaríamos bien.

Prudence lo observó con creciente irritación.

—No sé cómo puedes estar tan seguro.

—Pero lo estoy.

Prudence volvió a abrir su bloc de notas. Miró los nombres en los que ella y sus hermanas habían pensado.

—Bien, pues volvamos a intentarlo. Quizá te lleves bien con Lavender Riley. Estoy segura de que podría persuadirla de que viniera el próximo miércoles si tú también tienes tiempo.

—No —dijo él con firmeza.

—«No» ¿quiere decir que no tienes tiempo el miércoles?

—«No» quiere decir que no estoy interesado en Lavender Riley.

—¿Cómo puedes saber eso? No te he contado nada acerca de ella. —Había un tono de exasperación en su voz.

—Me has dado su nombre. Olvidé mencionarte que los nombres son muy importantes para mí. Quizá quieras anotar eso en tu bloc. No podría vivir con nadie que se llame Lavender.

—Esto es ridículo. Podrías darle otro nombre... un mote cariñoso.

—Encuentro la idea de los motes absolutamente repugnante —dijo él—. Además, todo el mundo la seguiría llamando Lavender. Sería imposible huir de eso.

—Si sólo vas a hacer objeciones frívolas... —Se detuvo

de repente. Persistiendo de aquella manera se estaba exponiendo abiertamente a la burla, así que decidió no seguir dándole pie.

De todas maneras, no parecía necesitar que nadie se lo diera. A pesar de su silencio, él prosiguió:

—Ahora los nombres de las virtudes que más me agradan. Esperanza...

—La esperanza no es una virtud —respondió Prudence.

—Oh, pero creo que un carácter esperanzador es un carácter virtuoso —murmuró él—. Caridad es un nombre agradable; Fe, ése también me gusta. Oh, y Prudencia o Prudence, por supuesto. Ése es un nombre bonito y una virtud imperturbable.

Prudence se apretó las manos dentro del manguito conteniendo la risa.

Él la miró e hizo una mueca.

—Venga —dijo él—, puedo ver que quieres reírte. Tus ojos están brillando.

—Es imposible que veas lo que dicen mis ojos detrás de estas gafotas.

—Puedo imaginármelos con mucha facilidad. Te tiemblan los labios un poquito y cuando eso sucede tus ojos resplandecen. He tenido bastantes ocasiones para darme cuenta de ello.

—Teniendo en cuenta las pocas razones que he tenido para sonreír en tu compañía desde que nos conocimos, ésa me parece una observación poco acertada.

—Pretendía ser un cumplido —comentó él, algo decepcionado.

—Uno vano, en este caso. —Se sumergió en su chaquetón cuando el coche ganó velocidad y el viento frío la golpeó.

—Eres una mujer muy testaruda —dijo Gideon—. Había preparado una bonita excursión y estás haciendo todo lo posible para arruinarla.

Prudence se giró para mirarlo.

—*Tú* has preparado una bonita excursión. Sin consultarme nada. Sin considerar ni por un momento que quizá yo tuviera otros planes. Sin tener en cuenta mis deseos. Y ahora me acusas a mí de arruinar tu excursión. Has dicho que íbamos a trabajar en el caso.

—Bien, y eso estamos intentando hacer, pero por desgracia no parece que la cosa vaya como yo hubiera deseado —dijo él—. Quería ver cómo eres cuando estás relajada, cómoda, y no a la ofensiva... o a la defensiva. Pensaba que si buscaba una situación y un contexto apropiados, me mostrarías ese lado de ti misma. Si es que existe —añadió secamente—. Y si no es así, desde luego éste es un día desaprovechado.

Prudence se quedó en silencio durante un instante y a continuación preguntó:

—De hecho, ¿para qué necesitas verlo?

—Porque ése es el lado que nos permitirá ganar el caso —dijo simplemente—. Quiero a la cándida, inteligente y compasiva Prudence Duncan en el estrado. ¿Puedes dármela?

Ambos se quedaron en silencio. Prudence estaba absorta en sus pensamientos y asumía que su acompañante lo estaba en los suyos. Era una explicación tan simple y razonable que empezaba a preguntarse por qué se había resistido a sus persistentes intentos por agradarle, desarmarla y divertirla. No había necesidad para hacerlo puesto que su objetivo estaba tan firmemente relacionado con el caso.

Gideon rompió el silencio finalmente.

—Hace un día maravilloso y nos espera una comida deliciosa seguida por un bonito paseo por el río. Pararemos a cenar en Henley en el viaje de regreso y después podrás dormir durante el resto del viaje envuelta en tu chaquetón. ¿Cómo podrías posiblemente resistirte a esta perspectiva?

—Es irresistible —respondió ella, notando cómo la tensión en sus hombros se desvanecía de repente. No se había dado cuenta de lo agarrotados que habían estado sus músculos, como si hubiera estado preparándose para luchar contra algo—. Si prometes no enojarme, te mostraré mi otro lado.

—No puedo prometértelo —dijo él, girándose para sonreírle—. A veces es involuntario. Si sucediera algo, te ruego que me des el beneficio de la duda.

—De acuerdo —asintió ella—. Pero sólo hoy. A cambio te pido que escuches sólo dos cosas sobre el caso que tengo que explicarte. No tenemos por qué discutirlas hoy, pero necesito que las oigas para que pienses qué deberíamos hacer.

—Dispara.

—Primero. Mi padre va a aparecer en el estado como testigo de Barclay. —Lo miró para ver su reacción, pero no había ninguna. Él simplemente asintió.

—¿No ves lo extraño…, de hecho, lo terrible… que eso es?

—No, realmente.

—Pero ¿tendrás que atacar a nuestro padre?

—Intentaré probar su fe en su amigo, desde luego.

—Pero ¿no serás desagradable con él?

—No, a menos que él lo haga necesario.

Prudence lo admitió. Sonaba tan pragmático e imperturbado por lo que para ella era una horrible perspectiva.

—Temo que me reconozca… o mejor dicho, reconozca mi voz —dijo tras un breve instante—. No sé si puedo disimular mi voz lo suficientemente bien como para engañarle.

—¿Qué teníais en mente hacer? —dijo con curiosidad.

Prudence tosió. Habían decidido que adoptarían el acento que Chastity había empleado cuando conocieron a su primer cliente, Anónimo, al comienzo de su agencia matrimonial.

—Oh, pero yo soy de *Paris, moi*. En *France* no hacemos a las chicas ese tipo de preguntas. *Non, non, c'est pas com-*

me il faut, tu comprends? La dame de Mayfair es *très respectable*. Respectable como dicen aquí, *n'est-ce pas?*

—¿Puedes seguir un rato? —preguntó Gideon entre risas.

—No sé por qué no —respondió Prudence—. Mi francés es lo suficientemente bueno como para ofrecer cierta confusión sin hacerme completamente ininteligible. Pensé que eso sería una buena idea.

—Una misteriosa dama francesa con el rostro cubierto —murmuró Gideon—. Eso sería realmente intrigante. Además, quizá te haga ganar cierta empatía. El inglés medio está fascinado por la... cómo podría decirlo... fama de «desinhibición» de las mujeres francesas. Quizá sean menos hostiles a las opiniones expresadas en *La dama de Mayfair* si creen que provienen de alguien que no es de su propio país... un tipo de mujer de la que se espera una actitud un poco más escandalosa.

—¿Entonces crees que es una buena estrategia? —preguntó Prudence.

—Servirá si puedes mantenerla durante lo que se me antoja como un arduo interrogatorio.

—Lo practicaré con mis hermanas —prometió ella.

—También dependerá de que podamos mantener tu identidad oculta durante el juicio —le recordó él—. Como ya he dicho antes, puedo asegurarte que la fiscalía hará todo lo que pueda por descubrir vuestra identidad. Es posible que ya se hayan puesto en marcha.

—Vamos a preguntar la semana que viene si ha habido preguntas extrañas en los lugares donde se distribuye *La dama de Mayfair*.

—Muy sensato —dijo él—. ¿Cuál es la segunda cosa que querías preguntarme?

Prudence sacó del manguito la nota del conde Barclay y se la leyó.

—No está fechada, pero desde luego no es reciente.

—No es suficiente —afirmó él—. Encuéntrame el calendario de pagos, las fechas, lo que tu padre compró. No abriré esta lata de gusanos hasta que tenga pruebas irrefutables.

—Seguro que podrías interrogar al conde acerca de ello —dijo ella, contradiciendo su negativa—. Quizá tentarlo un poco.

Él movió la cabeza en un gesto de negación.

—No, no es suficiente ni tan siquiera para sacar el tema. Tendrás que investigar más profundamente.

—Bueno, de hecho tengo una autorización para examinar su estado bancario. Iré a Hoare mañana.

—¿Cómo la has conseguido? —Su sorpresa era evidente.

Prudence se metió más en el abrigo poniendo el cuello hacia arriba.

—Ha sido un truco. Uno del que no me siento orgullosa, así que mejor lo dejamos aquí.

—Por supuesto —dijo él instantáneamente—. ¿Tienes frío? —Su voz era ahora preocupada y empática.

—Un poco —admitió ella, aunque no se trataba de un frío corporal sino más bien de uno interno.

—Llegaremos en menos de media hora. ¿Ves las luces? —Señaló con una mano hacia el brumoso relieve en el horizonte. Las luces de Oxford brillaban en el valle que quedaba delante de ellos.

—Es extraño, pero nunca he estado en Oxford —dijo Prudence, intentando disuadir sus tristes pensamientos—. En Cambridge sí, pero en Oxford nunca.

—Yo prefiero Oxford, pero tengo mis prejuicios.

—¿Estudiaste en New College?

Él asintió poniendo la mano sobre su rodilla. Fue un gesto reflejo, pero a Prudence le pareció significativo. De hecho se dio cuenta de que todo aquel viaje había adquirido una importancia que no sabía bien cómo definir. Era más que la suma de las partes. Bastante más.

Llegaron al hotel Randolph en la calle Beaumont justo cuando los campanarios de la ciudad marcaban el mediodía. Prudence bajó del coche y estiró la espalda de nuevo. El sol brillaba calurosamente, más parecido al principio del verano que al otoño, y de nuevo se quitó el abrigo de pieles.

Gideon lo cogió del asiento.

—Los llevaremos con nosotros. Estará más seguro dentro que aquí, a la vista.

Un portero se apresuró a escoltarlos hasta el espacioso vestíbulo del hotel. Una elegante escalinata daba a las plantas superiores.

—El aseo de señoras está arriba —dijo Gideon—. Te esperaré en la mesa. —Y se dirigió al restaurante.

Cuando Prudence se reunió con él, estaba hojeando la carta de vinos. Había una copa de champán junto a su plato.

—Me he tomado la libertad de pedirte un aperitivo —dijo él—. Pero si prefieres otra cosa...

—No —dijo ella—, esto es perfecto. —Se sentó y bebió su copa—. Esto le alegra a una la vida.

—Tengo la impresión de que necesitas alegrarte un poco —dijo él—. Permíteme que dedique el día a intentar hacer eso. —Se inclinó hacia delante y puso su mano sobre la de ella, que reposaba sobre el mantel—. ¿Me lo permites?

Desde luego, pensó Prudence. Era mucho más que la suma de sus partes. Retiró su mano con suavidad de debajo de la de él y abrió su carta.

—¿Qué me recomiendas? Supongo que debes de conocer bien el menú...

—Lo conozco muy bien —dijo él, aceptando el cambio de tema. Si ella no quería darle una respuesta espontánea, él no la presionaría para que se la diera. Tenía su orgullo y no estaba habituado a recibir un «no» por respuesta. Por ello, no permitía que esto se hiciera evidente—. La cocina aquí es excelente —dijo secamente—. ¿Tienes mucho apetito?

—Estoy hambrienta.

Examinó su propia carta.

—Espalda de cordero —sugirió—. A no ser que prefieras lenguado de Dover.

—El cordero suena bien —respondió ella—. No me apetece pescado. ¿Qué debería comer de entrante?

—El paté de caballa ahumada es delicioso, pero si no tienes ganas de pescado... —revisó la carta rápidamente— *vichyssoise*, tal vez.

—Sí, perfecto. —Prudence cerró su carta y se quitó las gafas para limpiarlas con la servilleta mientras le ofrecía una sonrisa. Gideon no estaba preparado para el efecto que producía aquella sonrisa que tan raramente tenía oportunidad de ver. Cuando ésta se combinaba con el brillo de sus vivos ojos verdes, la imagen que producía su mirada resultaba increíble. Era como un premio de consolación, pensó, pero no se iba a conformar sólo con eso.

—¿Borgoña o burdeos? —preguntó tomando de nuevo la carta de vinos.

—No me apetece el borgoña.

—Entonces será un *bon bourdeaux*.

Prudence se acabó su champán y se reclinó contra la silla mirando por las grandes ventanas al monumento de los mártires que había en la pequeña plaza de enfrente, y observando a los universitarios en bicicleta, con sus togas al viento, pedaleando vigorosamente por la calle de St. Giles. Su ánimo había cambiado. De repente se sentía relajada, contenta y con apetito. La atención de su acompañante estaba por entero en la carta de vinos y tuvo la oportunidad de observar, de soslayo, sus facciones.

Su grueso cabello salía hacia atrás de una amplia frente y tuvo la impresión de que empezaba a tener algunas entradas. En cinco años más, esa frente estaría aún más descubierta. Su mirada se dirigió a su nariz puntiaguda, la boca que ella encontraba perturbadoramente atractiva y la profunda hendidura en su barbilla, que aún se lo parecía más. Sus manos, con las uñas bien arregladas, eran delicadas para un hombre, con dedos largos como los de un pianista. Recordó que eso había sido una de las primeras cosas que había notado cuando lo conoció.

Hacía mucho tiempo que no encontraba atractivo a un hombre, y aún más que lo encontrara sexualmente apetecible. Había perdido su virginidad un año después del fallecimiento de su madre. Ella y sus hermanas habían acordado que, puesto que ninguna de ellas pretendía casarse, no querían quedar predestinadas a morir preguntándose sobre el sexo. Así que se habían dado un año de plazo. Y al final de ese año ninguna de ellas era ya virgen.

La experiencia de Prudence había sido, pensaba ella, lo suficientemente agradable. O al menos no había sido desagradable. Pero había sentido que había faltado algo; algún juego de seducción; quizá alguna de aquellas sensaciones que ella y sus hermanas habían leído en la literatura pornográfica victoriana. *La perla* y otros libros del estilo habían magnificado la trascendencia de la lujuria orgásmica. Pero Prudence, sin embargo, seguía teniendo sus dudas.

Ahora, sin embargo, se encontró a sí misma imaginando aquellas manos sobre su cuerpo. Su boca ya conocía los besos de Gideon, pero el cosquilleo de excitación en su vientre no era una sensación con la que estuviera familiarizada. Era difícil admitirlo, pero todo parecía indicar que se sentía atraída por Gideon Malvern.

¿Cómo era posible que se sintiera atraída por un hombre

que le desagradaba? Al menos, no tenía la intención de hacer nada al respecto. Necesitaba la mente de aquel hombre, no su cuerpo, y no tenía intención alguna de confundir ambas cosas.

—Te doy un penique por tus pensamientos —dijo él, levantando la vista de la carta de vinos.

Prudence se sonrojó; y cuanto más de sonrojaba más abochornada se sentía, y cuando más se abochornaba, más se sonrojaba. Él la miraba con sus ojos grises como si intentara leer en su mente. Su cara estaba caliente como el fuego del infierno y, estaba convencida de que tan roja como una remolacha.

Entonces él se giró para dirigirse al *sommelier*, que apareció oportunamente. Prudence respiró despacio y notó cómo el calor de su cara remitía. Cogió su vaso de agua y lo apretó con disimulo contra su pulso. Eso obtuvo un efecto refrescante inmediato, y para cuando Gideon hubo concluido sus consultas con el somelier, ya era la misma de siempre, seria y formal, y su tez había recuperado su tono habitual.

—St. Stèphe —dijo él—. ¿Espero contar con tu aprobación?

—Por supuesto. No me permitiría dudar de la elección de un experto —comentó suavemente al tiempo que partía un bollo por la mitad y lo untaba cuidadosamente con mantequilla.

—Ésta es una sabia actitud —observó él—. Te quedarías muy sorprendida de la cantidad de gente que, por desconocimiento y vanidad, hacen caso omiso a la voz de la experiencia.

Prudence asintió, pero dijo:

—Gideon, quizá tengas razón, pero tu manera de expresarte es a veces insufrible.

—¿Qué he dicho? —La miró con genuina sorpresa.

Volvió a asentir con la cabeza.

—Si no eres capaz de verlo, no hace falta que te lo explique yo.

El camarero apareció y Gideon pidió la comida antes de decirle:

—¿Cómo aprenderé si no?

Esto la hizo reír.

—No has entendido la ironía de mi afirmación, y no la has entendido porque no se te ha ocurrido pensar que quizá yo también sea una experta en vinos.

—¿Lo eres?

—Te quedarías sorprendido —dijo ella mientras pensaba en todo lo que había aprendido sobre el negocio del vino gestionando la bodega de su padre con Jenkins.

Gideon la miró con una leve sonrisa mientras se tomaba su champán.

—¿Sabes?, no creo que haya mucho en ti que no me sorprendiera, Prudence. Explícame cómo te has convertido en una experta.

Prudence frunció el ceño. Ella y sus hermanas eran muy reservadas acerca de los asuntos del hogar y lo que tenían que hacer para salir adelante. Nadie en su círculo social debía saber que la familia Duncan había estado, desde hacía casi tres años y casi a diario, al borde la ruina. La agencia matrimonial y *La dama de Mayfair* estaban empezando a producir beneficios, pero aún estaban lejos de salir a flote. Sin embargo, reflexionó, no tenían secretos para el abogado. No debían tenerlos. Él ya sabía que tenían dificultades financieras y el porqué. Lo que él desconocía era que mantenían a lord Duncan ajeno a la situación real.

Esperó a que les hubieran servido el primer plato y luego lentamente, mientras removía la crema, le explicó la situación en detalle. Gideon, untando paté de caballa en la tostada, escuchó sin hablar hasta que ella se quedó en silencio y volvió a su plato.

—¿Creéis que le hacéis algún favor a vuestro padre manteniéndolo en la ignorancia? —preguntó entonces.

Prudence sintió un ápice de enfado en su voz que le era familiar. Había un tono crítico en su pregunta.

—Eso creemos —respondió secamente.

—Ya sé que no es de mi incumbencia —dijo él—. Pero a veces, la opinión ajena puede ser de ayuda. Tú y tus hermanas estáis tan involucradas en la situación que quizá no os deis cuenta de eso.

—No lo creemos así —dijo ella, en el mismo tono, consciente de que su voz sonaba ahora defensiva, pensando que su propia actitud daba credibilidad parcial a la crítica de él, aunque fuera, sin embargo, incapaz de evitarlo—. Conocemos muy bien a nuestro padre. Y también sabemos lo que nuestra madre hubiera querido.

Gideon preguntó tranquilamente:

—¿Cómo está la crema?

—Deliciosa.

—¿Y el vino? Espero que cumpla con tus expectativas de *conoseur*.

Prudence lo miró fijamente y vio que sonreía de manera conciliatoria. Dejó que su enfado se desvaneciera y añadió:

—Es un vino exquisito.

Después de comer pasearon por la ciudad hasta Folly Bridgely, donde Gideon alquiló una batea.

Prudence examinó la larga y estrecha embarcación y la desproporcionada longitud de la pértiga con cierta preocupación.

—¿Estás seguro de que sabes cómo se hace esto?

—Bueno, al menos sabía. Supongo que debe de ser como ir en bicicleta —dijo él saltando dentro de la embarcación y dándole una mano para ayudarla—. Salta en el medio y así no se balanceará.

Ella tomó su mano y saltó ágilmente en la barca que, a pesar de su advertencia, se balanceó alarmantemente.

—Siéntate —le dijo rápidamente, y ella se dejó caer de inmediato sobre unos cojines que había en la proa. Eran sorprendentemente mullidos.

—Me siento como una concubina en un serrallo —dijo, actuando como tal.

—No estoy seguro de que tu vestimenta sea la más apropiada —observó Gideon al tiempo que cogía la larga pértiga que le entregó el asistente de la caseta de alquiler.

Una batea llena de universitarios riendo se acercaba cuando Gideon empujó la embarcación fuera de la orilla. El remero clavó la pértiga en el lodo e, incapaz de sacarla a tiempo, la barca se deslizó suavemente por debajo de él dejándolo colgando en medio del río. Hubo aplausos y carcajadas provenientes de los espectadores que había en la orilla y Prudence miró con cierta empatía cuando el desafortunado remero hizo lo único que podía hacer... caerse en el agua mientras su batea, a la deriva, se detenía a unas cuantas yardas.

—¿Estás seguro de que sabes hacerlo? —volvió a preguntarle a Gideon.

—Oh, mujer de poca fe —respondió él—. Debo decirte que no soy ningún universitario novato.

—No —asintió ella—. No lo eres. —Lo miró con los ojos entreabiertos—. Me pregunto si alguna vez lo fuiste.

Él no respondió y simplemente lanzó la pértiga hacia adelante dejándola deslizar hacia atrás en su mano rítmicamente. Prudence se tumbó en los cojines, satisfecha por el vino y la comida, con sus párpados entrecerrados a causa del sol de la tarde, lo que les daba un tenue brillo ámbar. Perezosamente, dejó caer una mano en la fría agua del río, mientras escuchaba los sonidos de su alrededor; las risas y voces, el canto de los pájaros y el rítmico sonido de la pértiga. Londres parecía como si estuviera a muchísimas millas y el frío mordiente del trayecto de aquella mañana era un mero y lejano recuerdo.

Poco a poco se percató de que el ruido de los otros remeros había desaparecido y ya sólo quedaban los sonidos del río; el chapoteo de un pato y el trino de un tordo. Abrió los ojos lentamente. Gideon la estaba observando con una mirada intensa y cargada de intencionalidad. Automáticamente se quitó las gafas para limpiarlas con el pañuelo.

—¿Algún problema? ¿Tengo una mancha en la nariz? ¿Espinacas entre los dientes?

Él movió la cabeza con gesto de negación.

—No, no hay ningún problema. Todo lo contrario.

Prudence se sentó un poco más derecha sobre los cojines. Había algo oculto tras esos penetrantes ojos grises que le originó un escalofrío de suspense y le hizo poner el vello de punta. Pero, paradójicamente, no sentía ninguna sensación de amenaza. Sus propios ojos parecían engarzados con los de él y no podía retirar la mirada.

¡Santo cielo!, ¿dónde se estaba metiendo?

Con una gran fuerza de voluntad consiguió romper el engarce y se obligó a lanzar una mirada, aparentemente despreocupada, hacia el paisaje, mientras se ponía las gafas de nuevo. Habían llegado a un punto en donde el río se bifurcaba alrededor de una pequeña isleta. Gideon tomó hacia la izquierda y la barca pasó cerca de la orilla, frondosa de intenso verde. Había una pequeña cabaña un poco retirada de la orilla.

—Creo que es seguro tomar este lado en esta época del año —dijo él tranquilamente, como si aquel intenso pero silencioso intercambio nunca hubiera tenido lugar.

—¿Por qué no debería ser seguro? —Miró a su alrededor con curiosidad acentuada.

—Allí está Parsons' Pleasure —dijo él, señalando con un gesto de la mano hacia la tupida orilla y la pequeña cabaña—. Si el agua no estuviera tan fría como para nadar, nos veríamos obligados a tomar el otro lado, que no es tan bonito.

Prudence lo miró con preocupación. Había un deje distintivo de desconfianza en su voz, pero con un ápice de risa en su interior.

—¿Qué tiene que ver el nadar con todo esto? —preguntó ella, consciente de que eso era lo que él esperaba. Se sentía como una actriz secundaria en un musical.

—Parsons' Pleasure es el lugar de baños reservado a los miembros masculinos de la universidad. Puesto que es exclusivo para hombres, los bañadores se consideran innecesarios —le informó con un tono solemne—. Así pues, se prohíbe a las mujeres navegar por este lado del Cherwell.

—Otro ejemplo de privilegio masculino —observó Prudence—. Pero no alcanzo a comprender por qué está prohibido que las mujeres naveguen por esta banda. Éste es un país libre y el agua no pertenece a nadie en particular.

—No sé por qué, pero imaginaba que ésa sería tu reacción —dijo él—. Y de ninguna manera eres la primera en tenerla. Te contaré una historia, si quieres.

—Sí, quiero —dijo ella, dejándose caer de nuevo sobre los cojines. El peligro parecía haber pasado de momento, pero no era lo suficientemente ciega o ingenua para imaginar que éste había desaparecido.

—Bien. En un magnífico y soleado día de verano, mientras los estudiantes disfrutaban de su desinhibido placer en esta banda del río, un grupo de mujeres decidió protestar contra este bastión del privilegio masculino..., como tú lo has definido.

Prudence hizo una mueca.

—¿Quieres decir que decidieron navegar por ese lado del río?

—Precisamente. Aunque creo que iban a remo. No importa. Según cuenta la leyenda, todos los hombres se pusieron en pie cubriéndose las partes privadas con toallas; todos excepto un afamado académico, cuyo nombre no diré, que reaccionó cubriendo su cabeza con una toalla.

Prudence tuvo dificultad para no reír. Ésta no era una historia que un hombre respetable debería estar contando a una respetable dama. La imagen, sin embargo, era deliciosamente absurda.

La expresión de Gideon permaneció solemne y con voz seria prosiguió:

—Cuando sus colegas le preguntaron sobre el porqué de su peculiar reacción, se dice que el académico respondió: «En Oxford se me conoce por mi cara».

Prudence intentó, tanto como pudo, mirarlo con desaprobación.

—Es una historia de lo más impropia —dijo con una risa en su voz—. Desde luego, no es para los oídos de una dama.

—Tal vez no —asintió él amablemente—. Pero dudo que en *La dama de Mayfair* la consideraran de otra manera que no fuera deliciosamente divertida. —Los ojos de él le sonreían—. A decir verdad, no creo que haya nada propio de una dama en *La dama de Mayfair*. No puedes engañarme, señorita Prudence Duncan. No hay ni un solo hueso púdico o remilgado en tu cuerpo. Y tampoco en el de tus hermanas.

Prudence abandonó la lucha y se echó a reír. Gideon también se echó a reír. En su distracción, la pértiga se le escurrió de entre las manos y, en vez de clavarse contra la base del río, se le escapó. Su risa se aplacó instantáneamente. Lanzando improperios la agarró balanceándose con precariedad sobre la proa de la batea, al tiempo que intentaba controlarla. El agua salpicó dentro de la barca mojándole los pies. Prudence reía con tanta fuerza que no podía ni hablar. Qué imagen del elegante y asertivo abogado.

Finalmente, Gideon pudo someter la pértiga y prosiguió remando, ahora empapado.

—Esto no tiene ninguna gracia —dijo con cierta rigidez. Estaba claramente enojado porque su impericia lo había hecho quedar como un torpe aprendiz.

Prudence se volvió a quitar las gafas para secarse las lágrimas que caían por sus mejillas.

—Lo siento —dijo—. No pretendía reírme de ti, pero parecía como si lucharas contra una serpiente marina. Un auténtico Laocoonte moderno.

Gideon no se dignó responder. Ella sacó la mano del agua al percatarse de que sus dedos se estaban quedando inertes por el frío y dijo, solícitamente:

—Tus pies están empapados. ¿Tienes calcetines secos?

—¿Dónde quieres que los tenga? —preguntó algo agriamente.

—Tal vez podamos comprar un par cuando vayamos de vuelta al hotel. No puedes ir *chapoteando* todo el camino hasta Londres. Te vas a morir de frío. Quizá podamos conseguirte un baño de mostaza en el Randolph antes de partir. Dicen que es un buen remedio contra el resfriado. No quisiera que… ¡Oh! —Su consejo, con voz dulce, se vio súbitamente interrumpido por una ducha de agua cuando Gideon sacó la pértiga del río con tanta fuerza como para lanzar una suficiente cantidad de agua del Cherwell hacia el otro lado de la barca.

—Lo has hecho adrede —acusó Prudence, limpiando las gotas que habían caído sobre su vestido y sacudiendo los pies.

—De ninguna manera —dijo él inocentemente—. Ha sido un puro accidente.

—Embustero. Sólo pensaba en tu propio bien.

—Embustera —le respondió—. Te estabas mofando de mí.

—Bueno. Ha sido tan divertido —dijo ella—. Aparte de la historia. —Su risa, el puro goce de los últimos minutos, le había traído un dulce resplandor a las mejillas y de nuevo, con sus gafas sobre el regazo, apareció el límpido brillo de sus ojos. Gideon pensó que la molestia momentánea había valido la pena aunque sólo fuera para producir ese efecto.

—Bien, puesto que los dos estamos algo empapados, creo que ha llegado el momento de regresar —dijo él, mirando hacia el cielo entre las hojas amarillentas de los sauces llorones que había en la orilla—. Refrescará de veras cuando el sol se ponga.

—Será un trayecto muy frío hasta casa —observó Prudence. Volvió a ponerse las gafas consciente de la manera en que él la había examinando hacía un instante. El aire entre ellos estaba rebosante de tensión.

—Tienes tu abrigo de pieles —le recordó él—. Y haremos una parada en Henley para cenar.

Devolvieron la batea y comenzaron a caminar con premura hacia St. Giles.

—Gideon, puedo oír tu chapoteo —dijo Prudence al tiempo que pasaban por delante de una sastrería de caballeros—. Entra y cómprate un par de calcetines.

—No voy a admitir ante ningún dependiente que me he mojado en una batea —afirmó Gideon.

—Entonces te los compraré yo. —Antes de que pudiera discutírselo, Prudence había entrado en la tienda y llamaba a la campanilla que había sobre el mostrador. Salió al cabo de cinco minutos con un envoltorio de papel en las manos—. Aquí los tienes. —Se lo entregó—. Un par de calcetines negros. Grandes. He intentado adivinar la talla, pues no creo que tengas los pies pequeños.

Gideon abrió el paquete y miró en su interior.

—Tienen un estampado.

—Es sólo el cordoncillo sobre la seda —dijo ella—. No es un estampado de verdad. Tendrías que darme las gracias de que no te los haya comprado con cuadros escoceses.

13

Se detuvieron en el hostal de Henley donde habían parado a tomar café aquella misma mañana. Ya había oscurecido y Prudence se apresuró a entrar en el cálido y tenuemente iluminado vestíbulo del local. Se preguntó por un breve instante si Gideon habría reservado mesa para cenar, pero su pregunta tan sólo duró un momento. Él no era el tipo de hombre que dejara nada a merced del destino. Los saludaron como si fueran invitados esperados y fueron dirigidos hasta un reservado, donde el fuego de la chimenea desprendía su reconfortante calor. Había decantadores con whisky y jerez sobre el aparador y, en cuando Prudence se despojó de su abrigo, Gideon sirvió las bebidas.

—Parece que te conocen aquí —observó ella, tomando su copa al tiempo que se sentaba junto al fuego en un sillón tapizado de cretona satinada. Él se sentó en el sillón frente a ella—. Me he tomado la libertad de encargar la cena.

—¿Por teléfono?

—¿Cómo si no? —Degustó su whisky—. El Dog and Partridge es conocido por su pato a la *Aylesbury*. Simplemente asado con un toque de salsa de naranja, difícil de errar. Espero que te guste el pato.

Prudence pensó que su voz sonaba un tanto nerviosa y

pensó que era refrescante y sorprendentemente encantador que no estuviera, como de costumbre, rebosante de confianza.

—Me encanta el pato —dijo ella.

Él sonrió y se levantó de su silla, desenvolviendo su largo y delgado cuerpo con la lenta deliberación de un león indolente a punto de iniciar una noche de caza. La atmósfera de la habitación cambió de repente. Ya no era distendida sino que el aire había adquirido la misma tensión que antes. Se apoyó en la repisa de la chimenea, con la copa en la mano y un pie apoyado en el parachispas, y la miró.

—Prudence. —Pronunció su nombre con dulzura, con consideración, soltando las sílabas con suavidad entre sus labios. Sus ojos grises estaban llenos de intencionalidad y su mirada era intensa. Ella tuvo que contener la tentación de quitarse las gafas pues sabía por experiencia propia que aquélla era una mirada imposible de soportar, por su fulgor, sin la protección de sus lentes. Empezó a sentirse extraña, casi alegre. Experimentaba un cosquilleo en el vientre. Fuera lo que fuera lo que ocurría, aquello no debería de estar sucediendo.

Estaba clavada en su silla, con la espalda reclinada contra los blandos cojines como si una fuerza invisible la presionara contra ellos. Gideon se alejó del fuego y se dirigió, lentamente, hasta donde estaba ella. Prudence, sin embargo, permaneció inmóvil, esperando. Se inclinó hacia delante, con las manos apoyadas en los brazos de la silla. Su cara se hallaba muy cerca de la de ella. Prudence podía notar el calor de su aliento en su mejilla y percibió cómo el destello de sus ojos grises se fundía con el de los suyos. Dejó caer su cabeza contra el respaldo poniendo su esbelto cuello al descubierto en un gesto que denotaba abandono y sumisión. Suspiró levemente.

Él la besó. Aquél era un beso muy diferente al que le había dado la primera vez. El que le había *robado*. La presión de su boca sobre la suya era ligera, casi exploratoria, y si hubiera querido girar su cabeza para deshacerse de él, hubiera podido hacerlo. Pero no lo hizo.

Él acarició sus labios con la lengua para, lentamente pero con deliberada intención, introducirla en el aterciopelado y cálido interior de su boca. Sus respiraciones se entretejieron y su lengua pasó delicadamente sobre sus dientes, tocó el interior de sus mejillas, y jugó con la suya. Sus ojos estaban cerrados, sus labios se separaron, y ella lo atrajo hacia sí, dejándose llevar por el deseo. Mantenía el control sobre su cuerpo pero su mente estaba sometida a aquella desconocida pero imperiosa necesidad. Movió la cabeza para acercarla a la de él, y su lengua jugueteó entre sus labios con movimientos serpentinos, explorando su boca al igual que hacía él.

La falta de aliento fue lo único que los obligó a separarse y Prudence, finalmente, dejó caer sus manos sobre el regazo, reacia a perder el aroma de su piel, el cálido gusto de su boca. Él le sonrió, con los brazos aún apoyados en la silla.

—Esto es ridículo —dijo ella—. Me desagradas intensamente.

—¿Siempre o sólo a veces? —Su caras estaban tan cerca que Prudence notó el calor de su respiración en su mejilla.

—A veces…, parece ser —añadió ella con tono de perplejidad y leve indignación.

—¿Ayudaría en algo que te dijera que el sentimiento es absolutamente mutuo? —preguntó él aún sonriendo—. Hay momentos en que me desagradas intensamente.

—Entonces, esto no debería estar pasando.

—Este mundo está lleno de sorpresas. Sería un lugar terriblemente tedioso si esto no fuera así. —Se acercó aún más a ella y besó, súbitamente, la punta de su nariz—. ¿No estás de acuerdo?

—Supongo que sí —murmuró—. Pero hay sorpresas y sorpresas, y las de este tipo no deberían ocurrir.

—¿Tan malo es? —Besó la comisura de sus labios con un suave roce de los suyos. Sus ojos y su tono denotaban felicidad.

Prudence hizo un brusco movimiento para sentarse bien e, instantáneamente, él se retiró hacia atrás sin dejar de mirarla fijamente a los ojos. Se quitó las gafas y pestañeó.

—No quiero que confundamos las cosas —dijo ella—. Y tengo la impresión de que esto tan sólo nos llevará a una ciénaga de confusiones.

Él siguió mirándola fijamente. Se inclinó hacia delante, cogió las gafas de sus mano y dijo:

—No tiene por qué ser así. No entiendo por qué dos amantes no pueden trabajar juntos.

Prudence pestañeó con dificultad, pues su visión era ahora borrosa. Todo parecía diferente sin sus gafas. La vigorosa, eficiente, resoluta y prudente Prudence Duncan existía tras esas gafas doradas. Sin ellas, el mundo parecía girar sobre un eje más ligero, ausente de las duras realidades cotidianas, desvaneciéndose en una agradable niebla.

Cuando la tomó de la mano para atraerla hacia él, ella no ofreció resistencia. Puso las manos sobre sus hombros y la besó suavemente sobre los párpados.

—¿Deberíamos cenar primero?

No había duda de lo que insinuaba y Prudence no era alguien que jugara a mostrarse evasiva. Se tocó sus hormigueantes labios con la punta de los dedos en un gesto reflejo que se daba cuando la parte sensible y lógica de su naturaleza se dejaba llevar por el instinto, que era, precisamente, lo que estaba sucediendo en ese instante.

Le cogió las gafas lentamente de las manos y volvió a ponérselas para probar. Si cuando pudiera verle bien, su naturaleza prudente ganaba preponderancia, entonces sabría que aquello había sido una broma de su conciencia. Pero todo lo que sucedió fue que ahora podía ver la cara de Gideon claramente y eso no cambiaba en nada lo que realmente deseaba.

—¿Crees que el pato aguantará? —preguntó ella.

Gideon asintió y su sonrisa se tornó más profunda.

—Espera aquí —dijo, dejándola sola.

Prudence tomó su copa de jerez y se acabó lo que aún le quedaba de pie junto a la chimenea, observando fijamente las llamas. Fuera cual fuera aquella locura, no tenía ni la voluntad ni la intención de refrenarla, y le importaban ya poco las consecuencias. Se sobresaltó al oír abrirse la puerta, aunque esperara que eso sucediera. Su corazón latía con fuerza cuando se giró.

Gideon estaba en la puerta con un pequeño maletín en la mano. Con su otra mano la invitaba a seguirle. Ella cruzó la sala y lo cogió de la mano. Sus dedos se apretaron con fuerza a los de ella.

—Estaremos más cómodos arriba —dijo él.

Prudence inclinó la cabeza en un gesto de asentimiento. Ya no tenía control sobre nada y, por primera vez en su vida, no sentía ningún deseo de que así fuera. Subieron por una estrecha escalera enmoquetada. Gideon, llevándola aún de la mano, abrió la primera puerta que encontraron al llegar arriba. Ésta daba a un dormitorio amueblado, con una cama de dosel, techo bajo y suelos de roble. Un pequeño fuego chispeaba en la chimenea y cortinas de cretona satinada cubrían dos pequeñas ventanas.

—Qué acogedor —murmuró Prudence.

La miró con atención como si sospechara que había algo sardónico en su descripción, pero no halló nada en su expresión que se lo confirmara. Estaba empezando a sentirse atípicamente nervioso. Le había hecho el amor a un considerable número de mujeres y nunca —aparte de durante sus devaneos de juventud— había dudado de su habilidad para complacer.

Se dio cuenta de que ni tan sólo sabía si Prudence era virgen. Por lo general, debía asumir que una mujer soltera de su rango social debería serlo. Pero estaba empezando a no esperar lo general en lo referente a la honorable Prudence Constance. Se preguntó si debía preguntárselo pero decidió que no podía afrontar la cuestión con aplomo en ese momento, lo que de por sí ya era un problema. Formular preguntas difíciles era parte de su oficio, después de todo.

—No —dijo ella con una súbita sonrisa—. No lo soy. Tampoco tengo mucha experiencia, pero sí me he formado una idea bastante adecuada de qué es cada cosa.

La miró con cara de sorpresa.

—¿Cómo lo has adivinado?

—Me parecía que sería una cuestión evidente que plantearías y parecías sentirte incómodo e indeciso. —Encontró reconfortante ese instante de vulnerabilidad que había percibido en su mirada y lo acercó hacia ella. Él se sentía tan vacilante e inseguro de sí mismo y de sus instintos como ella. Y eso hacía que le agradara aún más.

Se acercó al fuego para calentarse las manos, aunque éstas no estuvieran frías. La sensación de bienestar se acentuó y empezó a preguntarse si, tal vez, no estaría soñando y nada de eso estaba sucediendo en realidad. Entonces, sintió cómo él la abrazaba, con el cuerpo prieto contra su espalda, y supo que aquello no era un sueño.

Él apretó los labios contra su nuca y con las manos acarició sus senos. Ella apoyó la cabeza sobre su hombro de manera que los senos llenaron sus manos.

—Llevas demasiada ropa —murmuró él, acercando la boca a su oído mientras desabrochaba la chaqueta suavemente con los dedos, quitándosela con cuidado. Introdujo los dedos entre los botones de su blusa de seda beige y exploró la redondez de sus senos por debajo de la delgada camisa. Podía notar cómo sus pezones se endurecían. Introdujo la punta de la lengua en su oreja y ella se revolvió con un pequeño jadeo. Sonrió levemente. Su respiración cosquilleaba en su oreja.

Le desabrochó la blusa, retirando los pequeños cierres de perlas. Ya no estaba nervioso, inseguro de sí mismo, sino que sentía la urgencia de rozar su piel contra la de ella. Su blusa cayó al suelo junto con la chaqueta y, abrazándola, sostuvo sus senos sobre las palmas de sus manos, percatándose de su volumen. Su cuerpo, elegante como siempre, era delgado y angular más que esbelto, pero los senos en su mano eran redondos y suaves.

Prudence se acarició los labios con la lengua; sus pezones se endurecieron y se pusieron erectos a medida que él los masajeaba con los pulgares. Notaba un cosquilleo en su estómago, en su pubis, y con una súbita urgencia puso sus manos sobre las de él, presionándolas contra sus pechos.

Se giró súbitamente para mirarlo y con la misma urgencia empezó a desabrocharse, torpemente, los botones de la cintura de su falda plisada. Impaciente, él retiró sus manos y la ayudó a desabrocharlos. Ella la dejó caer y se quedó de pie con la única ropa interior que llevaba: un combinado de tafetán de seda, medias claras con liguero y zapatos con botones.

Él rodeó su cintura con las manos, acariciando el combinado, notando la cálida piel bajo la seda. Le complació que no llevara ningún tipo de corsé. Hacía su cuerpo accesible de la forma más seductora. No había rugosidades de ballena que oprimieran su piel y el cuerpo que sentía en sus manos sería el mismo que cuando estuviera desnuda. Inspiró profundamente y le quitó las gafas dejándolas suavemente sobre la repisa.

—¿Te importa?

Ella movió la cabeza en señal de negación; la bruma que velaba su visión no tenía nada que ver con la miopía. Acercó sus manos para ayudarle a desabrocharse la chaqueta.

—Date prisa —le susurró, con la voz temblorosa fruto de la pasión—. Tengo que verte…, tocarte.

Ella le ayudó a quitarse la chaqueta, la corbata y el cuello almidonado de su camisa, tirando a un lado el chaleco y la camisa. Ella le acarició los pezones, atrapando su labio inferior en su boca cuando éstos se endurecieron.

—No sabía que eso también os pasara a los hombres.

—Estamos para complacer, señorita —dijo él con tono grave en su voz suave. Se desabrochó la camisa, abriéndola y atrayéndola hacia él para que sus pieles desnudas se tocaran.

Fue el turno de Prudence para inspirar con un pequeño estremecimiento de excitación cuando sus sensibles pechos tocaron su torso. Acarició la espalda con sus manos, desplazándolas por su columna hasta que llegó a la cintura de sus pantalones.

Él entendió la invitación y se retiró hacia atrás por un breve instante para desabrocharse el pantalón, dejándolo caer.

—Por Dios —murmuró cuando éstos quedaron atrapados por sus zapatos. Se tiró en la cama y Prudence, riendo, le quitó los brillantes zapatos negros, los calcetines y el pantalón, dejándolos caer sobre el suelo. El prosaico instante aminoró la intensidad del momento, pero aquel lapsus de pasión sólo intensificó su deseo.

Él se quedó tumbado en la cama, llevando tan sólo unos calzoncillos de lana. Ella lo observó, dirigiendo su mirada al bulto pronunciado de su sexo. Lo tocó. Éste pareció moverse compulsivamente hacia su mano cuando agarró la protuberancia entre sus dedos, notando las venas a través de la lana.

—Sácalo —le susurró él, con los ojos cerrados y la respiración entrecortada.

Prudence se sentó en la cama y desabrochó los botones. Metió la mano por la abertura y lo extrajo. Éste saltó hacia su mano. Con una mirada de concentración, ella lo exploró con los dedos hasta que llegó a sus testículos. Aparte de las imágenes de anatomía de la enciclopedia médica y de las estatuas griegas del British Museum, nunca antes había explorado el cuerpo de un hombre con tal detalle. Su única experiencia anterior había sido demasiado rápida como para llegar a esa intimidad. Agarró el erecto miembro entre su mano, apretando y soltando la punta. Sintió cómo Gideon jadeaba y, al poco tiempo, éste la tomó por la muñeca y retiró su mano.

Respiró profundamente y murmuró:

—Tomémoslo con calma, cariño. —Se sentó agarrando todavía su mano.

—Me estaba divirtiendo —dijo ella.

—Y yo también. Pero quisiera que compartiéramos esta primera vez. —Se puso de pie y se quitó los calzoncillos dejándolos caer al suelo—. Es tu turno ahora.

Prudence observó su largo y delgado cuerpo. Para un hombre que se pasaba el día estudiando libros de derecho y batallando en los tribunales, tenía un cuerpo excepcionalmente atlético: muslos musculosos, vientre plano, bíceps duros... Le puso las manos sobre sus muslos, acariciando con los pulgares los huesos pronunciados de su pelvis. Un resplandor de excitación y placer apareció en su mirada. Acarició su espalda con las manos, presionando con los dedos la carne firme.

—Tienes un cuerpo precioso —murmuró mientras lamía suavemente sus pezones—. Podrías haber posado para Miguel Ángel.

Gideon la miró sorprendido.

—No estoy seguro de que eso sea un cumplido.

—Sí lo es —dijo ella, con la punta de su pezón agarrada con suavidad entre los dientes.

—Entonces, me siento adulado…, creo. —Empezó a quitarle las horquillas del cabello mientras ella permanecía con la cabeza contra su torso. Las lanzó en dirección al tocador, sin preocuparse por las que cayeron al suelo. Peinó su ondulante cabellera castaña con los dedos resiguiendo los cabellos mientras éstos caían, libremente, sobre su espalda. Entonces le cogió la cara y la levantó. Se inclinó y, besando sus ojos, dijo suavemente—: Necesito mirarte ahora.

Ella asintió dejando caer la parte superior de la camisa por detrás de sus hombros, que cayó sobre sus nalgas. Gideon se puso de rodillas introduciendo los dedos por su combinación y empujándola hacia abajo, centímetro a centímetro, besando su vientre hasta llegar a las nalgas. Ella levantó las piernas levemente para ayudarlo a que la desnudara y le quitara las enaguas de seda y los zapatos y él, finalmente, desabrochó los ligueros retirándole con suavidad las medias.

Aún de rodillas, recorrió su espalda con las manos hasta que llegó a las nalgas.

—Qué suaves —murmuró con una sonrisa de satisfacción, masajeando su sedosa redondez. Besó la base de su vientre e introdujo las manos entre sus piernas para separar las nalgas.

Prudence se estremeció a causa de aquella íntima exploración mientras sus partes íntimas se humedecían y dilataban. Se sintió desnuda; más desnuda de lo que estaba, y se deleitó en aquel sentimiento moviendo los pies por el suelo al tiempo que separaba las piernas más transportada aún por la pasión del momento. Tomó la cabeza de Gideon entre sus manos, apretándola firmemente contra su pubis y acariciando sus cabellos con los dedos. Una ola de placer se estaba formando en su entrepierna, a punto de inundarla súbitamente. Se mordió el labio inferior cuando ésta llegó. Se oyó gritar. Sus caderas temblaron descontroladamente. Gideon se incorporó, aguantándola contra su pecho hasta que hubo recuperado el equilibrio.

—Oh —fue todo lo que pudo decir—. Oh.

Él sonrió y besó su frente sudorosa.

—Qué apasionada —dijo suavemente, girándola hacia la cama y aprovechando la oportunidad para ojear con deseo, desde arriba, su espalda, esbelta y elegante, hasta el final de su cintura, el contorno de sus caderas, la curva de su trasero. Estaba llena de deseo por compartir ese placer con él. Gideon se puso de rodillas entre sus piernas, que ella levantó ahora atrapando con los talones sus nalgas.

—Ven —pidió—. *Ahora.*

—A su servicio, señorita —dijo él—. Dame sólo un segundo. —Lo contempló mientras él deslizaba una goma sobre su sexo. Se preguntó vagamente si siempre las llevaría consigo, pero le pareció una pregunta irrelevante en el momento en el que él se introdujo en su aún palpitante cuerpo, apretando los músculos interiores contra su miembro, deleitándose en el placer de sentir cómo la llenaba por dentro, empujando cada vez más.

Él la miró y ella le sonrió, con sus ojos verdes henchidos de placer.

—No te muevas, amor —dijo él—. Quiero aguantar tanto como pueda, pero estoy a punto de estallar.

—Tú marcas el ritmo —respondió ella, estirando los brazos hacia atrás en un sensual gesto de abandono. Él inspiró profundamente aferrándose a los últimos esfuerzos de autocontrol. Se retiró lentamente, e igual de despacio volvió a introducirse en su cuerpo. Ella jadeó, cerrando los ojos, con su vientre tensándose de nuevo al tiempo que aquella ola de placer empezaba a elevarse de nuevo.

Volvió a salir de ella, cerrando sus ojos, sosteniéndose en el borde mismo de su pubis, y su cuerpo se convulsionaba al tiempo que su sexo vibraba latiendo en su interior.

Cayó sobre ella con un gemido, apretando sus pechos de tal manera que ella sintió su corazón palpitar junto al suyo. Se quedó abrazada a su espalda sudorosa, tumbada hasta que recobró el aliento y el latido de su corazón hubo vuelto a su ritmo natural.

Gideon se echó hacia un lado. Se quedó tumbado sobre su espalda con una mano posada aún sobre el vientre de ella y echando la otra hacia atrás.

—Jesús, María y José —murmuró él—. Eres milagrosa, señorita Duncan.

—Tú tampoco lo haces nada mal, señor Gideon —le respondió con esfuerzo—. Ahora ya no me moriré sin saberlo.

Se giró para mirarla lentamente y preguntó:

—¿Qué significa eso?

Ella simplemente sonrió y cerró los ojos. Ahora sabía lo que había echado en falta todo aquel tiempo. Aunque no lo hubiera reconocido nunca, había estado un poco celosa de Constance, que evidentemente no había encontrado nada a faltar en el reino de la pasión con Max. La sonrisa aún se mantenía en su boca cuando cayó en un sueño profundo.

Se despertó una hora más tarde al oír el débil sonido de voces que provenían del pasillo. Se incorporó apoyándose sobre los codos perezosamente y miró hacia la puerta. Gideon, en batín, hablaba con alguien en el exterior de la habitación. Se dejó caer sobre la almohada percatándose de que, sin darse cuenta, Gideon había conseguido retirar la manta y, de alguna manera, sin perturbar su sueño, la había tapado con las sábanas.

Las voces cesaron y la puerta se cerró. Prudence se sentó con pereza sosteniendo la sábana a la altura de su cuello.

—¿De dónde has sacado el batín? —Era una prenda de vestir bastante elegante de seda brocada y no tenía aspecto de pertenecer al hostal.

—Lo he traído conmigo. —Tomó el pequeño maletín que ella recordó haber visto antes.

—¿Quieres decir que ya habías planificado esto? —preguntó ella sin estar muy segura de que le gustara la idea de que él hubiera estado dedicando toda una mañana a la seducción. Con condón incluido.

Él movió la cabeza en un gesto de negación.

—Eres tan desconfiada, cariño. No, no había planificado *esto*. Llevo todo el día intentando superar nuestro mutuo desagrado. Pero soy un conductor entusiasta, como te habrás dado cuenta.

—Un fanático, diría yo.

—Bueno, no discutiremos sobre el nivel de mi entusiasmo. —Abrió su maletín al tiempo que hablaba—. Sin embargo, como conductor experimentado, sé que uno se puede quedar tirado en la carretera aunque lleve el automóvil más fiable, y, por lo tanto, procuro ir preparado. —Sacó una prenda de seda y la sacudió para alisar los pliegues—. Esto es para ti.

Dejó la prenda sobre la cama. Se trataba de un batín de seda china verde esmeralda con pavos reales bordados de color azul marino.

Prudence lo tomó entre sus dedos.

—Es precioso, pero debemos marcharnos inmediatamente.

—No —dijo él—. Tenemos que comer, inmediatamente. Pato asado, si recuerdas.

Retiró las sábanas a un lado, mirando rápidamente al reloj que había sobre la repisa. Eran las nueve y media.

—Gideon, tengo que regresar. Mi familia estará preocupadísima.

—No, no lo estarán —dijo con esa calma de asertiva confianza que tan a menudo la sacaba de quicio. No esta noche, sin embargo—. Milton conoce las inconveniencias de la conducción, así que no le sorprendió que le dijera que si a las diez aún no habíamos regresado, debía ir a Manchester Square y explicar que habíamos tenido que pasar la noche fuera y que regresaríamos por la mañana.

Ella lo miró con atención aún sin entender muy bien lo que sucedía.

—Pero ¿qué pasará mañana? Es lunes. ¿No tienes que trabajar?

—Mi primera cita no es hasta el mediodía. Nos iremos temprano y aún nos quedará tiempo.

Prudence se dejó caer hacia atrás cubriéndose de nuevo con las sábanas.

—¿Hay algo que no hayas contemplado?

—Creo que no —le respondió con un cierto aire de suficiencia—. He traído un peine, un cepillo de dientes, dentífrico y un batín para ti. Aunque —añadió, mirándola con consideración— dudo de que necesites esto último.

—Quizá no —asintió ella—. Si vamos a cenar pato asado, ¿no deberíamos vestirnos y bajar al comedor?

—No, cenaremos aquí. Me parece demasiado esfuerzo el ir abajo, y creo que, de todas maneras, quieren cerrar el comedor temprano.

—Ah. —Volvió a tocar el batín con sus dedos—. Entonces será mejor que me levante y me ponga esto.

—Parece una buena idea —asintió él—. El baño está enfrente. Creo que no hay nadie más en esta planta, así que no tendremos que compartirlo.

Prudence se puso el batín abrochándoselo bien a la cintura.

—¿Has dicho algo acerca de un cepillo?

—Sí, pero quisiera hacerlo yo mismo. Hay algo en tu cabello que me vuelve loco. —Se acercó a ella y, cogiéndola por la barbilla con el dedo, la besó en la comisura de la boca.

Ella simplemente sonrió y se dirigió descalza a la puerta. El cuarto de baño era pequeño pero tenía todo lo necesario: bañera, lavabo e inodoro. Prudence empezó a llenar la bañera y, mientras el agua corría, se recogió el cabello con las manos y regresó a la habitación.

—¿Qué ha pasado con mis horquillas del pelo?

Gideon tomó un montón de encima del tocador.

—¿Quieres compañía en el baño?

—Es muy pequeño —respondió dubitativamente.

—Podríamos frotarnos las espaldas.

—Irresistible. —Se acercó a él y le acarició la mejilla—. Rascas un poquito.

—La sombra de las cinco en punto —dijo él—. Normalmente me afeito por la mañana y por la tarde.

—Creo que me gusta así —dijo ella—. Te da un… *je ne sais qua*… un cierto aire de tipo duro.

Se inclinó y frotó su mejilla contra la de ella.

—¿Lo prefieres duro a tierno, entonces?

—Depende —dijo ella—. Depende de las circunstancias. Debo volver al baño antes de que se inunde.

La siguió al baño, observando cómo se quitaba el batín y se quedaba desnuda durante un breve instante, consciente de que él la miraba y ofreciéndole esa visión antes de meterse en la bañera.

—Realmente, no hay espacio para los dos.

—Tonterías —dijo él, quitándose el batín y metiéndose en el lado opuesto de la bañera. El agua rebosaba por encima de la misma al tiempo que él se esforzaba por sentarse teniendo que flexionar las rodillas hasta la barbilla para caber dentro.

Prudence pasó sus pies por debajo de su trasero haciéndole cosquillas con los dedos de los pies. La cogió por los tobillos y el agua cayó abundantemente por encima de la bañera de nuevo, sobre el suelo de madera.

—Deja de hacer eso —dijo él, asiendo los tobillos con fuerza—. Dentro de nada habrá goteras en el techo de abajo.

—Ya te dije que era demasiado pequeño para los dos. —Se reclinó hacia atrás cosquilleando sus partes desnudas con los dedos de los pies.

Gideon su puso en pie, lanzando una nueva ola de agua sobre el suelo, y salió de la bañera. Tomó una toalla del toallero y la lanzó al suelo para secar el charco.

—Mejor, me afeito —dijo mientras regresaba al dormitorio para coger la brocha y la navaja.

Prudence se enjabonó tranquilamente, disfrutando de la intimidad de sus abluciones. Había una maravillosa sensualidad en todo ello, que partía de la forma en que habían hecho el amor, que, de alguna manera, lo solidificaba, creando una deliciosa plenitud. Se frotó suavemente las piernas con una toallita enjabonada hasta llegar a los muslos… y al lugar de su anterior placer.

—¿Quieres que te ayude ahí?

La voz tranquila casi la hizo saltar y sus ojos, que no se había percatado de que llevaban un rato cerrados, se abrieron de repente. Gideon estaba de pie junto a la bañera; sus grises ojos habían adquirido un oscuro tono negro azabache mientras la miraba.

—No, gracias —dijo Prudence con tanta dignidad como pudo reunir—. Ya hemos visto que la bañera no es un buen lugar para juegos.

Él se rió y cogió una toalla seca.

—Fuera. Si no voy a empezar a sentirme superfluo.

Ella se puso de pie entre el agua que goteaba por su cuerpo y salió de la bañera intentando pensar en algo agudo con que responderle, pero fracasó en el intento. Él la envolvió en la toalla y se metió en la bañera.

Prudence se secó vigorosamente y se puso el batín chino de seda. Ya en la habitación vio que habían preparado una mesa junto al fuego donde había una botella de Pouilly-Fuissé, un cesto con bollos calientes y un plato con mantequilla. Sirvió vino en las dos copas y se sentó a la mesa. Partió uno de los bollos en dos y lo untó con mantequilla. Parecía como si el sexo le hubiera estimulado el apetito.

Gideon regresó justo cuando ella estaba tomando el primer sorbo.

—¿Está bueno?

—Delicioso. ¿No lo has probado?

—No, pero el dueño me ha asegurado que no está picado.

Tomó el asiento frente a ella. Su cabello aún estaba húmedo y Prudence notó con diversión que cuando estaba así se le rizaba un poco. Era algo frívolo, nada adecuado para el intimidatorio abogado que había conocido la primera vez.

Un golpe en la puerta anunció la llegada de dos camareros, que dejaron una bandeja repleta de marisco sobre la mesa.

—Ostras, sir Gideon, y almejas, berberechos, gambas, patas de langosta, bígaros y mejillones ahumados —entonó uno de los camareros señalando la bandeja con el dedo.

—Gracias. —Gideon asintió y los camareros desaparecieron de la estancia. Tomó un palillo afilado y seleccionó un diminuto marisco—. Éstos son deliciosos. —Tomó el pequeño bígaro por la concha extrayéndolo con el palillo y se lo pasó a Prudence.

Ella introdujo el bígaro en su boca. Normalmente no consideraba que estos pequeños mariscos merecieran el esfuerzo, pero ahora se dio cuenta de lo que se había perdido. Ella asintió y se comió otro. Se empezó a dar cuenta de que Gideon trataba el asunto de la comida con total seriedad. Se comieron el montón de marisco con dedicada atención, puntuándolo de vez en cuando con un murmullo ocasional y algún que otro comentario, y cuando el camarero regresó para llevarse la bandeja, simplemente se sentaron hacia atrás, acabándose el vino y asintiendo con satisfacción.

—Nunca hubiera dicho que fueras un auténtico sibarita —comentó Constance, rompiendo aquel silencio de satisfacción—. No parece ir con lo de ser abogado.

—Oh, estás muy equivocada, cariño —dijo él—. Los abogados nos damos tantos caprichos como el resto de los profesionales…, y mucho más que algunos. Tenemos nuestros propios clubes, nuestros pubs y nuestros restaurantes. Aunque no hablamos mucho en ninguno de ellos, te lo aseguro. Y si lo hacemos, generalmente se trata de discusiones legales, casos, pero sosegamos esos asuntos con las buenas cosas que ofrece la vida.

Prudence asintió, reflexionando sobre la facilidad con que las palabras cariñosas fluían de su boca. Le gustaba, la hacían sentir especial y magnificaban la sensualidad de aquel interludio, pero no estaba acostumbrada a ellas. Su padre no era una persona que empleara aquel hablar retórico y dulce, e incluso su madre usaba ese habla en contadas ocasiones. Ella misma no se sentía cómoda empleando aquel vocabulario y se preguntaba si Gideon se habría percatado de que ella sólo lo llamaba por su nombre. Pero quizá se daría cuenta de la manera especial con que ahora lo pronunciaba. Suavizó las letras con la lengua mientras se tomaba el vino.

Apareció el pato asado, con salsa de naranja, suculentas judías verdes y crujientes patatas al horno. Se abrió una botella de Nuits-St-Georges, y los camareros volvieron a desaparecer. Gideon cortó con su cuchillo la crujiente piel del ave, de dentro hacia fuera y, con su tenedor, separó la carne.

Se inclinó hacia delante acercándole el tenedor a la boca.

—No hay mayor honor que pueda tener abogado alguno que el ofrecer el mejor bocado de un pato al *Aylesbury* a una clienta como tú.

14

Gideon se despertó por el delicado tacto de un cuerpo junto al suyo y unos labios apretados contra el hueco de su cuello. No se movió ni abrió los ojos cuando Prudence cubrió con pequeños besos su rostro, sus parpados, su nariz, sus mejillas, las comisuras de su boca y la hendidura de su barbilla.

—No te hagas el dormido —dijo mientras le rozaba la boca con la punta de su lengua—. Puedo notar cómo la parte más importante de tu cuerpo está bien despierta. —Acercó la parte inferior de su torso hacia su erección.

Gideon acarició su espalda hasta la hendidura al final de su cintura, acariciando su trasero con suavidad.

—Mi mente, como la de los académicos de Oxford, está considerada por lo general la parte mas importante de mí —murmuró en la fragante masa de cabello castaño.

Prudence tosió.

—Eso depende de las circunstancias. Debo decirte que no tengo, en este momento, el más mínimo interés en tu mente. —Desplazó una mano hacia abajo buscando la protuberante evidencia de su despertar—. Me pregunto si podría hacerse así.

—Por supuesto que sí. —El tono lánguido de su voz desapareció rápidamente—. Échate para atrás y levántate un poquito.

—¿Así?

—Sí, justo así. —Con un gesto ágil de sus caderas dejó que ella se pusiera encima de él.

—Oh, esto es otra cosa —dijo Prudence con tono de sorpresa.

—Hay un montón de maneras de disfrutar juntos —dijo él—. No me digas que no has leído el *Kama Sutra*, porque no te creería.

—Por supuesto que lo hemos leído, pero algunas de las posturas parecían simplemente imposibles, por no decir tortuosamente incómodas. —Flexionó las rodillas hacia abajo permitiendo que él entrara hasta el fondo—. ¿Las has probado todas?

—No. Nunca he encontrado a nadie que quisiera ponerlas en práctica. —Presionó con suavidad las caderas con los pulgares—. Échate un poco hacia delante… Ah, así está perfecto. —Él sonreía levantando y bajando las caderas rítmicamente y ella seguía este movimiento.

Él miró su cara; sus ojos estaban cerrados y le dijo dulcemente:

—Abre los ojos. Quiero ver dónde estás.

Ella los abrió mirándolo fijamente. Buscaba el destello en el interior de aquel verde claro; el brillo de excitación aumentó a medida que se acercaba a su clímax, y cuando éste estaba a punto de llegar, acarició el botón de su sexo con suavidad con la punta de los dedos. Sus ojos se abrieron todavía más y él la levantó hacia arriba sosteniéndola en el aire con las manos para luego llevarla hacia abajo con firmeza. Con un gesto ágil, en el momento en que ella gritaba de gozo, la colocó hacia un lado de la cama, justo en el momento en que él también llegaba a su propio clímax.

Prudence sintió cómo los temblores orgásmicos llenaban su cuerpo durante unos instantes. Sentía su cuerpo frágil; una ligera masa de placer; sus músculos sin fuerza; su pubis, liviano.

Se puso de costado apoyando la cabeza sobre la espalda de Gideon cuando él se puso de espaldas. Le retiró con una mano los cabellos sudorosos que cubrían su mejilla y la dejó caer sobre la cama.

—Me pregunto si alguna vez puede haber demasiado de una cosa tan rica como ésta —murmuró Prudence cuando recobró el aliento. Calculó que desde las ocho de la tarde anterior, habían hecho el amor cuatro veces y, a juzgar por la luz que entraba por la ventana, acababa de romper el alba.

—No para mí —dijo él.

—Ni para mí —asintió ella con una sonrisa.

—Por desgracia, o por fortuna, la vida cotidiana exige otras cosas —dijo Gideon emitiendo un gemido de esfuerzo—. Deberíamos ponernos en marcha. Tengo que llevarte a casa antes de que tu familia llame a la policía.

—Dijiste que les harías llegar un mensaje. —Prudence estiró sus propios músculos presionando contra las almohadas.

—Y lo habrán recibido. Pero estoy seguro de que querrán ver que estás con vida antes de que la mañana esté demasiado avanzada. —Señaló poniendo los pies sobre el suelo—: ¿Quieres que te prepare un baño?

—Sí, por favor. —Se dejó caer hacia atrás, sin fuerza para incorporarse, y volvió a cerrar los ojos. Al poco tiempo oyó el agua y su mente recobró la conciencia. ¿Adónde llevaría todo esto? Había sido una noche maravillosa, llena de placeres transcendentales. Pero, y ahora ¿qué?

Como si pudiera leer sus pensamientos, Gideon volvió a aparecer.

—Prudence, tu baño está listo. Levántate ya. Tenemos que ponernos en marcha.

Sus ojos se abrieron de repente y lo miró sorprendido por su tono imperativo. Durante las largas horas haciendo el amor, había olvidado que tenía aquel tono... asertivo, autoritario e impaciente. Se encontró pensando si aquél sería su auténtico ser y si, por tanto, el dulce y tierno amante que le decía cumplidos mientras hacía el amor era tal sólo un visitante ocasional.

—Ya estoy en pie —dijo ella, saliendo de la cama y poniéndose el batín. Pasó por su lado y se dirigió al baño. Se preguntó si él la seguiría, pero no le sorprendió que no lo hiciera. El idilio había concluido definitivamente y la realidad había vuelto irremisiblemente.

Se lavó rápido y regresó al dormitorio. Gideon ya estaba vestido y, aunque vistiera su traje de fin de semana, estaba claro que había vuelto a su ser físico habitual. Los encantadores rizos de su cabello estaban debidamente peinados, se había afeitado y hasta su postura parecía haberse tornado más rígida. Era de nuevo el abogado, con el control de todo, seguro de sí mismo y con aire de superioridad.

Prudence se dirigió al tocador e hizo una mueca al ver el estado de su cabello. Era una auténtica maraña que sabía que tardaría horas en poner en orden. Se sentó en el pequeño taburete, tomó el cepillo y empezó a peinarse lentamente.

—Déjame que te ayude. —Él estaba de pie detrás de ella estirando la mano por encima de su hombro para coger el cepillo.

Se lo entregó diciendo:

—Puesto que eres responsable de este lío...

Sus ojos grises resplandecieron y, aunque sólo fuera por un breve instante, pudo ver de nuevo al amante.

—No del todo —murmuró él, poniendo su mano sobre

la cabeza y peinando el cabello con vigor—. Perdón —dijo al percibir una mueca de dolor—. ¿Hay alguna manera más suave de hacerlo?

—No, hazlo con tanta fuerza como puedas. —Apretó sus húmedos ojos, dobló la cabeza y lo dejó proseguir.

Tras unos minutos de peinar de arriba abajo sin parar, dejó el cepillo.

—Ya está, creo que es lo mejor que puedo hacerlo.

Prudence abrió los ojos y peinó la cabellera con sus dedos.

—Ya seguiré yo.

—Bien. —Se dirigió a la puerta—. Haré que nos preparen el desayuno. ¿Estarás lista en unos diez minutos?

—En un momento —dijo secamente.

—Mete el batín y las demás cosas en el maletín cuando termines. Llamaré al mozo para que las lleve al coche.

Prudence asintió mientras acababa de peinarse. Él salió con un paso ágil que a ella le pareció casi marcial. Se vistió rápidamente, intentando no pensar en aquellos movimientos de cuando estaba desnuda, metió las cosas en la maleta y cerró los pequeños cierres en un gesto que, pensó, simbolizaban el fin de aquel idilio. Era una manera de poner orden a un extraño devaneo. Miró alrededor de la habitación antes de cerrar la puerta. Todo estaba en orden excepto la cama, cuyas sábanas y cubrecama estaban hechos una maraña. Sus ojos percibieron un par de horquillas del pelo en el suelo y recordó cómo Gideon se las había quitado. Haciendo una pequeña mueca, cerró la puerta y se dirigió hacia el piso de abajo.

Gideon estaba leyendo el periódico cuando ella entró en el comedor. Se levantó cortésmente cuando ella se sentó.

—¿Un periódico? He pedido dos. —Le pasó una copia perfectamente doblada del *Times*.

Prudence no pudo evitar responderle con una sonrisa. Éste era un hombre al que no le gustaba conversar durante el desayuno. Sirvió té, untó una tostada con mantequilla y abrió su propio periódico sin distraer a su acompañante de la lectura y de su plato de riñones con panceta.

Ya estaban de nuevo en el coche conduciendo por las tranquilas calles de Henley. Unos pocos tenderos empezaban a abrir sus negocios pero aún había pocos clientes. Prudence se había puesto el abrigo de pieles de nuevo y había metido las manos en el manguito. Intentó entablar conversación con un tema que le llamaba la atención.

—Gideon, esta mañana no hemos usado condón pero te retiraste en el último momento. ¿Es eso desagradable para ti?

Él se encogió de hombros.

—No hay ningún método que satisfaga plenamente a un hombre, pero las posibles consecuencias de ignorar las precauciones no dejan otra opción.

—Ah. —Prudence tocó el bloc con sus dedos. Con su respuesta le había dado pie a otra pregunta—. ¿Te gustaría tener más hijos? en las circunstancias correctas, quiero decir.

—¿Quieres tú tener hijos, Prudence? —preguntó él, dirigiéndole una breve mirada que ella, sin embargo, no pudo identificar tras las lentes ahumadas.

—Te lo he preguntado yo. Si te gustaría casarte de nuevo, quiero decir.

La miró con cara de incredulidad.

—Has vuelto a poner tus manos sobre ese bloc de notas, ¿no es así?

Notó cómo se sonrojaba un poco.

—Puesto que ha salido el tema, pensé que no estaría mal preguntar.

—Acabamos de pasar una noche haciendo el amor y ¿ya estás pensando en encontrarme una esposa? —preguntó él—. No puedo creérmelo, Prudence. Es tan poco apropiado.

—No, no lo es —dijo ella con firmeza—. Ayer por la noche dijiste que no habría confusiones. Somos clientes el uno del otro. Yo espero que hagas lo mejor para mí y tú que yo lo haga por ti. Acordamos que querías una esposa lo suficientemente joven para darte hijos pero no me dijiste en ningún momento si, de hecho, querías tener más. —Se giró para mirarlo—. Sé razonable, Gideon. Lo que te pregunto es serio.

Él miró fijamente al frente manteniendo su atención en la sinuosa carretera y finalmente dijo:

—No quiero hablar de esto.

—Como un avestruz. Escondes la cabeza bajo tierra —dijo ella—. ¿Cómo quieres que haga mi trabajo si no me contestas?

Gideon movió la cabeza con un gesto de negación.

—De acuerdo —dijo Prudence—. Dejaremos de hablar de esposas potenciales de momento. Pero espero que no te importará que hablemos de otros factores. ¿Crees que a Sarah le importaría tener un hermano?

—Creía que ya habíamos dejado de lado a Agnes Hargate.

Prudence ignoró su tono de acritud.

—No estoy hablando de nadie en concreto. Simplemente intento establecer unos parámetros. Seguro que tienes alguna idea.

Gideon, contra su voluntad, se encontró pensando en la pregunta. Se dio cuenta de que no sabía qué pensaba Sarah acerca de tener una madrastra, y mucho menos de un hermano o hermana.

—No lo sé —dijo finalmente—. Tendré que preguntárselo.

Con lo que reconoció era pura curiosidad, Prudence preguntó:

—¿Cómo te sentirías si tu esposa potencial tuviera un hijo ilegítimo?

Esto le llamó la curiosidad:

—¿Conoces tú a alguien en esa situación?

Por supuesto, ella no conocía a nadie. Las mujeres de su ámbito social no tenían hijos ilegítimos o, al menos, no reconocían tenerlos.

—No, no a ninguna que lo reconociera públicamente.

—Entonces ¿por qué lo preguntas?

Había preguntado porque quería saber quién era el auténtico Gideon Malvern. —Éste cultivaba una imagen de convencionalismo, de inflexibilidad, de falta de empatía para aquellos que no cumplieran con sus principios y, sin embargo, había visto que bajo la superficie, era todo lo contrario, abrazando lo poco ortodoxo, abierto al cambio. Pero ¿era ésta la imagen que debía retener o era precisamente la otra? Quizá su lado gregario y poco ortodoxo era tan sólo una imagen ideada para obtener una respuesta determinada y el Gideon auténtico era ese inflexible y agresivo abogado que no sentía empatía alguna por aquellos que no bailaran al son de sus normas. Su tranquilidad psicológica se apoyaba en la respuesta a aquel acertijo.

—Bien —dijo reflexivamente, empleando de nuevo el tono informal de sus conversaciones anteriores—. Al menos sabemos que te gustaría encontrar una esposa que esté dispuesta a explorar los placeres del *Kama Sutra*.

—Estoy preparado para dejar de lado algunas de las posiciones más extremas —dijo él mirándola con cara de sorpresa. Estaba sonriendo—. ¿Adónde quieres llegar, Prudence?

—Estoy intentando encontrarte una esposa adecuada.

—Quizá eso sea algo que yo quiera hacer por mí mismo.

—Aceptaste los términos del acuerdo.

—Asentí a dejarte intentarlo.

—Pues lo estoy intentando. Por cierto, estás a punto de chocar contra un carro —observó—. Estoy segura de que se supone que deberías mirar a la carretera mientras conduces.

Gideon lanzó unos cuantos improperios mientras esquivaba con rapidez un carro de tiro cargado de estiércol conducido por un carretero que fumaba una pestilente pipa, cuyo hedor no podía, de todas formas, competir con el hedor proveniente de su carga.

—Hubiera sido una experiencia bastante desagradable.

—¿Por qué no te concentras en el paisaje y dejas que yo también me concentre? —Parecía enojado mientras la miraba. Prudence pensó en el error que éste había cometido y le contestó con una sonrisa. Gideon no era un hombre al que le gustara cometer errores.

—Muy bien —dijo amigablemente—. He dormido poco, como bien sabes. —Se abrigó con el chaquetón, se subió el cuello de éste y cerró los ojos tras las lentes ahumadas.

No esperaba dormirse, pero le costó despertarse cuando notó cómo el coche se detenía y se percataba de que estaban justo delante de Manchester Square.

—He dormido todo el trayecto.

—Así ha sido —asintió él, desplazándose al otro lado del coche para abrirle la puerta—. Y has roncado tranquilamente.

—Yo no ronco. —Salió del vehículo—. Te voy a decir algo, Gideon. Esta costumbre que tienes de hablar con tono combativo me saca de quicio —declaró ella—. Quizá te sirva en los tribunales, pero es muy molesto en una conversación social. —Se quitó las lentes ahumadas y las tiró en el asiento que acababa de dejar.

Él se levantó las gafas y dijo:

—¿Te has parado a pensar que quizá a mí también me puedan sacar de quicio tus preguntas?

—Sólo hago mi trabajo —declaró Prudence. Movió la cabeza en un gesto de resignación—. Creo que volvemos a desagradarnos.

—Eso parece —asintió él—. Supongo que será una cuestión de ciclos. —Le puso un dedo sobre la punta de la nariz levantando las cejas.

—Quizá sí —dijo ella, percatándose del tono suave que había empleado él, mostrándole aquella otra cara de Gideon Malvern, la que la desarmaba—. Quizá sí —repitió—. Pero eres tú quien provoca esas reacciones, Gideon. Normalmente soy una persona tranquila a la que le gusta divertirse. Pregúntales a mis hermanas.

—Creo que no me tomaré la molestia. Estoy convencido de que te darían la razón sólo a ti. Por el contrario, cada vez que nos peleemos, intentaré recordar a esta apasionada amante, y tal vez así no tenga la tentación de responder de esa forma. —Se inclinó y besó la punta de su nariz y, a continuación, la comisura de sus labios—. Encuéntrame alguna prueba de los tratos de lord Duncan con Barclay, Prudence. Estoy con las manos atadas sin ellos. Y ven a mi despacho mañana por la tarde, después de las cinco. Hablaremos de cómo deberías presentarte ante el tribunal y de la imagen de ti que deberías evitar mostrarles. —Hizo un gesto indicando que tenía que marcharse inmediatamente antes de que ella pudiera responder y regresó rápidamente al coche.

Prudence dudó. Tenía la cabeza llena de palabras con que responderle, pero ninguna le parecía adecuada. Un minuto la besaba y la llamaba «cariño» y al siguiente le daba órdenes bruscamente. Esperó hasta que hubo desaparecido por la esquina de la plaza y subió los escalones que daban a la puerta principal de la casa.

Jenkins abrió la puerta justo en el instante en que ella introducía la llave por la cerradura.

—Señorita Prue, ¿qué ha ocurrido? —No podía ocultar su preocupación.

—Prue, ¿eres tú? —Chastity apareció súbitamente por el rellano de las escaleras—. ¿Habéis tenido un accidente? ¿Estás bien?

—No, no ha habido ningún accidente y sí, estoy bien, cariño. —Prudence subió las escaleras rápidamente—. Los coches tienen la costumbre de estropearse. Hemos pasado la noche en un hostal en Henley. —Le dio un beso a su hermana y pasó junto a ella apresuradamente—. Tengo que cambiarme de ropa, Chas. Llevo puesto esto desde ayer.

—Sí —asintió Chastity—. ¿Has dormido con la ropa?

Había algo en la pregunta de su hermana que hizo que Prudence se detuviera de repente. Se giró lentamente. Chastity la miraba con la cabeza ligeramente inclinada hacia un lado y con una sonrisa en los labios.

—No —respondió Prudence.

—Entonces ¿con qué has dormido?

—Si te dijera que en el hostal tenían camisones para los huéspedes, ¿me creerías? —Prudence se dio cuenta de que sus labios empezaban a trazar una leve sonrisa.

—Ni en broma —dijo Chastity—. ¿Vas a contarme lo que ha pasado?

—Por supuesto. —Prudence rió—. Ven y ayúdame a lavarme el pelo. Está hecho un desastre.

Se lo había explicado todo a Chastity y estaba sentada junto al fuego del salón secándose el cabello con una toalla cuando entró Constance.

—¡Ya has regresado! Gracias a Dios. Me quedé muy preocupada cuando Chastity me envió el mensaje ayer por la noche. ¿Qué ha ocurrido?

—Prudence tuvo una tentación y decidió caer en ella, y, por lo que parece, ésta la ha llevado a una noche de pasión

desbocada en Henley-on-Thames —dijo Chastity despreocupadamente.

Prudence emergió de debajo de la toalla.

—Por decirlo en una palabra.

—Bueno, eso es más de una, ciertamente. —Constance se
sentó en el brazo del sillón—. ¿Es un buen amante?

Prudence sintió cómo se sonrojaba.

—No tengo mucho con qué compararlo —respondió—.
Pero no puedo imaginar cómo podría haber pasado mejor
la noche.

Constance hizo una mueca.

—Suena bastante conclusivo —dijo—. Mi pregunta, sin
embargo, es cómo...

—¿... afecta esto a mis asuntos con el abogado? —interrumpió Prudence—. Lo sé, Con. Y no creo que me lo haya
planteado bien aún. Pero no creo que cambie las cosas en nada. Sir Gideon Malvern CR no es la misma persona con la
que he pasado una noche estupendamente loca. Cambia de
personaje con increíble facilidad. —Cogió el cepillo y empezó a peinar su cabello, aún húmedo, vigorosamente.

—Eso es bueno. ¿No es así? —preguntó Chastity con aire de duda.

—Por supuesto que lo es —respondió Prudence, acallan-
do sus propias dudas—. Y, volviendo al asunto en cuestión,
está convencido de que la nota de Barclay no es suficiente
base para preparar la defensa. —Suspiró levemente—. No
contiene nada de relevancia. Tendré que ir a Hoare mañana
por la mañana. Se me ha hecho demasiado tarde hoy.

—Pensaba que ya habíamos acordado eso —dijo Chastity al tiempo que echaba una palada de carbón al fuego.

—Ya lo sé, pero tenía la esperanza de que pudiéramos
evitarlo.

Constance movió la cabeza en un gesto de negación.

—Estamos metidas en esto hasta el cuello para empezar ahora a lamentarnos, Prue. ¿Te ha explicado Chas lo que he estado haciendo esta mañana?

—No, no he tenido oportunidad —comentó Chastity—. Me quedé aquí esperándote, Prue, así que Con fue sola a intentar descubrir si alguien había estado haciendo preguntas. —Miró a su hermana mayor con cara de preocupación.

—Y ¿has descubierto algo, Con?

La actitud desenfada de sus hermanas se desvaneció de repente.

—Cuéntanos —dijo Prudence. Sabía instintivamente que no iba a escuchar nada bueno.

Constance iba y venía hacia la ventana.

—Como acordamos, fui a algunos de los puntos de venta que empleamos. La tienda de Helene Miller, Robert's, en Picadilly, y algún otro. Intenté simular que estaba haciendo la ronda de costumbre para ver cuántos ejemplares del último número se habían vendido.

Se detuvo y sus hermanas esperaron.

—Todos y cada uno. Y al parecer habían estado haciendo preguntas sobre cómo recibían el periódico, quién controlaba las existencias, quién tomaba los pedidos, cómo se recogía el dinero...

—Detectives —dijo Prudence llanamente—. Pagados por los abogados de Barclay. Gideon tenía razón.

Constance asintió.

—Por supuesto, nadie sabe quiénes somos. Tan sólo somos representantes de *La dama de Mayfair*. Estamos bajo cubierto, y no hay nada que pueda llevarlos a esta dirección, pero creo que sería mejor parar el próximo número.

—¿No publicarlo? —Aquél era un concepto tan alejado de las ideas de las hermanas que las dos miraron a Chastity con cara de sorpresa.

—Quizá deberíamos dejar de publicarlo hasta que haya pasado el caso —dijo Constance de mala gana.

—Pero esto es ceder ante ellos —dijo Chastity con un tono inusualmente firme—. Creo que ésa es la última opción.

—Y ¿qué sucederá con la señora Beedle? Seguro que habrán indagado en la dirección de reenvío —dijo Prudence frunciendo el ceño en señal de preocupación—. Seguro que no nos traicionaría, pero no podemos dejar que la hostiguen.

—Una de nosotras debería ir allí mañana a hablar con ella —dijo Constance.

—Yo no puedo. —Prudence se levantó moviendo la cabeza para secar su cabello—. Tengo que ir al banco. Tendrá que ser una de vosotras.

—Ya iré yo —dijo Chastity.

—Imagino que en tu noche de irrefrenable pasión, habrás tenido algún momento para indagar sobre el tipo de mujer que le gusta a nuestro abogado, ¿no? —Constance miró a su hermana mediana con una ceja levantada.

—Lo intenté —dijo Prudence—. Pero no quiere saber nada de Agnes o Lavender. Se mostró muy firme en que esto quedara bien claro.

—Pero si no las conoce —protestó Chastity.

—Creo que eso le importa poco. Para ser brutalmente franca, no creo que le interese mucho esta parte del acuerdo.

—Entonces ¿por qué accedió? —preguntó Constance.

Prudence se encogió de hombros.

—Creo que se pensó que era algún tipo de broma, algo que no debía tomarse en serio.

Sus hermanas la miraron pensativamente.

—Por supuesto, quizá las cosas se compliquen un poco ahora —observó Constance—. Una amante buscando la esposa ideal para su amante. Es una situación casi perversa, podría decirse.

—Sí, podría decirse que sí —afirmó Prudence secamente.

—De hecho —prosiguió su hermana mayor—, cabría preguntarse si estás dispuesta aún para proseguir la búsqueda.

—Te aseguro que estoy metida en este asunto como siempre lo he estado —declaró Prudence con aspereza—. Un pequeño lío con un cliente no tiene por qué afectar a mi objetividad.

—No —asintió Constance—. Por supuesto que no. Así que se trata de un pequeño lío...

15

Prudence se detuvo delante del banco Hoare bajo la llovizna. Estaba intentando templar los nervios antes de entrar cuando la puerta se abrió y el portero salió sosteniendo un paraguas. Hizo una reverencia y se acercó a ella.

—¿Viene usted al banco, señorita?

—Sí —dijo ella—. Quisiera hablar con el señor Fitchley, si se encuentra disponible hoy.

—Por supuesto, señorita. —El portero sostuvo el paraguas mientras ella guardaba el suyo, sacudiendo antes las gotas de lluvia. La acompañó al silencioso interior del banco donde, por alguna razón que Prudence desconocía, todo el mundo hablaba en voz baja.

—La señorita pregunta por el señor Fitchley —comunicó el portero, casi susurrando, a un viejo oficinista.

El empleado reconoció a su visitante sin dificultad. Que las mujeres llevaran las cuestiones financieras por sí solas ya era lo bastante inusual como para convertir a la señorita Duncan en una clienta distintiva.

—Buenos días, señorita Duncan, le diré al señor Fitchley que está usted aquí.

Prudence sonrió agradecida. Se sentó en una silla con respaldo recto y tapiz de terciopelo, con el bolso sobre su regazo, intentando no parecer demasiado cohibida. Los silenciosos y atareados empleados casi ni le dirigieron la mirada pero, sin embargo, ella tenía la sensación de que la observaban desde todos los rincones.

El señor Fitchley en persona salió de su despacho para recibirla.

—Señorita Duncan, buenos días; es un placer verla; pase, pase. —Señaló ampliamente a la oficina.

—Buenos días, señor Fitchley. Aunque bastante húmedos, parece. —Volvió a sonreírle y entró en el despacho. Era una sala pequeña y oscura; un pequeño fuego chispeaba en la chimenea.

—Le ruego que se siente. —El director del banco señaló hacia una silla ante un escritorio donde no había ni un solo papel a la vista. Cruzó las manos sobre la superficie inmaculada de la misma y preguntó con una sonrisa—: ¿Qué puedo hacer por usted esta mañana, señorita Duncan?

Prudence abrió su bolso y extrajo la carta de autorización. Sus dedos no estaban tan firmes como de costumbre cuando le dio la vuelta al sobre para que él pudiera ver bien el sello.

—Necesitaría examinar las cuentas de lord Duncan, señor Fitchley. Sé que es poco usual, pero mi padre está algo preocupado sobre unas transacciones que realizó en el pasado y quisiera que yo las examinara.

El señor Fitchley se puso los quevedos y levantó el sobre. Le dio varias vueltas con la mano.

—Espero que las preocupaciones de lord Duncan no tengan nada que ver con los servicios del banco Hoare. La familia del conde ha tenido aquí sus cuentas durante generaciones.

Prudence se apresuró a tranquilizarlo.

—No, por supuesto que no. Simplemente desea refrescar

su memoria sobre ciertas transacciones que tuvieron lugar hará cuatro o cinco años. —Le sonrió—. Como sabe, señor Fitchley, me ocupo normalmente de las finanzas familiares. Mi padre tiene poco tiempo para esas cosas.

El director de banca asintió.

—Sí, su difunta madre, la muy querida lady Duncan, solía decir lo mismo. —Tomó un cortaplumas y abrió el sobre desdoblando el documento que había en el interior. Lo leyó con suma atención, así, pensó Prudence, como si estuviera memorizando cada una de las palabras que había escritas. Cuando concluyó, lo dejó sobre el escritorio alisándolo con la palma de su suave y blanca mano.

—Bien. Parece que está todo en orden, señorita Duncan. Si quiere usted acompañarme… Tenemos un despacho privado donde nuestros clientes pueden examinar sus bienes sin ser molestados. —Se levantó de la silla y la condujo hacia el vestíbulo principal. Prudence lo siguió por un pasillo con suelos de mármol, pasando por delante de los cuartitos donde los diligentes empleados bajaban la vista cuando el señor Fitchley pasaba. Abrió la puerta y se hizo a un lado para que Prudence pudiera entrar en una habitación que, más bien, parecía una celda, amueblada sencillamente con una silla y una mesa. Una luz tenue entraba por una pequeña ventana.

—Hace un poco de frío, me temo —dijo él—. No encendemos la estufa a menos que el cliente haya solicitado una cita por adelantado.

—Lo siento…, debería haberlo hecho, por supuesto. Pero esto ha llegado con cierta urgencia —dijo Prudence.

—No tiene importancia, señorita Duncan. Si quiere usted ponerse cómoda, haré que un empleado le traiga los libros de cuentas. ¿Querrá también examinar la caja de caudales?

—Sí, por favor.

El director del banco salió haciendo una reverencia y cerrando la puerta tras de sí. Prudence temblaba en el pequeño y húmedo habitáculo, y caminaba de punta a punta nerviosamente. En menos de diez minutos, apareció un empleado que llevaba un montón de libros de cuentas seguido por otro con una caja cerrada con candado. Lo dejaron todo sobre la mesa.

—¿Desea que encienda la lámpara, señorita? —preguntó el primero.

—Sí, por favor. —Prudence cogió la llave que había sobre la caja y la metió en el cerrojo. La lámpara llameó produciendo la mera ilusión de un brillo cálido y agradable sobre aquella lúgubre habitación.

—¿Desea café?

—Sí, eso sería espléndido, gracias.

Abandonaron la habitación y ella se sentó en la silla y levantó la tapa de la caja. Tenía la impresión de que si su padre deseaba mantener algo en secreto, lo guardaría bajo llave y no escrito en un libro de cuentas. La caja contenía sólo un manojo de papeles. Los había sacado justo en el momento en que el empleado entró trayendo consigo una bandeja con café y un plato con galletas que parecían algo rancias y que dejó junto a ella. Sonrió con agradecimiento y esperó hasta que éste se hubo retirado, cerrando la puerta tras de sí, y entonces esparció los papeles sobre la mesa.

El certificado de boda de sus padres; las partidas de nacimiento de las hermanas; el certificado de defunción de su madre; su testamento y el de su padre. Ninguno de esos documentos le interesaban. Sabía que la pequeña herencia de su madre había sido empleada en *La dama de Mayfair*. A lady Duncan no se le hubiera pasado nunca por la cabeza cobrar por la publicación, así que su dinero servía para mantener la publicación a flote. El testamento de lord Duncan estaba absolutamente claro: todo debía ser dividido a partes iguales entre las tres hijas. No es que hubiera mucho que dejarles, aparte de deudas, reflexionó sin rencor. Mantener la casa de campo en Hampshire, con todas las casas del servicio y demás dependencias, además de la casa de Londres y el servicio, requeriría cuanto pudieran ganar mediante la finca en el campo. Pero ésa era la situación en que ahora se encontraban las cosas, así que ya estaban acostumbradas. Volvió a meter los documentos en la caja, revisándolos a medida que los introducía y así fue como se percató del último.

Lo miró con atención sintiéndose súbitamente intranquila, incapaz de creer lo que estaba leyendo. Era un documento legal. Un derecho de retención sobre la casa de Manchester Square. La casa que había sido propiedad de los Duncan desde los tiempos de la reina Ana. Miró el documento con la mirada perdida. Tomó un sorbo de café. Volvió a mirarlo. Estaba fechado el 7 de abril de 1903. Y el derecho estaba a nombre de una compañía llamada Conde de Barclay y Asociados.

No hacía falta tener una mente brillante para establecer la conexión. El conde de Barclay tenía un derecho de retención sobre el número 10 de Manchester Square. Una propiedad sobre la que ni tan siquiera había habido nunca una hipoteca, al menos que Prudence supiera. Sintió una oleada de ira en la garganta. ¿Por qué? ¿Qué, en este mundo, había podido perturbar a su padre para que hiciera tal cosa con la casa que había sido su herencia durante generaciones, su orgullo y el de la familia?

La desesperación.

No había otra explicación. No podía haber otra explicación.

Prudence dejó caer el documento dentro de la caja como si estuviera tocado por el mal. Abrió el libro de cuentas de 1903: los pagos habían empezado en enero…, pagos a nombre de Conde de Barclay y Asociados. La suma era de mil libras cada mes. Y en abril acababan. Pero ese mes lord Duncan había entregado a Barclay el derecho de retención sobre su casa de Londres. Incapaz de seguir realizando los pagos que, al parecer, se había comprometido a realizar, había hecho lo único que había podido.

Abrió el libro de cuentas del año precedente. Los pagos habían comenzado en octubre. Pero no había ningún detalle que indicara a qué se referían. ¿Estaba siendo su padre chantajeado por Barclay? No, eso era absurdo. Los dos hombres eran grandes amigos o, al menos, eso es lo que parecía creer lord Duncan.

Cogió de su bolso la nota de Barclay que había encontrado en la biblioteca. Pagos…, calendarios…, intereses. Volvió a mirar en la caja de caudales y allí lo encontró, escondido en un pequeño pliegue del forro. 5 de octubre de 1902, pocas semanas antes del fallecimiento de su esposa, mientras ésta yacía agonizante, incapaz de soportar su sufrimiento, lord Duncan había accedido a financiar un proyecto para construir un línea férrea a través del Sahara. Pagaría a razón de mil libras mensuales a la empresa Conde de Barclay y Asociados, que se encargaría de la gestión de dicho proyecto.

Y, cuando se vio incapaz de afrontar los pagos, había aceptado un poder de retención sobre su casa. Volvió a meter la mano en el pliegue. Había otro trozo de papel. Media cuartilla, enrollada como un cigarrillo, como si el destinatario hubiera sido incapaz de soportar leerla. Cuando la desplegó, Prudence lo entendió todo.

Mi apreciado Duncan,

Siento traer malas nuevas. Se trata de un grave asunto. Problemas con los Mahdi otra vez. Los socios aún recuerdan los pro-

blemas que Gordon tuvo en Jartum. Por desgracia, nadie parece estar hoy día demasiado entusiasmado con nuestro pequeño proyecto. El material rodante está en el lugar indicado y los operarios están a punto para empezar a trabajar. Pero las fuentes de financiación pública han decidido romper el acuerdo. Preocupaciones de tipo político, ya sabes. Tenemos una deuda de unos cuantos cientos de miles de libras. Para tranquilizarte, no reclamaremos el derecho de retención sobre tu casa a menos que se compliquen las cosas.

Barclay

Aparentemente, aún no habían llegado a ese punto, pensó Prudence. Era imposible que su padre hubiera podido continuar haciendo los pagos, sacando mil libras al mes del presupuesto familiar sin que ella lo supiera. Así que el derecho de retención continuaba suspendido sobre ellos, como una auténtica espada de Damocles. Su padre debía de estar atormentado. Y, sin embargo, ¿estaba dispuesto a aparecer ante el tribunal en defensa de ese ladrón, ese charlatán, ese villano sin escrúpulos?

Eso sobrepasaba su imaginación. Podía entender cómo un hombre, trastornado por el dolor, podía tomar decisiones desequilibradas, pero ya habían pasado casi cuatro años desde el fallecimiento de su esposa. Sin duda, su padre ya habría recobrado la cordura como para darse cuenta de lo que le habían hecho.

Prudence se reclinó contra el respaldo de la dura silla golpeando con el extremo del lápiz contra la mesa. El orgullo impediría a Arthur Duncan admitir sus errores y, más aún, enfrentarse al hombre que lo había engañado. El orgullo mantendría su cabeza enterrada, profundamente, en una duna del Sahara.

Se volvió a sentar normalmente. Fuera cual fuera el estado mental de lord Duncan en aquellos momentos, tenían ahora en su poder algo con lo que apoyar sus acusaciones de estafa. Tenían que investigar cuáles eran las credenciales de Conde de Barclay y Asociados. ¿Existía realmente esa empresa? ¿Había existido alguna vez? La mera idea de un ferrocarril que cruzara el Sahara era absurda. Al menos para aquellos que no estuvieran trastornados por el dolor, se corrigió. Pero para que su defensa tuviera credibilidad, tenían que demostrar que el asunto había sido un fraude desde el principio. Que lord Duncan había sido engatusado para que invirtiera en un fraude; invirtiendo hasta el punto de tener que poner la propiedad familiar como aval cuando se había visto incapaz de seguir efectuando los pagos.

Prudence, sin sentirse ya culpable, cogió de la caja los documentos relevantes con toda tranquilidad, así como las páginas que arrancó de los libros de cuentas, y lo metió todo en su bolso. Gideon sabría a quién podrían contratar para que investigara la legalidad de la empresa Conde de Barclay y Asociados. Debía de existir algún registro de compañías en algún lugar. Bebió lo que quedaba de su café, volvió a cerrar la caja de caudales, cerró los libros de cuentas y abandonó aquella habitación. Un empleado la escoltó a la puerta y salió al exterior, donde llovía. Abrió su paraguas con un seco golpe de mano.

Chastity estaba en la esquina de la pequeña calle, delante de una ferretería, frente a la tienda de la señora Beedle. Habían pasado diez minutos desde que había visto a un hombre con sombrero de fieltro y una gabardina algo raída llamar al timbre dos veces, y entrar, a continuación, en la tienda.

Estaba lloviznando y ella estaba bien protegida, y bastante oculta, en su impermeable Burberry, un sombrero impermeable con velo y un gran paraguas. Había decidido recorrer la calle cuando lo vio entrar, pero no había podido mirar en el interior de la tienda desde la acera de enfrente y estaba reticente a cruzar, temerosa por si llamaba la atención.

La puerta de la tienda se abrió y Chastity se giró para mirar el escaparate de la ferretería, fingiendo interés en la exposición de cazuelas de hierro colado. Miró de soslayo y vio que el hombre con el sombrero de fieltro caminaba calle abajo en dirección a la parada del ómnibus. La tienda de la señora Beedle se veía desde allí y Chastity decidió no entrar en ella hasta asegurarse de que el hombre se hubiera subido en el ómnibus..., pero, dado que no podía quedarse mucho más tiempo sin llamar la atención, entró en la ferretería, sacudiendo su paraguas.

Un hombre en delantal apareció de la trastienda en cuanto el timbre sonó al abrirse la puerta.

—Buenos días, señorita. ¿Qué puedo hacer por usted? —La miró con un brillo de interés en los ojos. Los clientes habituales de aquella parte de Kensington no podían, por lo general, permitirse impermeables Burberry. Su mente se dirigió inmediatamente a los artículos más caros que tenía.

Chastity pensó con rapidez.

—Una plancha —dijo—. Necesito una plancha.

—Tengo justo lo que necesita, señorita. Hierro colado, bonita, superficie completamente plana... Se calienta en un abrir y cerrar de ojos. A su asistenta le encantará. —Volvió a entrar en la trastienda y Chastity se giró con disimulo hacia la ventana para ver si el hombre con el sombrero de fieltro ya había dejado la parada del ómnibus. No tenía ningún deseo de hacerse con un pesado, innecesario y probablemente caro trozo de hierro colado, pero tampoco podía irse si el hombre aún estaba allí.

No veía la parada del ómnibus desde allí, así que abrió la puerta y miró a la calle. El ferretero regresó inmediatamente al oír el ruido del timbre, preocupado por perder a su clienta. Chastity vio cómo el ómnibus tirado por caballos se acercaba a la parada y el hombre se subía a él.

—Aquí tiene su plancha, señorita —dijo el ferretero desde detrás de ella—. Justo lo que necesita.

—Oh, sí. —Chastity se dio la vuelta—. De hecho, creo que enviaré a la sirvienta. Puesto que la usará ella, mejor que elija la que más le guste. Seguramente la veré esta tarde. —Con una sonrisa por debajo del velo, salió rápidamente, dejando al pobre ferretero con la plancha en las manos.

El ómnibus pasó por delante de ella mientras esperaba en la otra acera y, en cuanto éste dobló la esquina, se dirigió velozmente a la tienda de la señora Beedle.

—¿Cómo? ¿Es realmente usted, señorita Chas? —La señora Beedle miró desde el mostrador, donde estaba rellenando un frasco de caramelos de menta—. Acaba de irse un hombre que preguntaba por usted. Es la segunda vez que viene.

Chastity apoyó el paraguas contra la puerta y se levantó el velo.

—¿Ha dicho quién era? ¿Qué quería?

La señora Beedle levantó los hombros.

—No me ha querido decir quién era; sólo que deseaba hablar con alguien de *La dama de Mayfair* y si yo sabía dónde encontrarlos. Dijo algo sobre que tenía buenas noticias para usted. —Movió la cabeza y continuó con su labor—. No me gustó su pinta…, algo no olía bien.

—Así pues, ¿no le ha dicho usted nada?

La mujer volvió a mirar hacia arriba.

—A ver, señorita Chas. Usted es una mujer inteligente. Le dije que no sabía nada. Sólo recibo las cartas que llegan por correo.

—Pero debe de haber preguntado quién las recoge. —Chastity aún estaba nerviosa aunque sabía que si presionaba a la señora Beedle acabaría por ofenderla.

—Sí. Lo hizo. Y le dije que un chaval venía todos los domingos. No conozco su nombre. No sé nada sobre él. No es asunto mío. Eso es lo que le dije las dos veces. —Cerró la tapa del recipiente con fuerza y se limpió las manos con el delantal—. Tiene usted pinta de necesitar una buena taza de té. —Levantó el extremo del mostrador para que su visitante pudiera pasar.

—Gracias —comentó Chastity volviendo a ponerlo en su lugar antes de seguir a su anfitriona a la alegre cocina que había tras la cortina—. No pretendía insinuar nada, señora Beedle; simplemente, es que estamos muy nerviosas en este momento.

—Ay, querida mía, no dudo de que lo estén. —Echó agua hirviendo en la tetera—. Lo dejaremos que se haga un momento. —Abrió la lata de pasteles y puso unos bizcochos en un floreado plato sobre la mesa a la que Chastity se había sentado—. Tómese uno de éstos, señorita Chas. Los he hecho esta misma mañana.

Chastity tomó uno sin disimular su entusiasmo.

—Sospechamos que son detectives a sueldo —dijo—. Están preguntando por todas partes y nuestro abogado dice que están decididos a descubrir quiénes somos, por eso vienen tantas veces.

—Bueno, no van a sacar ninguna información de mí. —Declaró la señora Beedle al tiempo que servía el té—. Tómeselo ahora. Le calentará el cuerpo. —Puso una taza de fuerte té delante de Chastity—. Vaya un tiempo. Ayer parecía primavera y mire hoy.

Chastity asintió, tomó un sorbo de té y dió un bocado al bizcocho.

—¿Ha llegado alguna carta para *La dama de Mayfair* hoy?

—Un par. —La señora Beedle cogió dos cartas de uno de los estantes. Se las entregó a su visitante, quien, tras examinarlas brevemente, las metió en su bolso.

—No se preocupe por esos detectives, señorita Chas. No me van a sacar ni una palabra. Y nadie más sabe nada sobre ustedes. Excepto nuestro Jenkins, por supuesto. —La señora Beedle siempre se refería a su hermano por su nombre de trabajo.

—Y la señora Hudson —dijo Chastity—. Pero tiene usted razón, señora Beedle. Sabemos que nuestro secreto está tan bien guardado con usted como en una tumba. Y les estamos muy agradecidas por ello.

—No diga disparates. Hicimos lo mismo por su santa madre, Dios la tenga en su gloria.

Chastity sonrió y se tomó el té. El timbre de la tienda sonó y la señora Beedle salió de detrás de la cortina para saludar a su cliente. Chastity escuchó la conversación despreocupadamente mientras cogía otro bizcocho. Una agradable voz masculina, con un leve acento que juzgó que debía de ser escocés, saludó a la señora Beedle por su nombre.

—Buenos días, señor Farrell —respondió la tendera con un auténtico tono de alegría en su voz—. Y uno realmente mojado.

—Absolutamente, señora Beedle. Me llevaré una libra de caramelos de menta y unas barritas de regaliz.

—Aquí los tiene, doctor —dijo la señora Beedle. Chastity oyó cómo abría los tarros y ponía los caramelos en la balanza. ¿Quién compraría una libra de caramelos de menta y otra de barras de regaliz? Por curiosidad, dejó la taza de té sobre la mesa y se dirigió lentamente a la cortina. La retiró por una esquina y miró al exterior. Había un hombre delgado apoyado sobre el mostrador. Sus espaldas eran anchas como las de un luchador. Tenía un aspecto recio y una nariz torcida que indicaba que alguna vez estuvo rota. Sorprendentemente, más que deslucir su cara, la favorecía, pensó Chastity, aunque sin prestar demasiada atención a sus propios pensamientos. No llevaba sombrero y una pequeña mata de rizos morenos y húmedos colgaba de su calva. Llevaba una gabardina que había visto días mejores, pero tenía la más agradable de las sonrisas.

Se dio la vuelta mientras la señora Beedle pesaba los dulces y caminó hacia el revistero. Era un hombre muy grande, notó Chastity. No gordo, pero si fornido. La hizo sentir bastante pequeña y delicada. Mientras ella lo miraba, él cogió una copia del *La dama de Mayfair* y hojeó sus páginas. Algo le hizo detenerse para leer más atentamente.

—Todo listo, doctor Farrell. Serán seis peniques por los caramelos y cuatro por el regaliz.

—Oh, y también me llevaré esto, señora Beedle. —Dejó la copia de *La dama de Mayfair* sobre el mostrador y sacó las monedas de su bolsillo.

Chastity esperó a que él hubiera salido de la tienda, con tanta vitalidad que el timbre sonó vigoroso, y regresó rápidamente a la mesa de la cocina.

La señora Beedle atravesó de nuevo la cortina.

—Qué buena persona es este doctor Farrell. No lleva mucho en el vecindario.

—¿Tiene por aquí su consulta? —preguntó Chastity de manera informal, dejando sobre la mesa la taza y preparándose para partir.

—Justo delante de la abadía de St. Mary —dijo la señora Beedle—. Una parte un poco tosca para un caballero como el doctor Farrell, si usted me pregunta. —Empezó a limpiar la mesa al tiempo que hablaba—. Pero nuestro buen doctor sabe bien cómo cuidar de sí mismo, me parece. Me contó que solía luchar en la universidad. Y boxear también. —Movió la cabeza, riendo entre dientes mientras dejaba las tazas detro del fregadero.

¿Por que estaría un hombre así interesado en leer *La dama de Mayfair*? Chastity se marchó meditando sobre esa cuestión.

Se dirigió a Kensington High Street y llamó a un taxi, pues no tenía ganas de entrar en el ómnibus repleto de pasajeros empapados y ventanas llenas de vaho. No tenía la menor duda de que la señora Beedle mantendría su secreto, pero la persistencia de los abogados del conde era un mal presagio. Eran listos y ella desconocía qué dudosos métodos podían emplear para atrapar a los desprevenidos. La señora Beedle era una buena y honesta mujer, pero no podía plantar cara a las poco escrupulosas confabulaciones de una sofisticada agencia de detectives.

Chastity llegó a casa justo en el momento en que la lluvia empezaba a caer con fuerza y el viento soplaba en Manchester Square, casi dándole la vuelta a su paraguas.

—Vaya un día de perros —le dijo a Jenkins en cuanto entró en el vestíbulo—. ¿Ha regresado Prudence ya?

—Aún no, señorita Chas. —Le cogió el paraguas.

Chastity se desabrochó el sombrero, sacudiendo el velo.

—La señora Beedle le envía saludos, Jenkins. —Se quitó la gabardina y se la entregó al mayordomo—. Estaré en el salón cuando regrese Prue.

Jenkins hizo una reverencia y fue a dejar las prendas empapadas en la cocina. Oyó cómo Prudence entraba en la casa y, al cabo de pocos minutos, y con paso firme, tuvo que dirigirse de nuevo al vestíbulo.

Prudence lo saludó con aire algo distraído. Los documentos que llevaba en el bolso parecían haber cobrado peso físico durante su trayecto a casa. A pesar de su familiaridad, el vestíbulo donde se encontraba goteando parecía moverse alrededor de ella como si se tratara de una pátina. Pues, por supuesto, ésta ya no pertenecía legalmente a la familia Duncan, a menos que su padre pudiera hacer frente a la deuda. O demostrar que esa deuda era fruto de un fraude.

—Está usted un poco pálida, señorita Prue. ¿Va todo bien?

El tono preocupado de Jenkins la sacó de su ensoñación.

—Sí —dijo ella—. Todo bien. Sólo que me he empapado. —Pudo forzar una sonrisa al tiempo que se quitaba la gabardina—. ¿Algún mensaje?

—Una llamada de sir Gideon, señorita Prue.

Prudence notó una repentina subida de adrenalina; un golpe de pura excitación física que, aunque sólo momentáneamente, le despejó la mente de todo cuanto la preocupaba.

—¿Qué decía el mensaje? —preguntó rápidamente mientras se quitaba el sombrero.

—Decía que, puesto que hace tan mal tiempo, no debía ir usted a su despacho esta tarde. Que enviaría a su chófer a recogerla a las seis en punto.

—Qué considerado por su parte —murmuró Prudence—. Gracias, Jenkins. ¿Puede hacerle llegar un mensaje a Con diciéndole que venga lo antes posible? —Subió rápidamente a la salita. Chastity acababa de sentarse a responder a las cartas dirigidas a la Tía Mabel en *La dama de Mayfair* cuando entró Prudence. Sentada ante el secreter, se dio la vuelta al oír entrar a su hermana.

—¿Has encontrado algo? —Su expresión era de nerviosismo.

Prudence asintió.

—Tú primero.

Chastity describió los sucesos de la mañana.

—Me preocupa que puedan descubrir algo por muy callado que esté todo el mundo. Quizá deberíamos congelar la publicación. Pasar a la clandestinidad.

—Como un zorro atrapado. —Prudence se había inclinado para calentarse las manos junto al fuego y se levantó con un destello en los ojos que dio ánimos a Chastity.

—¿Qué has descubierto?

Prudence abrió su bolso. Entregó los documentos a su hermana en silencio. Chastity necesitaría algún tiempo para descubrir las implicaciones. Leyó en silencio, dejando las hojas sobre el secreter a medida que iba leyendo.

—Con debería verlos.

—Le he pedido a Jenkins que la haga llamar.

Chastity movió la cabeza en señal de incredulidad.

—Barclay, de hecho, es propietario de nuestra casa.

Prudence abrió las manos con un gesto mudo de asentimiento.

—Hay mucho más en juego que *La dama de Mayfair* —asintió Prudence—. Deberían clavarle una estaca en el corazón.

—Bien, mejor esperamos a Con antes de hablar de cometer un crimen —dijo Chastity—. La señora Beedle tenía un par de cartas. ¿Las miramos mientras esperamos? —Fue a buscar su bolso y las sacó—. Ésta es una solicitud para conocer a personas que compartan la pasión por la poesía. No es una petición de matrimonio; quien la escribe quiere formar un círculo poético. —Miró hacia su hermana encogiéndose de hombros—. ¿Qué crees? ¿Hacemos una lista?

—No veo por qué no —contestó su hermana—. Ponemos en contacto a gente que tiene cosas en común. Es bastante inofensivo.

Chastity asintió al tiempo que dejaba la carta sobre el escritorio. Dirigió su atención a la otra y, silenciosamente, se la pasó a Prudence.

A quien corresponda:

Una parte interesada tiene información de considerable interés para los propietarios y editores de La dama de Mayfair en referencia al presente caso de libelo. Han aparecido ciertas pruebas que podrían emplear en su defensa. Se solicita una reunión privada en un lugar escogido por los editores. La información que tenemos en nuestras manos es de gran importancia y debería ser entregada de inmediato. Por favor, respondan a la dirección que aparece en el membrete con la mayor premura. Considérennos los más sinceros admiradores y partidarios de La dama de Mayfair.

Prudence levantó la vista.

—Es una trampa.

—Pero ¿y si no lo fuera?

—Tiene que serlo. —Se mordió una uña—. Es anónima.

—Como nosotras —indicó Chastity—. Si se trata de un amigo de Barclay, o un ex amigo, quizá no quiera ser conocido. Suponiendo que tenga información acerca del fraude de Barclay; quizá sea una víctima como nuestro padre. ¿Podemos permitirnos no hacerle caso?

Prudence arrancó el trozo de su uña que se había roto y lo lanzó al fuego.

—No sé, Chas.

—Podrías mostrársela a Gideon.

Prudence asintió.

—Lo veré esta noche. Se la mostraré entonces. —Dobló la carta y la volvió a meter en el sobre.

—Oh, aquí está Con —dijo al oír el inconfundible sonido de los pasos de su hermana ascendiendo por la escalera.

Constance entró en la salita, miró a sus hermanas y les dijo:

—Vamos a almorzar fuera.

—Es la mejor idea que he oído en todo el día —dijo Prudence—. Pero lee esto primero. Tengo que cambiarme de zapatos, están empapados. —Señaló los documentos que había sobre el secreter—. Ah, y la carta. Dásela, Chas.

Chastity se la entregó.

—¿Adónde vamos a almorzar?

—¿Al Swan and Edgar? —sugirió Constance mientras leía los documentos.

—Perfecto —dijo Prudence al tiempo que se dirigía a la puerta—. Tienen buena cocina y, de camino, me gustaría comprarme una bufanda de cachemir que haga juego con mi vestido de esta noche.

Constance levantó la vista por un instante.

—¿Entonces vas a ver a nuestro abogado esta noche?

—Así es. Pero cuando acabes de leer, te darás cuenta de que es una cita bastante urgente —declaró su hermana—. Le diré a Jenkins que no almorzaremos en casa.

—¿Trabajo? —murmuró Constance, levantando una ceja al tiempo que la puerta se cerraba detrás de Prudence.

—Dudo que Prue tenga tiempo o ganas para otra cosa en estos momentos —dijo Chastity con inusual mordacidad—. Cuando leas lo que tienes en las manos, te darás cuenta.

Constance levantó las cejas sin decir nada. Su hermana pequeña tendría alguna razón para espetar aquello. Cuando hubo acabado de leer, lo entendió.

—Barclay tiene un derecho de retención contra nuestra casa —dijo en un susurro de incredulidad.

Chastity asintió.

16

Prudence se subió en el coche cuando éste llegó puntualmente a las seis de la tarde, agradeciéndole al chófer la pequeña manta para cubrirse las piernas que éste le ofreció. Estaba igualmente agradecida por las cortinas de piel que cubrían los laterales. Cuando hubieron llegado a la casa de Pall Mall Place, la puerta se abrió justo en el momento en que empezaba a ascender por los escalones de la entrada bajo la protección del paraguas del chófer.

—Oh, acertaste con lo de la hora, Milton —declaró una voz infantil—. Hace justo tres cuartos de hora que te fuiste.

—A no ser que haya retrasos inesperados, generalmente siempre suelo acertar en estas cosas, señorita Sarah —dijo el chófer con una sonrisa indulgente.

—Buenas tardes, señorita Duncan —dijo Sarah Malvern.

Prudence sonrió a la desaliñada niña en uniforme escolar y alargó la mano para saludarla.

—Buenas tardes, Sarah. —Tuvo tiempo de examinar atentamente a la niña de un modo que no le había sido posible durante su anterior encuentro fortuito. Tenía más pecas de lo que había notado y era bastante delgada. Vestía un uniforme de colegio bastante convencional, de sarga azul, con una blusa de color blanco cuyas mangas estaban algo manchadas de tinta. Dos largas trenzas rubias colgaban de su espalda y un flequillo recto cubría su frente.

—¿No desea usted pasar? —la invitó Sarah abriendo la puerta completamente—. Debo entretenerla mientras mi papá termina los huevos trufados. Si desea entrar, puede quitarse la bufanda y el abrigo. —Condujo a Prudence a un pequeño dormitorio de invitados, justo al lado del vestíbulo. Un tocador, un espejo, un aguamanil y un jarro con agua caliente, una toalla, un peine y un cepillo estaban allí a disposición de los invitados.

—Hay un aseo detrás de esta puerta —dijo la niña impasiblemente, señalando la puerta al fondo de la habitación—. He encontrado algunas camelias en el jardín. —Se sentó al pie del cama—. He pensado que quizá le gustarían.

Prudence vio un pequeño jarrón lleno de grandes camelias rojas aún cubiertas de gotas de lluvia.

—Son muy bonitas, gracias —dijo al tiempo que se quitaba el abrigo.

—Oh, no ha sido ninguna molestia —dijo la niña con una resplandeciente sonrisa—. He preparado agua caliente por si quiere asearse. Qué vestido más elegante.

Prudence no necesitaba mirarse al espejo para saber que eso era cierto. Era una de las creaciones parisinas que Constance había traído de su luna de miel para sus hermanas y hacía juego con su piel y su figura realzando sus más que imponentes senos. Había decidido vestirse como si hubiera recibido una invitación para cenar puesto que, por decirlo eufemísticamente, la experiencia le había enseñado que el abogado a veces olvidaba declarar sus intenciones.

¿Huevos trufados?

—Ha venido de París —dijo mientras se quitaba la bufanda. Había decidido recogerse el cabello en un moño, sujeto con un lazo de terciopelo. Era un estilo que suavizaba sus facciones angulares y daba un oscuro brillo a su cobrizo cabello.

—Si está usted lista, podemos ir al salón —dijo la niña—. Me alegro de que no se haya mojado usted durante el trayecto.

—Milton ha sido muy solícito —dijo Prudence mientras seguía a su diminuta anfitriona por el suelo embaldosado en blanco y negro que llevaba hasta una salita que abarcaba la anchura de la vivienda. Se trataba de una sala agradable, de tonos dorados y color crema, cómodos sofás y estanterías de libros que iban del suelo al techo. A diferencia de la biblioteca, la otra sala que había visto, le sorprendió que ésta no tuviera un carácter evidentemente masculino. ¿Databa ésta de la época en que la madre de Sarah aún vivía allí? ¿Reflejaba de alguna manera su gusto? ¿O quizá el de alguna otra mujer? ¿Había habido alguna otra mujer en la vida de Gideon desde su esposa?

Prudence se dio cuenta de lo poco que sabía acerca de este hombre que se había convertido en su amante. Por ejemplo los detalles sobre su fracasado matrimonio. Ésta era una historia que necesitaría desentrañar en algún momento.

Un libro de ejercicios abierto reposaba sobre la mesita junto al sofá, con una pluma y un tintero junto a él.

—Tengo el problema más latoso de álgebra de todo el mundo —declaró Sarah Malvern—. Papá ha dicho que quizá usted me podría ayudar con él.

¿Oh, había sido así de verdad? Prudence simplemente sonrió.

—Me pregunto qué le habrá hecho pensar eso. Déjame que le eche un vistazo.

La niña le entregó el libro de ejercicios y se dirigió al aparador.

—¿Puedo ofrecerle una copa de jerez?

—Sí, gracias. —Prudence se sentó en el sofá con el libro de ejercicios sobre su regazo. Tardó algunos segundos en descubrir la respuesta al problema. Tomó la copa de jerez que Sarah había traído caminando cuidadosamente sobre la alfombra de Aubusson—. ¿Quieres que te explique cómo resolverlo o prefieres que lo resuelva por ti?

—Eso sería hacer trampa —dijo Sarah tomando el libro de ejercicios de las manos de su huésped.

—Bien, sí, supongo que lo sería. —Prudence no podía evitar sonreír mientras degustaba su jerez. La niña estaba luchando claramente con su conciencia—. Pero, de hecho —prosiguió—, si yo te explicara cómo se hace y tú me siguieras, lo aprenderías para la próxima vez, así que más que una trampa sería una lección.

Sarah consideró esa explicación, inclinando la cabeza hacia un lado; frunció el ceño de su pecosa cara y sonrió.

—Creo que ni papá me discutiría eso. Y normalmente discute la mayoría de cosas. Dice que es un buen ejercicio mental.

—¿Qué está haciendo con los huevos trufados? —preguntó Prudence informalmente antes de coger la pluma.

—Cocinándolos —respondió Sarah como si tal cosa—. Es una de sus especialidades. También habrá codornices rellenas de uvas. No son fáciles de hacer porque tienen muchos huesos y papá tiene que sacarlos todos cuando los pájaros están crudos. Siempre le hace decir palabrotas. —Miró a Prudence desde el sofá en el que se sentó, junto a ella. Tenía un brillo travieso, casi inquisitivo, en sus ojos grises—. No los cocina muy a menudo —dijo—. Sólo en ocasiones especiales.

Prudence ignoró el tono de su voz, así como su inquisitiva mirada, y tomó el libro de ejercicios. Se sentía mucho más segura en el territorio del álgebra.

—Bien, veamos, así es como se resuelve esto. —Empezó

a explicarle la solución del problema mientras Sarah iba recostándose junto a ella y escuchaba con atención—. Ahora a ver si sabes hacerlo tú. —Prudence le pasó la pluma al final de la explicación.

—Oh, ahora es fácil —dijo Sarah con confianza—. Dos a la potencia de tres... —Trabajaba rápido y con esmero, e impresionó a Prudence considerablemente. Era un problema bastante difícil para los más jóvenes. Pero, de hecho, se trataba de la hija de sir Gideon Malvern, el CR más joven de la historia. Y asistía al North London Collegiate. Gideon también había hablado de una institutriz, Mary Winston. ¿Por qué no estaba ella presente? ¿Por qué era ella quien la ayudaba con sus deberes?

Las escolares no solían hacer sus deberes solas en una salita..., al menos, según la experiencia de Prudence.

La casa estaba antinaturalmente tranquila y no parecía haber evidencia de que hubiera sirvientes, a excepción del chófer. Vio a un mayordomo la última vez que vino. Éste era un misterio más allá de lo que Prudence podía desentrañar y, a medida que su sorpresa desaparecía, el enfado empezó a ocupar su lugar. Gideon estaba haciendo su truco sorpresa de nuevo, destinado siempre a desequilibrarla. Miró hacia arriba al oír abrirse la puerta.

—Prudence, discúlpame por no haberte recibido cuando llegaste —dijo Gideon mientras entraba en la salita—. Hay un momento en concreto en la preparación de los huevos en el que no se puede perder la concentración. Espero que Sarah te haya mantenido entretenida.

Llevaba un traje de tarde impecable, excepto que alrededor de su cintura llevaba un delantal no muy limpio que Prudence se quedó mirando fijamente.

—Te has olvidado de quitarte el delantal, papá —le informó Sarah.

—Oh, qué descuidado. Me olvidé de que lo llevaba puesto. —Se desató el nudo del delantal y lo tiró sobre la silla brocada que había junto a la puerta. Miró a su invitada con una sonrisa de agradecimiento que ayudó a disipar su enojo.

—Mis cumplidos —murmuró—. Este vestido lleva la inconfundible marca de París.

Prudence, a insistencia de sus hermanas, llevaba también las perlas de su madre alrededor del cuello. Habían pertenecido originariamente a su bisabuela y las hermanas se las ponían únicamente en ocasiones especiales. Constance las había llevado en su boda. Prudence había dudado sobre si ponérselas o no aquella noche para lo que, según se había definido, era un encuentro de trabajo; pero cuando había visto la buena combinación que hacían con el vestido, cedió sin muchas discusiones.

Prudence se quitó las gafas con el gesto reflejo que hacía siempre en momentos de incertidumbre. La presencia de Sarah parecía, paradójicamente, añadir intimidad al momento aunque hacía que fuera difícil responder con naturalidad.

Gideon sonrió y resistió con dificultad el impulso de inclinarse y besarla sobre la punta de la nariz. El brillo suave de las lámparas de gas destellaba detrás de la cabellera cobriza que cubría su nuca y sus dedos estaban deseosos de desenredarla. Pero su expresión no lo indicaba así. En su voz suave y agradable dijo tranquilamente:

—Veo que Sarah te ha servido un jerez. —Se dirigió al aparador y se sirvió él también una copa—. ¿Has podido resolver el problema, Sarah?

—La señorita Duncan me enseñó cómo resolverlo y luego lo hice yo —respondió la niña con escrupulosa honestidad.

Gideon asintió.

—¿Puedo verlo? —Tomó el libro de ejercicios y le echó una ojeada al trabajo de su hija—. Bien hecho —comentó devolviéndoselo—. Mary ha llegado hace cinco minutos. Te espera para que te reúnas con ella para cenar.

—Mary ha ido a una reunión sufragista —dijo Sarah—. ¿Cree usted que las mujeres deberían votar, señorita Duncan?

—Desde luego que lo creo —respondió Prudence.

—¿Pertenece usted a la Unión Social y Política de Mujeres? Mary, sí. —El interés de Sarah era evidentemente genuino.

—Yo no, pero mi hermana mayor sí es miembro. A menudo habla en las reuniones.

Los ojos de Sarah se abrieron.

—¿Es su nombre señorita Duncan también? Me pregunto si Mary la habrá escuchado alguna vez.

—Mi hermana emplea ahora su apellido de casada…, señora Ensor.

—Oh, le preguntaré a Mary si la conoce. —Sarah se puso en pie cogiendo su libro de ejercicios—. Supongo que no habrás preparado codornices para nosotras, ¿no, papá?

—No, me temo que no. Deshuesar cuatro codornices es más de lo que puedo tolerar —dijo Gideon—. Pero la señora Keith ha preparado cerdo asado y compota de manzanas para ti.

Sarah suspiró profundamente.

—Oh, bueno. Supongo que tendrá que ser eso entonces.

—El cerdo tiene la piel bien tostada, según me han informado fuentes solventes.

La risa de la niña era liviana y feliz, llena de candor.

—Estupendo —dijo. Le dio la mano a Prudence—. Buenas noches, señorita Duncan. Gracias por ayudarme con el álgebra.

—Ha sido un placer, Sarah. Buenas noches. —Prudence apuró su jerez y Gideon le dio un beso de buenas noches a su hija. Sarah respondió al beso con un fuerte abrazo. El vínculo entre ellos dos era evidentemente fuerte, tan sencillo y afectivo que le recordó a Prudence el que ella y sus hermanas habían mantenido con su madre. Observó la expresión dulce de Gideon, la curvatura cálida de sus labios. Ése era el lado de ese hombre que producía las líneas de risa que se le formaban en los ojos; el de las palabras tiernas; el de la ternura del amante.

Sarah abandonó la habitación con paso danzante y Prudence se reclinó hacia el respaldo del sofá.

—Es una niña encantadora.

—Su orgulloso papá así lo cree —dijo Gideon con una sonrisa, al tiempo que se aproximaba con el decantador de jerez. Se inclinó hacia ella para llenarle la copa de nuevo y ella pudo percibir el inconfundiblemente exótico aroma de trufas mezclada con un leve olor que, tras un instante, identificó como cebolla. Su anfitrión había estado picando cebollas.

—Estoy empezando a tener la impresión de que cocinas de verdad —declaró.

—Ésa no es una impresión desacertada —respondió él con una sonrisa de autocomplacencia.

—¿Otra de tus sorpresas? —Le dio un sorbo a su jerez mirándolo con las cejas levantadas.

—Es un *hobby*; casi una pasión, de veras —dijo él con un tono serio—. Espero que apruebes el resultado en breve.

—Un *hobby* poco común —comentó Prudence. No podía pensar en nada más que decir.

—Libera mi mente —le respondió, aún con seriedad—. Un hombre como yo necesita de vez en cuando un descanso de los polvorientos libros de legislación.

—Sí —asintió ella—. Supongo que así es. Pero pensaba que íbamos a trabajar esta noche… Tengo algo realmente emocionante que mostrarte. —Cogió su bolso.

Gideon lo retiró de su mano.

—Ahora no, Prudence. Más tarde.

—Son pruebas del fraude de Barclay —declaró ella.

—Bien —dijo él colocando el bolso en la repisa, fuera de su alcance—. Lo discutiremos después de cenar.

Pero Prudence no iba a dejar que el tema se aplazara.

—Tendremos que buscar en los registros oficiales una empresa llamada Conde de Barclay y Asociados..., mirar si está establecida legalmente. ¿Sabes cómo se puede hacer eso? —Se inclinó hacia delante con impaciencia.

—Sí —respondió él tranquilamente—. Lo sé. Lo discutiremos más tarde.

Prudence lo miró fijamente con frustración.

—Tienen detectives preguntando por nosotras por toda la ciudad. Y han enviado una carta a la atención del periódico... Déjame que te la muestre. —Se puso en pie rápidamente y se dirigió a la repisa, pero él le impedía el paso.

—Después de cenar —dijo él, poniendo su dedo decisivamente sobre sus labios—. He pasado casi cuatro horas creando una obra de arte para tu deleite y me niego a que se arruine. Hay un momento y un lugar para cada cosa, y ahora mismo es el tiempo y el lugar para los huevos trufados.

Prudence se rindió.

—¿Qué son huevos trufados?

Gideon movió la cabeza con gesto de negación.

—Cuando los hayas probado te lo contaré. Vamos a cenar. —Cogió su mano y la posó con delicadeza sobre su brazo.

Correcto, pensó Prudence, si no hablaban de trabajo, entonces hablarían de otras cosas.

—¿Vive Sarah contigo todo el tiempo?

—Sí —dijo él guiándola por el vestíbulo.

—Es poco habitual, ¿no es así? Las niñas suelen vivir con sus madres en estas circunstancias —persistió Prudence.

—Eso sería difícil en estas circunstancias, puesto que no

tengo ni idea de dónde está la madre de Sarah. —La hizo pasar a un comedor cuadrado.

—¿Cómo es eso? —preguntó Prudence sin importarle ya que pudiera estar entrometiéndose en algo que no era de su incumbencia. De hecho estaba entrometiéndose pero, dadas las pocas respuestas que le estaban dando, no le quedaba otro remedio.

—Cuando Sarah tenía tres años, Harriet se fue con un profesor de equitación. —Retiró una silla para que ella se sentara al lado derecho de la suya, en la cabecera de la mesa.

—Y ¿no has sabido nada de ella desde entonces? —Prudence no podía conciliar su sorpresa con la explicación que este caballero le estaba ofreciendo en un tono tan impasible que casi parecía aburrido. Se quedó de pie apoyándose en el respaldo de la silla, mirándolo fijamente.

—No desde el divorcio. Se acuerda del cumpleaños de Sarah. Con eso me basta…, y por lo que parece, a Sarah también. ¿Puedes, por favor, sentarte?

Prudence se sentó.

—El divorcio debió de ser difícil… —persistió ella. Tenía que darle una respuesta emotiva a eso.

—No tan difícil como darte cuenta de que tu mujer ha puesto su interés en otro lado —dijo él secamente.

Prudence se quedó parada por un instante. A pesar de la sequedad de su respuesta, ésta indicaba un cierto dolor. Si su actitud poco comprometida era un simple método de defensa, sería imperdonable hurgar en una herida aún abierta.

Una suave luz de velas iluminaba la habitación y un jarrón con las mismas camelias rojas que había en la habitación de invitados adornaba, fragantemente, el centro de la mesa. De nuevo, a Prudence le sorprendieron los toques femeninos, las delicadas puntillas de las servilletas, el bol con popurrí de flores en el aparador.

—Sarah tiene un bonito toque para los arreglos florales —observó ella—. Al menos, asumo que se trata de Sarah.

—Con bastante ayuda de Mary —respondió Gideon—. Mary, a pesar de sus actitudes sufragistas, no reniega de las suaves artes de su género. La conocerás pronto. Te gustará.

—Estoy segura de ello —dijo Prudence con cuidado. Él estaba haciendo firmes suposiciones, pensó con un ápice de aprehensión. Parecía como si esperara que su papel en su vida se volviera más intenso, como si tuviera que ser algo natural que se hiciera buena amiga de la institutriz de Sarah, como si fuera natural que la ayudara con sus deberes, o mantener una cena cara a cara en su casa. Una cena que él mismo había cocinado. Como si no se tratara de la aventura romántica que había descrito a sus hermanas. Y, si se trataba de algo más que una breve aventura, ¿qué pasaba con la búsqueda de una esposa? Por no mencionar su relación de trabajo.

Sir Gideon notó algo inusual en su repentino silencio, pero no dio muestra de ello. Hizo sonar una campanilla antes de servir champán en dos copas y dijo, como quien no quiere la cosa:

—Creo que el champán acompaña bien a los huevos. Pero si no te gusta tomar champán con la cena…, alguna gente…

—De ninguna manera. —Prudence se apresuró a confortarlo justo en el momento en que se abría la puerta y entraba una sirvienta llevando una bandeja.

—¿Los has dejado al baño maría sólo tres minutos, Maggie? —preguntó el abogado con un tono atípicamente nervioso.

—Sí, señor, exactamente como dijo usted. —La sirvienta dejó un pequeño plato delante de Prudence y otro frente a sir Gideon—. Y las tostadas acaban de salir del horno, cocinadas lentamente, tal y como ha indicado. —Dejó una bandeja de tostadas entre los dos platos. Su tono, pensó Prudence, era tranquilizador, como si estuviera acostumbrada al nerviosismo culinario de su patrón.

—¿Esto será todo, señor?

—Sí, gracias. —Tomó una diminuta cuchara de plata—. *Oueufs en cocotte aux truffes* —anunció—. El secreto está en conseguir que tengan la consistencia adecuada. —Hundió la cucharita en los huevos y Prudence esperó a oír el veredicto.

—Ah, sí —dijo—. Perfecto.

Prudence se lo tomó como una autorización para probar los suyos. Hundió su cuchara y se la llevó a la boca.

—Oh —dijo. Lo miró a los ojos—: Increíble. —Se relamía el interior de la boca con la lengua atrapando cada insinuación de trufa y caviar.

Él sonrió con cara de satisfacción.

—Creo que están bastante bien. —Le pasó la bandeja—. ¿Tostadas?

Prudence no podía imaginar que el asombroso plato que había frente a ella pudiera mejorar con una tostada, pero se humilló ante la experiencia y tomó una rebanada algo tostadita. Rompió un trozo con los dedos y lo mojó en los huevos, siguiendo el ejemplo de su anfitrión. Los *oueufs en cocotte aux truffes* definitivamente requerían tostadas.

Se acabó su champán y saboreó hasta la última cucharadita de la exquisitez que tenía ante sí. Le llamó la atención que aquél no parecía ser momento para ningún tipo de conversación, ni de trabajo ni personal. Era un momento para quedarse impresionada y para la veneración. Y, desgraciadamente, éste concluyó demasiado pronto.

Miró con tristeza la *cocotte* vacía y dejó ir un leve suspiro, parte placer absoluto y parte tristeza.

—Nunca había probado nada igual.

—Bien —dijo su anfitrión llenándole la copa de champán—. El lenguado aún tardará un poco. —Le sonrió al tiempo que ponía una mano sobre la suya.

Prudence entrelazó sus dedos con los de él. Ella dudó pero, sin la distracción del placer culinario, su inquieta mente había pasado al plano personal. Necesitaba conocer desesperadamente toda la historia acerca de su matrimonio.

—¿Cómo no te diste cuenta de que tu esposa había encontrado otro interés? —preguntó finalmente.

Gideon bebió un trago de champán y después suavemente, pero con premeditación, separó su mano de la de ella.

—Supongo que estás en tu derecho de preguntarlo, pero, por norma general, prefiero no hablar de este tema.

—Lo siento —dijo ella—. Pero me parece importante saberlo.

Él asintió.

—No lo noté por la misma razón por la que Harriet buscó su interés fuera de casa. Estaba demasiado ocupado. Demasiado absorbido por mi trabajo. —Movió la cabeza—. Un abogado no se convierte en CR sin sacrificios, desde luego no antes de su cuarenta aniversario. Harriet, con cierta razón, se molestó por mi falta de dedicación. Era y supongo que aún lo es muy bella. Muy deseable…, y el único hombre incapaz de darse cuenta de ello fue su marido.

—Pero tenía una hija.

—Sí, pero la maternidad no podía reemplazar, a su entender, la falta de atención por parte de su marido. —La miró fijamente—. Culpo a Harriet de muy poco. Me dio el divorcio sin rechistar. Le proveo de aquellos pequeños lujos a los que el profesor de equitación no alcanza, y prefiero que su contacto con Sarah se limite a felicitaciones de cumpleaños. ¿Podemos ahora dejar este tema?

Se levantó de la mesa, se acercó al aparador y cogió una botella de Chassagne Montrachet.

—Éste irá muy bien con el lenguado. Tengo un fino Margaux para acompañar la codorniz. Espero que lo apruebes.

Prudence se echó hacia atrás mientras él le llenaba la copa de vino blanco.

—No pretendía abrir viejas heridas —dijo, y se quedó en silencio en cuanto la sirvienta entró para recoger los platos del entrante y dejar los finos filetes de lenguado de Dover delante de ellos. También puso una salsera justo al lado de Prudence.

—Salsa de champán —dijo sir Gideon—. No puedo apuntarme el mérito de este plato. Es una de las especialidades de la señora Keith.

Prudence esparció salsa sobre su pescado.

—Imagino que ya tendrías bastante con la *cocotte* y las codornices.

Tomó sus cubiertos de pescado y cortó el filete. Él le había pedido que no hablara más del tema y, para no llegar al punto de ser descortés, sólo podía acceder a su petición.

—Cocinar todo esto tras un día de trabajo es impresionante, por decir poco. —Le sonrió—. ¿Has estado hoy en los tribunales?

—Sí. Un caso bastante interesante. Una disputa sobre propiedades. Normalmente las encuentro bastante tediosas, pero ésta tenía algunos aspectos poco habituales. —Habló del caso, conversando gregariamente durante el resto de la cena.

—La codorniz estaba exquisita. Y este *gâteau basque*... —Prudence dejó el tenedor y la cuchara de postre con un suspiro de saciedad—. No me hago a la idea de cómo has podido preparar algo tan delicioso.

—¿Debo entender que la cocina no es tu punto fuerte, entonces? —bromeó él.

Prudence movió la cabeza con gesto de negación.

—Me temo que, a diferencia de la señorita Winston, no cultivo las suaves artes de mi género.

Él la miró intensamente como si pudiera notar una nota de crítica en esa repetición de la descripción que él había hecho de Mary Winston.

Ella prosiguió intentando romper el hielo.

—Mis incursiones en la cocina se limitan habitualmente a discutir con la señora Hudson sobre cómo proveer a mi padre de una comida económica que satisfaga su paladar y no levante su sospecha de que estamos economizando. No es una tarea fácil.

—No, me lo figuro —dijo él. Dejó su servilleta sobre la mesa—. Volvamos a la salita a tomar el café. —Se levantó de su silla y retiró la de ella.

—¿Podemos ahora hablar de trabajo? —preguntó Prudence mientras entraban en la salita. Se dirigió a la repisa donde reposaba su bolso.

Gideon se sentó en el sofá indicándole que se sentara en el sillón que había junto a él.

—Muéstrame lo que traes. —Se reclinó para servir café de la bandeja que había dispuesta en la mesita frente a ellos.

—¿Quieres primero las buenas noticias o las malas? —Se sentó junto a él abriendo su bolso.

—Empecemos mejor por las buenas.

Le entregó los documentos que había encontrado en la caja de caudales y le empezó a explicar, pero él le solicitó que guardara silencio con uno de esos gestos que tanto la exasperaban.

—Déjame llegar a mis propias conclusiones, Prudence. Tómate el café y sírvete un coñac si te apetece.

—No, gracias —dijo ella.

—Entonces, sírveme uno a mí, ¿te importa? —No alzó la

vista de los documentos ni cuando hizo la petición ni cuando ella dejó la copa delante de él.

Prudence cogió la taza y se dirigió a la librería que había en la pared. Se sintió abandonada, como si no fuera relevante, y aunque asumía que ésa no era su intención, le molestaba igualmente.

17

Prudence permaneció con la habitación a su espalda, mirando los títulos de la estantería, intentando parecer indiferente. Ésta era su única defensa contra la sensación de parecer irrelevante a un proceso que la tocaba tan de cerca.

—Bien —dijo Gideon finalmente.

Prudence se dio la vuelta tranquilamente.

—Bien ¿qué? —Se acercó a la mesa y dejó su taza vacía.

—Le diré a Thadeus que investigue la estrategia de este Conde de Barclay y Asociados a primera hora de la mañana —dijo Gideon golpeando con el dedo los papeles que tenía sobre su regazo—. Lo ha hecho usted muy bien.

—Muy complacida —dijo Prudence con una reverencia algo sardónica—. Estoy profundamente complacida de haber satisfecho el criterio del abogado más célebre de la ciudad.

—Avispa —dijo él—. ¿Cómo has preparado todas estas pruebas?

Prudence se cruzó de brazos.

—Supongo que no se te ha ocurrido pensar que yo podría tener auténticos remordimientos de conciencia por cómo he obtenido toda esta información. Tuve que falsificar la autorización de mi padre, engañar al director del banco y rebuscar en los papeles privados de mi padre.

—Pero sin todo ello, tu caso ya estaría perdido —indicó Gideon—. La necesidad obliga, querida. —Volvió a dar golpecitos sobre los papeles—. Con todo esto, te puedo asegurar que el conde de Barclay se retorcerá en las arenas movedizas. Supongo que considerarás que tus dudosos métodos han valido la pena.

—¿Así que serán útiles? —Prudence lo miró fijamente.

—Eso creo. —Volvió a dejar los papeles—. Y han llegado justo a tiempo. El juicio se celebrará dentro de dos semanas.

—¡Dos semanas! —exclamó ella—. ¿Estaremos listos para entonces?

—No nos queda más remedio —dijo él—. Espero que puedas volver a hacer tu imitación de criada francesa entonces.

«Al menos, así no tendrán mucho tiempo para seguir espiando», murmuró Prudence para sus adentros. Su estómago parecía un tiovivo, una mala respuesta de los huevos trufados con codorniz.

Gideon la miró un instante, intentando imaginar su reacción. Lo que había sido una amenaza de futuro, se había hecho realidad. Se levantó.

—Acércate. Llevo toda la tarde deseando besarte.

—Has estado demasiado ocupado comiendo como para preocuparte de los besos —dijo ella, aunque le permitió que acercara su cara hacia la de él.

—Hay, como ya te he dicho algunas veces, un momento y un lugar para cada cosa. Ahora es el momento de los besos. —Rozó suavemente sus labios con los de ella incitándola de repente con un breve toque de la lengua en la comisura de su boca.

Un momento antes, ella ya estaba perdida en el aroma de su piel, el sabor de su lengua y el tacto firme pero suave de sus labios.

Prudence retiró la cabeza.

—No, Gideon. Antes de que empecemos, ¿qué vamos a hacer con la carta a *La dama de Mayfair* en la que solicitan información sobre el caso? Es muy urgente. ¿Deberíamos responderla?

La miró con los dedos puestos aún sobre su barbilla. Movió la cabeza con un gesto de resignación y dijo:

—Me parece que es un truco.

—Pero imaginemos que es auténtica.

—Debes hacer lo que creas conveniente.

—Esto no es de mucha ayuda —dijo ella al tiempo que se separaba de él—. Necesito que me des una respuesta antes de que pasemos a otras cosas.

Gideon gruñó:

—¿Cómo puedo haberme enamorado de una auténtica Lisístrata?

¿Enamorarse? Prudence juntó las manos llevándoselas a la boca. No había ninguna razón para sentirse alarmada por dicha afirmación, se dijo a sí misma. Por supuesto no era el tipo de hombre que le hiciera el amor a la primera mujer que se cruzara en su camino. Y tampoco era ella el tipo de mujer que se metiera en la cama de cualquier hombre. Había una cierta atracción entre ellos. Aunque sólo fuera la atracción de los opuestos. Era una tontería intentar buscarle otro sentido.

—Dame una respuesta —pidió ella.

—No golpees la barcaza con el remo. No vale la pena el riesgo. Aunque sea auténtico y haya información ahí, no la necesitamos —dijo fríamente—. Ahora, ¿podemos continuar con lo que estábamos, por favor?

—Sí, señor. A sus órdenes, señor. —Prudence se abalanzó a sus brazos poniendo los suyos alrededor de su cuello cuando éste levantó la cabeza rápidamente. La boca de él estaba pegada con fuerza a la suya, sus labios se abrían y cerraban, entreabriendo los de ella al tiempo que introducía la lengua impetuosamente en el interior de su boca con una fuerza tal que enviaba flechas de deseo a su bajo vientre. En el receso de su mente sabía que aquello debía terminar tarde o temprano. No había explicación lógica al beso de Gideon en su propia casa, con la hija durmiendo en el piso de arriba, pero estaba tan llena de deseo que no podía preocuparse de lo inevitable.

Un golpe seco del picaporte de la puerta principal, fuerte e imperativo, rompió su pasional círculo privado. Gideon alzó la cabeza, frunciendo el ceño y acariciando su cabello ahora suelto.

—¿Quién demonios puede ser? No espero a nadie. El servicio ya se ha ido a la cama.

Volvió a sonar el golpe en la puerta. Salió presurosamente de la sala. Prudence lo siguió permaneciendo en la antesala mientras él abría la puerta. No podía ver nada en las sombras del vestíbulo donde brillaba una sola lámpara. Hubo un largo silencio.

Algo en aquel repentino silencio hizo que el vello se le erizara. Lentamente, entró en el vestíbulo.

—Harriet —comentó Gideon sin inflexión alguna en su voz—. Esto es una sorpresa.

—He pensado que sería mejor sorprenderte, Gideon —dijo una voz femenina que a Prudence le pareció que sonaba nerviosa—. Si te hubiera avisado de que vendría, hubieras rechazado verme.

—Apenas —dijo él con la misma expresión en su tono—. Mejor que entres.

La ex esposa de Gideon entró en el vestíbulo. Vestía una capa de terciopelo negro. Mientras miraba curiosamente a su alrededor se llevó la mano al sombrero de tafetán para ajustar una de las plumas. Sus ojos cayeron sobre Prudence, que estaba de pie iluminada ahora por la luz que provenía de la habitación que quedaba a su espalda.

—Oh —dijo ella—. Tienes visita, Gideon. Qué poca consideración por mi parte no advertirte de mi llegada. —Cruzó el vestíbulo hasta llegar a Prudence—. Buenas noches. Soy Harriet Malvern.

Prudence estrechó la mano que le ofrecía una de las mujeres más bellas..., de una belleza clásica..., que había conocido en su vida.

—Prudence Duncan —contestó ella.

—Oh, Gideon, ¿puedes enviar a alguien a recoger mi maleta? —dijo Harriet por encima del hombro—. Estaba segura de que no te importaría que me quedara un par de días. Tengo tantas ganas de ver a Sarah. ¿Donde está?, ¿no estará ya en la cama?

—Es casi medianoche —dijo Gideon con la misma expresión—. ¿Dónde esperabas que estuviera?

—Oh, no seas desagradable, Gideon —dijo Harriet—. No sé a qué hora se van los niños a la cama y ella ya debe de ser casi una mujer.

—Ve al salón, Harriet —dijo Gideon—. No sé que está pasando aquí, pero ten por seguro que no verás a Sarah hasta que yo lo sepa.

Harriet hizo un pequeño mohín.

—Es tan serio a veces, ¿lo has notado? —le dijo a Prudence como si buscara su complicidad.

Ésta era una conversación que Prudence no quería mantener. Pasó por el lado de la elegante figura y dijo:

—Creo que ya es hora de que me marche, sir Gideon.

—Oh, no, no se vaya por mi culpa —dijo la visitante—. Estoy tan cansada, de todas formas. Quizá la señora Keith..., ¿aún tienes a la señora Keith?..., podría prepararme una sopita.

—La señora Keith está durmiendo —dijo Gideon—. Ahora, haz lo que te digo. —Sus labios eran muy delgados y sus ojos, duros. Se giró hacia Prudence—: ¿Te importaría esperarme en la biblioteca unos minutos? No tardaré mucho.

Prudence lo miró con cara de sorpresa. *No tardaré mucho.* Iba simplemente a despedir a esta mujer, la madre de su hija, que había aparecido en su puerta con una maleta. ¿Estaba dispuesto a darle unos minutos y ponerla de patitas en la calle?

—No —dijo ella moviendo la cabeza—. Mejor me voy ahora. Tienes otras cosas que requieren tu atención.

—¿Papá? —dijo la voz infantil de Sarah desde el rellano de la escalera—. ¿Qué es todo este alboroto?

—No es nada, Sarah. Vuelve a la cama. Iré dentro de un minuto. —Gritó al tiempo que cogía a su ex esposa por el brazo cuando ésta se dirigía hacia las escaleras. Gideon masculló entre dientes—: Ve al salón.

Ella obedeció. Gideon se giró hacia Prudence.

—Déjame concluir con esto. No tardaré ni un minuto.

—¿Qué quieres decir con «no tardaré ni un minuto»? —preguntó con un tono de incredulidad, consciente de que Sarah estaba ahora despierta y observando con curiosidad desde arriba—. ¿Es tu ex esposa, o estoy equivocada?

—No, no lo estás —dijo con tono de preocupación—. Sólo quiero saber qué está haciendo aquí.

—Sí, eso es lo que debes averiguar —dijo Prudence al tiempo que se dirigía a la habitación de invitados a recoger su abrigo y su sombrero—. Y no me imagino cómo puedes hacer eso en un minuto. No es momento de que yo esté aquí. —Tomó su sombrero de encima de la cama y se puso delante del espejo para colocárselo. Sus manos temblaban y esperaba que Gideon, impotente de pie frente a la puerta, no se percatara de ello.

—Discúlpame. —Pasó por su lado dirigiéndose hacia la

entrada y pasando por delante de un montón de maletas, que indicaban una estancia más que transitoria.

—Prudence. —Gideon fue corriendo hacia ella tomándola por el brazo al tiempo que ella cruzaba la puerta aún abierta—. Este asunto no va contigo. No te concierne en absoluto. Vete ahora si quieres, pero esto no cambia nada entre nosotros.

—¿Qué quieres decir con que no me concierne? —preguntó intentando hablar en voz baja—. Hemos pasado una noche entera juntos. Esta mujer es parte de tu vida. La madre de tu hija. ¿Cómo puedes ser tan obtuso…, tan insensible…, como para echarla a ella y *a mí* como si no fuéramos nada que te preocupara? ¿Estás sugiriendo que continuemos como si nada de esto hubiera ocurrido? —Movió la cabeza como si no pudiera creer lo que estaba oyendo, retiró su brazo y llamó a un taxi tirado por caballos que pasaba, cuyo conductor asintió medio dormido—. Buenas noches, Gideon.

El taxi se detuvo ante los escalones que daban a la entrada. Gideon no intentó detenerla. Esperó a que estuviera dentro del taxi y se dio la vuelta con una expresión sombría en su cara.

¿Cómo iba a responder Sarah ante la súbita reaparición de su madre? Tenía que darse cuenta de que aquello requeriría más de un par de minutos.

Eso estaba fuera de duda.

Prudence estaba aún tan incrédula a la mañana siguiente como cuando había conseguido dormirse. Explicarle el incidente a Chastity no le había ayudado a clarificar sus ideas y tampoco el que diera vueltas inquietamente en las sábanas calientes. Se despertó con dolor de cabeza y tan cansada como si no hubiera dormido ni un solo minuto.

Una nublosa mirada hacia el reloj le indicó que no eran ni las siete. Se dio la vuelta e intentó dormirse de nuevo, pero sin éxito. Una llamada a la puerta la sorprendió.

—¿Señorita Prue? —llamó Jenkins en voz baja.

—¿Qué sucede, Jenkins? —preguntó incorporándose.

La puerta se abrió, pero en vez de Jenkins, fue Gideon quien entró vestido impecablemente con chaleco y abrigo y llevando un maletín. Claramente se dirigía al trabajo, pensó Prudence mientras lo miraba.

—¿Qué haces aquí?

—Tengo que hablar contigo —dijo él dejando el maletín sobre la silla.

—Sir Gideon insistió en subir, señorita Prue —se excusó Jenkins en tono de disculpa—. Dijo que abriría todas las puertas hasta dar con usted si yo no le mostraba su dormitorio.

—No pasa nada, Jenkins —comentó Prudence—. Sé cuán persuasivo puede ser sir Gideon. ¿Podría traernos un poco de té?

—Enseguida, señorita Prue. ¿Debo llamar a la señorita Chas antes?

—No necesito una carabina, Jenkins —dijo ella. Ya era un poco tarde para eso, pensó reservándose la reflexión para sí misma.

Jenkins desapareció dejando la puerta entreabierta.

—Buenos días.

—Buenos días.

Gideon le dio la vuelta a una silla para ponerla mirando a la cama y se sentó en ella apoyando los brazos sobre el respaldo.

—No pareces haber descansado —observó él.

—No lo he hecho. ¿Dónde está tu ex esposa?

—En la cama, durmiendo, supongo. Harriet no tiene por

320

costumbre recibir a nadie por la mañana hasta que ésta no está bastante avanzada.

—¿En cama, en tu casa?

—¿Dónde si no? —preguntó él con tono genuinamente sorprendido—. No en la mía, si es eso lo que preguntas.

—No era ésa mi pregunta.

—Simplemente, Prudence, ¿por qué te marchaste de esa manera? Te dije que lo tenía todo bajo control. Lo único que necesito... —Se detuvo en el momento en que Jenkins apareció con una bandeja con té que colocó en la mesita de noche. Le dirigió a Gideon algo parecido a una mirada y desapareció, dejando de nuevo la puerta entreabierta.

Gideon se levantó y la cerró.

—Parece ser que sólo hay una taza —observó Prudence al tiempo que asía la tetera—. A Jenkins no le agradan los intrusos a ninguna hora del día.

—No importa. De todas formas, prefiero el café. Como decía, tenía que descubrir qué hacía Harriet en mi puerta para saber a qué atenerme. Entonces quizá lo hubiéramos podido discutir abiertamente tú y yo, y despedirnos como gente civilizada. ¿Por qué te marchaste como si estuvieras escapando de algo?

Prudence tomó un sorbo de té. Era imposible conversar con alguien tan ciego a cualquier otro punto de vista.

—No escapaba de nada, Gideon. Te dejé con tus asuntos. Supongo que no sucede todos los días que tu ex esposa aparezca en tu puerta. —Levantó las cejas—. Creo recordar que habías dicho que hacía años que no aparecía. Dime, ¿estaba Sarah contenta de ver a su madre después de tanto tiempo?

Gideon frunció el ceño.

—Te dije ayer por la noche que eso no es asunto tuyo. Llevo mis propios asuntos bastante bien. —Se pasó la mano por la mandíbula mientras pensaba que aquello no estaba yendo como él esperaba. Pero ella tenía que entender el porqué. Hizo un esfuerzo por moderar su tono—. Sarah se quedó sobre todo sorprendida por la reaparición de su madre —dijo él—. Hubiera preferido poder advertirla de alguna manera. Harriet, sin embargo, no piensa en nadie cuando actúa por impulso.

—¿Cuánto tiempo piensa quedarse en tu casa? —Su voz sonaba entrecortada, pero su expresión era inquebrantable.

Él se encogió de hombros.

—Hasta que encuentre otro sitio, supongo. Ha dejado a su profesor de equitación y no tiene adónde ir.

Lo miró por encima del borde de la taza.

—No estás obligado a hospedar a tu ex mujer, ¿no es así?

—No, no legalmente. Pero sí moralmente —respondió—. Harriet no sabe muy bien cómo cuidar de sí misma. No tiene ni un ápice de sentido práctico en su cuerpo. Pero no hay razón por la que esto debería afectarnos a nosotros, Prudence.

—¡Por supuesto que nos afecta! —exclamó ella—. O estás divorciado, o no lo estás, Gideon. No tendré una aventura con un hombre que viva con otra mujer, bajo ninguna circunstancia. ¿Qué pensaría Sarah? Su madre vuelve a vivir en casa, pero su padre se ve con otra mujer. —Movió la cabeza y dejó la taza, vacía, sobre la bandeja.

—Sarah es una niña muy sensata. Entenderá lo que yo le explique.

—Es su *madre* —afirmó Prudence—. Éste es un tipo de relación de la que realmente no pareces saber nada. Le será leal por el simple hecho de que Harriet es su madre. —Levantó las manos con un gesto que parecía casi defensivo—. No quiero saber nada de esto, Gideon. No es mi problema. Creo que ya tienes bastante con que lidiar en estos momentos para complicarlo aún más con un lío amoroso. Alejémonos de todo esto, *ahora*.

—No voy a permitir que Harriet se meta en mi vida —dijo con firmeza apretando los labios—. No más de lo que ya lo ha hecho. Estás en mi vida, Prudence, y quiero que te quedes en ella.

—No porque tú lo digas. —Retiró las sábanas con un gesto súbito de su mano y se puso de pie, con el camisón revoloteando rápidamente por encima de sus tobillos—. Ya he tenido bastantes ultimatums, Gideon. Yo tomo mis propias decisiones y elijo no entrometerme en tu vida en este momento. O, tal vez, en ningún otro momento —añadió—. Somos tan diferentes. Ni tan siquiera intentas comprender mi punto de vista. —Movió rápidamente la cabeza dejando volar su cobriza melena sobre el blanco de su camisón—. No estás ni tan siquiera dispuesto a imaginar la posibilidad de que quizá tenga razón..., que sepa más que tú acerca de las relaciones entre las hijas y sus madres.

Gideon se puso de pie y la agarró por los hombros, presionando con los dedos el fino algodón, hasta que notó el hueso bajo el mismo.

—Si insistes, le diré a Harriet que se vaya.

—No me estás escuchando —gritó soltándose de su sujeción—. No insisto en nada. ¿De veras crees que insistiría en que echaras a una mujer dependiente a la calle? ¿Quién crees que soy?

Miró por la ventana tocándose inconscientemente el hombro allí donde el calor de sus dedos aún era perceptible. Estaba de espaldas a él mirando la tenue luz del alba.

—No estoy dentro de tu vida. No puedo estarlo. Como bien has dicho, no es asunto mío. No en la manera en que lo has expresado. No quiero formar parte de la vida de... un hombre que cree que basta con la simple explicación de que no hay nada de qué preocuparse para mantener un pequeño lío amoroso... y seguir cantando suavemente. —Se giró para mirarle a la cara—. No soy un pequeño lío amoroso que mantener al margen.

—Oh, por el amor de Dios —dijo Gideon mientras su propia ira iba cobrando fuerza—. No entiendo de qué estás hablando.

—No, estoy segura de que no —dijo ella amargamente—. Eso es precisamente lo que te estoy diciendo.

—Tengo que ir al trabajo. —Cogió su maletín—. Hablaremos de esto más tarde.

—No hay nada de que hablar —dijo Prudence—. ¿Podemos aún contar contigo como abogado?

Él tenía la mano en la puerta. Se giró y la miró fijamente, contrayendo involuntariamente los músculos de sus mejillas.

—¿Sugieres que permitiría que mis sentimientos personales interfirieran en mi vida profesional?

Gran error, Prudence se dio cuenta demasiado tarde. Había olvidado que podía cuestionar lo que quisiera cuestionar, pero no su profesionalidad.

—No —dijo ella—. Sólo pensaba que quizá sería difícil para ti si tenías pensamientos negativos hacia tu cliente.

—No seas ridícula. Yo no siento ninguna hostilidad hacia ti. —Cerró la puerta de un portazo tras de sí.

Era el autoengaño más grande que había oído en su vida. Prudence regresó a la cama de nuevo. Todo sobre aquel encuentro le había dejado un sabor agridulce. No se había expresado con claridad y Gideon, como de costumbre, había intentado llevar el asunto a remolque de su propia confianza y sentido de superioridad. No estaban hechos para ser amantes.

Se dejó caer sobre las almohadas cerrando los ojos. No lo culpaba por intentar proteger a Harriet...; de hecho, lo aplaudía por ello. Pero sí que lo culpaba de no hacer un esfuerzo por entender que quizá para ella esto sí representaba un problema. Tal vez fuera parte intrínseca de lo que iba mal en su relación. Dos personas con caracteres tan distintos y diferencias de opinión tan evidentes estaban destinados a fracasar como pareja. Quizá sería mejor cortar por lo sano antes de que fuera a peor. Pero aún se sentía vacía y decepcionada y, de alguna manera, extraña y algo perdida.

—Estoy tan confusa —confesó Prudence a sus hermanas un poco más tarde aquella misma mañana—. Dice que se está enamorando de mí; habla de lo mucho que me gustaría la institutriz de su hija; da por sentado que yo debería ayudar a Sarah con sus deberes; me prepara la cena, santo Dios, y entonces aparece su ex mujer y me dice que no me preocupe porque eso no es nada de mi incumbencia, que él ya se hará cargo de ello y que debemos continuar como hasta ahora.

Se volvió para llenar la taza de café.

—¿Cómo puede ser que no vea la clara contradicción que hay en todo ello?

Sus hermanas se habían quedado sin respuestas a una pregunta que había sido formulada de diferentes maneras a lo largo de la mañana.

—Creo que a partir de ahora y hasta que haya acabado el juicio, sólo deberías verle cuando sea en referencia al caso —dijo Constance, como ya había dicho antes—. Eso ayudará a que las cosas se queden en el ámbito profesional. Deja que solucione sus asuntos domésticos y cuando el caso haya pasado y su situación se haya solucionado, podrás decidir cómo te sientes.

—Se solucione como se solucione —dijo Chastity algo sombríamente—. Ya podemos olvidarnos de buscarle una esposa. No estará predispuesto a ello si tiene a su ex mujer viviendo bajo su techo. Supongo que tendremos que aceptar el acuerdo de ochenta-veinte.

—Veinte por ciento es mejor que la bancarrota —señaló Prudence—. De todas formas, por lo que sabemos, no habrá daños y perjuicios. Podremos considerarnos afortunadas si no nos imponen daños y perjuicios.

—Eso es rematadamente cierto —dijo Constance—. Pero al menos el abogado recibirá su pago de la otra parte si sucede así, por lo cual, sugiero que le dejemos hacer a él su trabajo y que Prue mantenga sus sentimientos a un lado, al menos hasta que este asunto haya concluido.

Prudence suspiró y se dejó caer sobre los cojines.

—Sé cómo me siento —afirmó—. Fue un error desde el principio liarse con él, y lo supe desde el primer momento. No escuché a mi yo racional. Somos absolutamente incompatibles. Vemos el mundo desde polos opuestos. Así que voy a dejar de obsesionarme a ese respecto, sólo que... —Se detuvo—. No, no voy a decir ni una sola palabra más. Vamos a practicar mi acento francés. Intentad pensar en preguntas desagradables sobre la publicación; hacedlas realmente agresivas, a ver si puedo mantenerlo.

Trabajaron hasta la hora del almuerzo y Prudence intentó concentrarse, pero la imagen de Harriet Malvern no la abandonaba. Era una mujer tan exquisitamente bella... ¿Cómo podría competir cualquier otra mujer con ella? Pero ella no estaba compitiendo. Por supuesto que no. No tenía intención alguna de continuar con su historia romántica con Gideon. Especialmente ahora.

Después de todo, había sacado algo positivo de ello. Había descubierto el placer del sexo.

—¿Prue?, ¿Prue?

—Oh, perdón. ¿Dónde estábamos?

—Tenías los ojos cerrados —le explicó Chastity.

—Debo de haberme quedado dormida.

—Soñando, diría yo —observó Constance.

—Bien, ¿ha habido suerte? —preguntó Gideon a su secretario, Thadeus, cuando éste entró en el despacho.

—Oh, sí —comentó Thadeus—. No he podido encontrar en ninguna parte constancia legal alguna de una empresa llamada Conde de Barclay y Asociados. He consultado a los abogados que redactaron el derecho de retención sobre el diez de Manchester Square. No son, por supuesto, los mismos que el conde ha empleado para su demanda…, los que instruyen a sir Samuel. Su reputación, por supuesto, es impecable. —Tosió discretamente cubriéndose la boca con la mano—. El otro bufete… es «del lado sombrío de la calle», diría yo, sir Gideon.

Gideon asintió y encendió un cigarrillo.

—Bien —dijo—. Continúa.

—No parecían tener muchas ganas de colaborar, pero pude persuadirles de que mi patrón en este caso se tomaría a mal la falta de cooperación; de que quizá hubiera aspectos de su práctica que deberían someterse a examen... Mencioné la posibilidad de que quizá los citáramos a declarar.

—Ah, un truco útil, Thadeus. —Gideon se reclinó en su silla emitiendo un anillo de humo por la boca—. ¿Algún agujero en el documento?

Thadeus movió la cabeza en signo de negación con tono triste.

—No exactamente, sir. Pero si la empresa que tiene el derecho de retención no es una entidad legal, entonces…

Gideon asintió.

—Entonces el documento es fraudulento. ¿Y has encontrado algo más?

—He descubierto que esta empresa ha estado implicada en otros asuntos para Conde de Barclay y Asociados. Tenían documentos que indicaban la fundación de la compañía pero, como he dicho, nada que indicara que estuviera registrada legalmente. —Dejó la carpeta sobre la mesa delante del abogado—. De hecho, pareció como si admitieran que no habían podido registrar la empresa como entidad legal.

Gideon los examinó.

—Así que estos papeles estaban hechos para engañar a los incautos o… a aquellos que no fueran conscientes de que se trataba de un engaño.

—Ésa es mi conclusión, sir Gideon.

Gideon se inclinó hacia delante bruscamente.

—De acuerdo. Esto está bien, Thadeus. Nos da lo que necesitamos. Gracias. —Abrió la carpeta con lentitud al tiempo que el secretario se retiraba discretamente del despacho.

Gideon hojeó los documentos y apartó con un gesto impaciente la carpeta. De todas las mujeres intransigentes y testarudas...

Tal vez ella sabía más sobre madres e hijas, pero respecto del problema en el que las hermanas Duncan estaban metidas parecían saber bien poco acerca de qué era una buena relación entre padres e hijas. Pensó en el concepto de la «confianza».

Por supuesto, la reaparición de Harriet constituía una molestia, pero el hecho de que él se hubiera dado cuenta de ello inmediatamente, y la manera como había afrontado el problema, no eran motivos suficientes para que Prudence se permitiera dar lecciones sobre el cuidado de las mujeres dependientes.

Debía de ser la mujer más exasperante y dogmática que había conocido en su vida. Harriet casi parecía un remanso de tranquilidad a su lado. Él no se podía imaginar viviendo con una mujer que le desagradara la mayor parte del tiempo. Excepto que durante el resto del tiempo..., y quizá no era la mayor parte del tiempo. Y, de todas formas, ¿de dónde había sacado la idea de vivir con ella?

Soltando un improperio en voz baja, tomó papel y lápiz. En esos momentos tan sólo era su abogado, y eso era lo único que quería ser.

—¿Qué dice? —preguntó Chastity algo tentativamente tras percatarse de que su hermana había pasado un rato bastante largo para leer un breve escrito de una sola página—. Es de Gideon, ¿no es así?

Prudence estrujó el papel y lo lanzó sobre la mesa.

—Sí —dijo—. Sólo son pormenores acerca del juicio.

—En ese caso, ¿podemos verlo? —preguntó Constance mientras se daba la vuelta del espejo donde estaba arreglándose el sombrero antes de marcharse a su casa.

—Desde luego —contestó su hermana con un encogimiento de hombros—. No hay nada personal. Se dirige a mí como señorita Duncan y él firma como Malvern, pero hasta ahí llega lo personal. —Le entregó la carta.

—Esto es bueno, ¿no es así? —preguntó Chastity tan tentativamente como antes.

—Por supuesto que lo es —dijo Prudence en un tono irritado—. Se trata de negocios solamente, tal como acordamos.

Constance se abstuvo de mirar a Chastity. Prudence hubiera interceptado la mirada y estaba algo sensible en ese momento, como si hubiera perdido una capa de piel. Efectivamente, si le hubieran preguntado a Constance por su opinión, ésta hubiera dicho que su hermana mediana estaba asustada. Y no por el caso judicial. Pero, de todas maneras, nadie le había pedido su opinión.

Leyó con detenimiento los contenidos de la carta.

—Parece prometedor, si uno puede descifrar la jerga legal. La así llamada compañía de Barclay no tiene autoridad legal y, por lo tanto, ninguna base legal para solicitar ningún pago de nuestro padre. Gideon parece decir que está bastante seguro de poder ir tras Barclay y sacarle, en el estrado, algún tipo de confesión. —Le pasó la carta a Chastity.

—Sí, ésta es mi impresión también —asintió Prudence. Chastity levantó la vista de la carta.

—Sugiere que no nos veamos hasta la mañana del juicio. ¿No necesitas más preparación, Prue? —Miró con nerviosismo a su hermana.

Prudence movió la cabeza con un gesto de negación.

—Sé lo que quiere. Lo dejó bien claro. Una mujer amable y comprensiva que entre en la mente y los corazones de los doce hombres del jurado y se abstenga absolutamente de ofenderlos en cualquier manera. Tendré que coquetear con la mirada y murmullar un montón de *oh là làs* y *oui, monsieurs*.

—No podrán ver tus ojos bajo el velo —señaló Chastity.

—No —asintió Prudence—. Pero moveré las manos de manera muy afrancesada meneando un pañuelo perfumado cuando quiera indicarles que estoy angustiada por sus preguntas.

—También necesitarás algo de indignación —dijo Constance—. Para parecer creíble.

—Oh, eso se lo dejo a Gideon —afirmó su hermana al tiempo que se dirigía a las escaleras—. Su tarea es lanzar el fuego del infierno, la mía es la del amor. —Se dio la vuelta con el pie sobre el primer escalón—. No tengo que parecer una solterona que odia a los hombres, está amargada y tiene mal temperamento, veis. —Se dirigió escaleras arriba antes de que sus hermanas pudieran abrir la boca para responder.

18

—Te has levantado temprano esta mañana, padre —observó Prudence, cuando entró en el comedor. Su padre, vestido de lo más formal para el desayuno, estaba sentado a la mesa y, a juzgar por su plato vacío, había terminado ya su refrigerio.

Lord Duncan dirigió una mirada susceptible a su hija.

—¿Te has olvidado de que es el día del juicio de Barclay por el libelo? Apareceré como testigo esta mañana.

—Oh, sí —dijo Prudence, informalmente, al tiempo que se dirigía al aparador—. Me había olvidado por completo. —Miró al plato de *kedgeree* y sintió cómo su estómago se revolvía.

—Bien, hoy es un día importante —declaró su padre al tiempo que dejaba a un lado su servilleta y retiraba la silla hacia atrás—. No vendré a comer. Díselo a Jenkins.

Tampoco lo harían sus hijas. Pero Prudence simplemente asintió sonriente y se sentó a tomar una tostada. Quizá una tostada a secas haría que se le calmara la náusea.

—Buenos días, padre. —Chastity pasó por el lado de su padre en la puerta—. Te has levantado temprano hoy.

—Hoy es el día de la comparecencia de padre en los tribunales —dijo Prudence antes de que su padre pudiera responder—. ¿Te has olvidado?

—Oh, sí, lo siento —dijo Chastity—. Buena suerte.

—No puedo imaginar para qué necesitaría la suerte —afirmó lord Duncan—. Es un caso elemental. Al final del día, esa porquería de periodicucho estará fuera de las calles y en la más absoluta ruina. Recordad mis palabras. —Dio un golpe de cabeza firme y se retiró.

—¡Oh, Dios! Espero que no —dijo Chastity mientras se servía *kedgeree* en su plato—. ¿Cómo te encuentras, Prue?

—He vomitado hasta la primera papilla —le confesó su hermana—. No sé cómo puedes comer, Chas. Esta mañana entre todas la mañanas.

—Para mantenerme fuerte —dijo Chastity—. Y tú deberías comer algo más que una tostada a secas, Prue. Tú eres la que va a necesitar más fuerzas.

Prudence movió la cabeza en un gesto de negación.

—No puedo tragar nada. Hasta el té me hace vomitar. —Empujó su plato y su taza—. Voy a prepararme.

Chastity miró el reloj. Sólo eran las siete y media.

—Aún nos queda una hora y media antes de que tengamos que ir al despacho de Gideon.

Prudence sólo asintió con la cabeza y dejó la sala del desayuno. En su habitación, examinó su cara en el espejo. Pálida y lánguida era lo mejor que se podía decir sobre su apariencia en ese momento. Tenía ojeras e incluso su cabello parecía haber perdido todo su vigor. No es que su apariencia física fuera lo más importante en aquel momento. Nadie iba a entrever más que un atisbo de ella bajo el grueso velo.

Gideon, por supuesto, la vería al descubierto cuando se encontraran aquella mañana. Pero, de todas formas, su apariencia no era asunto suyo. Su escasa comunicación durante aquellas dos últimas semanas sólo había girado en torno al juicio y normalmente se había referido de forma implícita a las tres. Nunca mencionaba a Harriet o a Sarah, o, de hecho, nada que fuera personal. Habían roto tan limpiamente como ella le había pedido. Ella lo tenía claro. Sin dolor, sin remordimiento alguno por aquel desliz de pasión.

No era sorprendente que el cansancio de las dos últimas semanas se reflejara en su cara, se dijo Prudence a sí misma. Habían estado con los ojos abiertos de par en par buscando espías y detectives, sospechando de toda la correspondencia que llegaba a su casa. Habían dejado de publicar *La dama de Mayfair* por el momento. Ni ella ni Chastity habían salido apenas de casa y Constance sólo había atendido aquellos eventos sociales que requería su posición como esposa de Max, incluso había dejado de dar sus discursos para el USPM durante aquellas dos semanas. Habían estado sentadas durante horas en el salón, repasando todos los detalles del caso, anticipándose a las preguntas hostiles que les pudieran formular, como les había aconsejado el abogado, y Prudence había estado practicando su falso acento hasta que su lengua se había hinchado de tal forma que casi ni le cabía en la boca.

La puerta se abrió tras ella y se giró de repente, casi sin pensar, como si la hubieran pillado haciendo algo incorrecto..., como si mirarse al espejo se hubiera convertido en algo extraño. Chastity le dirigió una mirada de sorpresa.

—¿Tienes alguna horquilla de pelo de sobras, Prue? No encuentro ninguna y tengo que fijar este velo a mi sombrero. —Llevaba el velo sobre el brazo.

—Sí, por supuesto. —Prudence rebuscó en el cajón—. Tenía una caja nueva, en algún lugar por aquí.

—Padre se acaba de ir.

—Es un poco temprano, ¿no crees? Los juzgados no abren hasta las diez. —Prudence encontró la caja de horquillas y se la dio a su hermana.

—Creo que está tan nervioso como nosotras —dijo Chastity, guardando las horquillas en el bolsillo de su falda—. Me da la impresión de que prefiere pasar una hora dando vueltas a la plaza que quedarse en casa.

—Comparto tu impresión —dijo Prudence—. ¿Te importa que nos vayamos un poco temprano? Me estoy volviendo loca esperando aquí.

—No, por supuesto que no. Estaré lista en diez minutos. —Chastity desapareció del dormitorio y Prudence volvió a mirarse en el espejo, esta vez para probarse el sombrero y ver cómo le quedaba el velo por undécima vez.

Tomaron un taxi hasta Enbankment y caminaron hasta que llegaron a Temple Gardens, casi sin hablar por el camino, hasta que estuvieron a punto de encontrarse con Constance. Estaba nublado y el río parecía gris y aletargado. Un viento fuerte se llevaba las últimas hojas de los árboles. Prudence se abrigó con su chaqueta, girando el cuello hacia arriba, pero aún temblaba.

—¿Estás nerviosa porque tienes que verle? —preguntó Chastity de repente.

Prudence no intentó disimular que no sabía de qué estaba hablando.

—No. ¿Por qué debería estarlo?

—No sé. Pensé que quizá lo estabas.

—Es nuestro abogado, Chas. Sólo me preocupa que no sepa cómo defendernos.

—Sí, por supuesto —asintió Chastity—. Ah, ahí está Con. —Señaló hacia donde se encontraba su hermana, quien cruzaba hacia ellas con premura por la hierba húmeda y llena de hojas.

—¿Llego tarde?

—No, somos nosotras las que llegamos temprano. No podía pasar ni un minuto más en casa —dijo Prudence.

Constance miró a su hermana.

—¿Estás preparada para esto, Prue?

Prudence sabía que no se refería a su aparición en los juzgados.

—Eres peor que Chas. Por supuesto que lo estoy. Gideon es nuestro abogado. Aparte de eso, no es más que el recuerdo de una aventura en Henley-on-Thames, que ya he tenido dos semanas para superar. Estoy segura de que significó lo mismo para él. Vamos.

El Big Ben marcó las nueve en punto justo cuando llegaban a la puerta del despacho del abogado. La puerta principal estaba abierta y Thadeus estaba de pie, esperándolas, con la mirada fija en el reloj.

—Buenos días, señoritas. —Hizo una reverencia—. Sir Gideon las espera.

Pero Gideon estaba abriendo la puerta de su despacho.

—Buenos días —dijo amablemente—. Entrad. Thadeus, ¿puede traer café?

Prudence se dio cuenta de que no había superado nada. El sonido de su voz bastó para que la memoria de cuanto había ocurrido aflorara a la superficie. Inconscientemente, puso la espalda recta y dijo de manera neutra:

—Buenos días, Gideon.

Desfilaron por su lado y se sentaron en las tres sillas que había allí dispuestas. Gideon fue detrás de su escritorio y se sentó, pero antes las evaluó rápidamente con la mirada. Sus ojos grises se detuvieron durante un momento algo más largo en Prudence. Ella era consciente de ello y resistió la ridícula tentación de alejar la mirada de él, obligándose, por el contrario, a buscar la mirada directa con sus ojos hasta que éste dirigió la mirada a los papeles que había sobre su mesa.

Parecía cansado, pensó ella. Tan cansado como ella.

Gideon pensó que Prudence parecía exhausta. Él mismo estaba preocupado, pero ella parecía estar muerta de miedo.

Las últimas dos semanas habían sido lo peor que podía recordar en mucho tiempo y no sólo porque la reaparición de Harriet hubiera destrozado el equilibrio emocional de Sarah... Prudence tenía razón en ese punto..., pero es que mantenerse alejado de Prudence era una de las cosas más difíciles a las que se había visto obligado. No obstante, ella había dejado sus deseos bien claros. Así que, por el contrario, había concentrado su atención en el caso de libelo, trabajando durante largas horas; más de las que hubiera dedicado normalmente, incluso para un caso que le garantizara unos mayores honorarios. Prudence no tendría oportunidad de cuestionar su profesionalidad nunca más.

—Discúlpame por decir esto, Prudence, pero no pareces encontrarte muy bien esta mañana —observó.

—Han sido dos semanas muy estresantes —dijo ella—. No he descansado bien. Y, por ser brutalmente honesta, tengo los nervios a flor de piel esta mañana. Como podrás imaginarte. —Había un leve tono de acusación en esta última afirmación.

—No cabía esperar menos —dijo él con tanta calma que ella sintió la súbita necesidad de tirarle algo—. ¿Has desayunado algo esta mañana?

—No mucho —respondió Chastity por ella—. Un trozo de tostada a secas.

Prudence dirigió a su hermana una mirada de enfado.

—No tengo apetito. Eso es sólo asunto mío.

—Siento diferir —dijo el abogado—. Si te desmayas en el estrado también será el mío.

—No me desmayaré —respondió.

—¿Te comerías una tostada con miel ahora? —preguntó él con tono conciliador y empático. Un tono, pensó Prudence, calculado para obtener el objetivo deseado.

Suspiró intentando no parecer petulante.

—No tengo hambre, pero si insistes...

—No, yo no insisto. Sólo te doy un consejo —dijo él levantándose de su silla y dirigiéndose a la puerta para pedirle a Thadeus que preparara la tostada. Regresó a su silla—. Ahora, dejadme que os explique todo lo que va suceder esta mañana.

Lo escucharon mientras explicaba el proceso. Prudence estaba tan absorbida por la explicación que se terminó la tostada con miel sin darse cuenta y, para sorpresa suya, se sintió fortalecida y menos mareada.

Gideon, sabiamente, se guardó de hacer ningún comentario.

—Así, para resumir —dijo—, sir Samuel ha notificado que llamará a declarar a *La dama de Mayfair* como acusado. Va a intentar desacreditar la publicación ante los ojos del jurado antes de que yo pueda plantear la defensa. Puedes esperar preguntas muy agresivas, Prudence, pero si te hace algún mal considerable, tendré la oportunidad de rectificarlas durante mi interrogatorio.

Prudence, que se preguntaba qué tipo de mal podrían hacerle, simplemente asintió.

Gideon le ofreció una sonrisa alentadora.

—Si puedo dañar la credibilidad de Barclay lo suficiente durante mi interrogatorio, es posible que tengas el camino bastante despejado.

—A menos que sepan quiénes somos —dijo Prudence—. Creemos que no lo saben, pero no podemos estar seguras.

Él sonrió.

—No lo saben

—¿Cómo lo sabes?

Volvió a sonreír.

—Hay estrategias en esta profesión para saber ciertos asuntos pertinentes.

—¿Me imagino que no se te habrá pasado por la cabeza que eso nos hubiera hecho la vida más fácil si lo hubiéramos sabido? —preguntó Prudence.

—Tuve que esperar hasta el último momento para estar seguro. Todo puede cambiar hasta el último minuto.

—Veo qué quieres decir —dijo Constance distrayendo la atención de sir Gideon de Prudence—. Pero nos has tenido sobre ascuas.

—Lo entiendo, pero no se podía hacer nada antes. —Sacó su reloj de bolsillo y lo miró—. Hablaremos de cómo ha ido la mañana durante la pausa del almuerzo.

Prudence asintió, queriendo tan sólo sentirse aliviada de que no tuvieran que preocuparse de sus identidades al salir. Se dio cuenta de que no tenía tiempo ahora para cargas emocionales.

—¿Vamos?

Él se puso en pie.

—Sí, deberíamos irnos. Constance, tú y Chastity deberíais sentaros al fondo de la galería. Intentad que nadie en el banquillo pueda veros. No quiero que distraigáis a Prudence, aunque sea sin daros cuenta. Preferiría que se sintiera como si no estuvierais allí.

—Sin embargo, lo sentiré —dijo Prudence—. No podría hacer esto sin ellas allí.

—No, lo comprendo. De todas formas, tienes que aceptar lo que digo. *En este caso* sé de lo que estoy hablando. —Se puso la toga y la peluca al tiempo que hablaba.

Enfatizó levemente *en este caso* y Prudence se preguntó qué querría decir con eso. No podía hacer referencia alguna a nada personal entre ellos dos, ya que no había dado la menor indicación aquella mañana de que hubiera alguna historia común entre ellos dos. Y su primera reacción al verlo había sido una aberración que más valía la pena olvidar.

La audiencia del caso por libelo iba a tener lugar en una pequeña sala del Old Bailey, un lugar que limitaba los espectadores, lo que, como Gideon les había dicho, era positivo. Habría algunos miembros de la prensa, algunos cronistas de sociedad y quizá algunos miembros de la sociedad de Londres, pero no habría demasiados. No explicó a las hermanas que Thadeus, por instrucción de su jefe, se había encargado de organizarlo así con su colega, el secretario de los tribunales encargado de asignar las salas de juicios.

En una pequeña antesala, las hermanas arreglaban sus velos. El tiempo de las palabras se había acabado. Intercambiaron brevemente algunos comentarios y Constance y Chastity dejaron a Prudence y se dirigieron a la galería que estaba ya concurrida por una multitud de gente que hablaba en susurros y se movía en sus asientos. Se sentaron detrás de una columna en la última fila. Prudence esperó a que Gideon la viniera a buscar. Ya no se encontraba mal. Ya no estaba nerviosa. Era como si hubiera entrado en un tranquilo espacio separado del bullicioso mundo que la rodeaba.

—¿Estás lista para entrar? —Gideon había abierto la puerta tan tranquilamente que ella casi ni le oyó; se giró de la ventana donde había estado de pie contemplando la pared blanca que había delante.

—Sí. ¿Cómo está mi velo?

—Impenetrable —dijo él—. ¿Qué tal el acento?

—Tupido —dijo ella.

Él asintió y sonrió al oír el intento de darle humor a su tono.

—Ven. —Puso una mano sobre su hombro y ella agradeció el tacto, el sentido de apoyo que éste le daba. Gideon no la defraudaría. No *en este caso*.

Ella consiguió eliminar esta adenda mental de su mente. Él no la defraudaría y ella no debía defraudarlo a *él*.

El juzgado estaba repleto y las personas sentadas en los bancos se dieron la vuelta para mirarlos en el momento en el que pasaban por el estrecho pasillo que daba al banquillo de la defensa. Prudence sintió los susurros que poco a poco se tornaron en un murmullo, pero no miró ni a izquierda ni derecha, simplemente se sentó en la silla que Gideon le indicó. Él se sentó junto a ella, dejó los papeles frente a él y se reclinó hacia atrás, tan tranquilo y relajado como si se encontrara enfrente de su propio hogar, a excepción de su peluca rizada y la negra toga.

—Levántese la sala.

La audiencia se puso en pie en el momento en que el juez entró en la misma y tomó asiento en la parte alta de la tarima. Por primera vez, Prudence miró hacia un lado a la mesa de al lado. Lord Barclay tenía un aire entre complaciente y cruel, pensó ella desde el odio profundo de su corazón. Sir Samuel Richardson parecía algo más viejo que Gideon, pero vestía el mismo atuendo anticuado que los hacía difíciles de distinguir hasta que hablaron. Entonces fue fácil. La voz de sir Samuel estaba quebrada y sonaba áspera, a diferencia del tono tranquilo y suave de Gideon. También tenían actitudes distintas en el juzgado.

Prudence se quedó sorprendida al ver que Gideon, en sus comentarios iniciales, evitaba toda controversia, casi hasta el punto de sonar conciliador. Sonrió, saludó a su adversario con una leve reverencia y murmuró un «mi estimado colega», que sugería que era comprensible que lord Barclay se sintiera difamado por la publicación en cuestión, y se sentó de nuevo.

Sir Samuel, por otro lado, despotricaba. Su voz alcanzó las vigas cuando acusó a la publicación de fabricar, deliberadamente, mentiras para deshonrar la reputación de uno de los más estimados miembros de «nuestra sociedad, señoría».

—Y un cuerno —masculló Prudence, que recibió un codazo de su acompañante. Miró diligentemente a su regazo. El enfado era ahora su aliado. Había visto a su padre sentado en la fila de detrás de Barclay y sus consejeros y cuando pensó en lo que éste le había hecho, su preocupación desapareció. Podía sentirse como un zorro que muestra los dientes para proteger a sus cachorros. Podía notar el espíritu de su madre sobre sus espaldas. Una fantasía absurda, pensó, pero estaba dispuesta a aceptar cuanta ayuda encontrara.

El testimonio de Barclay no hizo más que afianzar su determinación. Era mojigato, hipócrita y mentía entre dientes. Y, sin embargo, no pudo percibir la menor reacción por parte de Gideon, sentado como estaba junto a ella.

Éste tomó alguna nota en un papel pero, por otro lado, simplemente permaneció en su asiento y escuchó, hasta que sir Samuel hubo hecho su reverencia al juez y los miembros del jurado y se hubo retirado a su asiento con un saludo a su colega.

Gideon se levantó entonces sonriendo y saludó a Barclay con una reverencia:

—Buenos días, milord.

—Buenos días. —Era un saludo hosco.

—Está usted bajo juramento, lord Barclay —dijo Gideon amablemente. Y desde aquel instante se puso en marcha. Éste era el abogado que Prudence esperaba; el que ella misma conocía por experiencia. Implacable, despiadado, sin dejar un cabo sin atar hasta que consiguiera la respuesta deseada de su testigo. Hubo objeciones de sir Samuel, algunas de las cuales fueron admitidas por el juez, pero Gideon simplemente simuló una retirada para volver al ataque.

Prudence se quedó helada cuando el nombre de su padre fue llamado. Vio cómo éste levantaba la cabeza con un movimiento brusco de sorpresa y después no pudo seguir mirándolo cuando Gideon expuso el plan fraudulento, la falta de registro legal de la compañía y finalmente el derecho de retención sobre el diez de Manchester Square.

Y cuando el señor Duncan era ya sólo una cabeza quejicosa y sudorosa sobre el estrado, Gideon retomó su actitud suave y encantadora y dijo:

—¿Debo sugerir, lord Barclay, que nunca hubo ninguna intención de construir un ferrocarril transahariano? Le pediría que considerara cuántos otros de sus amigos han sido persuadidos de que invirtieran en lo que parece ser a todas luces una empresa fraudulenta. ¿Cuántos más de entre sus amigos han sido obligados a aceptar derechos de retención sobre sus propiedades?

—Esto es una calumnia, señor —gritó el conde jactanciosamente. Miró al juez—. Apelo ante usted, su señoría.

—¿Sir Samuel? —sugirió el juez.

El abogado de Barclay se puso en pie pesadamente. Su voz grave parecía ahora cansada y resignada.

—Solicito un aplazamiento para poder consultar con mi cliente y examinar los documentos con más atención, su señoría.

El juez dio un golpe con su maza.

—Retomaremos la sesión a las dos en punto.

Prudence alzó la vista para mirar a Gideon mientras éste regresaba a su asiento. No había expresión en su cara. Sus ojos estaban en blanco. Y se dio cuenta de que ésta era la cara que había tenido que soportar Barclay durante el interrogatorio. Era suficiente para aterrar al más fiero y justo testigo. Y luego esa cara desapareció y ya sonreía de nuevo tocando su mano con disimulo mientras daba la vuelta a la mesa para sentarse.

—Creo que ha ido bien —dijo él—. Me temo que no podemos ir a almorzar a ningún sitio decente puesto que no te puedes quitar el velo en público, pero he organizado un agradable picnic en mi despacho.

—¿Y mis hermanas?

—Ellas también, por supuesto. Thadeus las traerá en cuanto ya no quede nadie en el juzgado y no haya ojos espiando.

Prudence de nuevo evitó mirar hacia los lados, caminando con la mirada fija al centro mientras salían de la audiencia. Les gritaron algunas preguntas. Gideon las ignoró sosteniéndola por el codo hasta que hubieron salido a la calle, donde un taxi los estaba esperando. No por casualidad, obviamente. Gideon no dio instrucciones al cochero y, en cuanto estuvieron dentro, éste dio un latigazo al aire y el caballo se puso en movimiento.

Prudence respiró profundamente y se levantó el velo.

—Es asfixiante estar detrás de esta cosa —dijo—. Estamos a salvo, ¿no es así?

—Lo suficientemente. —Giró la cara para mirarla en la tenue luz del carruaje—. ¿Qué tal lo llevas?

—Mejor que Barclay —dijo ella con una risa temblorosa—. Lo has destruido.

—Sólo casi —dijo él gravemente.

—Pero ¿puedes terminarlo? —preguntó ella con un tono nervioso mientras su corazón palpitaba con fuerza.

—Necesito que tu padre lo termine por mí.

—Oh. —Prudence lo comprendió entonces. Su padre tendría que confirmar que había sido engatusado por un hombre al que creía su amigo para invertir en un negocio fraudulento que sólo pretendía vaciar los bolsillos de sus llamados amigos. Si insistía en estar del lado de su amigo, en afirmar que su amigo nunca lo había defraudado, que él siempre comprendió los entresijos del negocio y que le había entregado voluntariamente el derecho de retención sobre su casa, entonces su defensa se desbarataría. No podría llamarse «fraude» si aquel al que, supuestamente, habían estafado mantenía que no había sido engañado.

Constance y Chastity escucharon en silencio mientras su hermana se lo explicaba. Gideon se limitó a ofrecer bocadillos de cangrejo y langosta, copas de Chablis Premier Cru y responder cuando era preguntado. Pero observó a Prudence con atención, satisfecho de ver que ésta casi no probó el vino.

Y finalmente dijo:

—Prudence, sospecho que sir Samuel llamará a *La dama de Mayfair* a declarar ahora. No puede arriesgarse a llamar a vuestro padre inmediatamente después del derrumbe de Barclay.

—Y con mi testimonio tengo que hacer que padre cambie de lado. —Ésta era la afirmación clara y simple de alguien que había aceptado aquello como necesidad irremisible.

Él asintió. Hubiera querido abrazarla y besarla para expulsar el miedo que había en sus ojos. Pero si tenía que haber de nuevo un momento para el amor, ése no era éste.

—Muy bien —dijo ella. Miró a sus hermanas y luego a él—. Quisiera hablar con mis hermanas a solas, si no te importa.

—Por supuesto. —Se levantó de su silla y se dirigió a la puerta. Dudó por un instante—. Tendréis que explicarme si lo que vais a discutir tiene algo que ver con tu testimonio. No puedes darle sobresaltos a tu abogado.

—Lo entendemos.

Asintió y salió afuera.

Las hermanas se sentaron en silencio durante unos instantes; entonces Prudence dijo:

—Todas sabemos lo que debemos hacer.

—La cuestión es cómo hacerlo sin revelarle tu identidad a todo el mundo —dijo Constance.

—Tengo una idea. —Chastity se inclinó hacia delante en su silla.

A Prudence le pareció que hacía más calor en la sala esa tarde que por la mañana. Pensó que detectaba una nota diferente, más de alerta, en el murmullo de conversaciones que oía a su alrededor mientras esperaba a que apareciera el juez, y estaba mucho más atenta a las miradas que se dirigían en su dirección.

Su corazón latía con intensidad y el tacto del velo le parecía más bochornoso que antes. Estaba segura de que sus mejillas estaban sonrojadas y de que el sudor perlaba su frente. Gideon, sin embargo, estaba tan tranquilo como de costumbre, sentado detrás de ella. Intentó atraer su calma por ósmosis, pero no parecía funcionar.

Su única mirada a lord Barclay le reveló que él también estaba sonrojado, pero eso, pensó, podía ser por el vino ingerido durante la comida como por cualquier otra causa. Resoplaba de vez en cuando e intercambiaba, a susurros, comentarios con sus abogados. Su padre parecía estar más pálido de lo habitual y estaba sentado con la espalda bien estirada detrás de Barclay, mirando fijamente al estrado del juez.

—Por favor, pónganse en pie.

La sala se levantó, el juez tomó su asiento y miró expectante a los abogados que había debajo de él.

—¿Sir Samuel?

El abogado se puso en pie y entonó:

—Llamamos a la dama de Mayfair al estrado, su señoría.

—¿A la publicación? —El juez miró con incredulidad al abogado.

—A una representante de la publicación, su señoría, una... —hubo un poco de duda en el momento en que iba a acentuar su insulto— una *señorita*, según entendemos, mi señoría, que prefiere ser llamada por el nombre de señorita dama de Mayfair.

—Esto es poco habitual —observó el juez—. ¿Puede una publicación prestar juramento?

Gideon se puso en pie.

—Una representante sí puede hacerlo, su señoría. Quisiera citar el caso Angus contra *The Northhampton Herald*, de 1777.

El juez asintió lentamente.

—¿Tiene usted alguna objeción a que se persone una representante, sir Samuel?

—No, su señoría. La testigo es un miembro de la especie humana, supongo. —El comentario provocó una risilla en la sala. Prudence miraba al frente con frialdad a través del velo. Gideon no movió ni un músculo.

—Muy bien entonces —asintió el juez—. Llamo a la señorita dama de Mayfair.

Prudence se puso en pie y caminó con paso firme hacia el estrado. El secretario del tribunal le hizo leer el juramento y ella se sentó, apoyando sus manos sobre el regazo.

Sir Samuel se aproximó al estrado. Parecía un cuervo malicioso, pensó Prudence, con la oscura toga moviéndose a su alrededor y una mirada en sus ojos que hasta parecía lasciva.

—¿Es usted responsable de esta publicación? —Meneó una copia con la mano en alto con un aire de desprecio y repugnancia.

—*Oui, monsieur...* Sí, disculpe. Soy una de las editoras.

—Y es usted francesa, por lo que se ve.

—De *la France*, sí. —¿Por Dios, cómo iba a mantener la comedia? Una cosa era hacerlo en el salón de casa, con sus hermanas, y otra muy distinta era hacerlo aquí. Por primera vez miró a los miembros del jurado. Doce hombres de bien. Al menos no parecían estar aburridos.

—¿Es costumbre de su publicación deshonrar la reputación de los miembros de nuestra sociedad, *señorita*?

—No —dijo Prudence simplemente. Percibió la leve señal de asentimiento que le hizo Gideon. Su lema había sido siempre: mantén lo simple; no elabores a menos que sea imprescindible.

—Y ¿cómo definiría usted este artículo sobre uno de los miembros más respetados de nuestra aristocracia, *señorita*?

—La verdad, *monsieur*.

—Yo lo llamaría más bien un intento deliberado de *asesinar* la imagen de una digna persona —dijo él suavemente—. Pero, por supuesto, los ciudadanos de su país no están poco acostumbrados a *asesinar* a su aristocracia.

Una ola de risa se extendió entre los espectadores. Prudence miró a Gideon. Su expresión era impasible.

—Nos basamos en nuestra investigación, *monsieur* —dijo ella—. Y otros también lo han hecho.

—¡Otros! —bramó de repente—. ¿La *Pall Mall Gazette*, quizá? Todos conocemos la propensión sensacionalista de este periódico. Sus acusaciones sin fundamento, *señorita*, no han hecho más que dar de qué hablar a *ese* conocido elemento de la prensa sensacionalista.

—No estaban carentes de fundamento, *monsieur* —afirmó ella—. Tuvimos testigos. Mujeres que también hablaron con la *Pall Mall Gazette*.

—¡Mujeres! Mujeres caídas. ¡Mujeres de la calle! ¿A esto es a lo que ha llegado la sociedad? ¿Anteponemos la palabra de una mujer de cualquier reputación a la un miembro del Consejo Real? —Se dio la vuelta dejando volar su toga y gesticuló hacia el jurado antes de acabar la vuelta para mirar al estrado.

—Ah, sir Samuel. Eso es lo que usted llama a las mujeres de quienes han abusado sus así llamados «mejores». Mujeres caídas, rameras, putas, prostitutas... —Interrumpió abruptamente su discurso al darse cuenta de que se le había escapado el acento y de que no estaba respetando el lema de Gideon. Había dejado que la indignación la dominara y había mostrado sus auténticos colores.

—Y parece ser que esas mujeres tienen que ser defendidas por arpías —dijo sir Samuel, girándose de nuevo hacia los miembros del jurado y asintiendo levemente.

Prudence inspiró profundamente tras su velo.

—Revelar las injusticias de la sociedad, *monsieur*, es parte del mandato de nuestra publicación. Mantengo que tenemos pruebas más que sólidas para sustentar nuestras acusaciones contra lord Barclay.

—Y esas acusaciones de malversación financiera... —Cambió de tema con un gesto tan agresivo de su mano que ella casi se estremeció involuntariamente—. ¿Qué puede usted, *señorita...*, qué puede este periodicucho...? —volvió a airear la publicación—, ¿qué puede usted saber de los detalles íntimos de los negocios entre dos amigos..., dos grandes amigos desde hace mucho tiempo? Tengo la sensación, *señorita*, de que usted y sus compañeros de edición, por razones que sólo ustedes conocen, mantienen alguna venganza personal contra el conde de Barclay y que fabricaron los hechos a su antojo.

—Esto no es cierto —afirmó ella.

—¿No es cierto que usted se le insinuó al conde?... Insinuaciones que fueron rechazadas. —Puso las dos manos sobre la baranda del estrado y la miró fijamente como si pudiera ver la pálida llama de sus ojos bajo el velo.

Prudence no pudo contener la risa, y cuando lo hizo pudo ver cómo la mirada de su padre se dirigía a ella, con sus ojos resplandecientes de sorpresa. Por supuesto, no podía disimular su risa. Eso no lo había practicado. Pero en este caso, casi era mejor así.

—¿Lo encuentra usted divertido, *señorita*? —Estaba claro que su risa había incomodado al fiscal. Su acusación, salvaje como era, había sido realizada con la intención de ponerla nerviosa.

—Mucho —dijo ella—, *ma mère* me enseñó..., mi madre, disculpe..., me enseñó a encontrar la pretenciosidad masculina..., como dicen ustedes, divertida, ridícula. —Se encogió de hombros en un gesto muy afrancesado y riendo, otra vez, despreocupadamente. Esto quizá no le hizo ganar demasiados amigos entre el jurado, pero su padre se había puesto pálido y la miraba ahora fijamente.

¿Lo había entendido bien?

Sir Samuel, por supuesto, no. Tenía una radiante sonrisa en la cara, seguro como parecía estar de tener al jurado en la palma de su mano.

—Pretenciosidad masculina —repitió él golpeando la barandilla del estrado con el periódico—. Eso le parece, *señorita*. Dicho de manera elocuente. Así pues, ¿mantiene que no conoce usted al conde personalmente? Entonces le pregunto de nuevo: ¿qué puede usted saber acerca de los asuntos personales de negocios entre dos hombres, amigos desde hace años? Dos hombres con los que usted no ha tenido tratos, de cuyas personalidades usted no conoce... —Volvió a girarse hacia el jurado—. Lord Duncan está aquí sentado, señores del jurado, preparado para dar testimonio en favor de su amigo. ¿Haría eso si ese llamado «amigo» hubiera estado repartiendo la baraja a sus espaldas? ¿Daría a un hombre del que no se fiara un derecho de retención sobre su casa? Les pregunto, señores del jurado, señoras y señores, ¿no les parece esto rebuscado? —Volvió a girarse hacia el estrado, se

349

inclinó ante su ocupante con un ademán burlesco y se dirigió a su mesa saludando a Gideon con la cabeza.

Gideon se puso en pie.

—No tengo preguntas para este testigo, su señoría.

Hubo un grito ahogado colectivo en la sala. El único testigo de la defensa había sido destruido y su abogado no hacía nada por reparar el daño.

Prudence se puso en pie y volvió a su asiento. Gideon tocó su rodilla, en un gesto casi imperceptible, pero que le indicó todo cuanto debía entender. Ella no se atrevió a mirar a su padre durante el interrogatorio de sir Samuel, pero Gideon lo había estado observando con atención.

Sir Samuel declaró:

—Llamo a lord Duncan, su señoría.

Lord Duncan se dirigió al estrado.

19

Prudence casi no podía mirar a su padre mientras éste prestaba juramento. La voz de éste era pausada y cortés y, cuando se hubo sentado, sus manos permanecieron inmóviles, apoyadas sobre la barandilla del estrado.

Sir Samuel se aproximó al mismo.

—Buenas tardes, lord Duncan. —Le sonrió.

—Buenas tardes.

—Está usted aquí para prestar testimonio en nombre de su amigo lord Barclay.

—Estoy aquí, sir, para testificar en un caso por libelo contra una publicación llamada *La dama de Mayfair*—contestó lord Duncan con firmeza.

Sir Samuel miró sorprendido. Se repuso y dijo:

—Así es, señor. Éste es el asunto que nos ha traído aquí hoy. Puede explicarle al jurado cuánto tiempo hace que son amigos usted y lord Barclay.

—Conozco al conde de Barclay desde hace casi diez años.

—¿Y es él uno de sus mejores amigos? —Sir Samuel miraba ahora a su testigo como un hurón miraría a una conejera de la que esperara que saliera un zorro en vez de un conejo.

—Así lo hubiera llamado, sí.

Sir Samuel cerró los ojos brevemente y cambió inmediatamente de asunto.

—Usted y el señor conde han sido socios en algunos negocios, según tengo entendido.

—Sólo en uno de importancia.

—¿El asunto del ferrocarril transahariano?

—Sí. Un negocio por el que se me aseguró que obtendría pingües beneficios si invertía.

—Muchos negocios desgraciadamente fracasan. —Sir Samuel movió la cabeza como signo de lamentación—. Todos los inversores sufrieron pérdidas, si no me equivoco.

—Que yo sepa, el único inversor implicado fui yo, señoría. Y sí, sufrí pérdidas de una considerable magnitud.

El fiscal hizo el mismo gesto que antes.

—Y también lord Barclay.

—Eso lo dudo, señoría, puesto que en el momento del aparente colapso del negocio, lord Barclay tenía derecho de retención sobre mi casa. Lo que no podría denominarse pérdida.

Sir Samuel miró a la tarima.

—Señoría —comenzó, aunque fue rápidamente interrumpido.

—El testimonio no discurre como usted esperaba, sir Samuel.

—No, su señoría. Solicito un receso hasta la mañana.

El juez negó con la cabeza.

—No tenemos tiempo para eso. Dé permiso a su testigo para retirarse y llame al siguiente.

—No puedo dar ese permiso, señoría, sin ponerlo antes a disposición de mi colega letrado, sir Gideon —el fiscal señaló con tono afligido.

—No, eso es cierto —dijo el juez. Sonaba como si se estuviera divirtiendo y Prudence decidió que le gustaba aún menos que sir Samuel, aunque pareciera estar fallando a su favor.

Sir Samuel se aclaró la garganta.

—Lord Duncan, ¿otorgó usted dicho derecho por voluntad propia?

—Lo hice, puesto que en aquel momento creí que no me quedaba otra alternativa. No era consciente, espero que se haga al cargo, de que la empresa en la que había invertido no tenía posición legal. Mi *amigo* omitió mencionarlo. —El comentario fue realmente débil y sin embargo retumbó entre la concentrada concurrencia que había en la silenciosa sala como un carrillón.

—No tengo más preguntas, su señoría. —Sir Samuel volvió a su asiento.

—¿Sir Gideon? —lo invitó el juez.

Gideon se puso en pie.

—No tengo preguntas para este testigo, su señoría.

—Parece estar teniendo usted un día bastante tranquilo, sir Gideon —señaló el juez.

Gideon simplemente hizo una reverencia y se sentó.

Lord Duncan abandonó el estrado y salió directamente de la sala ignorando los susurros que había a su alrededor y las miradas inquisitivas que seguían su caminar.

Prudence casi se levantó para seguirlo pero permaneció sentada cuando Gideon la cogió por el codo.

El juez miró a su alrededor.

—¿Algún testigo más, sir Samuel?

—No, su señoría.

—Entonces, sir Gideon, la *palestra* es suya.

—No tengo nada que añadir, su señoría.

Prudence no escuchó el resto de formalidades ni prestó atención a las instrucciones finales que se les daban a los miembros del jurado antes de que éstos fueran enviados fuera de la sala a deliberar, y sólo oyó de lejos la notificación del juez de que si no se encontraba a la publicación culpable de libelo, podían considerar solicitar compensación por daños y perjuicios para *La dama de Mayfair* por la angustia causada por la frívola demanda.

Prudence sólo podía pensar que durante los últimos cuatro años habían intentado proteger a su padre a toda costa; hacer por él lo que su madre hubiera hecho; y, ahora, en la más pública y humillante de las situaciones posibles, ellas habían provocado que la realidad cayera sobre él. Había sido idea de Chastity emplear la expresión que su madre tan frecuentemente había usado.

Pretenciosidad masculina. Aquella expresión siempre había hecho protestar a su marido con un suspiro la primera vez, y con una risa en la segunda. Eso le había indicado a lord Duncan quién se sentaba en el banquillo de los acusados. Y, por supuesto, había puesto en evidencia públicamente su vergüenza. ¿Llegaría a perdonarlas algún día?

Se percató de que tenía la mano de Gideon sobre su brazo. La invitaba con el gesto a salir de la sala e ir a la antesala de nuevo. Chastity y Constance ya estaban allí. Se abrazaron con fuerza.

—¿Nos perdonará? —preguntó Chastity haciéndose eco del pensamiento de su hermana.

—¿Cuánto tiempo hubiera aguantado viviendo una mentira? —La pregunta vino de Gideon, que estaba de pie junto a la puerta. Se giraron hacia él con los ojos en blanco. Éste levantó las manos defensivamente y volvió a salir de la habitación. Ningún hombre en sus cabales se enfrentaría a la furia conjunta de las hermanas Duncan.

—Es cierto, sin embargo —dijo Prudence tras un instante de silencio—. ¿Cuánto tiempo podría continuar así?

—Ya se había acabado —señaló Constance—. Sin su testimonio hubiéramos perdido y hubiera tenido que enfrentarse a la verdad, y con ello... Bien... —Se sonó la nariz con fuerza.

La puerta se abrió y las tres se dieron la vuelta a la vez. Lord Duncan entró dejando que ésta se cerrara.

—Ese abogado me ha dicho que os encontraría aquí. —Miró a sus hijas en un silencio que parecía estirarse como una goma—. ¿Cómo os habéis atrevido? —preguntó finalmente—. ¿Mis documentos privados? ¿Qué derecho creíais tener?

—No creíamos que tuviéramos ninguno —dijo Prudence—. Pero sabíamos que no teníamos otra posibilidad. Es lo mismo que hubiera hecho nuestra madre.

—*La dama de Mayfair* era su publicación —dijo Constance con delicadeza.

Lord Duncan se rió profundamente.

—Ahora me doy cuenta. Debí haberme percatado antes.

—No podíamos perderla por culpa de un hombre que... —Prudence hizo un silencio manteniendo su mano alzada de forma imperativa.

—No quiero escucharlo. Ya he tenido suficiente por hoy. Os veré en casa. A ti también, Constance. —La puerta se cerró silenciosamente tras él.

Las hermanas profirieron un suspiro colectivo y, entonces, Prudence dijo:

—Esto puede sonar perverso, pero siento un profundo alivio... ahora que ya lo sabe, quiero decir.

—Sí —asintió Chastity sobriamente.

—Imagino que Jenkins y la señora Hudson también lo sentirán —dijo Constance al tiempo que un golpe en la puerta anunció el retorno de Gideon.

—El jurado está regresando. Prudence... —Hizo un gesto señalando la puerta abierta.

—Ha sido rápido. ¿Es eso bueno o malo? —preguntó ella.

—Prefiero no especular. Ven. —Su tono de voz era enérgico y ella notó por primera vez en aquel día que no estaba tan sereno como parecía.

Los miembros del jurado tomaron sus asientos y se leyó el veredicto.

Encontramos a la publicación La dama de Mayfair *no culpable de libelo, su señoría.*

El cuerpo de Prudence cayó flácido, como si hubiera perdido su estructura ósea. Miró hacia la mesa y a sus manos, apoyadas en la misma. Casi no pudo oír el resto. La compensación a los acusados de todos los costos legales y mil libras en daños y perjuicios.

Sólo cuando todo aquello hubo acabado se dio cuenta de que estaban libres y fuera de sospecha. Todos los costes del juicio corrían a cuenta de lord Barclay, así que Gideon cobraría sus honorarios. Posiblemente, le tendría que dar bastante más del ochenta por ciento de mil libras, pensó mientras intentaba no tropezar con sus propios pies cuando salía de la sala. La gente se arremolinó a su alrededor gritándole preguntas, pero no era consciente de lo que la rodeaba. La mano de Gideon estaba bajo su brazo, sosteniéndola, y de nuevo se encontró fuera en la tarde gris, con un taxi esperándolos.

—Entren —dijo él mientras un grupo de periodistas se aproximaba rápidamente gritando preguntas. Prudence entró tambaleándose en el oscuro interior y sólo cuando estuvo dentro se percató de que sus hermanas ya estaban sentadas—. ¿Cómo habéis llegado aquí?

—Thadeus —dijo Constance.

Gideon metió la cabeza por la ventanilla y dijo:

—El taxi os llevará a un hotel primero. No queremos que os sigan a casa. Me figuro que vuestro padre ya debe de estar sitiado. Cuando oscurezca y lo hayan dejado tranquilo por hoy, Thadeus os acompañará a casa.

—Piensas en todo —observó Prudence.

—Es parte de mi trabajo. Y hablando de ello, si no es inconveniencia, vendré por la mañana a concluir nuestro asunto.

—Oh, sí —dijo Prudence—. Nuestro trato. Por supuesto.

—Precisamente. —Cerró la puerta.

—No muy beneficiosa para nuestro abogado —señaló Constance.

—Bueno, sus honorarios serán cubiertos por Barclay. Dudo que le importe mucho —dijo Chastity.

—No —asintió Constance—. Pero, si no es así, ¿por qué está tan ansioso por recibir su libra de carne?

—Yo diría que quiere poder olvidarse de todo este asunto completamente —dijo Prudence desde la esquina más oscura del taxi—. Una vez hayamos resuelto la última parte del negocio, podrá seguir con su vida habitual sin tener que preocuparse de tres hermanas polémicas y subversivas.

—Querrás decir *una* hermana polémica y subversiva —dijo Constance.

Prudence se encogió de hombros.

—¿Y qué pasa si lo hago? No me arrepentiré de haberlo hecho, y acabar con todo esto para siempre.

—Estoy segura de que será un alivio —asintió Chastity con un tono tranquilizador. Sus ojos buscaron los de su hermana mayor en la penumbra. Constance levantó las cejas con complicidad silenciosa.

Gideon regresó a su despacho. No sentía la euforia habitual tras ganar un caso...; de hecho, se sentía más bien como si estuviera a punto de iniciar uno. Colgó la toga y la peluca, se sirvió un buen vaso de whisky y se sentó en su escritorio. Tenía un plan de campaña, tal y como hacía siempre cuando empezaba un nuevo caso, pero no tenía uno de seguridad. No había que tener ninguno. Era una apuesta de todo o nada. Y no había recibido ninguna señal por parte de ella que le invitara a tomar esa iniciativa. Esperaba alguna señal. Pero no sabía exactamente cuál. Alguna, quizá, que le indicara que lo había echado en falta. Pero ella no le había dado ninguna.

Cogió su pitillera. Tenía al menos que excusarla por todo lo que había tenido que vivir ese día. Seguramente no tendría energía mental o emocional para nada más. Pero, de todas formas, la había estado observando como un halcón desde que entró en su despacho y ella tan sólo le había dirigido un frío saludo. No tenía buena cara y parecía preocupada, pero eso no era sorprendente. Estaba ante un tribunal y arriesgaba su sustento, además de muchas otras cosas. Su mente, sin duda, no podía haber pensado en asuntos del corazón.

Suspiró y apagó el cigarrillo. No recordaba cuándo había sido la última vez en que se había sentido tan nervioso.

—Tienes pinta de necesitar un jerez, Prue —dijo Constance mientras eran acomodadas en un salón privado de un discreto local en una callejuela cerca de Picadilly.

—Parece que hay de todo aquí —dijo Chastity girándose tras examinar cuanto había en el aparador—. Hay té, si prefieres. Bocadillos y pastel de frutas…, queso y galletas…, jerez, vino y hasta coñac.

—Es un poco temprano para el coñac —dijo Prudence—, pero me tomaré una copita de jerez.

—Estuviste magistral, Prue —dijo Constance al tiempo que dejaba el sombrero y los guantes sobre una consola—.

No sé cómo te lo hiciste para mantener ese acento sin que pareciera una farsa de Feydeau.

—Creo que sí que me salió bastante bien —dijo Prudence, tomando el jerez que Chastity le pasaba—. La z es lo que más me cuesta. Siempre me entran ganas de reír. —Bebió un poco de su jerez—. Pero no esta tarde. Nunca he tenido tan pocas ganas de reír.

—Ni ninguna de nosotras. —Con se sirvió un jerez—. Pero ya está. Hemos ganado. *La dama de Mayfair* y nuestra agencia matrimonial están a salvo. Y nadie sabe quiénes somos.

—Excepto padre.

—Excepto padre —asintió.

—Hay un juego de cartas aquí —dijo Chastity—. ¿Qué tal si jugamos un *bridge* a tres manos? Tenemos que hacer algo para pasar el rato si no queremos caer en un pozal de desánimo.

Llevaban jugando dos horas cuando Thadeus vino a recogerlas.

—Ya no hay periodistas cerca de la casa —dijo.

—¿Y lord Duncan?

—No parecía haber dejado la casa cuando salí a buscarlas —dijo el secretario—. Pero puede ser que haya salido durante mi ausencia.

—No, nos está esperando —dijo Prudence mientras guardaba las cartas en una caja de plata—. ¿Vienes con nosotras, Con?

—Por supuesto —respondió la hermana mayor—. No me atrevería a dejaros a solas con él. Max ya debe de saber lo que ha sucedido en los juzgados, así que supondrá que estoy con vosotras.

—El carruaje está en la salida de atrás —les informó Thadeus—. He creído que sería mejor no salir por la puerta principal por si hubiera alguien husmeando.

—Piensa usted en todo, Thadeus. —Prudence le sonrió afablemente. Él simplemente hizo una reverencia.

Se sentaron en silencio durante el corto recorrido hasta Manchester Square.

—Entraremos por la puerta trasera —dijo Prudence cuando llegaban a la plaza—. Pídale al cochero que nos lleve a los establos, Thadeus.

—Ya lo he hecho, señorita Duncan.

—Por supuesto, ya lo ha hecho usted —murmuró Prudence.

—Sir Gideon me pidió que le entregara esto, señorita Duncan. —Thadeus le entregó un sobre al tiempo que ella bajaba.

—Oh, gracias. —Lo miró sorprendida—. ¿Qué es?

—El derecho de retención sobre la casa, señorita. Pensó que usted sabría bien qué hacer con ello.

Prudence lo metió en su bolso.

—Sí, creo que lo sabré.

Entraron a la casa a través de la cocina.

—¡Oh, santo cielo! —exclamó la señora Hudson cuando las vio entrar—. No se figuran ustedes el alboroto que ha habido. Hombres llamando a la puerta, haciendo preguntas, lord Duncan del peor humor que yo recuerde. Está encerrado en la biblioteca. ¿Qué ha ocurrido?

—Espero que el asunto acabara a su favor, señorita Prue. —Jenkins apareció por la puerta con cara de preocupación.

—Sí..., sí, Jenkins, todo ha ido bien —dijo Prudence rápidamente—. Lamento que no hayamos podido regresar antes, pero sir Gideon pensó que era mejor evitar a los periodistas. Temía que la prensa nos siguiera hasta aquí, aunque ya estuvieran molestando a nuestro padre.

—Sí que han estado aquí —dijo Jenkins sombríamente—. Han estado llamando con fuerza a la puerta. Los amenacé con avisar a la policía. El señor se encerró en la biblioteca. Intenté preguntarle qué pasaba pero me maldijo como al diablo. He pensado que era mejor dejarlo a solas.

—Muy sabio por su parte, Jenkins —dijo Constance con una leve sonrisa—. Ganamos el caso, pero para que eso sucediera, lord Duncan ha tenido que saber la verdad.

—Ah —dijo Jenkins—. Esto lo explica todo. —La señora Hudson asintió con expresión grave.

—Eso facilitará un poco el llevar la casa —dijo Prudence—. Ya no tendremos que ocultar nada.

Jenkins negó con la cabeza.

—No estoy seguro de eso, señorita Prue. No me figuro a lord Duncan conformándose con las sobras del domingo y vino de mala calidad.

—No —asintió Prudence—. Tendremos que hacer un poco de teatro pero, al menos, no tendrá que ser a sus espaldas.

—Creo que es mejor que vayamos a verlo —dijo Chastity—. No podemos aplazarlo mucho más.

—No hay nada que aplazar —anunció lord Duncan desde la puerta—. Sospechaba que todos los conspiradores os encontraríais aquí. —Miró con atención al grupo—. No pretenda hacerme creer que no sabía nada de esto, Jenkins, ni usted, señora Hudson.

—Padre, esto no tiene que ver con ninguno de ellos dos —protestó Prudence—. Puedes culparnos cuanto quieras, pero Jenkins y la señora Hudson sólo han intentado ayudar y hacer tu vida más llevadera.

Un leve rubor se insinuó en las mejillas de lord Duncan.

—Por alguna razón, toda mi familia parecía creer necesario protegerme de mis propias locuras. No me complace, no. —Se dio la vuelta—. Hablaremos de ello en la biblioteca.

Sus hijas se miraron, se encogieron de hombros al unísono y lo siguieron.

—No hace falta que cerréis la puerta —dijo mientras entraba en la biblioteca—. Está claro que en esta familia no hay secretos para nadie, excepto para mí.

Las tres hermanas no dijeron nada.

—¿Cómo persuadisteis a Fitchley para que os dejara husmear en mis papeles? —preguntó.

Prudence suspiró y se lo explicó todo.

—No puedes culpar al señor Fitchley —dijo finalmente.

—Por supuesto que no. De toda esta gente falsa... —Se dio la vuelta; su semblante parecía el de un hombre envejecido de repente—. Marchaos de aquí. Todas vosotras. No puedo miraros a la cara.

Lo dejaron solo cerrando la puerta con suavidad.

—¿No puede mirarnos a la cara a nosotras o es que no puede mirarse a sí mismo? —murmuró Constance.

Prudence observaba fijamente la puerta cerrada cuando de repente dijo:

—No, no podemos cargar con toda la culpa. Entrad conmigo. —Abrió la puerta y entró con decisión mientras sus sorprendidas hermanas seguían sus pasos.

—Os he dicho que...

—Sí, padre, y te hemos oído. Pero quizá quieras quemar esto. —Abrió su bolso y sacó el sobre—. Dudo mucho que el conde de Barclay venga a buscarlos hoy —dijo entregándoselo.

Lord Duncan abrió el sobre y vio el documento de retención de su casa.

—¿Entonces, ya no tiene derecho legal sobre ella? —preguntó casi con incredulidad.

—No —afirmó Prudence—. Y nunca la tuvo. Puesto que Barclay y Asociados no tenía validez legal alguna como empresa, no puede tener ninguna propiedad bajo su nombre. Quémalo, padre, *ahora*.

Las miró mientras estaban de pie ante él presentando un frente común. Y pensó en su esposa y en lo mucho que se le parecían. Y pensó también en cuánto la añoraba; cada minuto de cada hora. Y sabía lo mucho que sus hijas la echaban de menos, aunque de forma diferente a él. Y pensó que eran su viva imagen.

Rompió el papel en pedazos con deliberada intención y luego se giró para lanzarlos al fuego. Se quedó mirando cómo las llamas lo convertían en cenizas.

Lord Duncan escuchó cómo se cerraba la puerta a sus espaldas, y reconoció su dolor.

20

—Prue, ¿estás segura de que no te importa ver a Gideon a so-las? —preguntó Chastity a la mañana siguiente mientras se ajustaba el ala del sombrero de puntillas frente al espejo.

—Por supuesto que no me importa —dijo su hermana con aire despreocupado mientras dejaba caer sobre la palma de su mano algunos pétalos de los crisantemos mustios que colgaban del florero que había sobre la mesa del salón—. Tenemos que sacar *La dama de Mayfair* a la calle lo antes posible y hace ya más de dos semanas que no vamos a casa de la señora Beedle a recoger la correspondencia. Con está haciendo la factura por los costes del juicio esta mañana, así que supongo que no me queda más remedio que tratar con el abogado. De hecho, ésa ha sido mi función todo este tiempo.

—Supongo que así es —dijo Chastity con tono aún dubitativo, aunque tenía claro que su hermana ya estaba totalmente decidida y era lógico que sólo una de ellas ajustara cuentas con Gideon—. Muy bien, entonces me voy. No creo que tarde más de dos horas, dependiendo de las ganas de charlar que tenga la señora Beedle.

Prudence le dijo adiós con la mano y cogió el florero. Lo llevó a la cocina para tirar las flores y, justo cuando se disponía a volverlo a llevar al salón, sonó el timbre.

—¿Lo atiendo yo, señorita Prue? —Jenkins apareció como de costumbre, como por arte de magia.

—Debe de ser sir Gideon —dijo mientras se alisaba la falda—. Acompáñelo a la salita.

Jenkins fue a abrir la puerta mientras Prudence se dirigía a la salita, donde se percató de un florero con rosas tardías que también parecía requerir algunos arreglos.

—Buenos días.

Se giró lentamente para responder a la voz suave que la saludaba.

—Buenos días. —Se dirigió al sofá—. Siéntese, por favor.

—Gracias. —Él tomó asiento en el sillón y esperó a que Prudence hiciera lo mismo. Ella se sentó en el brazo del sofá.

—Bien, supongo que viene usted a que concluyamos nuestro trato, ¿no es así? —dijo ella.

—Es lo que tenía en mente.

Prudence se cruzó de brazos.

—¿No cree usted que es un poco pronto? —preguntó de manera tentativa—. Aún no hemos cobrado nuestras mil libras. —Se puso en pie súbitamente—. No entiendo por qué todo esto no podría haberse solucionado por carta. Presumiblemente cuando la compensación se haya hecho efectiva, ésta irá a parar directamente a usted. ¿Por qué no sustrae usted sus ochocientos y nos envía nuestros doscientos?

—Bien, mire usted, no creo que yo pudiera hacer eso —respondió él.

—Entonces, lo siento, pero no tenemos su dinero. No le puedo dar el ochenta por ciento de nada. —Sus ojos brillaban con un fulgor tal que se percibían destellos color esmeralda en sus profundidades. La señorita Duncan estaba visiblemente irritada.

Él tuvo la sensación de que esto tenía poco que ver con su visita.

—Desgraciadamente, me encuentro en un serio apuro —murmuró él con aire de disculpa.

Ella lo miró con atención.

—¿Cómo puede ser... que tenga usted problemas financieros? No sea absurdo, Gideon. No puede esperar que me crea esto. No alcanzo a creer que ochocientas libras tuvieran la menor repercusión en su cuenta bancaria.

—Oh, no la tendrían —asintió haciendo un gesto con la cabeza—, se lo aseguro.

—Entonces ¿de qué está usted hablando? —Prudence se estaba poniendo más y más nerviosa por momentos, y la actitud relajada de Gideon no contribuía a calmar la situación.

Él se puso en pie diciendo:

—Puesto que no se quiere sentar usted...

—No tengo ninguna razón para sentarme. Le he explicado la situación y esto concluye nuestra reunión. Recibirá usted su pago cuando nosotras hayamos recibido el nuestro. —Volvió a cruzarse de brazos.

—Bueno, verá, nuestro asunto no ha concluido del todo —le explicó él casi disculpándose.

Prudence pareció por un momento preocupada.

—¿Qué insinúa?

—Si no recuerdo mal, había otro asunto en nuestro acuerdo —dijo él. Se desplazó hacia la ventana observando el jardín aún durmiente por el invierno—. Una esposa, ¿no era eso? Usted o, mejor dicho, su agencia matrimonial, iban a encontrarme una esposa en recompensa por la defensa de su caso.

Prudence estaba aún más preocupada. Había algo palpablemente peligroso en el aire. Se recordó a sí misma que el hombre que tenía ante ella era experto en tender encerronas. Lo había visto en los tribunales y lo había vivido una o dos veces en su propia piel. No era recomendable tomar decisiones aceleradas por su parte. Habló lentamente como si su interlocutor fuera alguien corto de entendimiento.

—Sólo jugaba con nosotras con esta idea, Gideon. ¿Se acuerda?

—Oh, no —dijo él, dándose la vuelta—. No jugaba ni con usted ni con nuestro acuerdo. Creo haber dicho que prefería encontrar yo mismo a mi esposa pero, desde luego, he estado abierto a sugerencias que ampliaran el campo de acción.

—Oh —dijo Prudence frunciendo el ceño—. ¿Consideraría usted entonces la posibilidad de reunirse con Lavender Riley? Estoy segura de que se gustarían mutuamente.

Gideon cruzó la habitación en tres largos pasos.

—Nunca habría creído que fueras tan obtusa, Prudence. No, bajo ninguna circunstancia consideraría reunirme con Lavender Riley.

—Quizá Heather Peterson... —comenzó a decir, aunque no pudo proseguir puesto que su boca se vio inesperadamente ocupada de forma algo brusca.

—¿Te ha quedado claro ahora? —preguntó cuando finalmente separó los labios de los de ella mientras sus manos la sostenían aún firmemente contra su pecho.

—No estoy segura —dijo Prudence—. Aún no has dicho nada.

Le puso las manos sobre los hombros rodeando suavemente su esbelto cuello. Sus ojos se tornaron negros como el azabache mientras la miraba fijamente y ella pudo sentir sus dedos contra el pulso de su cuello; un pulso que iba a tal velocidad que casi podía sentirlo dentro de su cabeza.

—El negocio paralelo ya concluyó su parte del trato. Me presentó a la única mujer que consideraría desposar. Prudence Duncan, ¿quieres casarte conmigo?

—¿Y Harriet? —fue lo único que pudo decir.

—Su entrenador equino vino la semana pasada a por ella. —La soltó acariciando su cabello inmaculadamente peinado en un gesto que denotaba nerviosismo y ese ápice de frustración que ella encontraba tan sumamente atractivo—. Sarah... —dijo él—. Necesito tu ayuda, Prudence. Estaba equivocado..., ¡por Dios!, siempre me equivoco tanto. Lo admito. Necesito tu ayuda.

—No eres el único que se equivoca —dijo ella con suavidad mientras le acariciaba la cara y se arreglaba el cabello con la otra mano—. Lo admito sin pudor.

Él la tomó por las muñecas poniéndole las manos sobre su cara y, presionando su pulso contra los labios, los besó.

—¿Quieres casarte conmigo, corazón?

Ella le sonrió.

—Creo que ahora tendrías que sacar un anillo o ponerte de rodillas, o algo por el estilo.

—Con lo del anillo, puedo —dijo él—. Pero me arrepentiría si me pusiera de rodillas aunque fuera por ti, amor.

Ella hizo una mueca.

—No esperaba que lo hicieras.

—¿Es eso una respuesta?

—Bien —dijo como si reflexionara—, supongo que eso nos ahorraría ochocientas libras... No..., no, Gideon. —Se retiró de él como si bailara al tiempo que él se le aproximaba con una mirada en el rostro que ella no estaba muy segura de lo que significaba—. Llamaré a Jenkins.

—Llámalo. —La tomó por el brazo atrayéndola hacia su cuerpo—. Eres una avispa y la mujer más imposible que he conocido en mi vida.

—Sí —asintió ella—. Y además me desagradas tanto...

—Entonces, parece un trato equitativo.

Había pasado una hora cuando Constance y Chastity se encontraron al pie de los escalones de la entrada principal a la casa.

—Bien hallada —dijo Constance saludando al ver a su hermana—. ¿Has visto a la señora Beedle?

—Sí, y tengo un montón de cartas. ¿Tú has escrito ya tu artículo?

Constance sonrió.

—Espera a leerlo.

—Pero ¿no habrás puesto a papá en ridículo? —preguntó Chastity con aire de preocupación.

—¡Chas!

—No, por supuesto que no. Lo siento. Estoy tan preocupada.

—¿Y Prue? ¿Lo ha visto a solas?

Chastity asintió.

—Imagino que se habrá marchado. Pero ya sabes cómo oculta sus sentimientos… cuando está herida, ya me entiendes. De veras creí que…

Constance la abrazó por la cintura.

—Yo también lo creí. Pero no son compatibles, Chas. Prue lo sabe.

Chastity asintió mientras metía la llave por la cerradura. El vestíbulo estaba desierto cuando entraron y se miraron con cara de sorpresa. No era normal que Jenkins no apareciera al oír la puerta, estuviera en el lugar de la casa que estuviera.

—Supongo que estará en el salita —dijo Chastity apresurándose hacia las escaleras. Se detuvo a medio camino, justo en el momento en que la figura de Jenkins apareció por la puerta que daba al vestíbulo con un dedo sobre sus labios invitándolas a mantener silencio. Fascinadas, las dos hermanas lo siguieron a la cocina.

—La señorita Prue está en la salita con sir Gideon —las informó.

—¿Aún? —exclamó Chastity—. Debería haber venido hace dos horas.

—Sí, señorita Chas. Pero la señorita Prue no ha llamado solicitando nada.

—Y usted está seguro de que sir Gideon aún no se ha marchado… aunque fuera cuando usted no miraba... No, por supuesto que no. —Constance se corrigió a sí misma cuando vio la expresión de indignación de Jenkins—. ¿Cómo podría habérsele pasado eso?

Jenkins asintió, aplacándose.

—Creí mejor no molestar si no pedían nada —afirmó.

—Sí —comentó Chastity—. Yo hubiera hecho lo mismo. —Miró a su hermana—. ¿Qué crees que debemos hacer, Con? ¿Crees que deberíamos entrar?

—¿No sería eso *in flagrante delicto*?

—Oh, no seas absurda, Con. Es la salita.

—Bueno, pero creo que deberíamos hacer un montón de ruido —dijo Constance—. Ruido de cazuelas, eso es, necesitamos una buena cacerolada.

—Pero no tenemos ninguna —comentó Chastity mientras reía—. Bueno, podríamos probar con un par de sartenes de la señora Hudson.

—Oh, ¡venga ya, señorita Chas! —dijo la señora Hudson mientras, como Jenkins, intentaba ocultar la risa.

—Sugiero que llame usted a la puerta, señorita Con —dijo Jenkins, de nuevo con su compostura habitual—. Y quizá deberían esperar unos minutos antes de entrar.

—Por supuesto, Jenkins, es la solución perfecta —dijo Constance. Le guiñó el ojo mientras él se ponía a un lado para dejarlas pasar intentando, sin mucho éxito, ocultar la risa.

Las dos hermanas regresaron al vestíbulo. Caminaron alrededor del mismo haciendo mucho ruido durante unos minutos, abrieron y cerraron la puerta principal varias veces y, finalmente, se dirigieron a la salita. Constance alzó la mano para llamar a la puerta, pero ésta se abrió antes de que pudiera hacerlo.

—Podría haberos oído a diez millas —dijo Prudence—. Entrad. Necesitamos vuestro consejo.

—Oh. —Esto era inusual, pensó Constance—. Buenos días, Gideon. ¿Estáis concluyendo vuestros asuntos?

—No, creo que sólo estamos empezándolos —respondió Gideon acercándose a ellas para estrecharles la mano—. Buenos días, Constance… Chastity.

Lo saludaron y se giraron a la vez hacia su hermana.

—¿Prue?

—Parece ser —dijo ella— que Gideon ha decidido aceptar nuestra oferta.

—Oh —dijo Chastity con una sonrisa—. ¿Y ya le hemos encontrado una esposa?

—Eso parece —dijo Prudence, llevando su mano hacia la luz. El anillo de esmeraldas brillaba con fulgor gracias a los rayos de sol que entraban por la ventana.

—Las piedras me parecieron adecuadas…, hacían juego con los ojos de vuestra hermana —dijo Gideon moviendo sus manos de una manera que era difícil definir qué indicaba su gesto. No se le había ocurrido pensar que necesitaría la aprobación de las hermanas en la elección de las piedras. Pero se percató de que no tenía nada de que preocuparse. No estaban en lo más mínimo interesadas en el anillo. Abrazaron a su hermana con tanta fuerza, con tanto cariño, que hasta podría haber sentido un poco de celos.

Y poco después deshicieron el abrazo y fue él quien se encontró siendo abrazado con igual fuerza por Constance y Chastity, y el ápice de celos desapareció. Pensó que no sería mala idea mantener una conversación con su futuro cuñado sobre lo que implicaba estar casado con una de las hermanas Duncan.

—Dijiste que querías nuestro consejo —les recordó Constance cuando hubieron concluido los abrazos.

—Oh, sí. Estaba pensando en que nos fugáramos para casarnos —dijo Prudence.

—El yugo de Gretna Green no es una idea para una boda que me seduzca —dijo Gideon.

—Pensaba que podríamos coger un tren nocturno a Edimburgo, es fantásticamente romántico, y después... —Prudence dejó de hablar—. No te gusta nada la idea.

—No veo por qué tenemos que ir ocultándonos por ahí. ¿No has estado haciendo eso ya suficiente tiempo?

Prudence sabía que ésa no era una encerrona. Le estaba planteando una pregunta delante de sus hermanas. Sólo podía encomiar su coraje.

—Sí —respondió ella—. Pero no quisiera dar un gran espectáculo en estos momentos. La boda de Constance fue magnífica, pero no creo que fuera una buena idea celebrarlo de la misma forma justo ahora. Aún estamos en carne viva. —Miró a sus hermanas en busca de complicidad.

Entonces Constance dijo:

—Ésta es tu boda, cariño. Tienes todo el apoyo de Chas y el mío para seguirte en lo que tú decidas. Os dejamos para que lo decidáis vosotros. —Asintió mirando a Chas y ésta le asintió en respuesta siguiéndola hacia la puerta.

Con la mano en el pomo de la puerta, Chastity se giró y dijo:

—Yo también creo que Gretna Green es una idea terrible, Prue. —Y se marcharon.

—Si pudiéramos esperar un año... —empezó a decir Prudence—. No, yo tampoco quiero eso. ¿Cuánta gente...?

—Tanta como tú quieras. Tu familia, Sarah, tú y yo.

—¿No tienes familia?

—Mis padres ya han muerto y soy hijo único. Si quieres una gran boda ya encontraré a alguien que venga pero, realmente, sólo Sarah cuenta ahí.

—¿Y Mary Winston?

—Sí —asintió él—. Mary también debería estar presente.

—Entonces, ya estamos de acuerdo.

La tomó del brazo otra vez.

—Corazón, vamos a estar de acuerdo en algunas ocasiones y en desacuerdo en algunas más.

—Sí —dijo ella hablando contra sus labios—. Sé que no será difícil el recordarme lo mucho que me desagradas.

Él acercó sus labios a los de ella. La besó con suavidad y, levantando la cabeza, dijo:

—Conseguiré un permiso especial. Podemos casarnos esta misma semana.

—Sí —dijo Prudence—. Mejor lo hacemos antes de que cambie de idea. —Su sonrisa traicionó a sus palabras.

—Avispa —le dijo de nuevo pellizcándole la punta de su nariz—. Mejor que vaya a hablar con tu padre.

Prudence hizo una mueca.

—Está en la biblioteca. Pero ten en cuenta que ha recibido más de una conmoción esta semana. Quizá no esté... —Se encogió de hombros.

—Yo podré con tu padre si tú puedes con Sarah —dijo él.

Prudence asintió y con tono grave dijo:

—Haré cuanto esté en mis manos, Gideon.

—Está un poco desconcertada en estos momentos, tras lo de Harriet, ¿entiendes?

—Entiendo.

Él asintió, le pasó las manos por el cabello otra vez, la besó rápidamente y se marchó.

—Chas, ¿estás lista? —Constance sacó la cabeza por la puerta de la habitación de su hermana—. Prue y papá se van en cinco minutos.

—Sí, ya casi estoy lista. —Chastity dejó sobre la mesa la carta que estaba leyendo—. Sólo estaba revisando el último montón de cartas que hemos recibido para la agencia matrimonial.

—¿Cómo? —le preguntó Constance con mirada sorprendida—. No te parece que es algo raro estar haciendo eso el día de la boda de Prue.

—No, no lo es. —Se levantó de la silla del tocador—. Ya sabes lo que decía mamá: un minuto desaprovechado es un minuto perdido para siempre. Ya estoy lista y he aprovechado mi minuto.

—Sí, por supuesto —dijo Constance sonriendo—. Estás preciosa.

—No más que tú —le respondió Chastity—. Y Prue está sensacional. Vamos a ayudarla con los retoques finales. —Constance asintió y se marchó. Chastity dudó por un breve instante antes de seguirla. Cogió la carta que había dejado sobre el tocador y volvió a mirar la firma:

Dr. Douglas Farrell.

Parecía que el buen doctor estaba en busca de una esposa. Una compañera. Una mujer que quisiera ayudarle con su trabajo. ¿No sería éste el mismo doctor Farrell que había conocido en la tienda de la señora Beedle?

Pero ésta era una pregunta para otro día. Cogió su bolso, se miró en el espejo para asegurarse de que su sombrero estaba recto y se fue rápidamente a la habitación de Prudence.

—No sé si quiero llevar este velo —estaba diciendo Prudence cuando Chastity entró—. Tiene un aspecto demasiado nupcial. No voy a ir por el pasillo con la marcha nupcial sonando.

—Entonces póntelo hacia arriba —sugirió Constance—. Lo levantas y lo vuelves a poner hacia abajo. Así..., para que quede bien encuadrado en la cara.

—Y de hecho, *eres* una novia —dijo Chastity inmiscuyéndose en la conversación—. Tal vez no sea una boda de lo más convencional, pero hay una novia y un novio.

—Lo sé. Pero desearía que hubiéramos ido a Gretna Green —dijo Prudence. Se dio la vuelta para ponerse ante el espejo. No veía ningún defecto en el vestido color perla que había adaptado de uno de los vestidos de tarde de su madre. Algo antiguo. Tampoco veía ningún defecto en el sombrerillo de visón que le había prestado Constance. Algo usado. Ningún defecto en el brazalete de diamantes que Gideon le había regalado. Algo nuevo. Y tampoco encontró ningún defecto en los pendientes de turquesas que su padre le había dado aquella mañana. Algo azul.

—Te olvidaste de la moneda de seis peniques —dijo Chastity al tiempo que lanzaba la moneda encima de la mesa.

—Oh, sí. —Prudence se rió disipando gran parte de su tensión. Se sentó quitándose el zapato de seda color perla y puso la moneda entre los dedos.

—Algo antiguo, algo nuevo, algo prestado, algo azul y

seis peniques en el zapato —recitó Chastity—. Y ahora, ya estás a punto para casarte.

—Pero ¿lo estoy? —preguntó Prudence al tiempo que se ponía en pie jugueteando con la moneda que tenía en el zapato—. ¿Lo estoy?

—Nunca lo estarás más que ahora —declaró Constance—. Gideon es el único con el que podrías casarte, Prue. Si no te has dado cuenta ya de eso, entonces no habrá nada que Chas o yo podamos decir para persuadirte de ello.

—Por supuesto que lo sé. —Sonrió como si soñara—. Lo amo, aunque a veces desearía tirarle aceite hirviendo por encima.

—Es normal —dijo Constance desde la experiencia—. No creo que pueda haber otra manera de que una mujer Duncan se pueda casar con un hombre lo suficientemente fuerte si éste no acepta aceite hirviendo y fuego de cañones como parte del trato.

—Estoy lista —declaró Prudence—. Ha llegado la hora de casarse. —Se paró en la puerta y dijo con un risa trémula—: Al menos Gideon tiene a Max para que le sirva de apoyo. Estoy segura de que está tan nervioso como yo.

Constance la miró con nerviosismo.

—¿Ningún arrepentimiento, Prue?

Prudence inspiró profundamente.

—No..., ninguno. Vamos.

Gideon y Max se encontraban ante el altar en la capilla lateral de la pequeña iglesia de Westminster. Sarah y Mary Winston estaban sentadas en el banco delantero. Constance y Chastity se sentaron en el banco de al lado. Lord Duncan había insistido en llevar a su hija del brazo hasta el altar.

El organista empezó a tocar. Gideon miró hacia la puerta. Prudence, su prometida, la mujer que en otro momento jamás hubiera podido concebir como su compañera, era ahora la única mujer del mundo con la que podía imaginar pasar el resto de su vida. Y se dirigía hacia él con su habitual paso firme y decidido. Y, aun así, podía percibir un pequeño temblor en sus labios, la duda en sus ojos, y supo que estaba tan aterrada pero segura como lo estaba él.

Gideon se adelantó cuando ella llegó a su lado. Max le tocó el hombro en un gesto tranquilizador distintivamente masculino y luego se dirigió a sentarse junto a su esposa. Lord Duncan besó la mejilla de la novia y se retiró también para tomar su asiento. Gideon cogió a Prudence de las manos y sus dedos se entrelazaron. Los votos fueron pronunciados. Le puso el anillo en el dedo anular. La besó. Y ya estuvo hecho. Se dirigieron al registro anexo para dar fe de su enlace y cuando regresaron a la iglesia se encontraron solos.

—Nunca —susurró Gideon acercándose a su oído— te dejaré ir. *Nunca*. ¿Lo entiendes?

—Y yo te lo doblo —le contestó también susurrando—. Pase lo que pase, nos pertenecemos el uno al otro. Por encima del aceite hirviendo y del fuego de cañones.

—No te voy a preguntar de dónde ha salido esa expresión, pero sí, por encima del aceite hirviendo y del fuego de cañones. Nos pertenecemos el uno al otro. —La besó de nuevo, pero esta vez de una manera nada formal. Se trató de una afirmación que ignoró cuanto les rodeaba; aquella penumbra perfumada de incienso iluminada tan sólo por las velas sobre el altar.

Prudence miró a su alrededor, a la iglesia vacía, y Gideon le dijo con voz suave:

—Querías Gretna Green. Llegué a un acuerdo con tus hermanas: mañana lo celebraremos en familia, pero hoy estamos solos tú y yo.

Ella lo miró sonriendo:

—¿Adónde vamos?

—Una novia no debería conocer de antemano el destino de su luna de miel —respondió él—. Tienes que confiar en mí.

—Confío en ti —dijo ella—. Hoy y para siempre.

—¿Aunque sea por encima del aceite hirviendo y del fuego de cañones? —dijo él bromeando.

—La confianza puede vencer al incendio ocasional —le respondió ella.